INTRIGUES À PORT-RÉAL

Du même auteur
aux Éditions J'ai lu

GEORGE R.R. MARTIN

INTRIGUES À PORT-RÉAL

LE TRÔNE DE FER - 6

TRADUIT DE L'AMÉRICAIN
PAR JEAN SOLA

Titre original :
A SONG OF ICE AND FIRE

A STORM OF SWORDS
(première partie)

© 2000, by George R.R. Martin

Pour la traduction française :
© 2001, Éditions Pygmalion / Gérard Watelet à Paris
Précédemment paru sous le titre : *Les brigands.*

Pour Phyllis,
qui m'a fait inclure les dragons

PRINCIPAUX PERSONNAGES

Maison Targaryen (le dragon)

Le prince Viserys, héritier « légitime » des Sept Couronnes, tué par le *khal* dothraki Drogo, son beau-frère

La princesse Daenerys, sa sœur, veuve de Drogo, « mère des Dragons », prétendante au Trône de Fer

Maison Baratheon (le cerf couronné)

Le roi Robert, dit l'Usurpateur, mort d'un « accident de chasse » organisé par sa femme, Cersei Lannister

Le roi Joffrey, leur fils putatif, issu comme ses puînés Tommen et Myrcella de l'inceste de Cersei avec son jumeau Jaime

Lord Stannis, seigneur de Peyredragon, et lord Renly, seigneur d'Accalmie, tous deux frères de Robert et prétendants au trône, le second assassiné par l'intermédiaire de la prêtresse rouge Mélisandre d'Asshaï, âme damnée du premier

Maison Stark (le loup-garou)

Lord Eddard (Ned), seigneur de Winterfell, ami personnel et Main du roi Robert, décapité sous l'inculpation de félonie par le roi Joffrey

Lady Catelyn (Cat), née Tully de Vivesaigues, sa femme

Robb, leur fils aîné, devenu, du fait de la guerre civile, roi du Nord et du Conflans

Brandon (Bran) et Rickard (Rickon), ses cadets, présumés avoir péri assassinés de la main de Theon Greyjoy

Sansa, sa sœur, retenue en otage à Port-Réal comme « fiancée » du roi Joffrey

Arya, son autre sœur, qui n'est parvenue à s'échapper que pour courir désespérément les routes du royaume

Benjen (Ben), chef des patrouilles de la Garde de Nuit, réputé disparu au-delà du Mur, frère d'Eddard

Jon le Bâtard (Snow), expédié au Mur et devenu là aide de camp du lord Commandant Mormont, fils illégitime officiel de lord Stark et d'une inconnue

Maison Lannister (le lion)

Lord Tywin, seigneur de Castral Roc, Main du roi Joffrey

Kevan, son frère (et acolyte en toutes choses)

Jaime, dit le Régicide, membre de la Garde Royale et amant de sa sœur Cersei, Tyrion le nain, dit le Lutin, ses fils

Maison Tully (la truite)

Lord Hoster, seigneur de Vivesaigues, mourant depuis de longs mois

Brynden, dit le Silure, son frère

Edmure, Catelyn (Stark) et Lysa (Arryn), ses enfants

Maison Tyrell (la rose)

Lady Olenna Tyrell (dite la reine des Épines), mère de lord Mace

Lord Mace Tyrell, sire de Hautjardin, passé dans le camp Lannister après la mort de Renly Baratheon

Lady Alerie Tyrell, sa femme

Willos, Garlan (dit le Preux), Loras (dit le chevalier des Fleurs, et membre de la Garde Royale), leurs fils

Margaery, veuve de Renly Baratheon et nouvelle fiancée du roi Joffrey, leur fille

Maison Greyjoy (la seiche)

Lord Balon Greyjoy, sire de Pyk, autoproclamé roi des îles de Fer et du Nord après la chute de Winterfell

Asha, sa fille

Theon, son fils, ancien pupille de lord Eddard, preneur de Winterfell et « meurtrier » de Bran et Rickon Stark

Euron (dit le Choucas), Victarion, Aeron (dit Tifstrempes), frères puînés de lord Balon

Maison Bolton (l'écorché)

Lord Roose Bolton, sire de Fort-Terreur, vassal de Winterfell, veuf sans descendance et remarié récemment à une Frey

Ramsay, son bâtard, alias Schlingue, responsable, entre autres forfaits, de l'incendie de Winterfell

Maison Mervault

Davos Mervault, dit le chevalier Oignon, ancien contrebandier repenti puis passé au service de Stannis Baratheon et plus ou moins devenu son homme de confiance, sa « conscience » et son conseiller officieux

Dale, Blurd, Matthos et Maric (disparus durant la bataille de la Néra), Devan, écuyer de Stannis, les petits Stannis et Steffon, ses fils

Maison Tarly

Lord Randyll Tarly, sire de Corcolline, vassal de Hautjardin, allié de lord Renly puis des Lannister

Samwell, dit Sam, son fils aîné, froussard et obèse, déshérité en faveur du cadet et expédié à la Garde de Nuit, où il est devenu l'adjoint de mestre Aemon (Targaryen), avant de suivre l'expédition de lord Mormont contre les sauvageons

NOTE SUR LA CHRONOLOGIE

Des centaines – voire des milliers – de milles séparent parfois les personnages par les yeux desquels est contée la geste de la Glace et du Feu. Certains chapitres couvrent une journée, certains seulement une heure, d'autres peuvent s'étendre sur une quinzaine, un mois ou six. Dans ce type de structure, la narration ne saurait recourir à des séquences strictes ; il arrive que des événements importants se déroulent simultanément à mille lieues les uns des autres.

Pour ce qui concerne le présent volume, le lecteur doit avoir à l'esprit que les chapitres initiaux suivent moins les chapitres conclusifs de *L'Invincible Forteresse* qu'ils ne les chevauchent. Je jette d'abord un regard sur certains des faits survenus au Poing des Premiers Hommes, à Vivesaigues, Harrenhal et dans le Trident pendant que se déroulait à Port-Réal la bataille de la Néra puis après celle-ci...

George R.R. Martin

PRÉLUDE

Il faisait gris et un froid mordant, et les chiens refusaient de suivre la piste.

Après n'avoir concédé qu'un reniflement aux traces de l'ours, la grande lice noire avait battu en retraite et, la queue entre les jambes, rallié piteusement la meute qui se pelotonnait d'un air misérable sur la berge où la harcelait la bise. Celle-ci n'épargnait pas davantage Chett et plantait ses crocs au travers des lainages noirs et des cuirs bouillis. Putain de froid, trop dur pour les bêtes comme pour les hommes, mais il fallait bien le subir puisqu'on était là. Sa bouche se tordait, et il sentait presque les pustules qui lui tapissaient les joues et le cou s'empourprer de rage. *Je devrais être bien peinard au Mur, à soigner ces putains de corbeaux et à faire de bonnes flambées pour le vieux mestre Aemon.* Et c'était à ce bâtard de Jon Snow qu'il devait d'en être privé, à lui et à son gros porc de copain, Sam Tarly. C'était leur faute, s'il était là, à se geler ses putains de couilles avec une meute de chiens au fin fond de la forêt hantée.

« Par les sept enfers ! » Il tira violemment sur les laisses pour forcer l'attention des chiens. « *Pistez* donc, bâtards ! Voilà des empreintes d'ours. Voulez de la viande, ou pas ? *Trouvez !* » Mais les chiens ne s'en pelotonnèrent que plus dru, geignards. Chett fit claquer sa cravache au-dessus de leurs têtes, et la lice noire répliqua par un grondement. « C'est aussi bon, le chien que l'ours », la prévint-il, buée gelée sur chaque mot.

Les bras croisés sur sa poitrine, Fauvette des Sœurs se tenait là, les mains fourrées sous les aisselles. Malgré ses gants de laine noire, il n'arrêtait pas de gémir sur ses doigts glacés. « Trop froid pour chasser, bordel, dit-il. Merde pour l'ours, vaut pas qu'on s'gèle.

— On peut pas rentrer bredouilles, Fauvette, grommela P'tit Paul du fond du poil brun qui lui couvrait quasiment la face. Ça plairait pas au Commandant. » Des stalactites de morve pendaient à son pif épaté. Emmitouflée dans un gant de fourrure, son énorme patte agrippait la hampe d'une pique.

« Et merde aussi pour le Vieil Ours, dit le natif des Sœurs, maigrichon au museau pointu et aux yeux fébriles. Mormont sera mort avant l'aube, t'as oublié ? S'en fout' tous, de c'qui lui plaît ! »

Les petits yeux noirs de P'tit Paul clignotèrent. Peut-être avait-il oublié, *vraiment,* songea Chett ; il était assez bête pour oublier tout et n'importe quoi. « Pourquoi qu'on devrait tuer le Vieil Ours ? Pourquoi qu'on y fout pas la paix en foutant tout bonnement le camp ?

— Parce que tu crois que lui *nous* foutra la paix ? dit Fauvette. Nous traquera, oui. T'as envie qu'on te traque, oh, tête-de-veau ?

— Non, dit P'tit Paul. J'ai pas envie de ça. J'ai pas.

— Alors, tu vas le tuer ? demanda Fauvette.

— Oui. » Le malabar enfonça le talon de sa pique dans la rive gelée. « Je vais. Faut pas qu'y nous traque. »

Le Sœurois retira ses mains de ses aisselles et se tourna vers Chett. « Faut qu'on tue *tous* les officiers, j'dis. »

Chett fut écœuré d'entendre ça. « On va pas revenir là-dessus. Le Vieil Ours, et Blane de Tour Ombreuse. Plus Grubbs et Aethan, pas de pot que c'est leur tour de veille, et Dywen et Bannen, pour pas qu'y nous suivent à la trace, et ser Goret, rapport aux corbeaux. C'est *tout*. On les tue sans bruit, tant qu'y dorment. Un cri, et on est tous bons pour les asticots, nous. » Ses pustules étaient violacées de rage. « Fais juste ta part, et vise que tes cousins font aussi la leur. Quant à toi, Paul, essaie un bon coup de te rappeler, c'est la *troisième* veille, pas la deuxième.

— La troisième, ânonna dans son poil et sa morve gelée le malabar. Moi et Tapinois. M'en rappelle, Chett. »

Il n'y aurait pas de lune, cette nuit-là, et ils avaient combiné les veilles pour disposer de huit sentinelles à eux, plus deux gardant les chevaux. On pouvait pas rêver meilleur moment. Sans compter que les sauvageons risquaient maintenant de leur tomber dessus du jour au lendemain. Chett entendait se trouver au diable quand ça se produirait. Il tenait à sa peau.

Avec trois cents frères jurés, deux cents en provenance de Châteaunoir et une centaine de Tour Ombreuse, soit près d'un tiers de son effectif global, cette expédition vers le nord était de mémoire d'homme la plus importante entreprise par la Garde de Nuit. Elle se proposait tout autant de retrouver Ben Stark, ser Waymar Royce et les autres patrouilleurs portés disparus que de découvrir pourquoi les sauvageons désertaient en masse leurs villages. Or, si l'on n'était pas plus avancé quant au sort des premiers qu'au départ du Mur, du moins savait-on désormais où s'étaient regroupés les seconds – dans les hauteurs glacées des maudits Crocgivre. Hé bien, qu'ils y croupissent jusqu'à la fin des temps n'allait pas mettre en perce une seule pustule de Chett.

Seulement, voilà. Ils en descendaient. Par la vallée de la Laiteuse.

Chett leva les yeux, la rivière était là. Avec ses berges rocheuses et barbelées de glace, avec ses flots blanchâtres qui dévalaient sans trêve des Crocgivre. Comme en dévalaient maintenant Mance Rayder et ses sauvageons. Thoren Petibois était revenu couvert d'écume trois jours plus tôt. Pendant qu'il contait au Vieil Ours ce qu'avaient vu ses éclaireurs, un de ses gars, Kedge Œilblanc, les mettait au courant, eux tous. « Z'étaient encore fin loin du piémont, mais z'arrivent, disait-il tout en se chauffant les mains au-dessus du feu. C'est c'te garce vérolée d'Harma la Truffe qu'a l'avant-garde. Que les flammes y éclairaient la gueule en plein quand Goady s'est faufilé jusqu'à son campement. Et c'couillon d'Tumberjon voulait même t'y foutre une flèche, mais pas si fou, P'tibois. »

Chett avait craché. « Et z'étaient combien, t'as idée, là ?

— Des masses et plus. Vingt, trente mille, on est pas restés pour compter. L'avant-garde d'Harma, cinq cents, et tous à cheval. »

Autour du feu s'échangeaient des regards inquiets. Rencontrer même une douzaine de sauvageons montés, c'était plutôt rare, mais *cinq cents*...

P'tibois n's a envoyés, moi et Bannen, faire un tour au large de l'avant-garde pour qu'on jette un œil au corps principal, poursuivait Kedge. On en voyait pas le bout. Z'avancent lentement, comme une rivière gelée, quatre à cinq milles par jour, mais z'ont pas l'air de vouloir regagner leurs villages non plus. C'était plus qu'à moitié des femmes et des mômes, et ils poussaient leurs bêtes devant eux, des chèvres, des moutons, même des aurochs attelés de traîneaux. Qu'étaient chargés de ballots de fourrures et de cages à poules et de barattes et de rouets, tout leur merdier, quoi. Le dos des mules et des canassons tellement chargé que z'auriez dit qu'allait leur péter. Les femmes aussi.

— Et y suivent la Laiteuse ? demanda Fauvette des Sœurs.

— Je l'ai dit, non ? »

La Laiteuse, qui les ferait passer au bas du Poing des Premiers Hommes et de l'ancienne citadelle où s'était établie la Garde de Nuit. Un dé à coudre de jugeote suffisait pour piger qu'il n'était que temps de mettre les voiles et se replier sur le Mur. Le Vieil Ours avait eu beau renforcer le Poing d'épieux, de fosses et de chausse-trapes, tout ça ne servirait à rien contre une pareille horde. On ne gagnerait, à rester, qu'à se faire engloutir et écrabouiller.

Et Thoren Petibois voulait *attaquer*... D'après l'écuyer de ser Mallador Locke, Gentil Mont-Donnel, il s'était rendu l'avant-veille au soir sous la tente de celui-ci pour l'en convaincre, alors que ser Mallador était, tout comme le vieux ser Ottyn Wythers, partisan d'une retraite urgente derrière le Mur. « Sa Majesté Mance ne s'attend pas à nous trouver tellement au nord, avait-il dit, selon Gentil. Et cette énorme armée dont il se targue n'est qu'un ramassis de traînards, farci de bouches inutiles qui ne savent même pas par quel bout se tient une épée. Une seule pichenette anéantira leur combativité, et ils fileront en hurlant se terrer dans leurs trous cinquante ans de plus. »

Trois cents contre trente mille. Le comble de la démence, aux yeux de Chett, sauf que ser Mallador s'était laissé persuader par Thoren, et qu'à eux deux ils étaient sur le point de persuader le Vieil Ours. « Si on attend trop, disait Thoren à qui voulait l'entendre, on risque de rater l'occasion et de ne jamais la retrouver. » À quoi ser Ottyn Wythers répliquait : « Nous sommes le bouclier protecteur des royaumes humains. Un bouclier, ça ne se gâche pas à tort et à travers. » Mais Thoren rétorquait : « Au combat, la plus sûre défense est la vivacité du coup qui abat l'ennemi, pas le recul derrière un bouclier. »

Ni Wythers ni Petibois n'exerçaient le commandement, néanmoins. Mais lord Mormont, si ; et Mormont attendait le retour de ses autres éclaireurs, Jarman Buckwell et les gars partis escalader la Chaussée du Géant, et Qhorin Mimain et Jon Snow, partis tâter le col Museux. Seulement, Buckwell et le Mimain tardaient à revenir. *Morts, selon toute probabilité.* Chett se représenta Jon Snow gisant, bleu de gel, sur quelque lugubre sommet, son cul de bâtard empalé par une pique sauvageonne. Un sourire lui vint à cette pensée. *Espérons qu'ils auront aussi tué son putain de loup.*

« Y a pas d'ours, ici, trancha-t-il brusquement. Rien qu'une vieille empreinte, et c'est marre. Retour au Poing. » Les chiens faillirent l'arracher du sol, tant leur impatience à rentrer n'avait d'égale que la sienne. Peut-être leur pâtée, qu'ils s'attendaient à recevoir. Chett ne put s'empêcher de ricaner. Ça faisait trois jours qu'il ne leur donnait rien, pour qu'ils soient féroces et affamés. Avant de se glisser dans les ténèbres, cette nuit, il les lâcherait parmi les rangées de chevaux dont Gentil Mont-Donnel et Pied-bot Karl viendraient juste de trancher les longes. *Ils se taperont des cabots grondants et des canassons affolés sur tout le sommet du Poing, se ruant à travers les feux, sautant par-dessus l'enceinte et piétinant les tentes. Un foutu bordel.* Grâce auquel on mettrait des heures à s'apercevoir que quatorze frères manquaient à l'appel.

Fauvette aurait eu envie – envie bien digne d'un Sœurois bouché refoulant le poisson ! – d'en enrôler deux fois plus. C'te blague. Pipe mot dans la mauvaise oreille, et t'auras pas fait ouf que ta tête, hop. Non, quatorze était un bon nombre, assez pour qu'on fasse ce qu'il fallait et pas trop pour que le secret démange certaines langues. Chett avait recruté lui-même la plupart des conjurés. P'tit Paul notamment, costaud sans pareil au Mur, qui, même s'il était plus lent qu'un escargot mort, avait un jour brisé d'une simple étreinte les vertèbres d'un sauvageon. Puis Surin, à qui son arme favorite valait ce surnom, puis ce gringalet gris de Tapinois qui, dans sa jeunesse, avait violé cent femmes et qui se vantait volontiers qu'aucune ne l'avait vu ni entendu avant qu'il leur ait planté son engin dedans.

Le plan, Chett en était l'auteur. Lui, le malin du lot ; lui qui avait été l'ordonnance du vieux mestre Aemon, quatre bonnes années durant ; jusqu'à ce qu'en fait ce bâtard de Jon Snow se débrouille pour le déposséder de ses tâches au profit de son gros porc de pote. Ah mais, il se promettait, cette nuit, tout en lui tranchant la gorge pour que ça gicle rouge à gros bouillons d'entre lard et suif, de lui susurrer dans l'oreille, à messer Goret : « Embrasse lord Snow de ma part. » Connaissant les corbeaux, il n'aurait aucun problème de ce côté-là, pas plus de problème qu'avec Tarly. Un picotement du poignard, et ce pleutre tremperait ses chausses et se mettrait à chialer merci. *Prie, supplie, ça te sauvera pas...* Après l'avoir égorgé, il ouvrirait les cages et en chasserait si bien les oiseaux qu'aucun message n'atteindrait le Mur. P'tit Paul et Tapinois tueraient le Vieil Ours, Surin se chargerait de Blane, et Fauvette, avec ses cousins, réduirait au silence Bannen et le vieux Dywen pour les empêcher de flairer leurs traces. On raflerait des vivres pour une quinzaine, et Gentil Mont-Donnel et Pied-bot Karl tiendraient les chevaux tout prêts. Mormont mort, le commandement passerait à ce débris de ser Ottyn Wythers, tant souffreteux que décati. *Le soleil sera pas couché qu'y galopera vers le Mur, et y va pas gaspiller des hommes à nous courir après non plus.*

Les chiens l'entraînaient à bout de laisse en se frayant passage au travers des bois. Il discernait le Poing brandi hors du sein de la végétation. Il faisait si sombre que le Vieil Ours avait fait allumer les torches, et elles formaient un immense cercle ardent tout du long de l'enceinte qui couronnait le faîte de la roche abrupte. Les trois hommes durent barboter pour franchir un ruisseau. L'eau était glacée, et des plaques gelées tapissaient sa surface. « Je vais rallier la côte, confia Fauvette des Sœurs. Moi et mes cousins. On se f'ra une barque, et puis on rentrera chez nous.

Et vous serez, chez vous, reconnus déserteurs, et on fera valser vos têtes d'étourneaux, songea Chett. Quitter la Garde de Nuit était impossible, une fois que vous aviez prononcé vos vœux. On vous attraperait partout, dans les Sept Couronnes, et partout pour vous mettre à mort.

Il y avait bien Ollo le Manchot qui parlait, lui, de regagner Tyrosh où, affirmait-il, on ne coupait pas la main aux honnêtes gens pour des larcins de rien, pas plus qu'on ne les expédiait se les geler le restant de leurs jours pour s'être fait piquer au pieu avec une femme de chevalier. Chett avait soupesé de l'accompagner, mais il ne parlait pas leur langue de cramouille moite. Et que faire, à Tyrosh ? D'affaires à débattre, il n'en avait pas, rejeton qu'il était de Sorcefangier. Son père avait passé sa vie à glandouiller dans les champs des autres et à récolter des sangsues. Il se mettait à poil sans rien garder qu'un lambeau de cuir et allait patauger dans les marécages puis en ressortait pompé depuis les chevilles jusqu'aux mamelons. Des fois, Chett devait l'aider à se défaire des sangsues. Un jour, l'une d'elles s'était attachée à sa paume ; il l'avait, de dégoût, écrasée contre un mur – et s'était fait rosser au sang pour ça. Les mestres vous payaient la douzaine un sol.

Libre à Fauvette, si ça lui chantait, de rentrer chez lui, et libre aussi au Tyroshi, mais Chett, non. S'il revoyait jamais Sorcefangier, putain, trop tôt que ça serait toujours. Il avait bien aimé, lui, l'aspect du fort de Craster. Là-bas, Craster menait une existence de grand seigneur, pourquoi ne pas faire pareil ? Ça qui serait marrant. Lui, Chett, le fils du cherche-sangsues, maître et seigneur d'un fort. Il adopterait pour bannière un douze de sangsues sur champ rose. Mais pourquoi s'arrêter à seigneur, au fait ? Il devrait peut-être se couronner roi. *Mance Rayder a débuté corbac. Je pourrais être aussi roi que lui et m'avoir des épouses.* Craster s'en avait bien dix-neuf, sans même compter les jeunettes, celles de ses filles qu'il couchait pas encore avec. Bon, la moitié de ses femmes étaient aussi vioques et moches que lui, mais qu'est-ce que ça faisait ? Les vieilles, Chett pouvait toujours se les mettre au travail, à la cuisine et au ménage, à l'épluchage des carottes et à la pâtée des cochons, pendant que les jeunes lui chauffaient sa couche et portaient ses gosses. Craster n'y verrait aucune objection, pas quand P'tit Paul l'aurait bien étreint dans ses bras.

Chett n'avait jamais pratiqué d'autres femmes que les putains qu'il s'était payées à La Mole. Dans sa prime jeunesse, un seul regard à ses pustules et à sa loupe suffisait aux filles du village pour se détourner, prises de nausées. Le pire lui fut infligé par cette gueuse de Bessa. S'imaginant : pourquoi pas moi ? Puisqu'elle ouvrait ses cuisses à tous les garçons de Sorcefangier, il consacra même une matinée à lui cueillir des fleurs des champs qu'elle *adorait,* mais elle se contenta de lui rire au nez, non sans préciser : « Toi ? Plutôt que je me farcirais les sangsues de ton père ! », et ne cessa de rigoler qu'en se farcissant le poignard. Et c'était si bon, la gueule qu'elle tirait, si bon qu'il n'arracha le poignard que pour le replanter. Ne daignant pas seulement venir en personne le juger, après sa capture près de Sept-Rus, le vieux lord Walder Frey avait délégué l'un de ses *bâtards,* cette espèce de Walder Rivers, et Chett s'était tout à coup retrouvé en route pour le Mur avec ce puant diable noir de Yoren. Son seul moment de jouissance, on le lui faisait payer de la vie.

Mais il entendait à présent prendre sa revanche, avec les femmes de Craster en sus. *S'est pas gouré, ce vieux tordu de sauvageon. Si t'as envie d'épouser une femme, prends-la, donnes-y surtout pas des fleurs pour pas qu'elle voye tes putains de cloques.* Cette gaffe-*là*, Chett se jurait de ne plus la commettre.

Ça marcherait, se promit-il pour la centième fois. *Du moment qu'on se tire sans bavures.* Ser Ottyn foncerait au sud, vers Tour Ombreuse, le plus court chemin pour le Mur. Y *s'occupera pas de nous, pas Wythers, tout ce qu'y voudra, c'est rentrer entier.* Bon, il y avait Thoren Petibois, lui, c'était attaquer au plus tôt, son truc, mais la prudence de ser Ottyn était trop bien ancrée pour ça, et puis c'était lui, le plus haut gradé. *Fout rien, de toute façon. Une fois qu'on sera partis, libre à Petibois d'atta- quer qui ça lui chante. Nous fait quoi ? Si pas un d'eux rejoint le Mur, jamais personne viendra nous chercher, on pensera qu'on est tous morts avec les autres.* Cette idée toute neuve le séduisit un moment. Sauf qu'il fau- drait tuer ser Ottyn et ser Mallador Locke aussi pour remettre à Petibois le commandement, et que tous les deux se trouvaient sous bonne garde nuit et jour... Non, beaucoup trop risqué.

« Chett, intervint P'tit Paul comme on cahotait dans la caillasse d'une sente à gibier parmi pins plantons et vigiers, et l'oiseau ?

— Quel putain d'oiseau ? » Son dernier souci, qu'une tête de veau l'emmerde avec des lubies d'oiseau !

« Çui au Vieil Ours, le corbeau, là, dit P'tit Paul. Si qu'on tue Mormont, qui va le nourrir ?

— S'en putain branle, non ? Tords-y le cou, si tu veux, aussi.

— Y pas un oiseau que j'y veux du mal, dit le malabar. Mais c'est un qui parle, çui-là. S'y raconte ce qu'on a fait ? »

Fauvette des Sœurs s'esclaffa. « P'tit Paul, ironisa-t-il, épais comme une muraille.

— La ferme avec ça ! jappa l'autre d'un air menaçant.

— Voyons, Paul..., dit Chett avant qu'il ne se mette trop en rogne, quand y trouveront le vieux dans sa mare de sang, la gorge fendue, z'auront pas besoin d'un oiseau pour se dire qu'on l'a zigouillé. »

P'tit Paul rumina la chose un moment. « C'est vrai, convint-il. J'pourrai garder l'oiseau, alors ? J'aime c't oiseau, moi.

— 'l est à toi, dit Chett, rien que pour le faire taire.

— On pourra se l'bouffer toujours, si qu'on aura faim », proposa Fauvette.

P'tit Paul se rembrunit de nouveau. « F'ras mieux pas toucher *mon* oiseau, Fauvette. F'ras mieux. »

Des voix s'entendaient au travers des arbres. « Fermez vos putains de gueules, vous deux, dit Chett. On est presque au Poing. »

Ayant émergé dans les parages de la face ouest, ils contournèrent la colline vers le sud où la pente était moins sévère. À la lisière de la forêt, une douzaine d'hommes s'exerçaient à l'arc. Ils avaient tracé des silhouettes sur les troncs et y décochaient leurs flèches. « Visez-moi ça, dit Fauvette. Un porc archer. »

Il y avait gros à parier que le tireur le plus proche n'était autre que ser Goret lui-même, le patapouf qui avait piqué sa place à Chett. Sa seule vue transporta celui-ci de fureur.

Il n'avait jamais eu la vie douce que comme ordonnance de mestre Aemon. Le vieillard aveugle n'exigeait guère, et Clydas se chargeait d'ailleurs d'en satisfaire la plupart des vœux. Les tâches imparties à Chett : nettoyer la roukerie, faire un peu de feu, rapporter quelques plats, n'avaient rien de sorcier... et jamais mestre Aemon n'avait levé la main sur lui. *Se figure qu'il a qu'à entrer puis à me flanquer dehors, sous prétexte qu'il est né dans la haute et sait lire, hein ? Pourrais bien, moi, y demander de lire mon poignard avant d'y trancher la gorge avec...* « Vous continuez, vous, dit-il à ses compagnons, je reste pour regarder ça. » Les chiens tirant comme des fous pour suivre ceux-ci vers le sommet où les attendait la pâtée, s'imaginaient-ils, Chett botta la lice noire, et cela les calma un peu.

Sans sortir du couvert, il regarda l'obèse manier un arc aussi grand que lui, sa face cramoisie de lune boursouflée par la concentration. Trois flèches étaient plantées dans le sol devant lui. Tarly encocha, banda, maintint longuement la tension tout en s'efforçant d'ajuster, finit par tirer. Le trait s'évanouit dans la verdure. Chett éclata d'un rire sonore, un hennissement de mépris charmé.

« On retrouvera jamais cette flèche, et c'est à moi qu'on va le reprocher, déclara Edd Tallett, l'écuyer grincheux et grison que l'on appelait la Douleur. Jamais rien disparaît sans qu'on me regarde de travers, jamais depuis la fois que j'ai perdu mon canasson. Comme si j'avais pu rien contre. Il était blanc, et y neigeait. S'attendaient à quoi, eux ?

— Là, c'est le vent qui l'a emportée, dit Grenn, un autre copain de lord Snow. Essaie que ton arc bouge pas, Sam.

— Il est lourd », se plaignit l'obèse, mais il n'en tira pas moins une nouvelle fois. Cette deuxième flèche prit un essor tel qu'elle traversa les branches dix pieds au-dessus de la cible.

« M'est avis que t'as détaché une feuille, dit Edd-la-Douleur. On tombe vite quand on tombe, et y a rien à faire. » Il soupira. « Et on sait tous ce qui suit la chute. Mais c'est que j'ai froid, bons dieux. Tire ta dernière, Samwell, la langue me gèle au palais, je crois. »

En voyant ser Goret abaisser son arc, Chett pensa qu'il allait se mettre à brailler. « C'est trop dur.

— Encoche, bande et lâche, dit Grenn. Allez... »

D'un air consciencieux, l'obèse arracha la flèche du sol, l'encocha sur la corde, banda, lâcha. Ce bien vite, sans loucher péniblement sur le bois du trait comme il l'avait fait pour les deux premiers. Et la flèche alla se ficher, trépidante, au bas du torse de la silhouette charbonnée. « Je l'ai *eu*... » Ser Goret semblait suffoqué. « Grenn, tu as vu ? Edd, regarde, je l'ai eu !

— Entre les côtes, je dirais, dit Grenn.

— Est-ce que je l'ai tué ? » s'inquiéta l'obèse.

Tallett haussa les épaules. « Y aurais perforé un poumon, s'il avait un poumon. La plupart des arbres en ont

21

pas, d'habitude. » Il prit l'arc des mains de Sam. « Vu pire, comme coup, toujours. Ouais, et fait aussi, des fois. »

Ser Goret rayonnait. Qu'à le voir, vous auriez pensé qu'il venait vraiment d'*accomplir* un exploit. Mais quand il vit Chett et les chiens, son sourire se racornit et mourut sur un couinement.

« T'as touché qu'un arbre, dit Chett. Reste à voir comment tu tires quand c'est les potes à Mance Rayder. Resteront pas les branches en l'air à trembler de toutes leurs feuilles, eux, oh que non. Que c'est droit sur toi qu'y marcheront en te gueulant en pleine gueule, et j'parie que t'en compisseras tes braies. Et qu'un te plantera sa hache entre ces petits yeux de porc. Et que le dernier truc que t'entendras, c'est le *crrrac* que ça fait quand ça t'ouvre le crâne. »

Le patapouf s'était mis à trembler. Edd-la-Douleur lui posa une main sur l'épaule. « Il ne suffit pas, frère, dit-il à Chett d'un ton solennel, que ça te soit arrivé à toi pour que Samwell y soit lui-même condamné.

— Tu parles de quoi, Tallett ?

— De la hache qui t'a fendu le crâne. Est-il exact que la moitié de ta cervelle s'est répandue par terre et que tes limiers l'ont bouffée ? »

Ce grand rustre de Grenn se mit à rigoler, et Sam Tarly lui-même s'extirpa l'ombre d'un pauvre sourire. Après avoir botté le premier chien venu, Chett tira violemment sur les laisses et entreprit de grimper le versant. *Souris tout ton saoul, ser Goret. On verra qui rit, cette nuit.* Que n'avait-il le temps de tuer Tallett également... *Ganache de butor sinistre, et puis c'est tout.*

L'escalade était rude, même par ce côté, le moins pentu pourtant du Poing. À mi-hauteur, les chiens se mirent à clabauder en tirant, plus persuadés que jamais qu'on allait bientôt les nourrir. Au lieu de quoi Chett leur fit savourer sa botte, et sa cravache cingla le grand laid qui grondait vers lui. Après les avoir attachés, il se présenta au rapport. « Y avait bien les empreintes comme a dit Géant, mais les chiens ont pas voulu suivre, dit-il à Mormont planté devant sa vaste tente noire. Comme ça, vers l'aval, pouvaient être anciennes.

— Dommage. » Chauve et hirsute de poil gris, le lord Commandant semblait aussi las que sa voix. « Un peu de viande fraîche nous aurait tous ravigotés. » Sur son épaule, le corbeau fit écho : « *Tous, tous, tous* », la tête inclinée de côté.

Y aurait qu'à cuire les putains de chiens, songea Chett, mais il garda son clapet clos jusqu'à ce que Mormont le congédie. *La dernière fois qu'y me faudra y faire des courbettes, à çui-là*, se dit-il tout aise à part lui. Quand il aurait juré la chose impossible, le froid, semblait-il, s'aggravait encore. Les chiens se pelotonnaient misérablement sur le sol gelé, et il fut une seconde presque tenté de se blottir au milieu d'eux. À défaut, il s'entortilla le bas du museau dans une écharpe de laine noire et n'y réserva qu'une fente pour la bouche entre deux rafales. Trouvant qu'il avait plus chaud s'il continuait à bouger, il fit lentement le tour de l'enceinte, pour partager des chiques de surelle avec les frères en sentinelle en les écoutant dégoiser, le temps d'un mâchouillage ou deux. Le quart de jour ne comportait aucun de ses affidés ; il s'imagina néanmoins judicieux de se faire une vague idée de ce qu'ils pensaient. Plus ou moins tous pensaient qu'il faisait un putain de froid.

Tandis que s'allongeaient les ombres, forcissait la bise. À force de grelottements au travers des moellons du mur, elle produisait un menu geignement suraigu. « Je déteste ce bruit, déclara Géant du haut de ses trois pommes. Me fait l'effet qu'y a un bébé dans les broussailles, à vagir pour avoir son lait. »

Quand son circuit le ramena auprès des chiens, Chett trouva Fauvette qui l'attendait. « Les officiers sont de nouveau sous la tente au Vieil Ours. Ça cause que plaies et bosses.

— Leur truc à eux, dit Chett. C'est que du beau monde, à part Blane, ça se saoule à l'épée plutôt qu'au pinard. »

Fauvette se rapprocha d'un air furtif. « Y a Cerv'las qu'arrête pas, 'vec son oiseau, prévint-il, tout en scrutant les alentours pour s'assurer qu'aucune oreille ne traînait par là. V'là main'tenant qu'y d'mande si on a planqué du grain pour son foutu bétail.

— C'est un corbeau, dit Chett. Y bouffe des cadavres. » Fauvette s'épanouit. « Çui à Cerv'las, p't-êt' ? »

Ou le tien. Aux yeux de Chett, le malabar leur serait plus précieux que Fauvette. « T'inquiète, pour P'tit Paul, tu veux ? Tu joues ton rôle, y jouera l'sien. »

Le crépuscule se faufilait à travers les bois quand, débarrassé du Sœurois, Chett s'assit pour affûter sa lame. C'était putain dur à faire avec des gants, mais il n'était pas près de les retirer. Froid comme il faisait, le corniaud qui touchait l'acier à main nue s'y paumait un lambeau de peau.

Les chiens se mirent à gémir quand le soleil eut disparu. Il les abreuva d'eau et de malédiction. « Encore une demi-nuit, et vous vous dégotterez de quoi festoyer. » Là-dessus lui parvint le fumet du souper.

Dywen était en train de pérorer devant le feu lorsque Chett reçut des mains d'Hake le cuistot son bol de soupe au lard et aux fayots et son quignon de pain de munition. « Les bois sont trop silencieux, disait le vieux forestier. Pas d'grenouilles près d'la rivière et pas d'hiboux dans l'noir. Jamais entendu d'bois pus morts qu' ça.

— Pus mort sonnant, y a les dents qu' t'as », dit Hake.

Dywen fit cliqueter son râtelier de bois. « Et d'loups non pus. Y avait, avant, y a pus. Où c'qu' sont allés, t'as idée, toi ?

— Quèqu' part qu' fait chaud », dit Chett.

De la douzaine d'hommes installés d'aventure autour du foyer, quatre étaient à lui. Il les scruta tour à tour d'un œil torve pour contrôler qu'ils n'allaient pas lâcher. Comme tous les soirs, Surin, muet, aiguisait son arme d'un air assez calme. Et Gentil Mont-Donnel blaguait sans relâche avec un naturel parfait. Lippu de rouge et blanc de dents, casqué de boucles jaunes qui lui cascadaient jusqu'à l'épaule comme par mégarde, il se revendiquait bâtard de quelque Lannister. Peut-être l'était-il, en plus. Chett n'avait que foutre de jolis garçons, de bâtards non plus, mais Gentil semblait du genre à ne pas flancher.

24

Plus douteux paraissait le forestier que les frères surnommaient la Scie, rapport moins aux arbres qu'à ses ronflements. Et Maslyn était pire encore. Chett le voyait, en dépit de la bise glacée, suer à grosses gouttes. La lueur du feu les faisait scintiller comme autant de joyaux liquides. Et, au lieu de manger, Maslyn s'écarquillait sur sa soupe comme si l'odeur allait l'en faire dégobiller. *Me faut le surveiller, çui-là,* se dit Chett.

« Rassemblement ! » Brusquement surgi d'une douzaine de gorges, l'appel se répandit en quelques secondes aux quatre coins du campement. « Hommes de la Garde ! Rassemblement auprès du feu central ! »

Les sourcils froncés, Chett acheva sa soupe et suivit les autres.

Le Vieil Ours se dressait devant les flammes avec, dans son dos, rangés côte à côte, Petibois, Locke, Wythers et Blane. Il portait une épaisse pelisse de fourrure noire et, perché sur son épaule, son corbeau lissait son plumage de jais. *Ça promet rien de bon.* Chett s'insinua entre des types de Tour Ombreuse et Bernarr-le-brun. Une fois regroupé tout son monde, à l'exception des sentinelles de l'enceinte et des guetteurs apostés dans les bois, Mormont s'éclaircit la gorge et cracha. Crachat gelé le temps d'atteindre le sol. « Frères, dit-il, hommes de la Garde de Nuit.

— *Hommes !* cria le corbeau, *hommes ! hommes !*

— Les sauvageons se sont mis en marche, ils dévalent des montagnes en suivant le cours de la Laiteuse. À en croire Thoren, leur avant-garde sera sur nous d'ici à dix jours. La fleur de leurs guerriers s'y trouvera sous les ordres d'Harma la Truffe. Il est probable que les autres composeront une arrière-garde ou chevaucheront de conserve avec Mance Rayder en personne. Sans quoi leurs combattants formeront un fil échelonné le long de la colonne. Ils ont des bœufs, des mules, des chevaux... mais assez peu. La plupart iront à pied, et mal armés, pas entraînés. Il doit entrer plus de pierre et d'os que d'acier dans leur armement. Ils sont encombrés de femmes, d'enfants, de troupeaux de moutons, de chèvres, et de tous leurs biens matériels en plus. Bref, ils sont, malgré leur nombre, vulnérables... et *ils ne savent pas que nous sommes ici*. Les dieux veuillent du moins que ce soit le cas. »

Ils savent, songea Chett. *Ils savent, putain de vieux sac à pus ! aussi sûr que le soleil se lève. Il est pas revenu, Qhorin Mimain, si ? Et Jarman Buckwell non plus. Si z'en ont pris un, tu sais foutrement bien que les sauvageons y ont tiré déjà un ou deux couplets de sa chansonnette.*

Petibois s'avança. « Mance Rayder veut rompre le Mur et porter la guerre rouge dans les Sept Couronnes. Hé bien, c'est une partie qui peut se jouer à deux. C'est à lui, demain, qu'on portera la guerre.

— Nous partirons à l'aube avec toutes nos forces, dit le Vieil Ours, tandis qu'un murmure parcourait la presse. Nous chevaucherons plein nord avant de décrire une boucle à l'ouest. L'avant-garde d'Harma aura largement dépassé le Poing quand nous obliquerons. Le piémont des Crocgivre est bourré de combes sinueuses idéales pour l'embuscade. Leur ligne de marche va s'étirer sur des lieues de long. Nous leur tomberons sur le râble à des tas d'endroits à la fois, tant et si bien qu'ils jureront qu'on est trois mille, et pas trois cents.

— On cogne dur et on se tire avant que leurs cavaliers puissent se grouper pour nous affronter, précisa Thoren. S'ils poursuivent, on les entraîne gentiment au diable, et puis demi-tour pour frapper de nouveau la colonne ailleurs. On brûle leurs fourgons, disperse leurs troupeaux, leur tue le plus de gens qu'on peut. Mance Rayder lui-même, si on le trouve. Qu'ils se débandent et rentrent dans leurs bouges, c'est gagné. Sinon, on les harcèle jusqu'au Mur, sans trêve, et on se débrouille pour qu'un sillage de cadavres marque leur progression.

— *Y sont des milliers,* signala quelqu'un derrière Chett.

— *On va crever.* » La voix de Maslyn, verte de trouille.

« *Crever,* cria le corbeau de Mormont en brassant l'air de ses noires ailes, *crever, crever, crever.*

— Nombre d'entre nous, convint le Vieil Ours. Peut-être même tous. Mais, comme l'a dit un autre lord Commandant voilà quelque mille ans, "c'est pour cela qu'on nous revêt de noir". Souvenez-vous de vos vœux, frères.

26

Parce que nous sommes *l'épée dans les ténèbres, le veilleur au rempart...*

— *Le feu qui flambe contre le froid.* » Ser Mallador dégaina sa longue épée.

« *La lumière qui rallume l'aube* », reprirent des voix, tandis que de nouvelles lames sortaient du fourreau.

Et puis chacun tira la sienne, et ce furent près de trois cents qui se brandirent pendant qu'autant de voix clamaient : « *Le cor qui secoue les dormeurs ! Le bouclier protecteur des royaumes humains !* » Force fut à Chett de se joindre aux autres. L'air était tout embrumé d'haleines, et l'acier reflétait les flammes. Chett constata avec plaisir qu'à son instar et Fauvette et Gentil MontDonnel et Surin glapissaient autant que s'ils étaient aussi déments que le reste de la bougraille. À la bonne heure. Il eût été stupide d'attirer l'attention, si près du moment décisif.

Comme s'éteignaient les clameurs, il perçut une fois de plus le gémissement qu'exhalait la bise au travers du mur. Comme affectées aussi par l'excès du froid, les flammes se tordirent en frissonnant, et, dans le soudain silence, le corbeau du Vieil Ours croassa crûment puis rabâcha : « *Crever* ».

Perspicace, l'oiseau, songea Chett pendant que les officiers licenciaient la troupe en recommandant à chacun de prendre un repas solide et un repos copieux. Il se glissa sous ses fourrures auprès des chiens, la tête farcie d'incidents susceptibles de survenir. Que se passerait-il si ce putain de serment faisait tourner casaque à l'un des conjurés ? Ou si P'tit Paul, oubliant sa leçon, tentait de trucider Mormont durant la deuxième veille et non la troisième ? Ou si Maslyn se dégonflait, si quelqu'un se révélait un mouchard, si... ?

Il se surprit à écouter la nuit. En effet, la bise vagissait comme un moutard, et par intermittence s'y mêlaient des voix d'hommes, le hennissement rêveur d'un cheval, les crachotements d'une bûche. Mais c'était tout. *Un silence tellement total...*

La gueule de Bessa se mit à flotter devant lui. *C'était pas le poignard que je voulais te foutre*, avait-il envie de lui expliquer. *Je t'ai cueilli des fleurs, des églantines et des barbotines et des coupes d'or, ça m'a pris toute la mati-née.* Son cœur battait comme un tambour, si fort qu'il redoutait d'en réveiller le camp. Il avait la barbe, autour de la bouche, encroûtée de glace. *D'où ça m'est venu, pour Bessa ?* Jusque-là, chaque fois qu'il avait repensé à elle, il s'était seulement souvenu de la gueule qu'elle tirait en agonisant. Il avait quoi, là ? À peine pouvait-il respirer. S'était-il assoupi ? Il se hissa sur ses genoux, et quelque chose d'humide et froid lui toucha le nez. Il leva les yeux.

Il neigeait.

Il sentit des larmes se geler sur ses joues. *C'est pas juste !* aurait-il volontiers gueulé. La neige allait tout démolir, ses efforts, ses plans si patiemment échafaudés. Il neigeait à verse, de gros flocons blancs qui le prenaient tous pour cible. Comment retrouver, sous la neige, les planques de vivres, et comment, la sente à gibier qui devait les mener vers l'est ? *Z'auront pas non plus besoin de Dywen et Bannen pour nous donner la chasse, pas si qu'on trace dans la fraîche, maintenant.* Et la neige mas-quait les accidents de terrain, notamment la nuit. Un che-val risquait de trébucher sur les racines ou de se casser une jambe dans la rocaille. *On est refaits,* comprit-il. *Refaits avant d'avoir commencé. Perdus qu'on est.* Il n'y aurait pas d'existence seigneuriale pour le fils du cher-che-sangsues, il n'aurait pas de fort à lui, pas plus d'épou-ses que de couronne. Rien qu'une épée sauvageonne en pleines tripes, et puis une tombe anonyme. *La neige m'enlève tout... la putain de neige...*

La neige qui l'avait déjà ruiné une fois. Snow[1] et son goret, chouchou.

Chett se leva. Il avait les jambes raides, et les torches lointaines n'émettaient plus, derrière l'incessant rideau de flocons, que de vagues lueurs orange. Il avait l'impres-sion de subir l'assaut d'une nuée d'insectes pâles et fris-quets. Ils investissaient ses épaules et son crâne, lui volaient dans les narines et dans les yeux. Avec un juron,

---

1. *Neige,* sobriquet de tous les bâtards dans le Nord, comme Rivers, *Rivières,* dans le Conflans, etc. *(N.d.T.)*

il les balaya. *Samwell Tarly,* se souvint-il. *Ser Goret, je peux encore y régler son compte.* Il s'entoura la figure dans son écharpe, rabattit son capuchon et, à grandes enjambées, traversa le camp vers l'endroit où dormait le pleutre.

La neige tombait si dru qu'il faillit s'égarer parmi les tentes, mais il finit par repérer le petit abri douillet que s'était bricolé l'obèse entre ses cages et un rocher. Tarly était enseveli sous un monceau de couvertures de laine noires et de fourrures échevelées. Avec la neige qui achevait peu à peu de le duveter dans son antre, il avait l'air d'une espèce de montagne à courbures molles. Quand Chett dégaina sa dague, l'acier tira du cuir un murmure aussi ténu que l'espoir. L'un des corbeaux fit *croâ.* « Snow », marmonna un autre en dardant son œil noir au travers des barreaux. Le premier surenchérit par un « Snow » à lui. N'avançant prudemment que pas après pas, Chett les dépassa. Il allait abattre sa main gauche sur la bouche du patapouf pour étouffer ses cris, et puis...

Uuuuuuuhoooooooooo.

Un pied en l'air, il s'immobilisa, juron ravalé, tandis que l'appel du cor grelottait à travers le camp, faible et distant mais impossible à méconnaître. *Pas maintenant... Maudits soient les dieux, pas MAINTENANT !* Tout autour du Poing, le Vieil Ours avait camouflé des guetteurs dans les arbres pour prévenir de toute approche. *Jarman Buckwell qui rentre de la Chaussée du Géant,* se figura Chett, *ou Qhorin Mimain du col Museux.* Un seul appel signifiait le retour de frères. Si c'était le Mimain, Jon Snow serait avec lui, vivant.

Sam Tarly se jucha sur son séant et, l'œil bouffi, fixa la neige d'un air ahuri. Malgré les corbeaux qui croassaient à plein gosier, Chett distingua les abois furieux de ses chiens. *Voilà réveillée la putain de moitié du camp.* Ses doigts gantés se resserrèrent autour du manche du poignard, et il attendit que l'appel s'éteigne. Mais à peine se fut-il éteint qu'il retentit à nouveau, plus fort et prolongé :

Uuuuuuuuuuuuuuuuhoooooooooooooooooooo.

« Bons dieux ! » entendit-il Sam Tarly gémir. Une embardée mit à genoux l'obèse, les pieds empêtrés dans ses couvertures et son manteau. Les repoussant d'une ruade, il attrapa un haubert de mailles qu'il avait suspendu au rocher voisin. Pendant qu'il l'enfilait par-dessus sa tête comme une énorme tente et gigotait pour s'y ajuster, il aperçut Chett debout, là. « C'étaient deux sonneries ? demanda-t-il. J'ai rêvé que j'en entendais deux...

— Pas rêvé, dit Chett. Deux sonneries, l'appel aux armes de la Garde. Deux sonneries, l'approche d'ennemis. Y a une hache qu'a *Goret,* là-bas dehors, écrit dessus, gros tas. Veut dire *sauvageons,* deux sonneries. » La trouille qu'il lisait sur ce groin lunaire lui donnait envie de rigoler. « Z'aillent tous se faire foutre aux sept enfers. Putain d'Harma. Putain de Mance Rayder. Putain d'P'tibois qui disait qu'y nous tomb'raient d'sus qu' dans... »

Uiiiiiiiiiiiiiiiiiiiiiiiiiiiihooooooooooooooooooooooooooooooooooo.

L'appel dura, dura, dura, dura tellement qu'il semblait ne jamais devoir rendre le dernier souffle. Les corbeaux battaient des ailes en criant à qui mieux mieux, volant dans leurs cages et rebondissant contre les barreaux, tandis que par tout le camp se ruaient les frères de la Garde de Nuit qui pour endosser son armure, qui boucler son ceinturon, qui saisir sa hache ou son arc. Samwell Tarly tremblait de pied en cap, aussi livide que la neige qui tombait tout autour en virevoltant. « Trois, couina-t-il à Chett, c'en fait trois, j'ai entendu trois. Jamais on n'en sonne trois. Pas depuis des centaines et des milliers d'années. Trois signifient...

— *Autres.* » Ce qu'émit Chett ensuite était à mi-chemin du rire et du sanglot, puis, tout à coup, trempée fut sa culotte, et il sentit la pisse lui dégouliner le long de la jambe, et il vit, de son devant de braies, s'élever des vapeurs.

JAIME

Aussi câline et parfumée que les doigts de Cersei, une brise d'est taquinait ses cheveux hirsutes. Il entendait chanter des oiseaux, et il sentait la rivière courir sous la coque tandis que la faux des rames les emportait vers le rose pâlot de l'aube. Après tant de temps dans le noir, le monde avait tant de suavité que la tête tournait à Jaime Lannister. *Je suis en vie, et saoulé de soleil.* Un rire lui éclata aux lèvres, aussi subit qu'un essor de caille du fond d'un fossé.

« Silence », grommela la fille en se renfrognant. Attitude qui seyait mieux que sourire à sa large face dénuée d'attraits. Non que Jaime l'eût jamais vue sourire. Il se divertissait à la dépouiller de son justaucorps de cuir clouté pour la parer des soieries de Cersei. *Autant satiner une vache que ce bestiau-là.*

Mais la vache avait de quoi ramer. Sous ses braies de bure brune se discernaient des jarrets de chêne, et les longs muscles de ses bras se contractaient et se détendaient au rythme de la nage. Même après avoir manié l'aviron pendant la moitié de la nuit, elle ne trahissait pas le moindre signe de fatigue, alors qu'il n'en pouvait dire autant, loin de là, de son cousin Cleos, laborieusement attelé à l'autre. *La dégaine robuste d'une paysanne, et pourtant le langage d'une grande dame, et ça porte rapière et poignard. Mais sait-elle s'en servir, au fait ?* Jaime entendait s'en assurer, sitôt délivré de ses fers.

Il avait des menottes de fer aux poignets, et l'équivalent

aux chevilles, ce au bout d'une lourde chaîne qui n'avait pas plus d'un pied de long. « Ma parole de Lannister vous paraît donc insuffisante... », avait-il blagué tandis qu'on l'en affublait. Il était fin saoul, pour lors, grâce à Catelyn Stark. De leur fuite de Vivesaigues, il ne se rappelait que bribes décousues. Le geôlier qui faisait des difficultés, mais la grande bringue en avait eu raison. Puis qu'on avait monté un escalier sans fin qui tournait, tournait. Qu'il avait les jambes molles comme de l'herbe, et qu'il avait trébuché deux ou trois fois, jusqu'à ce que la fille lui prête un bras pour se soutenir. Qu'à un moment on l'avait empaqueté dans un manteau de voyage et flanqué au fond d'une barque. Que lady Catelyn avait ordonné à quelqu'un de lever la herse de la porte de l'Eau. Déclarant d'un ton qui ne souffrait pas de réplique qu'elle renvoyait à Port-Réal ser Cleos Frey transmettre à la reine de nouvelles propositions.

Il avait dû s'assoupir, alors. Le vin l'avait ensommeillé, et c'était une jouissance que de s'étirer, un luxe que jusque-là lui interdisaient ses chaînes, dans le cachot. Jaime avait depuis longtemps appris à piquer un bout de roupillon en selle durant la marche. Ceci n'était pas plus dur. *Tyrion rigolera comme un malade en apprenant que j'ai ronflé durant mon évasion.* Sauf qu'il ne dormait plus, et que ses fers l'asticotaient. « Dame, appela-t-il, si vous me dissipez ces chaînes, je vous envoûterai par mes dons de rameur. »

Elle se renfrogna de nouveau, toute en dents de cheval et l'œil noir de méfiance. « Vous garderez vos chaînes, Régicide.

— Vous comptez ramer tout du long jusqu'à Port-Réal, fillette ?

— Appelez-moi Brienne. Pas *fillette*.

— Je m'appelle ser Jaime. Pas *Régicide*.

— Niez-vous avoir assassiné un roi ?

— Non. Niez-vous votre sexe ? Alors, délacez vos braies et faites-moi voir. » Il la gratifia d'un sourire candide. « Je vous prierais bien volontiers d'ouvrir votre corsage mais, à vous regarder, ce ne serait guère probant. »

Ser Cleos s'offusqua. « Vous oubliez vos manières, cousin. »

Le sang Lannister n'est dans ses veines qu'un filet. Cleos était né de Tante Genna par cet empoté d'Emmon Frey qui, depuis le jour de leurs noces, vivait dans la terreur de son beau-frère, lord Tywin. Lorsque lord Walder Frey avait opté pour Vivesaigues, ser Emmon avait, lui, choisi le camp de sa femme contre son père. *Le pire marché possible pour Castral Roc,* se dit Jaime. Avec un museau de belette, ser Cleos se battait comme une oie, sa bravoure étant celle d'une agnelle des plus intrépides. Lady Stark lui avait promis de le libérer s'il transmettait son message à Tyrion, et il avait solennellement juré de le faire.

Des serments, ils en avaient tous fait des tas, dans ce fameux cachot, Jaime plus que quiconque. Le prix imposé par lady Catelyn pour le relâcher. L'épée de la grande bringue pointée sur son cœur, elle avait dit : « Jurez de ne plus jamais prendre les armes contre Stark ni contre Tully. Jurez d'obliger votre frère à tenir sa parole de me restituer mes filles saines et sauves. Jurez-le sur votre honneur de chevalier, sur votre honneur de Lannister, sur votre honneur de frère juré de la Garde. Jurez-le sur la tête de votre sœur, sur celle de votre père, sur celle de votre fils, par les dieux anciens et nouveaux, et je vous renverrai à Cersei. Refusez, et j'aurai votre sang. » Il se rappelait la piqûre de l'acier qu'elle vrillait à travers ses hardes.

Me plairait de savoir ce que le Grand Septon trouverait à dire sur la sainteté des serments prêtés lorsqu'on est ivre mort, enchaîné à un mur et une épée pressée sur la poitrine... Non que Jaime eût vraiment cure de cette énorme escroquerie, ni du respect des dieux hautement invoqués. Il se rappelait la tinette qu'avait répandue d'un coup de pied lady Catelyn sur la paille de la cellule. Fallait-il être extravagante pour s'en remettre du sort de ses filles à un homme à qui la merde tenait lieu d'honneur. Encore que sa confiance en lui fût des plus rétives. *C'est en Tyrion, pas en moi, qu'elle fonde tous ses espoirs.*

« Peut-être, après tout, n'est-elle pas si bête », dit-il à haute voix.

Sa ravisseuse s'y méprit. « Je ne suis pas bête. Ni sourde. »

Il se montra généreux ; se ficher d'elle était si facile que le jeu n'aurait aucun sel. « Je me parlais tout seul, et pas de vous. C'est une manie que les oubliettes vous font attraper comme un rien. »

Elle le dévisagea, les sourcils froncés, tout en tirant, poussant, tirant sur les rames sans souffler mot.

De langue aussi déliée que jolie de minois. « À en juger d'après votre élocution, vous êtes de noble naissance.

— Mon père est Selwyn de Torth, seigneur de La Vesprée par la grâce des dieux. » Même cela n'était accordé que de mauvais gré.

« Torth, dit Jaime. Un écueil d'une étendue horrible dans le détroit, si ma mémoire est bonne. Et La Vesprée, lige d'Accalmie. Comment se fait-il que vous serviez Robb de Winterfell ?

— C'est lady Catelyn que je sers. Et elle m'a commandé de vous remettre sain et sauf à votre frère Tyrion, à Port-Réal, pas de discutailler avec vous. Silence.

— Le silence, j'en ai jusque-là, femme.

— Alors, parlez avec ser Cleos. Les monstres me laissent sans voix.

— Hou... ! fit Jaime, il y a des monstres par ici ? Tapis sous l'eau, peut-être ? Ou dans ce bosquet de saules ? Et moi qui n'ai pas mon épée...

— Un homme capable de profaner sa propre sœur, d'assassiner son propre roi et de précipiter un enfant innocent dans le vide pour le tuer ne mérite pas d'autre qualificatif. »

Innocent ? Ce maudit mioche nous espionnait. Jaime n'avait eu qu'un désir, passer une heure seul avec Cersei. Leur équipée vers le nord, la voir chaque jour sans pouvoir la toucher, savoir en plus que, chaque nuit, Robert s'affalait, l'ivrogne ! dans sa couche, au fond de ce monument de carrosse brinquebalant, quel interminable supplice ç'avait été... Tyrion avait beau faire de son mieux pour le maintenir en gaieté, cela ne compensait pas. « Pour ce qui est de Cersei, veuillez la respecter, fillette.

— Brienne est mon nom, pas *fillette*.

— Que vous chaut du nom que vous donne un monstre ?

— Brienne est mon nom, répéta-t-elle avec un acharnement de roquet.

— Lady Brienne ? » À voir sa mine affreusement gênée, Jaime pressentit un point faible. « Ou vous agréerait-il mieux *ser* Brienne ? » Il s'esclaffa. « Non, je crains que non. Il est toujours possible de maquiller une vache laitière en l'accoutrant d'une croupière, d'une têtière et d'un chanfrein, mais de là à la monter comme destrier...

— Pardonnez, cousin Jaime, vous ne devriez pas vous montrer si grossier. » Sous son manteau, ser Cleos arborait un surcot où s'écartelaient le lion d'or Lannister et les tours jumelles de la maison Frey. « Les querelles sont malvenues, quand on a tant de route à faire ensemble.

— Mes querelles, moi, je les règle à l'épée, cousinet. C'est à madame que je causais. Dites-moi, fillette, toutes les femmes de Torth sont-elles aussi avenantes que vous ? Je plains les hommes, si tel est le cas. À moins que, vivant en pleine mer sur ces pics moroses, ils n'ignorent de quoi les vraies femmes ont l'air...

— Torth est magnifique, grogna la gueuse entre deux coups d'aviron. On l'appelle l'île Saphir. Taisez-vous, monstre, si vous ne voulez pas que je vous bâillonne.

— Elle y va fort aussi, non, cousinet ? lança Jaime. Mais en guise de moelle, elle a de l'acier, ça, je te l'accorde. Peu d'hommes osent me dire monstre en face. » *Mais ils doivent bien, dans mon dos, s'exprimer en termes assez libres, j'en suis convaincu.*

Ser Cleos toussa nerveusement. « C'est assurément de Catelyn Stark que lady Brienne tient ces calomnies. Les Stark ne pouvant espérer vous vaincre par les armes, ser, voilà qu'ils font la guerre avec des mots empoisonnés. »

Ils m'ont bel et bien vaincu par les armes, espèce de museau de crétin fuyant. Jaime sourit d'un air entendu. Permettez-leur, et les gens ne demandaient qu'à lire des tas de choses derrière un sourire entendu. *Cousin Cleos a-t-il véritablement gobé sa potée de fumier, ou tente-t-il tout bonnement de se faire bien voir ? À quoi avons-nous affaire ici, à un lèche-cul ou à une andouille honnête ?*

Ser Cleos reprit allégrement son babillage. « Il faudrait ignorer jusqu'au sens d'*honneur* pour croire un frère juré de la Garde capable de maltraiter un enfant. »

Lèche-cul. À dire vrai, Jaime s'était vite repenti d'avoir repoussé Brandon Stark dans le vide. Cersei n'avait cessé de le chagriner, dès lors que le gamin refusait de crever. « Il n'avait que *sept* ans, Jaime, morigénait-elle. Dût-il comprendre ce qu'il voyait, nous aurions toujours trouvé le moyen de l'effrayer pour qu'il se taise.

— Je ne pensais pas que tu aies envie...

— Tu ne penses *jamais*. S'il finit par se réveiller et dit à son père ce qu'il a vu...

— Si si si. » Il l'avait attirée sur ses genoux. « S'il se réveille, nous dirons qu'il a rêvé, nous le traiterons de menteur et, dans le pire des cas, je tuerai Ned Stark.

— Et alors, selon toi, que fera *Robert* ?

— Que Robert fasse ce qui lui chante. Je guerroierai contre lui, s'il le faut. Et c'est « Le Con de Cersei » que les chanteurs appelleront notre conflit.

— Lâche-moi, Jaime ! » s'insurgea-t-elle avec fureur en se débattant pour se relever.

Au lieu de quoi il l'avait embrassée. Elle résista un moment, mais sa bouche s'ouvrit à la sienne, finalement. Sa langue avait, se souvenait-il, un goût de girofle et de vin. Un long frisson parcourut Cersei. Il porta la main vers son corsage et le lui arracha, déchirant la soie pour mieux dénuder sa gorge, et ils oublièrent le petit Stark quelque temps.

Cersei se l'était-elle ensuite rappelé ? Avait-elle, afin de s'assurer qu'il ne se réveille jamais, engagé le type dont parlait lady Catelyn ? *Si elle avait voulu sa mort, c'est moi qu'elle en aurait chargé. Et ça ne lui ressemble pas, de choisir un bousilleur pareil pour exécutant.*

Vers l'aval, le soleil levant miroitait sur les flots flagellés par le vent. La berge sud était d'argile rouge, et douce comme tout. De petits cours d'eau se déversaient dans le grand, et des arbres noyés pourrissaient, toujours accrochés aux rives. La berge nord était plus âpre. Hauts d'une vingtaine de pieds, ses escarpements rocheux portaient un fouillis de hêtres, de chênes et de châtaigniers. Là-bas devant se dressait sur une éminence une tour de guet qui grandissait à chaque coup de rame. Bien avant qu'on ne l'eût atteinte, pierres érodées submergées de rosiers grimpants, Jaime la savait abandonnée.

Lorsque tourna le vent, ser Cleos aida la grande bringue à hisser la voile, un triangle de grosse toile rigide à rayures rouges et bleues. Aux couleurs Tully, parfaites pour s'attirer malheur si l'on croisait par là des forces Lannister, mais on n'en avait pas d'autre. Brienne prit la barre. Jaime fit ferrailler ses chaînes en se propulsant vers le bordage sous le vent. Également favorisée par le courant, leur fuite s'accéléra désormais. « Nous nous épargnerions un bon bout de trajet si vous me remettiez à mon père et pas à mon frère, signala-t-il.

— Les filles de lady Catelyn sont à Port-Réal. Je n'en repartirai qu'avec elles. »

Jaime se tourna vers ser Cleos. « Prête-moi ton couteau, cousin.

— Non. » Elle se crispa. « Pas d'armes pour vous. Je ne le tolérerai pas. » Le ton était inexorable.

Malgré mes fers, elle a peur de moi. « Apparemment, Cleos, j'en suis réduit à te prier de me raser. Laisse la barbe, mais pas un cheveu sur mon crâne.

— Tondu à ras ? demanda Cleos.

— Le royaume connaît Jaime Lannister sous l'aspect d'un chevalier glabre à longs cheveux d'or. Un chauve à barbe jaune et crasseuse a plus de chances de passer inaperçu. Je préférerais n'être pas reconnu tant que je suis aux fers. »

La lame n'avait pas tout à fait le tranchant requis. Cleos tailla d'une main virile et, tout en cisaillant, ravageant la tignasse en friche, en jetait de pleines poignées par-dessus bord. Les mèches dorées flottaient d'abord à la surface et, peu à peu, finissaient par sombrer. Dérangé par l'ouvrage, un pou s'aventura vers la nuque. Jaime le saisit et l'écrabouilla sur l'ongle de son pouce. Ser Cleos en préleva d'autres sur la peau du crâne et les expédia dans l'eau d'une chiquenaude. Après s'être mouillé la tête, Jaime exigea un bon aiguisage avant de laisser son cousin racler jusqu'au cuir pour supprimer le moindre picot de chaume. Cela fait, la barbe fut à son tour débroussaillée.

Jaime ne reconnut pas l'homme que lui reflétaient les flots. Il était non seulement chauve mais semblait avoir vieilli de cinq ans dans ces oubliettes, avec son visage amaigri, des creux sous les yeux et des rides qu'il découvrait. *Je ressemble moins à Cersei, ainsi. Elle va détester.*

Sur le coup de midi, ser Cleos s'était endormi. Ses ronflettes évoquaient des accouplements de canards. Jaime s'étendit commodément pour regarder défiler le monde ; après les ténèbres de la cellule, tout l'émerveillait, chaque arbre et chaque rocher.

De loin en loin venaient puis s'évanouissaient des cabanes composées d'une seule pièce que leurs pilotis dégingandés faisaient ressembler à des grues. Des gens qui vivaient là, pas trace. Des oiseaux traversaient le ciel ou pépiaient dans les frondaisons de la rive, et Jaime aperçut un éclair d'argent qui coupait le courant. *Truite Tully, mauvais présage,* songea-t-il, avant d'en voir un pire – un bois flotté qui, lorsqu'on le dépassa, se révéla être un mort, exsangue et ballonné. Enchevêtrée dans les racines d'un arbre abattu, l'écarlate de son manteau le prouvait Lannister, indéniablement. Le cadavre d'un homme qu'il avait connu ?

Les branches du Trident étaient la voie la plus commode pour transporter marchandises et gens par tout le Conflans. En temps de paix, on aurait croisé des barques de pêcheurs, des barges de grain descendant la rivière à la perche, des échoppes de merciers flottantes où se procurer aiguilles et ballots de tissu, voire la coque à couleur pimpante et les voiles en piqué bariolé d'histrions remontant le courant de château en château, de village en village.

Mais la guerre avait prélevé son péage. On passait devant des villages, et l'on ne voyait pas de villageois. Un filet vide et qui pendouillait, tailladé, en loques, aux branches d'un arbre, de-ci de-là, attestait seul les gens de pêche. Une jeune fille abreuvant son cheval détala sitôt qu'elle aperçut la voile. Plus loin, une douzaine de paysans qui bêchaient la terre au pied d'une carcasse de tour incendiée les regardèrent passer d'un œil morne et, une fois sûrs qu'aucune menace ne pesait sur eux, se remirent à la tâche.

La Ruffurque était large et désormais lente, tout en méandres et tournants flâneurs parsemés d'îlots boisés, tout entrecoupée de bancs de sable et d'écueils presque à fleur d'eau. Brienne se montrait experte à repérer les risques, néanmoins, et elle ne manquait jamais de trouver le chenal. Quand Jaime la complimenta sur sa connaissance de la rivière, elle le fixa d'un air soupçonneux et dit : « Je ne la connais pas. Torth est une île. Je savais déjà manier les rames et la voile que je n'étais pas encore montée à cheval. »

Ser Cleos se mit sur son séant et se frotta les yeux. « Bons dieux, j'ai les bras rompus ! Pourvu que le vent persiste... » Il le flaira. « Sent la pluie. »

Jaime aurait été ravi d'une bonne pluie. Les oubliettes de Vivesaigues n'étant pas le lieu le plus propre des Sept Couronnes, il devait sûrement puer le fromage archi fait.

Cleos loucha vers l'aval. « Fumée. »

Un fin doigt grisâtre se recourbait sur eux. Il s'élevait de la rive sud, plusieurs milles au-delà, tout en volutes sinueuses. Par la suite, Jaime distingua les vestiges d'un vaste édifice qui se consumait, puis un chêne en vie grouillant de femmes mortes.

Les corbeaux les avaient à peine entamées. Le chanvre étroit pénétrait profond dans la chair délicate des gorges, et le moindre souffle faisait osciller et tourner les cadavres. « Voilà qui n'est pas chevaleresque, dit Brienne quand on fut assez près pour voir les détails. Aucun chevalier authentique ne perpétrerait massacre si gratuit.

— Les chevaliers authentiques voient pire, chaque fois que la guerre les met en selle, fillette, répliqua Jaime. Et *font* pire, oui. »

Elle braqua la barre vers la rive. « Je ne permettrai pas que des innocents servent de pâture aux corbeaux.

— Fillette sans cœur. Les corbeaux aussi ont besoin

de manger. Cramponnez-vous à la rivière, femme, et laissez les morts en paix. »

Ils accostèrent juste en amont de l'endroit où l'énorme chêne se déployait au-dessus des flots. Tandis que Brienne affalait la voile, Jaime enjamba gauchement le plat-bord, malgré la chaîne qui l'entravait. La Ruffurque lui emplit les bottes et imbiba ses chausses dépenaillées. Avec de grands éclats de rire, il se laissa tomber à genoux et, plongeant sa tête sous l'eau, la releva dégouttante et trempée. La crasse encroûtait ses mains, mais, après qu'il les eut lavées dans le courant, elles lui parurent plus fines et plus pâles que dans ses souvenirs. Ses jambes étaient roides aussi, et elles flageolèrent lorsqu'il reporta tout son poids dessus. *Je suis foutrement trop resté dans le cachot d'Hoster Tully.*

Brienne et Cleos tirèrent la barque au sec. Les cadavres qui pendaient au-dessus de leurs têtes mûrissaient dans la mort tels des fruits fétides. « L'un de nous doit couper les cordes, dit la fille.

— Je grimperai. » Jaime gagna la rive en ferraillant. « Ôtez-moi seulement ces fers. »

La gueuse persistant à fixer, tête levée, l'une des mortes, il bégaya de petits pas traînards – les seuls que lui permît la longueur de sa chaîne – pour se rapprocher. Le placard trivial qu'il vit accroché au col de la victime la plus haute le fit sourire. *Elles couchaient avec des lions, s'y* lisait-il. « Oh, oui, femme, voilà qui n'est pas des plus *chevaleresque*... mais c'est votre bord, pas le mien, qui l'a perpétré. Qui ça pouvait-il bien être, ces drôlesses ?

— Servantes d'auberge, dit ser Cleos Frey. C'était une auberge, ça me revient. Certains hommes de mon escorte y ont passé la nuit, lors de notre retour à Vivesaigues. » Des bâtiments ne subsistait rien d'autre que les fondations en pierre et un fouillis de poutres calcinées. Les cendres fumaient encore.

Jaime laissait bordels et putes à son frère, Tyrion ; Cersei était la seule femme qu'il eût jamais désirée, lui. « Elles ont dû faire jouir des soldats du seigneur mon père. Leur servir peut-être à boire et à manger. Et voilà comment elles se sont valu le collier des traîtres, avec une chope de bière et un bécot. » D'un coup d'œil vers l'aval et l'amont, il s'assura qu'ils étaient bien seuls. « Nous sommes en fief Bracken. Lord Jonos a pu donner l'ordre de les tuer. Mon père a brûlé son château, je crains qu'il ne nous aime pas.

— Ça pourrait être l'œuvre de Marq Piper, suggéra ser Cleos. Ou de ce farfadet de Béric Dondarrion, quoiqu'il ne tue que les soldats, j'ai entendu dire. D'une bande de Roose Bolton, le cas échéant ?

— Bolton a été défait par mon père sur la Verfurque.

— Mais pas brisé, rectifia ser Cleos. Il est redescendu vers le sud, lorsque lord Tywin s'est porté sus aux gués. Le bruit courait à Vivesaigues qu'il avait repris Harrenhal à ser Amory Lorch. »

Cette nouvelle n'était pas pour plaire à Jaime. « Brienne, dit-il, en lui condescendant poliment son nom dans le seul espoir qu'elle l'écouterait, si lord Bolton tient Harrenhal, il est alors probable que le Trident comme la route royale sont surveillés. »

Il crut apercevoir une lueur chancelante dans les grands yeux bleus. « Vous êtes sous ma protection. Il faudrait qu'on me tue.

— Je serais surpris que ça les dérange.

— Je suis aussi fine lame que vous, riposta-t-elle, sur la défensive. J'étais l'un des sept choisis par le roi Renly. Il m'a revêtue de ses propres mains du manteau de soie de la Garde Arc-en-Ciel.

— La Garde *Arc-en-Ciel* ? Vous et six autres filles, c'est ça ? Un chanteur a dit jadis que toutes les pucelles étaient belles, parées de soie... mais il ne vous avait jamais vue, si ? »

Elle s'empourpra. « Nous avons des tombes à creuser. » Et alla tout de go escalader l'arbre.

Une fois parvenue à bout du tronc, les branches étaient suffisamment grosses pour qu'elle y opère son redressement. Dague au poing, elle s'enfonça dans le feuillage pour libérer les corps. Au fur et à mesure qu'ils tombaient, des essaims de mouches les enveloppaient, et chaque chute exacerbait la puanteur. « C'est se donner là bien du mal, pour des putains, gémit ser Cleos. Avec quoi

41

allons-nous creuser ? Nous n'avons pas de bêches, et je n'utiliserai pas mon épée, je... »

Un cri de Brienne l'interrompit. Au lieu de descendre, elle bondit à terre. « Au bateau. Vite. Une voile. »

Ils se dépêchèrent de leur mieux, vu que Jaime pouvait difficilement courir, et son cousin dut le saisir à bras-le-corps pour le rejeter à bord. Après avoir repoussé la berge avec une rame, Brienne s'empressa de hisser la voile. « Ser Cleos, il vous faudra ramer aussi. »

Il obtempéra. La barque se mit à fendre les flots un peu plus vite ; le vent, le courant, les rames, tout jouait en leur faveur. Jaime s'assit pour scruter l'amont. Seul se distinguait le haut de l'autre voile. Eu égard aux boucles de la Ruffurque, elle semblait voguer à travers champs, cap au nord derrière un rideau d'arbres, alors qu'eux-mêmes allaient vers le sud, mais il n'était pas dupe de l'illusion. Il leva ses deux mains pour s'ombrager les yeux. « Ocre rouge et bleu d'eau », annonça-t-il.

La grande bouche de Brienne s'activa, muette, lui donnant l'air d'une vache en pleine rumination. « Plus vite, ser. »

L'auberge eut tôt fait de s'évanouir à l'arrière, et ils perdirent également de vue le haut de la voile, mais cela ne signifiait rien. Les poursuivants redeviendraient visibles aussitôt qu'ils auraient franchi le tournant. « On peut espérer, je présume, que les nobles Tully s'arrêteront pour enterrer les putes. » L'idée de réintégrer sa cellule ne l'enthousiasmait pas. *En telle occurrence, Tyrion concevrait un truc très malin, mais la seule solution que me propose ma cervelle est de marcher l'épée au poing contre eux.*

Durant près d'une heure, ils jouèrent à cache-cache avec les poursuivants, balayant les méandres en se faufilant parmi les îlots boisés. Et ils se prenaient juste à espérer les avoir plus ou moins semés quand reparut la voile au loin. Ser Cleos arrêta de nager. « Les Autres les emportent ! » Il épongea son front ruisselant.

« *Ramez !* dit Brienne.

— C'est une galère fluviale », énonça Jaime au bout d'un moment d'attention soutenue. À chacun de ses battements de rames, elle lui semblait devenir imperceptiblement plus grosse. « Neuf bancs de rames, soit dix-huit hommes. Davantage, s'ils ont embarqué des combattants également. Et des voiles plus grandes que la nôtre. Elle finira forcément par nous rattraper. »

La nage de ser Cleos se figea. « Dix-huit, dites-vous ?

— Six contre un. J'aurais préféré huit, mais ces gourmettes m'embarrassent un tantinet. » Il brandit ses poignets. « À moins que dame Brienne n'ait l'obligeance de me déchaîner ? »

Elle l'ignora, toute à l'efficacité de sa nage.

« Nous avions une demi-nuit d'avance sur eux, reprit Jaime. Ils n'ont cessé de ramer depuis l'aube, en se reposant deux par deux. Ils doivent être épuisés. Ils viennent juste de puiser un regain d'énergie dans la vue de notre voile, mais cela ne saurait durer. Nous devrions être en mesure d'en tuer pas mal. »

Ser Cleos en resta pantois. « Mais... ils sont *dix-huit*...

— Au moins. Vingt ou vingt-cinq, selon toute probabilité. »

Son cousin se fit geignard. « Nous ne pouvons espérer en vaincre dix-huit...

— Ai-je dit que nous le pouvions ? Le mieux que nous puissions espérer est de mourir l'épée au poing. » Il était absolument sincère. Jaime Lannister n'avait jamais redouté la mort.

Brienne s'arrêta de ramer. La sueur engluait sur son front des mèches de cette filasse qui lui tenait lieu de cheveux, et la grimace qu'elle faisait la rendait plus avenante que jamais. « Vous êtes sous ma protection », dit-elle d'un ton si vibrant de colère qu'il s'apparentait à un grondement.

Devant tant de férocité, Jaime ne put s'empêcher de rire. *C'est le Limier, mamelles en plus,* songea-t-il. *Enfin, ça le serait, si ses mamelles méritaient d'être mentionnées.* « Alors, protégez-moi, fillette. Ou libérez-moi, que je me protège tout seul. »

La galère cinglait à val, telle une gigantesque libellule en bois, sur les flots blanchis par le barattage furieux des rames. Elle gagnait visiblement sur eux, et son pont se garnissait d'hommes au fur et à mesure qu'elle approchait. Du métal leur brillait au poing, et Jaime discerna également des arcs. *Des archers.* Il avait horreur des archers.

À la proue se tenait un individu trapu, chauve, à sourcils gris et broussailleux, bras musclés. Il portait par-dessus sa maille un surcot d'un blanc crasseux brodé d'un saule pleureur vert pâle, mais la truite d'argent agrafait son manteau. *Le capitaine des gardes de Vivesaigues.* En son temps, ser Robin Ryger s'était taillé une réputation de combattant tenace, mais ce temps n'était plus ; à peu près de l'âge d'Hoster Tully, il avait vieilli avec lui.

Lorsque les bateaux ne furent plus qu'à cinquante pas l'un de l'autre, Jaime arrondit ses mains en porte-voix et cria par-dessus les flots : « *Venu me souhaiter la protection des dieux, ser Robin ?*

— *Venu te récupérer, Régicide !* aboya ser Robin Ryger. *Perdu comment tes cheveux d'or ?*

— *Compte aveugler mes ennemis par l'éclat de ma boule. Marche pas si mal, avec toi !* »

Ser Robin demeura de marbre. L'intervalle s'était réduit à quarante pas. « *Jetez vos armes et vos rames dans la rivière, et il n'y aura pas d'effusion de sang.* »

Ser Cleos pivota sur son siège. « Jaime, dites-lui que nous avons été délivrés par lady Catelyn..., un échange de captifs, licite... »

Jaime s'exécuta, peine perdue. « *Catelyn Stark ne gouverne pas Vivesaigues* », riposta ser Robin. Quatre archers vinrent le flanquer, deux debout, deux agenouillés. « *Jetez vos épées dans l'eau !*

— *Je n'ai pas d'épée*, rétorqua-t-il, *mais, si j'en avais une, je te la passerais au travers du ventre et trancherais les couilles à ces quatre pleutres.* »

Une volée de flèches lui répondit. L'une se ficha dans le mât, deux percèrent la voile, et la quatrième manqua Jaime d'un pied.

Devant eux s'amorçait l'une des larges boucles de la Ruffurque. Brienne négocia le virage à l'oblique. La manœuvre fit osciller la vergue, et la voile craqua, se gonfla de vent. Une grande île occupait le milieu du lit.

Le chenal principal courait sur la droite. À gauche, une passe courait entre l'île et les escarpements de la rive nord. Brienne déplaça la barre et, voile clapotant, la barque fila sur bâbord. Jaime observa ses yeux. *Jolis yeux,* se dit-il, *et calmes.* Il savait déchiffrer le regard d'un homme. Il savait à quoi ressemblait la peur. *Elle est résolue, pas désespérée.*

Trente pas derrière, la galère abordait le tournant. « Ser Cleos, prenez la barre, ordonna la fille. Régicide, prenez une rame et préservez-nous des rochers.

— S'il plaît à ma dame. » Une rame n'était pas une épée, mais, bien balancée, sa pale pouvait fracasser une gueule, et son manche être utilisé pour parer.

Après lui avoir fourré la rame dans la main, ser Cleos s'empressa de gagner l'arrière. Ils doublèrent la pointe de l'île et virèrent si sec dans la passe que la gîte forcenée de la barque gifla d'éclaboussures la face de l'escarpement. À tribord, les bois touffus qui recouvraient l'île, enchevêtrant saules, chênes et grands pins, projetaient sur les eaux courantes des ombres tellement denses qu'elles cachaient les écueils et les épaves d'arbres noyés. À bâbord, au pied de l'abrupt rocheux, la rivière écumait en bouillonnant sur les éboulements chaotiques de la falaise.

Ils passèrent brusquement du grand jour dans le noir, et le défilé de frondaisons vertes et de rochers brun-gris acheva de les rendre invisibles à leurs poursuivants. *Un peu de répit quant aux flèches,* songea Jaime en repoussant la barque au large d'un bloc erratique à demi immergé.

La barque roula, puis il perçut un *plouf* feutré, et il s'avisa d'un coup d'œil que Brienne avait disparu. Il la revit quelques instants plus tard émerger au bas de l'escarpement. Le temps de barboter dans un creux, de gravir un éboulis, déjà elle commençait à grimper. Ser Cleos s'écarquilla, bouche bée. *Couillon,* songea Jaime. « Ne t'occupe pas d'elle, jappa-t-il, barre ! »

L'autre voile s'entr'apercevait au travers des arbres. En parvenant au bout de la passe, ils n'avaient plus que vingt-cinq pas d'avance sur la galère désormais pleinement visible. Sa proue tangua rudement quand elle vint au vent, et il s'en envola une demi-douzaine de flèches mais qui toutes se perdirent au large. Le mouvement des deux bateaux compliquait la tâche des archers, mais Jaime savait qu'ils auraient tôt fait d'apprendre à le compenser. Se hissant prise après prise, Brienne se trouvait encore à mi-hauteur de la falaise. *Ryger va forcément la voir et, aussitôt, il donnera l'ordre à ses archers de l'abattre.* Piquer le vieux dans son amour-propre suffirait-il à le rendre idiot ? « *Ser Robin,* cria-t-il, *deux mots à te dire !* »

Ser Robin leva une main, et les arcs s'abaissèrent. « *Dis toujours, Régicide, mais dépêche-toi.* »

La barque dansa sur un fond de galets tandis que Jaime lançait : « *Je sais mieux pour régler tout ça – un combat singulier. Toi et moi.*

— *Je ne suis pas né de ce matin, Lannister.*

— *Non, mais tu risques fort de mourir cet après-midi.* » Il brandit ses mains pour bien exhiber ses menottes. « *Je t'affronterais enchaîné. Qu'aurais-tu à craindre ?*

— *Toujours pas toi. S'il ne dépendait que de moi, je n'aimerais pas mieux, mais j'ai reçu l'ordre de te ramener vivant, si possible. Archers ?* » Il les remit en position d'un signe. « *Encochez. Bandez. Lâ...* »

La cible était à moins de vingt pas, maintenant. Les archers ne risquaient guère de la rater, mais, à l'instant même où ils bandaient leurs arcs, une pluie de cailloux leur grêla dessus, qui crépita sur le gaillard d'avant, rebondit sur les casques, inonda la proue d'éclaboussures. Les moins ahuris levèrent les yeux juste à temps pour voir se détacher du haut de la falaise un rocher gros comme une vache. Ser Robin poussa un cri navré. La pierre bascula dans le vide, heurta les ressauts de l'à-pic, s'y fracassa en deux et s'abattit sur la galère. Le plus gros bloc happa le mât, troua la voile, expédia deux des archers baller dans la rivière et vint écrabouiller la jambe d'un rameur comme il se courbait sur sa rame. Vu la vitesse avec laquelle le bateau prit l'eau, le second bloc avait carrément dû en crever la coque. Pendant que la falaise répercutait les hurlements du blessé, les archers se débattaient farouchement dans le courant. À en juger d'après leur étourdissant clapotis, ni l'un ni l'autre ne savaient nager. Jaime était hilare.

Lorsqu'ils sortirent de la passe, la galère était en train de sombrer parmi les remous des écueils et des creux, et Jaime Lannister en tenait désormais pour la bonté des dieux. Ser Robin et ses trois fois maudits d'archers devraient se taper une longue trotte trempée pour regagner Vivesaigues, et lui se voyait en outre débarrassé de la grande bringue et de ses appas. *Je n'aurais pu moi-même mieux combiner ça. Une fois défait de ces fers...*

Au cri que poussa son cousin, il leva les yeux. Pas mal en avant, Brienne arpentait le faîte de la falaise. Elle avait coupé au plus court par l'intérieur des terres pendant qu'eux suivaient le méandre de la Ruffurque. Elle se précipita du sommet en un plongeon presque gracieux. On aurait eu mauvaise grâce à espérer qu'elle s'assomme sur un rocher. Ser Cleos gouverna vers elle. Par bonheur, Jaime avait encore son aviron. *Une bonne claque bien assénée quand elle viendra barboter pour monter, et je serai délivré d'elle.*

Au lieu de quoi il se surprit lui tendant la perche au-dessus de l'eau. Brienne s'y agrippa, et il l'attira à bord. Comme il l'aidait à se hisser, l'eau qui ruisselait de sa chevelure et de ses vêtements trempés formait une mare au fond du bateau. *Elle est encore plus moche, mouillée. Qui l'eût cru possible ?* « Vous êtes une foutue gourde, lui dit-il. Nous aurions pu continuer sans vous. Vous comptez que je vous remercie, je suppose ?

— Je n'ai que faire de vos remerciements, Régicide. J'ai juré de vous ramener sain et sauf à Port-Réal.

— Et vous comptez vraiment tenir votre serment ? » Il lui dédia son sourire le plus éblouissant. « Hé bien, voilà qui est merveilleux. »

CATELYN

Ser Desmond Grell avait sa vie durant servi la maison Tully. Écuyer lors de la naissance de Catelyn, fait chevalier quand elle apprenait à marcher, nager, monter, il était devenu maître d'armes vers l'époque où elle s'était mariée. Il avait vu la petite Cat de lord Hoster devenir une jeune femme, l'épouse d'un grand seigneur, la mère d'un roi. *Et il vient aussi de me voir devenir félonne.*

Comme Edmure l'avait, avant de partir se battre, nommé gouverneur de Vivesaigues, c'est à lui qu'incombait la tâche de la juger. Pour atténuer son malaise, il s'était adjoint l'intendant de Père, le morose Utherydes Van. Tous deux, debout, la dévisageaient : ser Desmond, corpulent, rougeaud, embarrassé ; Utherydes, décharné, grave, mélancolique. Chacun comptant sur l'autre pour parler. *Ils ont consacré leur existence au service de Père, et je le leur revaux en opprobre,* songea-t-elle avec lassitude.

« Vos fils, dit enfin ser Desmond. Mestre Vyman nous a dit. Les pauvres petits. Terrible. Terrible. Mais...

— Nous partageons votre deuil, Dame, reprit Utherydes Van. Tout Vivesaigues pleure avec vous, mais...

— La nouvelle a dû vous rendre folle, coupa ser Desmond, folle de chagrin, folie d'une *mère,* qui ne comprendra ? Vous ne saviez pas...

— Si fait, dit-elle d'une voix ferme. Je comprenais ce que je faisais, et je savais pertinemment que c'était trahir. Si vous manquez à me punir, les gens croiront que nous étions de connivence pour libérer Jaime Lannister. La faute en est à moi, à moi seule, et c'est moi seule qui dois en répondre. Infligez-moi les fers vacants du Régicide, et je les porterai la tête haute, si tel doit être mon châtiment.

— Les *fers* ? » Ce seul mot semblait révulser le pauvre ser Desmond. « Pour la mère du roi, la propre fille de mon maître ? Impensable.

— Peut-être, avança l'intendant, Madame consentirait-elle à se laisser consigner dans ses appartements jusqu'au retour de ser Edmure ? Une période de retraite, afin de prier pour ses fils assassinés... ?

— Consignée, voilà, dit ser Desmond. Consignée dans une cellule de tour, ce serait parfait.

— S'il faut que je sois consignée, permettez-moi de l'être auprès de mon père, afin que je puisse réconforter ses derniers jours. »

Ser Desmond soupesa la requête. « Très bien. Vous n'y manquerez ni d'égards ni de rien, mais la liberté de mouvements dans le château vous est refusée. Le septuaire vous est ouvert autant que de besoin mais, hormis cela, demeurez dans les appartements de lord Hoster jusqu'au retour de lord Edmure.

— Soit. » Son frère ne serait lord qu'après le décès de leur père, mais elle s'abstint de le rectifier. « Faites-moi garder, si votre devoir vous l'impose, mais je vous donne ma parole que je n'essaierai pas de m'évader. »

Ser Desmond acquiesça d'un signe, trop aise, manifestement, d'en avoir fini avec cette déplaisante corvée, mais Utherydes Van s'attarda un instant, l'œil triste, après que le gouverneur eut pris congé. « C'est un acte grave que vous avez commis là, Dame, mais en pure perte. Ser Desmond a lancé ser Robin Ryger à leur poursuite, avec ordre de ramener le Régicide... ou, à défaut, sa tête. »

Catelyn ne s'était pas attendue à moins. *Puisse le Guerrier, Brienne, accorder vigueur à votre bras,* pria-t-elle. Elle avait fait tout son possible ; il ne lui restait plus qu'à espérer.

On déménagea ses effets personnels dans la chambre à coucher de son père où trônait le grand lit à baldaquin et à colonnes sculptées en forme de truites au bond dans lequel elle était née. Quant à Père, on l'avait installé, depuis sa maladie, dans sa loggia, un palier plus bas, pour que son lit de douleurs fît face au balcon triangulaire d'où contempler sa passion de toujours, les rivières de Vivesaigues.

Trouvant à son entrée lord Hoster endormi, Catelyn passa sur le balcon et s'y tint, debout, la main posée sur la balustrade de pierre rugueuse. De la proue du château, où la Culbute torrentueuse rejoignait la placide Ruffurque, le regard portait loin vers l'aval. *Qu'une voile à rayures provienne de l'est, et ce sera ser Robin qui rentre.* Déserts, pour l'heure, étaient les flots. Elle en rendit grâces aux dieux, et retourna à l'intérieur s'asseoir au chevet du mourant.

Elle était incapable de dire s'il la savait là, ou si sa présence lui apportait le moindre réconfort, mais elle-même puisait une espèce de consolation à se trouver auprès de lui. *Que diriez-vous, Père, si mon crime vous était connu ? Auriez-vous agi comme moi, si c'était Lysa et moi qui nous trouvions aux mains de nos ennemis ? Ou bien me condamneriez-vous en qualifiant mon geste, vous aussi, de folie de mère ?*

Dans la pièce flottait une odeur de mort ; une odeur lourde et poisseuse, fétide et douceâtre. Qui lui remémora les fils qu'elle avait perdus, son Bran si tendre et son petit Rickon, assassinés de la main même de Theon Greyjoy, pupille de Ned, jadis. Elle pleurait encore Ned, elle le pleurerait toujours, mais se voir ravir ses petits aussi... « C'est un supplice monstrueux que de perdre un enfant », murmura-t-elle tout bas, pour elle-même plus qu'à l'adresse de son père.

Les yeux de lord Hoster s'ouvrirent. « *Chanvrine...* », souffla-t-il d'une voix enrouée de douleur.

Il ne me reconnaît pas. Elle avait fini par s'habituer à ce qu'il la prenne pour Mère ou Lysa, mais ce nom bizarre de Chanvrine ne lui disait absolument rien. « C'est Catelyn, dit-elle. C'est Cat, Père.

— Pardonne-moi... le sang... oh, s'il te plaît... Chanvrine... »

Se pouvait-il qu'il y ait eu une autre femme, dans sa vie ? Quelque villageoise qu'il aurait séduite, quand il était jeune ? *Se pourrait-il qu'il se soit consolé de la mort de Mère entre les bras d'une servante ?* Une idée incongrue, qui la bouleversait. Elle eut tout à coup l'impression de n'avoir pas du tout connu son père. « Qui est Chanvrine, messire ? Souhaitez-vous que je l'envoie chercher, Père ? Où puis-je la trouver ? Est-elle toujours en vie ? »

Lord Hoster poussa un gémissement. « *Mort.* » Sa main tâtonna vers celle de Catelyn. « Des enfants, tu en auras d'autres... – mignons – et légitimes. »

D'autres ? se dit-elle. *A-t-il oublié que Ned est mort ? Est-ce encore à cette Chanvrine qu'il parle, ou à moi, maintenant, ou à Lysa, à Mère ?*

Il se prit à tousser, crachant des matières sanguinolentes. Il lui agrippa la main. « ... une bonne épouse, et les dieux te béniront... des fils... des fils légitimes... *aaahhh.* » La brutalité du spasme lui crispa si fortement les doigts qu'il laboura de ses ongles la main de sa fille en poussant un cri étouffé.

Mestre Vyman survint promptement lui préparer une nouvelle dose de lait de pavot puis l'aider à l'ingurgiter. Grâce à quoi lord Hoster Tully ne tarda guère à resombrer dans un sommeil pâteux.

« Il réclamait une femme, dit Cat. Une certaine Chanvrine.

— Chanvrine ? » Le mestre la regarda d'un air ahuri.

« Vous ne connaissez personne de ce nom ? Une servante, une villageoise des environs ? Quelqu'un qu'il aurait, peut-être, rencontré voilà des années ? » Cela faisait une éternité qu'elle avait quitté Vivesaigues.

« Non, madame. Je puis faire des recherches, si vous le souhaitez. Utherydes Van serait sûrement au courant, si cette personne avait jamais servi ici. Vous avez dit Chanvrine ? Les petites gens affublent souvent leurs filles de noms d'herbes ou de fleurs. » Il prit un air pensif. « Il y avait une veuve, je me rappelle, qui venait au château quérir les vieux souliers nécessitant un ressemelage. Elle s'appelait Chanvrine, maintenant que j'y songe. Ou était-ce Anémone ? Ce genre-là. Mais voilà des années qu'elle n'est venue...

— Elle s'appelait Violette, dit Catelyn, qui se souvenait parfaitement de la vieille.

— Ah bon ? » Le mestre prit un air contrit. « Daignez me pardonner, lady Catelyn, mais je ne puis rester. Ser Desmond a décrété que nous ne devions vous parler que dans la stricte mesure où le requerrait notre office.

— Dans ce cas, faites comme il l'ordonne. » Elle ne pouvait en blâmer ser Desmond ; il n'avait guère lieu de se fier à elle, et il redoutait sûrement qu'elle n'abuse du dévouement que devait encore inspirer à bien des gens de Vivesaigues la fille de leur seigneur pour tramer quelque nouveau forfait. *Me voici délivrée de la guerre, au moins,* se dit-elle, *ne serait-ce que pour quelque temps.*

Après que le mestre se fut retiré, elle enfila un manteau de laine et ressortit sur le balcon. Le soleil qui pétillait sur les rivières dorait, au-delà du château, leurs eaux tumultueusement mêlées. S'ombrageant les yeux contre l'éblouissement, Catelyn se mit à scruter l'horizon, malgré son angoisse d'y voir apparaître une voile. Mais rien. Rien ne prouvant non plus que le moindre espoir subsistait.

Elle demeura tout le jour à l'affût, puis si fort avant dans le soir que la station debout finit par lui endolorir les jambes. Un corbeau de jais vint bruyamment s'abattre à la roukerie, vers la fin de l'après-midi. *Noires ailes, noires nouvelles,* songea-t-elle en se rappelant l'atroce message apporté par le précédent.

La nuit tombait quand son office rappela mestre Vyman au chevet de lord Tully. Par la même occasion, il apportait à Catelyn un modeste repas composé de pain, de fromage, de raifort et de bœuf bouilli. « J'ai consulté Utherydes Van, madame. Il est formel : depuis qu'il y sert, aucune femme du nom de Chanvrine n'a vécu à Vivesaigues.

— Il est arrivé un corbeau, j'ai vu. Jaime a été repris ? » *Ou, les dieux nous préservent, tué ?*

« Non, madame, on ne sait toujours rien du Régicide.

— Il s'agit d'une nouvelle bataille, alors ? Edmure est-il

en difficulté ? Ou Robb ? Rassurez-moi, de grâce, je vous en conjure !

— Madame, je ne devrais pas... » Vyman parcourut la pièce d'un regard furtif, comme s'il risquait d'y traîner des oreilles indiscrètes. « Lord Tywin a quitté le Conflans. Tout est tranquille, du côté des gués.

— D'où provenait le corbeau, dans ce cas ?

— De l'ouest, répondit-il en rajustant les couvertures de lord Hoster et en évitant de la regarder.

— C'étaient des nouvelles de Robb ? »

Il hésita. « Oui, madame.

— Quelque chose ne va pas. » L'attitude du mestre était éloquente. Il lui cachait quelque chose. « Parlez. C'est Robb ? Il est blessé ? » *Pas mort, au moins, bonté divine, ne me dites pas qu'il est mort...*

« Sa Majesté a bien été blessée lors de l'assaut contre Falaise, répondit-il évasivement, mais Elle écrit qu'il n'y a pas lieu de s'en inquiéter, et qu'Elle espère être de retour sous peu.

— Blessé ? Quel genre de blessure ? De quelle gravité ?

— "Pas lieu de s'en inquiéter", tels sont les termes de la lettre.

— La moindre blessure m'inquiète. On le soigne, au moins ?

— J'en suis convaincu. Le mestre de Falaise veillera sur lui, je n'en doute pas un instant.

— Où est-il blessé ?

— Je ne dois pas vous parler, madame. Je suis désolé. » Vyman rafla ses potions et s'esquiva précipitamment, laissant une fois de plus Catelyn seule avec son père. Le lait de pavot ayant accompli son œuvre, lord Hoster était plongé dans un profond sommeil. Un mince filet de salive lui coulait d'un coin de la bouche et mouillait son oreiller. Catelyn s'arma d'un mouchoir de lin pour l'essuyer tout doucement. Le contact arracha un gémissement au mourant. « Pardonne-moi, souffla-t-il, si bas qu'elle percevait à peine les mots. Chanvrine... sang... le sang... l'indulgence des dieux... »

Elle avait beau n'y rien comprendre, ces propos la bouleversaient au-delà de toute expression. *Le sang,* songea-t-elle. *Faut-il que tout nous ramène au sang ? Qui était cette femme, Père, et que lui avez-vous fait qui nécessite tant de pardon ?*

Elle dormit par intermittence, cette nuit-là, hantée qu'elle fut de rêves informes où flottaient ses enfants, filles perdues comme fils morts. Et lorsqu'elle se réveilla, bien avant l'aurore, l'écho des propos de Père lui retentissait à l'oreille. « *Des enfants – mignons – et légitimes* »..., *pourquoi disait-il cela ? À moins... Il aurait eu un bâtard de cette Chanvrine ?* Cela lui paraissait invraisemblable. Edmure, oui ; elle n'aurait pas été du tout surprise d'apprendre que son frère avait engendré une douzaine d'enfants naturels. Mais Père, non, pas lord Hoster Tully, jamais.

Se pouvait-il alors que Chanvrine fût l'un des petits noms qu'il donnait à Lysa, tout comme il l'appelait, elle, Cat ? Il l'avait déjà confondue avec sa sœur. « *Tu en auras d'autres* », a-t-il dit. « *Mignons – et légitimes.* » Lysa avait fait cinq fausses couches, deux aux Eyrié, trois à Port-Réal..., mais aucune à Vivesaigues, où lord Hoster se fût trouvé à même de la réconforter. *Aucune, sauf si... Sauf si elle était déjà enceinte, cette première fois-là...*

On les avait toutes deux mariées le même jour, et elles étaient restées sous la garde de leur père lorsque leurs nouveaux époux respectifs étaient partis se joindre à la rébellion de Robert. Et en constatant comme elle-même, après, l'interruption de son cycle, Lysa s'était, tout épanouie, déclarée sûre qu'elles portaient l'une et l'autre des fils et extasiée : « Le tien héritera de Winterfell et le mien des Eyrié. Oh, ils seront les meilleurs amis du monde, comme ton Ned et son lord Robert. Ils seront moins cousins que frères, à la vérité, je le sais, voilà ! » *Si heureuse...*

Mais son illusion n'avait guère tardé à se dissiper dans le sang, et à la quitter toute joie. Après avoir toujours imputé la chose à un simple retard, Catelyn en venait à se demander : *Elle aurait été* véritablement *grosse ?*

Elle se rappela la première fois où elle avait laissé sa sœur tenir Robb – un petit braillard cramoisi mais déjà vigoureux, débordant de vitalité. À peine Lysa l'avait-elle reçu dans ses bras qu'elle fondait en larmes, décomposée, puis, se dépêchant de le rendre, prenait la fuite.

Un premier accident..., *cela expliquerait les paroles de Père, et bien d'autres choses, en plus...* L'union de Lysa et de lord Arryn avait été conclue précipitamment, et celui-ci était déjà un homme âgé – plus âgé que Père. *Un vieil homme sans héritier.* Ses deux épouses précédentes ne lui en avaient pas donné, le fils de son frère avait péri assassiné à Port-Réal avec Brandon Stark, et son valeureux cousin était mort durant la bataille des Cloches. La survivance de la maison Arryn lui imposait de prendre une jeune épouse... *une jeune épouse réputée féconde.*

Catelyn se leva et, après avoir enfilé une robe, descendit à la loggia plongée dans le noir s'incliner sur son père. Un sentiment d'horreur invincible la possédait. « Père, dit-elle, Père, je sais ce que vous avez fait. » Elle n'était plus l'oie blanche à la cervelle farcie de chimères du temps de ses noces. Désormais veuve et félonne et mère endeuillée, elle était forte de l'expérience, de l'expérience selon le monde. « Vous lui avez mis le marché en main. Le prix que devait payer Jon Arryn pour les piques et les épées de la maison Tully, c'était Lysa. »

Quoi d'étonnant si la vie conjugale de sa sœur avait été si dénuée d'amour ? La fierté rendait les Arryn chatouilleux quant à leur honneur. Épouser Lysa pour rallier Vivesaigues à la rébellion et dans l'espoir d'obtenir un fils, lord Jon pouvait y consentir, mais la chérir, quand elle n'entrait dans sa couche qu'à contrecœur et souillée, la chérir excédait ses forces. Qu'il se fût conduit en galant homme, aucun doute à cet égard ; et en homme de devoir, oui, mais c'est de chaleur qu'avait besoin Lysa.

Pendant qu'elle déjeunait, au matin, Catelyn réclama de quoi écrire et commença une lettre à l'intention de sa sœur, dans le Val d'Arryn. Elle l'y informait, butant sur chaque mot, du sort de Bran et de Rickon mais l'entretenait surtout de leur père. *Il est obsédé par le tort qu'il t'a fait, maintenant que son temps s'amenuise. Mestre Vyman n'ose pas, de son propre aveu, lui administrer de lait de pavot plus corsé. L'heure sonne où Père devra déposer son épée et son bouclier. Son heure sonne de reposer. Il s'acharne à lutter, pourtant, refuse de se rendre. En ta faveur, je pense. Il lui faut ton pardon. La guerre a eu beau rendre, je le sais, le trajet périlleux depuis Les Eyrié jusqu'à Vivesaigues, ne suffirait-il pas d'une forte escorte de chevaliers pour que tu traverses les montagnes de la Lune en toute sécurité ? Une centaine ou un millier ? Et, si tu ne peux venir, ne saurais-tu du moins lui écrire ? Quelques mots d'affection, pour lui permettre de mourir en paix ? Écris à ta guise, je le lui lirai, je lui faciliterai le passage.*

Mais, lors même qu'elle eut reposé la plume et demandé la cire à cacheter, Catelyn pressentit que la lettre risquait fort de ne pas suffire et d'arriver trop tard. Mestre Vyman doutait que lord Hoster vive assez longtemps pour qu'un corbeau parvienne au Val puis en revienne. *Mais il l'a dit si souvent, déjà...* Les Tully n'étaient pas hommes à se rendre aisément, si nulles que fussent leurs chances. Après avoir confié la missive aux bons soins du mestre, Catelyn gagna le septuaire et y alluma un cierge devant le Père, en faveur de son propre père, un deuxième devant l'Aïeule qui, la première, avait lâché un corbeau dans le monde en jetant un œil aux portes de la mort, et un troisième devant la Mère, à l'intention de Lysa et de tous les enfants qu'elles avaient l'une et l'autre perdus.

Elle se tenait, plus tard, ce même jour, assise avec un livre au chevet de lord Hoster, lisant et relisant le même paragraphe, quand soudain retentirent des éclats de voix puis une sonnerie de trompe. *Ser Robin,* se dit-elle aussitôt. D'un pas chancelant, elle se rendit sur le balcon, mais les rivières étaient désertes, et cependant, de l'extérieur, elle entendait plus nettement les cris, mêlés aux piaffements de nombreux chevaux et, de-ci de-là, parmi des cliquetis d'armures, des ovations. Elle escalada le colimaçon qui conduisait à la terrasse du donjon. *Ser Desmond ne me l'a pas interdite,* songea-t-elle tout en grimpant.

Le tohu-bohu provenait de l'autre extrémité du château, près de la porte principale. Une poignée d'hommes stationnait devant la herse quand celle-ci, cahin-caha, se releva par à-coups. Dans les champs, derrière, s'apercevaient des centaines de cavaliers. Un coup de vent déploya leurs bannières, et la vue de la truite au bond familière fit trembler Catelyn de soulagement. *Edmure.*

Il ne jugea séant de venir la voir qu'au bout de deux heures. Quand le château tout entier retentissait déjà de tablées tapageuses et du boucan que faisaient les retrouvailles des arrivants avec leurs femmes et leurs gosses. Trois corbeaux s'étaient entre-temps envolés de la roukerie dans un tapage d'ailes noires. Du balcon de Père, Catelyn les suivit des yeux. Elle s'était lavé les cheveux et, une fois changée, préparée aux reproches de son frère..., mais l'attente ne lui en avait pas moins paru pénible.

En entendant enfin du bruit sur le palier, elle s'assit, les mains ployées dans son giron. Des croûtes de boue rougeâtre maculaient les bottes d'Edmure, ainsi que ses cuissardes et son surcot. À le voir, vous n'auriez jamais deviné qu'il rentrait victorieux. Il était maigre, avait les traits tirés, le teint blême, une barbe hirsute et l'œil trop brillant.

« Edmure, dit-elle, alarmée, tu as l'air souffrant. Est-il arrivé quelque chose ? Les Lannister ont-ils traversé la rivière ?

— Je les ai repoussés. Lord Tywin, Gregor Clegane, Addam Marpheux, je les ai tous flanqués dehors. Seulement, Stannis... » Il grimaça.

« Stannis ? Quoi, Stannis ?

— Il a perdu la bataille de Port-Réal, dit Edmure d'un ton chagrin. Sa flotte a été brûlée, son armée mise en déroute. »

Si c'était une fâcheuse nouvelle, en effet, qu'une victoire Lannister, Catelyn ne parvenait cependant pas à partager l'évident désarroi de son frère. Elle voyait encore dans ses cauchemars se profiler l'ombre sur la tente et jaillir au travers du gorgeret d'acier le sang de Renly. « Stannis n'était pas plus de nos amis que lord Tywin.

— Tu ne comprends pas. Hautjardin s'est déclaré partisan de Joffrey. Dorne aussi. Tout le sud. » Sa bouche s'amincit. « Et tu juges bon, *toi*, de relâcher le Régicide. Tu n'en avais pas le droit.

— J'avais mes droits de mère. » Elle parlait d'une voix calme, en dépit du coup terrible que le revirement de Hautjardin portait aux espoirs de Robb. Mais elle ne pouvait s'appesantir là-dessus pour l'instant.

« Aucun droit, martela Edmure. Il était le prisonnier de Robb, le prisonnier de ton *roi*, et Robb m'avait chargé de sa sauvegarde.

— Brienne se chargera de sa sauvegarde. Elle me l'a juré sur son épée.

— Cette *bonne femme* ?

— Après avoir remis Jaime à son frère, elle nous ramènera de Port-Réal Arya et Sansa saines et sauves.

— Cersei ne les lâchera jamais.

— Pas Cersei. Tyrion. Il en a fait serment, en présence de toute la Cour. Et le Régicide l'a juré aussi.

— La parole de Jaime ne vaut pas un sol. Quant au Lutin, la rumeur prétend qu'il a écopé d'une hache en plein crâne durant la bataille. Il sera mort, d'ici que ta Brienne atteigne Port-Réal, si elle y parvient jamais.

— Mort ? » *Les dieux pourraient-ils vraiment se montrer si impitoyables ?* Elle avait fait jurer des centaines de serments à Jaime, mais c'était sur l'unique foi de son frère qu'elle avait fondé ses espoirs.

Edmure répondit en aveugle à sa détresse. « Jaime était sous *ma* responsabilité, et j'entends le récupérer. J'ai expédié des corbeaux...

— Des corbeaux à qui ? Combien ?

— Trois, dit-il, pour être sûr que le message arrive à lord Bolton. Qu'ils prennent par la route ou par la rivière pour se rendre de Vivesaigues à Port-Réal, les fugitifs passeront forcément dans les parages d'Harrenhal.

— D'Harrenhal. » Ce seul nom parut enténébrer la pièce. La terreur étranglait sa voix quand elle reprit : « Tu te rends compte, Edmure, de ce que tu as fait ?

— Ne crains rien, je n'ai pas mentionné ton rôle. J'ai

écrit que Jaime s'était évadé, et j'ai offert mille dragons pour qu'on le reprenne. »

De pire en pire, songea-t-elle avec désespoir. *Mon frère est un crétin.* À son corps défendant, ses yeux s'emplirent de larmes importunes. « S'il s'agissait d'une évasion, susurra-t-elle, et non d'un échange d'otages, pourquoi les Lannister devraient-ils remettre mes filles à Brienne ?

— Jamais les choses n'en viendront là. Le Régicide nous sera rendu, j'ai fait ce qu'il fallait pour m'en assurer.

— Tu ne t'es assuré que d'une chose, c'est que jamais je ne reverrai mes filles. Brienne aurait pu ramener Jaime sain et sauf à Port-Réal... *dans la mesure où personne ne les pourchassait.* Mais maintenant... » Elle fut incapable d'achever. « Laisse-moi, Edmure. » Elle n'avait aucun droit de lui donner des ordres, ici, dans le château qui ne tarderait pas à lui appartenir, mais le ton était sans réplique. « Laisse-moi avec Père et avec mon chagrin, je n'ai rien de plus à te dire. Va. *Va.* » Elle n'avait qu'un seul désir, s'allonger, fermer les yeux, dormir – et, par pitié, dormir sans rêves.

ARYA

Le ciel était aussi noir que, derrière eux, les remparts d'Harrenhal, et la pluie qui tombait à verse avec un bruit soyeux leur ruisselait sur la figure et feutrait le martèlement des sabots.

Chevauchant droit au nord afin de s'éloigner au plus tôt du lac, ils suivaient un chemin de ferme creusé d'ornières qui, parmi les champs dévastés, menait dans les bois, franchissait des ruisseaux. En tête, Arya talonna son cheval volé pour qu'il adopte un petit trot vif jusqu'à ce que les arbres se soient refermés sur elle. Tourte et Gendry suivirent de leur mieux. Des loups hurlaient au loin, et le souffle oppressé de Tourte la talonnait. Nul ne pipait mot. De temps à autre, elle jetait un coup d'œil par-dessus l'épaule, tant pour s'assurer que les deux garçons ne se laissaient pas trop distancer que pour contrôler qu'on ne les poursuivait pas.

On le ferait, elle le savait. Ce n'était pas une bagatelle que d'avoir, en plus de trois montures, volé dans la loggia même de Roose Bolton une carte et un poignard puis égorgé la sentinelle de la poterne arrière en faisant mine de lui offrir la piécette en fer donnée par Jaqen H'ghar. On finirait par découvrir l'homme gisant dans sa mare de sang, et le haro serait immédiat. On éveillerait lord Bolton, et on constaterait, en fouillant Harrenhal des caves aux créneaux, la disparition de la carte et du poignard, ainsi que d'épées à l'armurerie, de pain et de fromage aux cuisines et, par-dessus le marché, d'un mitron, d'un apprenti forgeron et d'un échanson nommé Nan... ou Belette, ou Arry, selon la personne interrogée.

Le sire de Fort-Terreur ne se lancerait pas à leurs trousses en personne. Il resterait au lit, chair blafarde émaillée de sangsues, pour susurrer ses ordres avec sa suavité ordinaire. Il risquait de confier le soin de la chasse à son âme damnée, Walton, dit Jarret d'acier, en raison des jambières qui paraient invariablement ses pattes d'échassier. Voire à ce baveux de Varshé Hèvre et à ses reîtres, les soi-disant Braves Compaings ; que d'aucuns, mais toujours par-derrière, nommaient les Pitres Sanglants, voire les Ripatons, eu égard au goût de leur chef pour faire amputer des pieds et des mains les gens qui lui déplaisaient.

S'ils nous attrapent, il nous les fera trancher, songea-t-elle, *et puis Roose Bolton se divertira de nous écorcher.* Elle arborait encore sa tenue de page et, cousu sur son cœur, l'emblème de la maison Bolton, l'écorché de Fort-Terreur.

À chacun de ses regards en arrière, elle s'attendait presque à voir au loin des flots de torches se déverser par les portes d'Harrenhal ou parcourir les chemins de ronde, en haut de ses gigantesques murailles, mais rien de tel. Harrenhal persistait à dormir, à moins qu'il ne fût perdu dans les ténèbres ou dissimulé par les arbres.

En arrivant au premier ruisseau, Arya détourna son cheval du chemin pour lui faire emprunter le lit sinueux de l'eau pendant un quart de mille et ne l'en laissa finalement sortir que par une pente rocheuse. Ce stratagème, espérait-elle, dépisterait les chiens, si leurs poursuivants en menaient. D'ailleurs, c'eût été folie que de rester sur le chemin. *La mort rôde sur le chemin,* se dit-elle, *la mort rôde sur tous les chemins.*

Tourte et Gendry ne discutèrent pas sa décision. C'était elle qui avait la carte, après tout, et elle inspirait, semblait-il, à Tourte une trouille presque aussi intense, depuis qu'il avait vu le cadavre du garde, que leurs poursuivants éventuels. *Tant mieux s'il a peur de moi,* songea-t-elle. *Ainsi fera-t-il ce que je lui dis, et non des bêtises.*

Elle aurait elle-même dû trembler davantage, elle le

savait. Elle n'était jamais qu'une fillette de dix ans, maigrichonne et juchée sur un cheval volé, avec, devant elle, une forêt sombre et, derrière, des soudards qui n'auraient pas de plus grande joie que de lui couper les pieds. Et pourtant, elle se sentait plus paisible qu'elle ne l'avait jamais été à Harrenhal. La pluie avait débarbouillé ses doigts ensanglantés, une épée lui barrait le dos, des loups hantaient le noir, telles des ombres faméliques et grises, et Arya Stark n'avait pas peur du tout. *La peur est plus tranchante qu'aucune épée,* se chuchota-t-elle tout bas, fidèle aux leçons de Syrio Forel, et puis la formule de Jaqen H'ghar, *valar morghulis.*

La pluie s'arrêta puis reprit puis s'arrêta une fois de plus puis reprit encore, mais ils portaient de bons manteaux qui les tenaient au sec. Arya continua d'imposer le pas, lent mais régulier. Il faisait trop noir, sous les arbres, pour presser l'allure, les garçons n'étaient des cavaliers émérites ni l'un ni l'autre, et les moelleux accidents du terrain tramaient mille embûches, rochers cachés et racines enfouies à demi. Ils croisèrent un autre chemin, creusé de profondes ornières où ruisselait l'eau, mais Arya le dédaigna. Elle les entraînait à sa suite par monts et par vaux, se frayant un passage au travers des ronces, des églantiers, de taillis touffus, longeant le fond de ravins étroits où les branches alourdies d'averse leur souffletaient le visage.

Une fois, la jument de Gendry perdit pied dans la glaise et le vida de selle en s'affalant rudement sur l'arrière-train, mais tous deux s'en tirèrent indemnes, et lui se contenta de prendre son air buté tout en l'enfourchant de nouveau. Peu après, ils tombèrent sur trois loups affairés à dévorer un faon. Leur odeur effaroucha le cheval de Tourte qui s'emballa. Deux des loups détalèrent aussi, mais le troisième leva la tête et s'apprêta, crocs dénudés, à défendre sa proie. « Arrière, dit Arya à Gendry. Lentement, pour ne pas l'effrayer. » Pas à pas, ils écartèrent leurs montures jusqu'à ce que fauve et festin se dérobent à leurs yeux. Cela fait, Arya put se lancer aux trousses de Tourte qui, désespérément cramponné à sa selle, faisait un fracas d'enfer au fin fond des bois.

Un village incendié se rencontra par la suite, entre les décombres noircis duquel ils se faufilèrent à pas comptés, et où un rang de pommiers portait une douzaine de squelettes. À la vue de ceux-ci, Tourte se mit à invoquer la Mère de miséricorde en un marmonnement presque imperceptible inlassablement ressassé. Les yeux levés vers les morts décharnés dont la pluie sauçait les haillons, Arya prononça sa propre prière. *Ser Gregor,* disait sa litanie, *Dunsen, Polliver, Raff Tout-miel. Titilleur et le Limier. Ser Ilyn, ser Meryn, le roi Joffrey, la reine Cersei.* Après un *valar morghulis* en guise de conclusion, elle toucha la pièce de Jaqen nichée sous sa ceinture et, tout en défilant sous les suppliciés, rafla parmi eux une pomme. Qui se trouva blette et spongieuse mais qu'elle engloutit, vers et tout compris.

Sans aube survint le jour. Le ciel s'éclaircit peu à peu à l'entour, mais le soleil ne se montra pas. Le noir vira au gris, le monde recouvra des couleurs timides. Les pins plantons se paraient de verts sombres, les feuillus de roux vagues et d'ors amortis qui tendaient déjà vers le brun.

Les fuyards s'arrêtèrent juste le temps d'abreuver les bêtes et d'avaler en trois bouchées, tout en tapant dans le fromage tour à tour, l'une des miches dérobées par Tourte.

« Tu sais où on va ? demanda Gendry.

— Au nord », répondit Arya.

Tourte jeta un regard circulaire perplexe. « De quel côté c'est, le nord ? »

Elle brandit son fromage pour indiquer : « Par là.

— Mais y a pas de soleil. Comment que tu sais ?

— D'après la mousse. Vois qu'elle pousse surtout sur un côté des arbres ? Ça, c'est le sud.

— Et, dans le nord, c'est quoi qu'on vise ? insista Gendry.

— Le Trident. » Elle déroula la carte volée pour leur montrer. « Vu ? Une fois qu'on atteint le Trident, tout ce qu'il y a à faire, c'est remonter le courant jusqu'à Vivesaigues, ici. » Son doigt traça l'itinéraire. « Ça fait une fameuse trotte mais, tant qu'on colle à la rivière, on ne risque pas de se perdre. »

Tourte loucha vers la carte en papillotant. « Quel c'est, Vivesaigues ? »

Le château était symbolisé par une tour peinte, au confluent tracé en bleu de la Culbute et de la Ruffurque. « Là. » Elle y appliqua son doigt. « C'est écrit, *Vivesaigues.*

— Pasque tu sais lire c'qu'y a d'écrit ? » dit-il, d'un air aussi sidéré que si elle s'était targuée de marcher sur l'eau.

Elle acquiesça d'un simple hochement. « Une fois à Vivesaigues, on ne risque plus rien.

— Plus rien ? Pourquoi ça ? »

Parce que Vivesaigues appartient à mon grand-père et que Robb, mon frère, y sera, fut-elle tentée de répondre. Elle se mordit la lèvre et enroula le parchemin. « Parce que, c'est tout. Mais seulement si on y arrive. » Elle fut la première en selle. Il lui était désagréable de cacher la vérité à Tourte, mais elle n'allait pas pour autant la lui révéler. Gendry la savait, mais ce n'était pas pareil. Lui aussi avait son secret, même s'il semblait ignorer en quoi ce secret consistait.

Arya pressa le train, ce jour-là, maintenant les chevaux au trot le plus longtemps possible et leur arrachant même un bout de galop, pour peu qu'elle aperçût du terrain plat, devant. Ce qui n'arrivait guère, au demeurant ; plus on avançait, plus se vallonnait la région. Sans être bien hautes ni bien abruptes, les collines avaient l'air de se succéder indéfiniment, et ils en eurent vite assez d'en descendre une pour grimper l'autre, sans compter que le pays leur imposait de suivre le lit des ruisseaux, de s'enfoncer dans un dédale de ravins si creux et touffus que les frondaisons formaient un dais sans faille par-dessus.

De temps à autre, Arya commandait à ses compagnons de poursuivre tandis qu'elle-même rebroussait chemin pour tenter de brouiller la piste et, l'oreille constamment tendue, guettait un premier indice qu'on les pourchassait. *Trop lente,* songeait-elle en se mâchouillant la lèvre, *notre allure est trop lente, ils finiront forcément par nous rattraper.* Une fois, du sommet d'une crête, elle aperçut, au fond de la vallée, de sombres silhouettes en train de franchir un gué, et, le temps d'un battement de cœur, craignit que les cavaliers de Roose Bolton ne les talonnent déjà, mais un second regard la rassura : ce n'était qu'une meute de loups. Elle arrondit les mains autour de sa bouche et, à leur intention, hurla : « *Ahooooooooo, ahooooooooo.* » Et lorsque le plus gros d'entre eux pointa le museau vers le ciel et lui répondit, un long frisson la parcourut.

Tourte avait commencé à gémir vers midi. Il avait mal au cul, disait-il, et la selle lui fichait l'entrecuisse à vif, et, en plus, il lui fallait piquer un roupillon. « Chuis si fatigué que j' vais tomber de ch'val. »

Arya se tourna vers Gendry. « S'il tombe, à ton avis, qui le trouvera le premier, les Pitres, ou les loups ?

— Les loups, dit Gendry. Meilleur nez. »

Tourte ouvrit le bec et le referma. Il ne tomba pas de cheval. La pluie reprit peu après. On n'avait pas seulement entr'aperçu le soleil. Le froid s'accentuait, et des brumes blanchâtres s'effilochaient entre les pins et parcouraient la nudité calcinée des champs.

Tout en se trouvant presque aussi mal loti que Tourte, Gendry était trop opiniâtre pour se lamenter. Malgré l'expression résolue qu'il plaquait sous la noirceur de sa tignasse hirsute, Arya n'avait qu'à le voir en selle pour le décréter piètre cavalier. *J'aurais dû me rappeler,* pensat-elle. Elle avait toujours monté, pour autant qu'elle se souvînt, des poneys quand elle était petite, des chevaux, après, tandis que Tourte et Gendry étaient des citadinsnés, et qu'en ville les petites gens allaient à pied. Yoren avait eu beau leur donner des montures, au départ de Port-Réal, monter un âne et se traîner derrière un fourgon était une chose, mener un cheval de chasse dans des bois sauvages et des campagnes incendiées en était une autre.

Seule, elle irait autrement plus vite, bien entendu, mais elle ne pouvait les planter là. Ils étaient sa meute, ses amis, les seuls amis vivants qui lui restaient, et, sans elle, ils seraient encore à Harrenhal, à suer en sécurité, l'un à sa forge, l'autre à ses fourneaux. *Si les Pitres nous attrapent, je leur dirai que je suis la fille de Ned Stark et la sœur du roi du Nord. Je leur commanderai de me conduire auprès de mon frère et de ne pas toucher Tourte et Gendry*. Il n'était pas sûr qu'ils la croient, toutefois, et même s'ils le faisaient... Tout banneret de Robb qu'il était, lord Bolton ne la terrifiait pas moins. *Jamais je ne leur permettrai de nous attraper,* se jura-t-elle silencieusement, tout en touchant par-dessus l'épaule la poignée de l'épée que Gendry avait volée pour elle. *Jamais.*

En fin d'après-midi, ils émergèrent du couvert et se trouvèrent en présence d'un cours d'eau. Tourte en poussa un cri de ravissement. « Le *Trident* ! On a plus main'nant qu'à le r'monter comm' t'as dit. On y est presque ! »

Arya se mâchouilla la lèvre. « Je ne pense pas que ce soit le Trident. » Tout grossi qu'il était par la pluie, tout au plus avait-il trente pieds de large. Le Trident de ses souvenirs était beaucoup plus imposant. « C'est trop petit pour être le Trident, dit-elle, et on n'a pas assez marché.

— Oh que si ! s'obstina Tourte. On a cavalé toute la journée, et on s'est comme qui dirait pas arrêtés du tout. On a dû faire pas mal de route.

— Regardons cette carte encore un coup », dit Gendry.

Arya mit pied à terre, sortit la carte et la déroula. La pluie crépitait sur le parchemin et y formait des ruisselets. « On est quelque part dans ce coin, je pense, indiqua-t-elle du bout du doigt, tandis qu'ils se penchaient par-dessus son épaule.

— Mais ! s'étrangla Tourte, on aurait comme qui dirait pas bougé ! Regarde, Harrenhal est là, près de ton doigt, tu le *touches* presque..., et on a cavalé toute la journée !

— Il y a des milles et des milles avant qu'on arrive au Trident, dit-elle. Il nous faudra des *jours*. Il doit s'agir ici d'un autre cours d'eau, l'un de ceux-ci, tu vois ? » Elle montrait un réseau de traits beaucoup plus ténus peints en bleu par le cartographe, chacun surmontant un nom tracé en pattes de mouche. « Le Darry, la Pomme verte, la Gamine..., ah, ici, le Saulet – pourrait être ça. »

Tourte compara d'un coup d'œil la chose et le trait. « M'a pas l'air si petit, à moi. »

Gendry fronçait tout autant les sourcils. « Çui que tu désignes, y se jette dans cet autre, vois ?

— Le Saule, lut-elle.

— Va pour ton Saule. Hé bien, ton Saule, y rejoint le Trident. On aurait qu'à suivre l'un puis l'autre, mais faut descendre le courant, pas monter. Seulement, si c'est *pas* le Saulet, ça, si c'est cet autre, là...

— Le Risou, lut-elle.

— Y fait un crochet, vu ? Coule vers le lac et puis rapplique à Harrenhal. » Son doigt souligna ses dires.

Tourte s'exorbita. « *Non !* Sûr qu'y nous tueront.

— Faut qu'on sache quel c'est, déclara Gendry de sa voix la plus butée. Faut qu'on sache.

— Hé bien, on ne sait *pas*. » La carte pouvait bien comporter autant de noms que de traits bleus, personne n'avait inscrit de nom, là, sur la rive. « On ne va pas remonter le courant *ni* le descendre, décida-t-elle tout en enroulant la carte. On traverse, et on continue d'aller vers le nord, comme avant.

— Ça sait nager, les ch'vaux ? demanda Tourte. Ç'a l'air *profond*, Arry... Et s'y a des serpents ?

— T'es sûre qu'on va vers le nord ? demanda Gendry. Toutes ces collines... on aurait pas, des fois, fait demi-tour ?

— La mousse des arbres... »

Il en montra un, tout près. « Çui-là a de la mousse sur trois côtés, et çui d'à côté pas du tout. Peut-être on est paumés, peut-être on fait que tourner en rond.

— Peut-être, admit-elle, mais moi, je traverse quand même. Libre à vous de venir ou de rester là. » Sans plus s'occuper d'eux, elle sauta en selle. S'ils ne voulaient pas suivre, ils n'avaient qu'à trouver Vivesaigues tout seuls, sauf qu'ils risquaient plutôt de se faire trouver par les Pitres.

Il lui fallut longer la rive un bon demi-mille avant de découvrir un endroit qui semblait à peu près propice à la traversée, mais sa jument n'en renâcla pas moins à pénétrer dans l'eau. Le ruisseau, quel que fût son nom, roulait des eaux brunes et rapides qui, au plus creux du lit, montaient jusqu'aux flancs du cheval. Malgré ses bottes inondées, elle joua tant et si bien des talons qu'elle finit par se retrouver sur la berge opposée. De l'arrière lui parvinrent un gros plouf et un hennissement nerveux. *Ils ont donc suivi. Bien*. Elle pivota pour les regarder traverser tant bien que mal et, tout dégouttants, monter la rejoindre. « Ce n'était pas le Trident, leur dit-elle. Ça, *non*. »

Moins profond, le suivant fut plus facile à franchir. Lui non plus n'était pas le Trident, et aucun des garçons ne discuta lorsqu'elle annonça qu'on traverserait.

La nuit s'installait quand ils s'arrêtèrent une nouvelle fois pour laisser reposer les montures et partager un autre repas de fromage et de pain. « Je suis trempé, frigorifié, larmoya Tourte. Sûr qu'on est loin d'Harrenhal, main'nant. On pourrait s'faire un feu...

— *NON !* » s'exclamèrent d'une même voix les deux autres, et juste au même instant. Tandis que Tourte rouscaillait un peu, Arya jeta un coup d'œil furtif vers Gendry. *Il l'a dit avec moi, comme le faisait Jon à Winterfell.* De tous ses frères, c'est Jon qui lui manquait le plus.

« On peut dormir, au moins ? demanda Tourte. Chuis si crevé, Arry, puis j'ai si mal au cul. Crois que j'ai des cloques...

— Tu en auras bien davantage si tu te fais prendre, riposta-t-elle. Faut qu'on continue. *Faut*.

— Mais y fait presque nuit, et on voit même pas la lune...

— En selle. »

Tout en lambinant à une allure de promenade, Arya sentait son propre épuisement, pendant qu'autour d'eux s'estompaient les dernières lueurs du jour, peser lourdement sur elle. Autant que Tourte, elle avait besoin de dormir, mais ç'aurait été imprudent. S'ils s'abandonnaient au sommeil, ils pourraient bien ne rouvrir les yeux que pour se retrouver nez à nez avec Varshé Hèvre et Huppé le Louf et Loyal Urswyck et Rorge et Mordeur et septon Utt et toute leur clique de monstres.

Au bout d'un moment, néanmoins, le mouvement régulier du cheval se fit aussi lénifiant qu'un balancement de berceau, et elle eut conscience que ses paupières s'appesantissaient. Elle les laissa se clore, rien qu'une seconde, puis les rouvrit en s'écarquillant. *Je ne peux pas m'assoupir,* se chapitra-t-elle en silence, *je ne peux pas, je ne peux pas.* Elle se fourra un poing dans l'œil et frotta vigoureusement pour le maintenir ouvert, tout en serrant fermement les rênes et en poussant son cheval au petit galop. Mais ni lui ni elle n'étaient en mesure de soutenir ce train et, le temps à peine de quelques foulées, ils retombèrent au pas, et quelques pas de plus suffirent pour que les yeux d'Arya se ferment une seconde fois. Sans, cette fois, se rouvrir aussi prestement.

Lorsqu'ils le firent, Arya s'aperçut que son cheval s'était immobilisé et grignotait une touffe d'herbe, et que Gendry lui secouait le bras. « Tu t'es endormie, dit-il.

— Je reposais simplement mes yeux.

— Ça fait un bon bout de temps que tu les reposes, alors. Ta bête tournait en rond, et j'ai pas compris que tu dormais avant qu'elle s'arrête. Tourte est en aussi piteux état, il s'est assommé contre une branche et flanqué par terre, t'aurais dû l'entendre gueuler. Même *ça* t'a pas réveillée. Te faut faire halte et dormir.

— Je peux continuer aussi longtemps que toi. » Elle bâilla.

« Menteuse, dit-il. Continue, si tu veux faire l'imbécile, mais j'arrête, moi. Je prendrai la première veille. Tu dors.

— Et Tourte ? »

Gendry pointa le doigt. Déjà roulé en boule dans son manteau sur un lit de feuilles trempées, Tourte ronflait à petit bruit. Il serrait dans son poing un gros bout de fromage mais s'était assoupi, manifestement, entre deux bouchées.

Il ne servait à rien, saisit Arya, de se quereller ; Gendry avait raison. *Les Pitres aussi vont devoir dormir,* se dit-elle en espérant que c'était vrai. Elle était si vannée que même descendre de selle fut une épreuve, mais elle n'omit pourtant pas d'entraver son cheval avant de se dénicher un abri sous un hêtre. Le sol était dur et trempé. Combien de temps encore s'écoulerait-il, se demanda-t-elle, avant qu'elle ne couche à nouveau dans un lit, mange chaud, retrouve un bon feu pour se dégeler ? La dernière chose qu'elle fit avant de fermer les yeux fut de retirer son épée du fourreau et de la déposer près d'elle. « Ser Gregor, murmura-t-elle dans un bâillement, Dunsen, Polliver, Raff Toutmiel. Titilleur et... Titilleur... le Limier... »

Elle rêva des rêves rouges et féroces. Les Pitres étaient là, quatre au moins, un Lysien pâle et une sombre brute à hache d'Ibbénien, le seigneur du cheval dothraki couvert de cicatrices qu'on appelait Iggo et un type de Dorne dont elle n'avait jamais su le nom. Ils ne cessaient pas d'arriver, chevauchant à travers la pluie dans leurs cuirs à tordre et leur maille rouillée, rapières et hache quincaillant aux selles. Ils se figuraient la chasser, savait-elle avec la bizarre perspicacité suraiguë que donnent les rêves, mais ils se trompaient. C'était elle qui les chassait.

Elle n'était pas une petite fille, dans son rêve, elle était un loup, un loup colossal et puissant ; et, lorsqu'elle émergeait du fourré devant eux, les crocs dénudés sur un grondement sourd, son flair captait la peur que puaient les bêtes comme les hommes. La monture du Lysien se cabrait en jetant un cri, pendant que les autres se gueulaient des paroles humaines, mais, avant qu'ils ne puissent agir, les autres loups, une forte meute, affamée, muette et mouillée, surgissaient ventre à terre et des ténèbres et du déluge.

Le combat fut bref mais sanglant. Le noiraud s'abattit avant de brandir sa hache, le chevelu périt comme il encochait une flèche, et le pâle voulut déguerpir. Frères et sœurs le rattrapèrent et l'enfermèrent dans leur tourbillon, l'assaillant de tous les côtés, mordant son cheval aux jambes, et, quand ils l'eurent enfin désarçonné, déchiquetant sa gorge à belles dents.

Seul tenait bon l'homme aux clochettes. Pendant que son cheval décochait une ruade en pleine gueule à l'une des sœurs d'Arya, son croc d'argent courbe à lui tranchait une autre presque en deux, tandis que sa chevelure tintinnabulait.

Folle de rage, elle lui bondit sur le dos, le précipitant à bas de sa selle. Pendant leur chute commune, elle lui agrippa le bras entre ses mâchoires et fouilla le cuir, la laine et la chair tendre. Ils atterrirent et, d'une violente saccade, elle arracha le membre de l'épaule. Au comble de l'exultation, elle l'agita en tous sens, dents bloquées dessus, éparpillant les chaudes gouttelettes pourpres parmi la noirceur de la pluie glacée.

TYRION

Le grincement de vieux gonds de fer le réveilla.

« Qui ? » croassa-t-il. Du moins avait-il récupéré sa voix, si rauque et brute fût-elle. La fièvre le tenaillait toujours, et il n'avait aucune notion de l'heure. Combien de temps avait-il dormi, ce coup-ci ? Il était si faible, si foutrement faible. « Qui ? » répéta-t-il, un ton plus haut. Par la porte ouverte se déversait la lumière d'une torche, mais, dans la chambre elle-même, le seul éclairage provenait d'un bout de chandelle placé près du lit.

En voyant une silhouette approcher, Tyrion frissonna. Ici, à la citadelle de Maegor, où chaque serviteur était à la solde de la reine, tout visiteur risquait d'être un nouveau séide envoyé par Cersei achever la besogne qu'avait commencée ser Mandon.

Sur ce, l'individu pénétra dans le halo de la chandelle et, après s'être amplement gorgé du spectacle qu'offrait le visage blême du nain, se gaussa : « Coupé en vous rasant, non ? »

Les doigts de Tyrion se portèrent à la formidable balafre qui lui courait depuis un sourcil jusqu'au bas de la mâchoire par le travers des vestiges du nez. Au toucher, le bourrelet de chair demeurait à vif et cuisant. « Avec un rasoir formidable, oui. »

Ses cheveux charbonneux fraîchement lavés et brossés de manière à bien dégager ses traits anguleux, Bronn portait des cuissardes souples en cuir repoussé, une large ceinture cloutée de pépites d'argent, et un manteau de soie vert pâle. Brodée de biais en vert vif, une chaîne ardente barrait le lainage gris sombre de son doublet.

« Où étais-tu passé ? demanda Tyrion d'un ton impératif. Je t'avais mandé voilà..., ça doit bien faire quinze jours.

— Plutôt quatre, rétorqua le reître, et les deux fois où je suis venu, je vous ai trouvé mort au monde.

— Pas mort. En dépit des efforts de ma chère sœur. » Il n'aurait peut-être pas dû le dire aussi fort, mais il s'en fichait, désormais. Cersei se trouvait, il le savait viscéralement, derrière l'attentat perpétré contre sa personne par ser Mandon. « Ce machin moche, là, sur ton poitrail, c'est quoi ? »

Bronn s'épanouit. « Mon emblème de chevalier. Une chaîne en flammes, verte, sur champ fuligineux, gris. Me voici dorénavant, par ordre de messire votre père, Lutin, ser Bronn La Néra. Veillez à vous en souvenir. »

Appuyant ses mains sur le matelas de plumes, Tyrion se tortilla pour remonter de quelques pouces sur les oreillers. « C'est moi qui t'avais promis la chevalerie, l'oublies ? » Le « *par ordre de messire votre père* » le charmait moins que médiocrement. Lord Tywin n'avait guère perdu de temps. Déménager son fils pour s'adjuger la tour de la Main, déjà le message était limpide pour n'importe qui, mais voilà qu'il récidivait. « Je perds la moitié de mon pif, et tu gagnes une chevalerie. Aux dieux de répondre de ce troc, dit-il aigrement. C'est mon père en personne qui t'a adoubé ?

— Non. Nous, ceux des tours aux treuils enfin qu'ont réchappé, quoi, on a été confirmés par le Grand Septon et adoubés par la Garde. Une putain de d'mi-journée qu' ç'a pris, cause qu'y avait que trois Blanchépées pour faire la cérémonie.

— J'ai appris que ser Mandon était mort au combat. » *Poussé par Pod dans la rivière au moment même où il allait, ce bâtard de traître, me passer l'épée au travers du cœur.* « Qui d'autre a-t-on perdu ?

— Le Limier, dit Bronn. Pas mort, simplement parti. Les manteaux d'or disent qu'il a viré pleutre et que vous avez conduit une sortie à sa place. »

Eu mieux, comme idée. La grimace qu'il fit tirailla durement la chair de la balafre. Il invita d'un geste Bronn à s'asseoir. « Ma sœur a tort de me prendre pour un champignon. Elle me maintient dans le noir et me nourrit de merde. Pod est un bon gars, mais le nœud de sa langue est aussi gros que Castral Roc, et je ne crois pas la moitié de ce qu'il me dit. Je lui demande de me ramener ser Jacelyn et, à son retour, il le prétend mort.

— Lui et des milliers d'autres. » Bronn s'assit.

« Comment ? demanda Tyrion, avec un surcroît de nausées.

— Durant la bataille. Votre sœur a chargé les Potaunoir de lui ramener le roi dare-dare au Donjon Rouge, à c'qu'y paraît. En le voyant s'tirer, les manteaux d'or ont décidé, la moitié, de s'tirer avec. Main-de-fer s'est mis en travers et a essayé de les ramener au rempart. Paraît qu'il te vous les a joliment engueulés, et qu'il les avait presque persuadés quand on lui a fiché une flèche en travers du gosier. Comme il avait plus l'air si redoutable, alors, ils l'ont arraché de selle et massacré. »

Encore une dette à porter au compte de Cersei. « Mon neveu, reprit-il, Joffrey. Il a couru le moindre danger ?

— Pas plus que certains, et moins que la plupart.

— Été blessé ? Eu du bobo ? Orteil écrasé, ongle écorné, mèche ébouriffée ?

— Pas à ma connaissance.

— J'avais prévenu Cersei de ce qui arriverait. Qui commande à présent le Guet ?

— Votre seigneur père l'a filé à l'un de ses gens de l'ouest, un certain ser Addam Marpheux. »

En règle générale, les manteaux d'or répugnaient à se voir coiffer par un type de l'extérieur, mais ser Addam était un choix judicieux. Il était comme Jaime un entraîneur d'hommes. *J'ai perdu le Guet.* « J'ai expédié Pod me chercher Shagga, mais peine perdue.

— Les Freux se trouvent encore au Bois-du-Roi. Shagga semble s'être amouraché de ce coin. Timett et ses Faces Brûlées sont retournés chez eux, chargés de tout le butin qu'ils avaient fait dans le camp de Stannis après la bataille. Quant à Chella, elle s'est pointée, un beau matin, à la porte de la Rivière avec une douzaine d'Oreilles Noires, mais les manteaux rouges de votre père les ont refoulés, pendant que les habitants les régalaient d'ordures et de huées. »

Les ingrats. Les Oreilles Noires avaient péri pour eux. Ainsi, pendant qu'il gisait, saturé de drogues et de cauchemars, son propre sang lui arrachait ses griffes, une à une. « Tu vas te rendre chez ma sœur. Puisque son précieux fils s'est tiré de la bataille intact, elle n'a plus besoin d'otage. Elle a juré de libérer Alayaya dès que...

— L'a fait. Y a huit ou neuf jours, après la flagellation. »

Dédaignant la douleur qui lui lancinait brusquement l'épaule, Tyrion se hissa quelque peu sur les oreillers. « La *flagellation* ?

— Le fouet, oui, dans la cour, attachée à un poteau. Puis flanquée dehors, à poil et en sang. »

Elle apprenait à lire, songea Tyrion, de façon burlesque. La balafre tirait abominablement, et il eut un moment l'impression que son crâne allait exploser de fureur. Alayaya était une putain, d'accord, mais il avait rarement vu fille plus gentille et plus brave et plus innocente. Il ne l'avait jamais touchée, jamais utilisée que comme une façade, afin de camoufler Shae. Et jamais, dans son inconscience, il ne s'était avisé de ce que ce rôle pourrait lui coûter. « J'ai promis à ma sœur de traiter Tommen comme elle traiterait Alayaya », se souvint-il à haute voix. Il se sentait prêt à dégueuler. « Est-ce que je peux, moi, fouetter un gosse de huit ans ? » *Mais si je ne le fais pas, Cersei triomphe.*

« Vous tenez pas Tommen, lui assena Bronn. En apprenant la mort de Main-de-fer, la reine a envoyé ses Potaunoir à Rosby le récupérer, et y a personne qu'ait eu les couilles de leur dire non. »

Un coup de plus ; mais, il devait en convenir, doublé d'un soulagement. Tommen, il l'aimait beaucoup. « Les Potaunoir étaient censés nous appartenir, rappela-t-il, avec plus qu'une pointe d'agacement.

— C'était le cas, pourvu que je puisse leur donner deux de vos sous contre chacun de ceux qu'ils avaient de la reine, mais elle a fait grimper les prix. Osfryd et

Osney ont été faits chevaliers après la bataille, pareil que moi. Les dieux savent seuls pourquoi, parce que personne les a vus se battre... »

Je suis trahi par mes larbins, mes amis sont humiliés, fouettés, et je reste à pourrir au pieu, songea Tyrion. *Je croyais avoir gagné cette foutue bataille. C'est ça, le goût de la victoire ?* « Est-il exact que Stannis doive sa déroute au spectre de Renly ? »

Bronn se fendit d'un maigre sourire. « Des tours aux treuils, on a rien vu d'autre, nous, que des bannières dans la gadoue et des gars qui jetaient leurs piques pour détaler, mais y en a des centaines, dans les bordels et les bistrots, pour vous raconter comme ils ont vu lord Renly tuer çui-ci, tuer çui-là. La plupart des soldats de Stannis avaient d'abord appartenu à Renly, et ils sont tout bonnement repassés dans son camp dès qu'ils l'ont aperçu dans cette étincelante armure verte. »

Après toutes ses manigances, après sa sortie et le pont de bateaux, après s'être fait fendre la gueule en deux, Tyrion se retrouvait éclipsé par un mort. *Si Renly l'est vraiment.* Encore un chapitre à creuser. « Comment s'est échappé Stannis ?

— Les galères de ses Lysiens croisaient dans la rade, en deçà de votre chaîne. Quand la bataille a mal tourné, elles sont venues mouiller le long du rivage pour rembarquer le plus de gens possible. On s'entre-tuait pour monter à bord, vers la fin.

— Et Robb Stark, entre-temps, qu'a-t-il fait ?

— Y a des loups à lui qui descendent vers Sombreval en brûlant tout sur leur passage. Votre père envoie cette espèce de lord Tarly s'occuper d'eux. J'ai failli songer à rallier ses rangs. Il passe pour un bon soldat, et pas pingre quant au pillage. »

L'idée de perdre Bronn fit déborder le vase. « Pas question. Ta place est ici. Tu es le capitaine des gardes de la Main.

— La Main, c'est plus vous, lui rappela vertement Bronn, mais votre père, et il a ses putains de gardes à lui.

— Qu'est-il advenu de tous ceux que tu m'avais engagés ?

— Certains sont morts aux tours aux treuils. Les autres, nous, votre ser Kevan d'oncle nous a tous payés et flanqués dehors.

— Trop aimable à lui, dit aigrement Tyrion. Cela veut-il dire que le goût de l'or t'est passé ?

— Foutrement pas.

— Bon, dit Tyrion, parce qu'il se trouve que j'ai encore besoin de toi. Que sais-tu de ser Mandon Moore ? »

Bronn se mit à rire. « Je sais qu'il est foutrement bien noyé.

— J'ai une grosse dette envers lui, mais comment la payer ? » Il palpa la balafre. « J'ignore à peu près tout de ce cher trésor, pour parler sans fard.

— Il avait des yeux de merlan et portait un manteau blanc. Que vous faut-il de plus ?

— Tout, dit Tyrion, pour commencer. » Ce qu'il voulait, c'était la preuve que ser Mandon avait été la créature de Cersei, mais il n'osait l'exprimer si crûment. Il valait mieux tenir sa langue, au Donjon Rouge. Son enceinte foisonnait de rats, d'oisillons trop bavards et d'araignées. « Aide-moi à me lever, dit-il en se démenant dans ses couvertures. Il n'est que temps de rendre visite à mon père, et plus que temps de me remontrer.

— Une si charmante vision, blagua Bronn.

— Qu'importe un demi-nez, dans une gueule comme la mienne ? Mais, à propos de charme, Margaery Tyrell est à Port-Réal, déjà ?

— Non. Mais elle arrive, et la ville est folle d'amour pour elle. Les Tyrell ont fait trimballer des vivres de Haut-jardin et les distribuent en son nom. Des centaines de chariots par jour. Et y a des milliers d'hommes à eux qui se pavanent avec des petites roses d'or cousues sur le doublet mais pas un qui paie le vin qu'y prend. De l'épouse à la veuve ou à la putain, tout fout sa vertu aux orties pour le dernier des puceaux imberbes qu'a la rose d'or au téton. »

Ils me crachent dessus, et ils paient à boire aux Tyrell. Tyrion se laissa glisser du lit au sol. Ses jambes se dérobèrent en flageolant sous lui, tandis que tournoyait la chambre, et il dut agripper le bras de Bronn pour ne pas s'étaler tête la première dans la jonchée. « *Pod !* hurla-t-il, Podrick Payne ! Où diable es-tu passé, par les sept enfers ? » La douleur mastiquait sa chair comme un chien sans dents. Il exécrait la débilité, la sienne tout spécialement. Elle l'humiliait, et l'humiliation le fichait en rogne. « Pod, *ici* ! » Le gosse accourut. Et il demeura bouche bée en voyant Tyrion debout, cramponné à Bronn. « Messire. Levé. Est-ce... vous... voulez-vous du vin ? Du vinsonge ? Le mestre ? Il a dit que vous deviez rester. Couché, je veux dire.

— Je suis resté trop longtemps couché. Apporte-moi une tenue propre.

— Une tenue ? »

Comment le gamin pouvait se montrer si lucide et si débrouillard en pleine bataille et le reste du temps si nigaud, ça, jamais Tyrion ne le comprendrait. « Des vêtements, insista-t-il. Tunique, doublet, braies, culotte. Pour moi. Pour m'habiller. Que je puisse quitter ce putain de cachot. »

Ils ne furent pas trop de trois pour l'habiller. Si hideuse que fût la balafre, la pire de ses blessures était celle que lui avait infligée la flèche à l'aisselle en y enfonçant la maille jusqu'à la jointure de l'épaule. Du pus sanguinolent suintait encore de la chair décolorée, chaque fois que mestre Frenken renouvelait son pansement, et la douleur le lancinait par tout le corps au moindre mouvement.

Finalement, Tyrion se contenta de chausses et d'une robe de chambre trop vaste pour sa carrure, afin d'y flotter. Pendant que Bronn lui enfilait ses bottes et que Pod partait en quête d'une canne, il but une coupe de vinsonge pour se remonter. Adouci de miel, le breuvage comportait juste assez de pavot pour rendre un certain temps les douleurs tolérables.

Malgré quoi il fut pris de vertiges en tournant le seuil, et la descente du colimaçon de pierre lui mit les jambes en compote. Il marchait appuyé d'une main sur sa canne et de l'autre sur l'épaule de Pod. Ils croisèrent une servante dans l'escalier. En les voyant, elle s'écarquilla, l'œil aussi blanc que si elle tombait sur un fantôme. *Le nain s'est levé d'entre les morts,* songea Tyrion. *Et regarde, regarde, il est plus moche que jamais, cours l'annoncer à tes amis.*

La Citadelle de Maegor était la place la plus forte du Donjon Rouge, une forteresse dans la forteresse, avec sa douve sèche hérissée de piques. On avait relevé le pont-levis pour la nuit quand ils atteignirent la porte. Devant elle était campé, pâle armure et manteau neigeux, ser Meryn Trant. « Abaissez le pont, commanda Tyrion.

— Les ordres de la reine sont de le lever, la nuit. » Ser Meryn était depuis toujours une créature de Cersei.

« La reine dort, et j'ai à faire avec mon père. »

Rien qu'évoquer lord Tywin Lannister produisait toujours un effet magique. Non sans maugréer, Trant jeta l'ordre, et le pont-levis s'abaissa. Un autre chevalier de la Garde se tenait en sentinelle au-delà du fossé. Ser Edmund Potaunoir. Lequel s'extirpa un sourire en voyant Tyrion cahoter vers lui. « En meilleure forme, m'sire ?

— Bien meilleure. À quand la prochaine bataille ? Je meurs d'impatience. »

Au moment d'aborder les marches serpentines, pourtant, leur seul aspect le mit au désespoir. *Je n'arriverai jamais à les monter seul*, s'avoua-t-il. Et, ravalant sa dignité, il pria Bronn de le porter, non sans espérer contre tout espoir qu'il ne se trouverait à cette heure personne pour voir cela, personne pour en ricaner, personne pour colporter l'histoire du nabot trimballé là comme un nourrisson.

L'enceinte extérieure était bondée de tentes et de pavillons, par dizaines. « Tyrell, expliqua Pod tandis qu'ils se faufilaient dans leur labyrinthe de toile et de soie. Et Rowan, et Redwyne. Il n'y avait pas assez de place pour les loger tous. Dans l'enceinte du château, j'entends. Certains ont pris des chambres. Des chambres en ville. Dans les auberges et tout. Ils sont venus pour les noces. Les noces du roi, de Sa Majesté Joffrey. Serez-vous en assez bonne forme pour y assister, messire ?

— Pas ces gloutons fouinards qui m'en empêcheraient. » Les mariages avaient au moins cet avantage sur les batailles qu'on risquait moins de s'y faire esquinter le nez.

On discernait encore une vague lumière à travers les volets tirés de la tour de la Main. À la porte, les gardes arboraient le manteau écarlate et le heaume au lion de la maisonnée paternelle. Tyrion les connaissait tous deux, et ils lui ouvrirent au premier coup d'œil... – sans s'attarder, remarqua-t-il, ni l'un ni l'autre à le dévisager.

À peine entrés, ils tombèrent sur ser Addam Marpheux qui, corseté de sa plate noire ouvragée d'officier du Guet, descendait, drapé de son manteau d'or, l'escalier à vis. « Messire, dit-il, quel bonheur que de vous voir sur pied. J'avais entendu...

— ... courir la rumeur qu'on allait creuser une petite tombe ? Moi aussi. Dans ces circonstances, j'ai jugé préférable de me lever. J'apprends que vous commandez le Guet. Vous en présenterai-je mes condoléances ou mes félicitations ?

— Les deux, je crains. » Ser Addam sourit. « La mort et la désertion m'ont laissé quelque quarante-quatre centaines d'hommes. Les dieux seuls et Littlefinger savent comment nous allons solder tant de monde, mais votre sœur m'interdit de licencier quiconque. »

Encore inquiète, Cersei ? La bataille est terminée, les manteaux d'or ne te seront plus d'aucun secours. « Vous venez de chez mon père ? demanda-t-il.

— Mouais. Je crains de ne l'avoir pas laissé d'excellente humeur. Lord Tywin a le sentiment que quarante-quatre centaines de sergents suffisent amplement pour retrouver un écuyer perdu, mais votre cousin Tyrek ne l'est toujours pas. »

Fils de feu Oncle Tygett, Tyrek, treize ans, avait disparu le jour de l'émeute, alors qu'il venait à peine d'épouser lady Ermesande, simple nourrisson qui se trouvait être l'unique héritière survivante de la maison Fengué. *Et probablement la première épouse de toute l'histoire des Sept Couronnes à subir le veuvage avant le sevrage.* « J'ai moi-même échoué, confessa-t-il.

— Il engraisse les asticots, intervint Bronn avec son tact habituel. Main-de-fer l'a cherché aussi, et l'eunuque a fait joliment tinter les picaillons d'une dodue bourse. Ils ont pas eu plus de pot que nous. Renoncez, ser. »

Ser Addam toisa le reître avec dégoût. « Lord Tywin est tenace lorsqu'il s'agit de son propre sang. Il aura son neveu, mort ou vif, et j'entends le satisfaire. » Il se retourna vers Tyrion. « Vous trouverez votre père dans sa loggia. »

Ma loggia, rectifia mentalement Tyrion. « Je crois connaître le chemin. »

Le chemin le forçait à gravir de nouvelles marches, mais il le fit cette fois sans autre recours qu'à l'épaule de Pod. Bronn lui ouvrit seulement la porte. Assis sous la fenêtre, lord Tywin était en train d'écrire à la lueur d'une lampe à huile. Au bruit du loquet, il leva les yeux. « Tyrion. » Sans s'émouvoir, il reposa sa plume.

« Je suis charmé que vous vous souveniez de moi, messire. » Tyrion lâcha Pod et, reportant son poids sur la canne, chaloupa dans la pièce. *Quelque chose cloche,* comprit-il instantanément.

« Ser Bronn, dit lord Tywin. Podrick. Peut-être feriez-vous mieux d'attendre dehors que nous en ayons terminé. »

Le regard dont le gratifia Bronn frisait l'insolence ; il s'inclina néanmoins et se retira, Pod sur les talons. La lourde porte claqua derrière eux, et Tyrion Lannister fut seul avec son père. Malgré les volets fermés contre la nuit, il faisait dans la loggia un froid palpable. *Quel genre de mensonges Cersei lui a-t-elle servi ?*

Le sire de Castral Roc était aussi mince qu'un homme de vingt ans plus jeune, et même beau, dans son genre austère. La blondeur rêche du poil qui lui tapissait les joues soulignait la sévérité de ses traits, la nudité de son crâne et la dureté de sa bouche. Il portait au col une chaîne dont des mains d'or formaient les maillons en se refermant toutes sur le poignet de la précédente. « Une belle chaîne », commenta Tyrion. *Mais elle avait plus d'allure sur moi.*

Lord Tywin ignora la saillie. « Tu ferais mieux de t'asseoir. Est-il judicieux d'avoir délaissé ton lit de malade ?

— C'est mon lit de malade qui me rend malade. » Il

savait à quel point son père méprisait la débilité. Il s'adjugea le siège le plus proche. « Quels charmants appartements vous avez là. Le croiriez-vous ? Pendant que je me mourais, quelqu'un m'a déménagé dans un petit cachot sombre de Maegor.

— Le Donjon Rouge est surpeuplé d'invités aux noces. Dès leur départ, nous te trouverons un logis plus séant.

— J'aimais assez ce logis-*ci*. Vous avez fixé une date pour ces grandes noces ?

— Joffrey et Margaery se marieront le jour même du nouvel an qui, d'aventure, inaugure aussi le nouveau siècle. La cérémonie proclamera l'aube d'une ère nouvelle. »

Ère nouvelle, ère Lannister, songea Tyrion. « Oh, zut, je crains d'avoir fait d'autres projets pour ce jour-là.

— N'es-tu venu que pour te plaindre de ta chambre et me régaler de tes plaisanteries boiteuses ? J'ai des lettres importantes à finir.

— Des lettres *importantes.* Indubitablement.

— Il est des batailles qu'on gagne à la pointe des piques et des épées, d'autres à la pointe de la plume et avec des corbeaux. Épargne-moi ces reproches à mots couverts, Tyrion. Je suis venu à ton chevet aussi souvent que mestre Ballabar le permettait, lorsque tu semblais moribond. » Il accola ses doigts en pointe sous son menton. « Pourquoi avoir congédié Ballabar ? »

Tyrion haussa les épaules. « Mestre Frenken met moins d'acharnement à me priver de ma conscience.

— Ballabar est venu à Port-Réal dans la suite de lord Redwyne. Il passe pour un guérisseur doué. C'est gentil à Cersei de l'avoir prié de te soigner. Elle craignait pour tes jours. »

Craignait qu'ils ne se prolongent, voulez-vous dire. « Sans doute est-ce pour cela qu'elle n'a pas une seconde quitté mon chevet.

— Pas d'impertinence. Cersei a des noces royales à préparer, moi, je mène une guerre, et cela fait au moins une quinzaine que tu te trouves hors de danger. » Sans ciller, les prunelles vert pâle de lord Tywin examinèrent son visage défiguré. « Même si ta blessure est assez horrible, je te l'accorde. Quelle folie s'est emparée de toi ?

— L'ennemi battait les portes avec un bélier. Si c'était Jaime qui avait conduit la sortie, c'est de bravoure que vous parleriez.

— Jamais Jaime ne serait assez stupide pour ôter son heaume au cours du combat. J'espère que tu as tué le type qui t'a amoché ?

— Oh, le maudit est bien assez mort. » Quoique à Podrick revînt l'exploit d'avoir culbuté ser Mandon et au poids de l'armure de l'avoir coulé. « Un ennemi mort est une joie impérissable », ajouta-t-il d'un ton léger, bien que son véritable ennemi ne fût pas ser Mandon. Celui-ci n'avait aucun motif de désirer sa perte. *Il n'était que la griffe du chat, et je crois connaître le chat. Ses ordres étaient qu'à aucun prix je ne réchappe de la bataille.* Mais, à moins de preuve, jamais lord Tywin n'écouterait pareille accusation. « Qu'est-ce qui vous retient à Port-Réal, Père ? demanda-t-il. Ne devriez-vous pas repartir affronter Stannis ou Robb ou je ne sais qui ? » *Et le plus tôt serait le mieux.*

« D'ici que lord Redwyne remonte avec sa flotte, nous manquons de bateaux pour attaquer Peyredragon. Ça n'a pas d'importance. Il s'est couché dans la Néra, le soleil de Stannis Baratheon. Quant au petit Stark, il est toujours dans l'ouest, mais une forte armée de ses gens du Nord menée par Helman Tallhart et Robert Glover descend sur Sombreval. J'ai envoyé lord Tarly contre eux, pendant que ser Gregor remonte la route Royale, couper leur retraite. Tallhart et Glover seront pris en tenaille avec un tiers des forces Stark.

— Sombreval ? » Il n'y avait rien à Sombreval qui mérite qu'on prenne un tel risque. Le Jeune Loup venait-il enfin de commettre une gaffe ?

« Tu n'as aucun sujet de t'inquiéter. Tu es pâle comme un mort, et tu as du sang qui suinte au travers de tes pansements. Dis-moi ce que tu veux, puis va te recoucher.

— Ce que je veux... » Il se sentait la gorge sèche et serrée. Que voulait-il, *au fait* ? *Bien plus que vous ne pourrez jamais me donner, Père.* « Pod prétend que Littlefinger a été fait lord d'Harrenhal.

— Un titre creux, tant que Roose Bolton occupe la place au nom de Robb Stark, mais lord Baelish ambitionnait l'honneur. Il nous a bien servis, pour le mariage Tyrell. Un Lannister paie toujours ses dettes. »

L'idée de ce mariage revenait sans conteste à Tyrion, mais la revendiquer maintenant pour sienne eût paru goujat. « Ce titre pourrait bien n'être pas aussi creux que vous le croyez, prévint-il. Littlefinger ne fait jamais rien de gratuit. Mais advienne que pourra. Vous avez dit quelque chose à propos de dettes, si je ne m'abuse ?

— Et tu désires ta récompense à toi, c'est cela ? Très bien. Que réclames-tu de moi ? Terres, château, charge ?

— Un foutu rien de gratitude ferait un plaisant début. »

Lord Tywin le dévisagea sans broncher. « Les pitres et les singes sollicitent l'applaudissement. En la matière, Aerys procédait de même. Tu as agi comme on te l'ordonnait et, j'en suis sûr, au mieux de tes capacités. Nul ne te dénie le rôle que tu as joué.

— Le *rôle* que j'ai *joué* ? » Ce qui lui restait de narines avait dû se dilater. « J'ai sauvé votre putain de ville, il me semble !

— La plupart des gens semblent d'avis que c'est mon attaque sur le flanc de Stannis qui a retourné la bataille. Les lords Tyrell, Rowan, Redwyne et Tarly se sont aussi noblement battus, et je me suis laissé dire que c'est ta sœur, Cersei, qui a su convaincre les pyromants de fabriquer le feu grégeois qui a détruit la flotte Baratheon.

— Tandis que je n'ai rien fait d'autre que me faire tailler les poils du nez, n'est-ce pas ? » Il ne parvenait pas à supprimer l'amertume du ton.

« Ta chaîne a été un coup très malin – et décisif pour notre victoire. Est-ce là ce que tu voulais entendre ? Nous te devons aussi des remerciements, paraît-il, pour l'alliance de Dorne. Peut-être seras-tu content d'apprendre que Myrcella est arrivée saine et sauve à Lancehélion. Ser Arys du Rouvre nous mande qu'elle s'est prise de la plus vive affection pour la princesse Arianne, et que le prince Trystan est enchanté d'elle. En dépit de ma répugnance à donner un otage à la maison Martell, c'était inévitable, je présume.

— Nous aurons notre propre otage, spécifia Tyrion. Un siège au Conseil fait aussi partie du marché. À moins de se faire escorter d'une armée lorsqu'il viendra le réclamer, le prince Doran se mettra de lui-même à notre discrétion.

— S'il ne venait réclamer qu'un siège au Conseil, à la bonne heure, dit lord Tywin, mais tu lui as promis vengeance aussi.

— Justice, je lui ai promis.

— Appelle-le comme il te plaira. On aboutit toujours au sang.

— Sûrement pas une denrée dont nous soyons à court, si ? J'ai barboté dans des lacs de sang, durant la bataille. » Il ne vit aucune raison de ne pas trancher dans le vif. « Ou bien vous êtes-vous si fort amouraché de Gregor Clegane que vous ne puissiez supporter de vous séparer de lui ?

— Ser Gregor a son utilité comme son frère en avait une. Tout seigneur a besoin d'un fauve, de temps en temps... – leçon que tu sembles avoir retenue, si j'en juge par ton ser Bronn et par ta bande de sauvages. »

Tyrion récapitula mentalement l'œil brûlé de Timett, les haches de Shagga, les oreilles séchées que Chella portait en sautoir. Et Bronn. Bronn par-dessus tout. « Les bois pullulent de fauves, rappela-t-il à son père. Les venelles autant.

— Vrai. Peut-être d'autres chiens seraient-ils aussi bons chasseurs. J'y réfléchirai. Si c'est tout ce que...

— Vos lettres importantes, oui. » Tyrion se leva, chancela sur ses jambes, ferma les yeux un instant, tandis qu'une vague vertigineuse lui déferlait dessus, puis tituba d'un pas vers la porte. Quitte à se dire, après coup, qu'il eût été plus avisé d'en faire un deuxième, un troisième, il se retourna. « Ce que je veux, demandez-vous ? Je vais vous dire ce que je veux. Je veux ce qui m'appartient de droit. Je veux Castral Roc. »

La bouche de son père se durcit. « Le droit d'aînesse de ton frère ?

— Il est interdit aux chevaliers de la Garde de se marier, de procréer, de tenir des terres, vous le savez aussi bien que moi. Le jour où Jaime a endossé ce manteau blanc, il a résigné toutes prétentions à Castral Roc, mais jamais vous n'en êtes convenu. Il est plus que temps. Je veux vous entendre proclamer, debout face au royaume, que je suis votre fils et votre héritier légitime. »

D'un vert pâle pailleté d'or, les prunelles de lord Tywin étaient aussi lumineuses qu'impitoyables. « Castral Roc », énonça-t-il d'un ton mort, monocorde et froid. Avant d'ajouter : « Jamais. »

Le mot demeura en suspens entre eux, énorme, acéré, vénéneux.

Je savais la réponse avant de poser la question, songea Tyrion. *Dix-huit ans se sont écoulés depuis que Jaime a rejoint la Garde, et pas une seule fois je n'ai soulevé la question. Je devais le savoir. J'ai toujours dû le savoir.* « Pourquoi ? se força-t-il à demander, tout en sachant qu'il s'en repentirait.

— Tu le demandes ? Toi qui as tué ta mère pour venir au monde ? Tu es contrefait, retors, rebelle et fielleux, tu es une petite bestiole pourrie d'envie, de luxure et de basse fourbe. Les lois des hommes t'accordent le droit d'arborer mes couleurs et de porter mon nom, puisque je ne puis prouver que tu n'es pas de moi. Pour m'enseigner l'humilité, les dieux m'ont condamné à contempler tes dandinements affublés de ce fier lion qui fut l'emblème de mon père et de son père avant lui. Mais ni les dieux ni les hommes ne m'obligeront jamais à te laisser faire de Castral Roc ton repaire à putes.

— Mon *repaire à putes* ? » Ce fut une illumination ; Tyrion comprit d'un seul coup d'où découlait toute cette bile. Il grinça des dents, lança : « Cersei vous a parlé d'Alayaya.

— C'est son nom ? Je suis incapable, je le confesse, de retenir les noms de toutes tes putes. C'était comment, celle que tu as épousée, gamin ?

— Tysha. » Il cracha la réponse comme un défi.

« Et cette fille à soudards, sur la Verfurque ?

— En quoi cela vous importe-t-il ? rétorqua-t-il, se refusant à seulement prononcer devant lui le nom de Shae.

— En rien. Pas plus qu'il ne m'importe qu'elles soient mortes ou vives.

— C'est *vous* qui avez fait fouetter Yaya. » Ce n'était pas une question.

« Ta sœur m'a parlé de menaces proférées contre mes petits-fils. » Il parlait d'une voix plus glacée que la glace. « Elle en a menti ? »

Tyrion n'entendait pas nier. « J'ai menacé, oui. Pour protéger Alayaya. Pour empêcher les Potaunoir d'abuser d'elle.

— Pour préserver la vertu d'une pute, tu as menacé ta propre maison, ta propre parenté ? C'est bien de cela qu'il s'agit ?

— C'est vous qui m'avez enseigné qu'une bonne menace est souvent plus éloquente qu'un coup de poing. Non que Joffrey ne m'ait démangé des centaines de fois. Si vous avez si fort envie de fouetter les gens, commencez par lui. Mais Tommen..., pourquoi lui voudrais-je le moindre mal ? C'est un bon gosse, et mon propre sang.

— Tout comme l'était ta mère. » Lord Tywin se leva brusquement pour dominer de tout son haut son nabot de fils. « Retourne te coucher, Tyrion, et ne me parle plus jamais de *tes droits* sur Castral Roc. Tu auras ta récompense, mais elle sera telle que j'en jugerai, compte tenu de tes services et de ta position. Et ne t'y méprends pas – je viens de tolérer pour la dernière fois que tu jettes l'opprobre sur la maison Lannister. *Terminé*, tes putes. La prochaine que je découvre dans ton lit, je la pends. »

DAVOS

Il regarda la voile grandir, longuement, ne sachant trop s'il avait plutôt envie de vivre ou de mourir.

Mourir serait plus simple, assurément. Il n'avait rien d'autre à faire que de ramper se tapir dans son trou, laisser passer le bateau, puis la mort saurait le trouver. Cela faisait des jours et des jours, à présent, que la fièvre le calcinait, liquéfiait ses tripes en eau brune et le faisait grelotter jusqu'au sein turbulent du sommeil. Chaque matin le trouvait plus faible. *C'en sera bientôt terminé,* en était-il venu à se dire.

Si la fièvre ne le tuait pas, la soif s'en chargerait, voilà. Ici, point d'eau fraîche, en dehors de celle que recueillaient les creux du rocher lorsque d'aventure il pleuvait. Mais voilà seulement trois jours (ou était-ce quatre ? l'antre ne permettait guère de compter), les creux s'étaient révélés aussi blanchâtres que de vieux os, et la vue de la baie, tout autour, avec ses risées vertes et grises, était devenue une tentation presque insoutenable. Sitôt qu'il commencerait à boire de l'eau de mer, il le savait pertinemment, la fin viendrait promptement, mais cette première gorgée, il avait bien failli se l'offrir, tant il avait la gorge sèche. Il ne devait son salut qu'à la soudaineté d'un grain. Sa faiblesse était cependant déjà telle qu'il en avait été réduit à rester couché sous l'averse, les yeux clos et la bouche ouverte, et à laisser l'eau clapoter sur ses lèvres craquelées, sa langue boursouflée. Ce qui, finalement, l'avait tout de même un peu revigoré, tandis que les creux, les crevasses et les anfractuosités de l'îlot rocheux s'emplissaient à nouveau de vie.

Mais cela datait de trois jours (ou peut-être quatre), et il n'y avait quasiment plus d'eau. Une partie s'était évaporée, l'autre, il l'avait avidement lapée. Il lui faudrait, demain, retrouver le goût de la fange et lécher le froid suintement de la roche au fond des crevasses.

Puis si ni la soif ni la fièvre n'y suffisaient, la faim l'achèverait. L'îlot n'était jamais qu'un chicot stérile dardé sur l'immensité de la baie. À marée basse s'y pouvaient parfois cueillir de tout petits crabes, le long de la grève pierreuse où les flots l'avaient rejeté lui-même après la bataille. Ils lui pinçaient cruellement les doigts avant qu'il ne les écrase contre un rocher pour suçoter la chair des pinces et la tripaille de la carapace.

Mais dès qu'il survenait, le flux submergeait la grève au triple galop, et Davos devait regagner son perchoir pour n'être pas, une nouvelle fois, emporté dans la baie. À marée haute, le sommet dominait de quinze pieds les flots, mais, par gros temps, les embruns passaient bien au-dessus, de sorte qu'il se faisait forcément saucer, même dans son antre (qui n'était à la vérité qu'un renfoncement surmonté d'un ressaut). Rien ne poussait, que des lichens, sur cet écueil que boudaient les oiseaux de mer eux-mêmes. Il arrivait bien que des mouettes s'y posent, et Davos tâchait toujours d'en attraper une, mais elles s'empressaient de ne pas l'attendre s'il se rapprochait. Leur décochait-il des pierres, il manquait par trop de force pour les lancer, et lors même que l'une d'elles frappait sa cible, tout juste la cible poussait-elle, avant de s'envoler, un piaulement de contrariété.

Au loin s'apercevaient, de son refuge, d'autres écueils, aussi pointus mais plus élevés que le sien. Le plus proche devait avoir une bonne quarantaine de pieds de haut, estimait-il, bien que la distance ne lui permît pas d'en jurer. Des nuées de mouettes y tourbillonnaient sans trêve, et la pensée d'aller piller leurs nids le tourmentait souvent. Mais faire à la nage une pareille traversée, malgré le froid de l'eau, la force et la traîtrise des courants, réclamait autrement plus de vigueur qu'il n'en avait. Il y périrait aussi sûrement qu'à boire de l'eau de mer.

Il savait d'expérience que, dans le détroit, l'automne était volontiers humide et pluvieux. Les journées n'étaient pas terribles, dans la mesure où il faisait soleil, mais les nuits devenaient plus froides et, parfois, le vent balayait la baie de rafales qui la hérissaient de moutons, menaçant de le tremper sous peu, lui, à claquer des dents. Déjà que la fièvre et la chair de poule se le disputaient sans arrêt, voilà qu'à présent des accès de toux le déchiraient incessamment.

Il n'avait pour s'abriter que l'antre, et ce n'était guère. La marée basse avait beau déposer sur la grève du bois flotté, des débris d'épaves carbonisés, pas moyen de battre le briquet, pas moyen d'allumer du feu. Le désespoir l'avait bien poussé, une fois, à tenter de frotter l'un contre l'autre deux morceaux de bois, mais le bois était pourri, et tous ses efforts ne lui avaient valu que des ampoules. Ses vêtements étaient en plus toujours mouillés, et il avait perdu l'une de ses bottes quelque part au large avant d'être rejeté par la mer.

Soif, faim, froid, tels étaient ses compagnons fidèles, à chaque heure de chaque jour, si bien qu'à la longue il en était venu à les considérer comme des amis. Tôt ou tard, l'un ou l'autre d'entre eux prendrait en pitié son interminable misère et l'en délivrerait. Si lui-même, un beau jour, n'entrait plutôt tout simplement dans l'eau se jeter à corps perdu vers la côte qui devait se trouver par là, au nord, invisible à l'œil nu. Trop loin, faible comme il l'était, mais quelle importance. Se pouvait-il rien de plus normal, pour un marin-né, que de périr en mer ? *Les dieux abyssaux m'ont assez attendu*, se disait-il. *Il n'est que temps d'aller à eux.*

Or voici que survenait une voile ; à peine un point sur l'horizon, mais qui grandissait. *Un bateau, là où il ne devrait pas y avoir de bateau.* Il se situait plus ou moins ; son îlot faisait partie d'un archipel qui tapissait la baie. L'îlot le plus saillant giclait à quelque cent pieds au-dessus des flots, et la hauteur d'une douzaine de ses acolytes allait de trente à soixante pieds. Les navigateurs les appelaient *piques du roi triton* et savaient qu'à chacun de ceux qui crevaient la surface correspondait, juste en dessous, des flopées d'autres en embuscade. Tout capitaine un peu sensé s'en tenait au large.

Ses yeux pâles bordés de rouge fixés sur le gonflement de la voile, Davos tâcha de percevoir le bruit du vent contre la toile. *Ils viennent de ce côté-ci.* À moins qu'ils ne changent bientôt de cap, ils passeraient à portée de voix de son piteux refuge. Et ce pouvait être le salut. S'il le désirait. Il n'était pas sûr de le désirer.

Pour quoi vivrais-je ? songea-t-il, tandis que des larmes brouillaient sa vision. *Pour quoi, bonté divine ? Mes fils sont morts, Dale et Blurd, Maric et Matthos, Devan aussi, peut-être. Comment un père peut-il survivre à tant de fils jeunes et robustes ? Comment souhaiterais-je poursuivre ma route ? Je suis une carapace creuse, le crabe est mort, plus rien dedans. N'est-ce pas une évidence ?*

À l'heure où, battant le pavillon frappé au cœur ardent du Maître de la Lumière, la flotte pénétrait dans la Néra, Davos menait, à bord de sa *Botha noire,* la deuxième ligne, entre *Le Spectre* et la *Lady Maria* de ses fils aînés, Dale et Blurd. Et, tandis que son troisième-né, Maric, était maître de nage sur *La Fureur,* au centre de la première ligne, il avait lui-même pour second leur cadet, Matthos. Et lorsqu'enfin la puissante armada de Stannis Baratheon s'était heurtée aux forces plus modestes de ce royal marmouset de Joffrey, la rivière n'avait retenti d'abord que du vrombissement des flèches et du fracas des rames et des coques brisées, défoncées par les béliers de fer.

Et puis voilà que tout autour se déchaînèrent, avec un monstrueux rugissement de fauve, des flammes vertes : pissat de pyromant, le grégeois, démon jade..., voilà que la *Botha noire* sembla s'arracher des flots, voilà que Davos, jusqu'alors coude à coude avec Matthos sur le pont, se retrouva dans la rivière et se débattit contre le courant qui l'emportait, contre les remous qui le faisaient tournoyer, tournoyer, tournoyer, cependant que la fournaise, haute de cinquante pieds, dévorait le ciel. En feu, sa *Botha noire*, il le voyait, en feu *La Fureur* et une douzaine d'autres, et il voyait sauter à l'eau des silhouettes en flammes qui brûlaient tout en se noyant. Disparus, *Spectre* et *Lady Maria,* soit qu'ils eussent explosé, coulé, soit que les lui dérobât un rideau de grégeois, mais il n'avait pas une seconde pour les rechercher, parce que déjà s'apprêtait à l'aspirer l'embouchure de la rivière et que, grâce à l'énorme chaîne dont l'avaient barrée les Lannister, ne s'y voyaient d'une rive à l'autre que flammes vertes et bateaux en feu. Son cœur s'arrêtait à nouveau, rien que d'y penser, les oreilles lui bourdonnaient encore de l'épouvantable boucan que cela faisait, le crépitement des flammes et les cris des mourants, le sifflement de la vapeur, et il sentait encore sur son visage l'horrible souffle de l'enfer vers lequel l'entraînait, inéluctablement, la rapidité du courant.

Il n'avait qu'à s'abandonner. Un rien de patience, et il irait dans un moment retrouver ses fils, il irait reposer dans la boue verte et fraîche, au creux de la baie, la face grignotée par les poissons.

Au lieu de quoi voici qu'il avala une furieuse goulée d'air et plongea à grands coups de pied vers le fond. Son unique espoir de survie consistait à passer sous la chaîne et les épaves en flammes et le grégeois qui flottait à la surface et à gagner, s'il nageait assez fort au-delà, la sécurité de la baie. Il était depuis toujours un nageur solide et, hormis le heaume perdu lors du naufrage de la *Botha noire,* ne s'était pas encombré ce jour-là d'acier. Contrairement à ceux que, tout en fendant l'opacité glauque, il entrevoyait, l'œil noyé, se débattre, entraînés sous l'eau par la pesanteur de la plate et la maille, et qu'il dépassait à force de jambes, tant bien que mal, et dans le droit fil du courant. Et de plonger, plonger plus bas, toujours plus bas, malgré la difficulté croissante, à chaque mouvement, de retenir son souffle. Enfin, se souvenait-il, apparut le fond, meuble et sombre, alors qu'éclatait à ses lèvres un filet de bulles et que quelque chose..., épave, naufragé, poisson ? va savoir, lui heurtait un mollet.

Le besoin d'air le disputait à la peur, à présent. Avait-il déjà dépassé la chaîne et atteint la rade ? S'il remontait sous une coque, il s'y assommerait ; s'il émergeait parmi les flaques de grégeois flottant, la première bouffée d'air lui calcinerait les poumons. Il se vrilla d'un coup de reins pour scruter la surface, mais tout n'était que ténèbres,

ténèbres verdâtres, et puis... – avait-il trop tourné sur lui-même ? –, et puis il ne sut plus, subitement, où était le haut, où le bas, et la panique s'empara de lui. Ses mains battirent le fond, soulevant un nuage de vase qui l'aveugla, l'étau qui lui oppressait la poitrine ne cessait de se resserrer, il griffa l'eau, rua, se démena en tous sens, pivota et, les poumons hurlant leur besoin d'air, rua, rua, totalement égaré désormais dans les flots opaques, rua, rua, rua jusqu'à ne plus pouvoir ruer, sa bouche s'ouvrit sur un cri, l'eau s'y engouffra, goût saumâtre, et Davos Mervault n'eut plus conscience que d'une chose, c'est qu'il était en train de se noyer.

Le premier objet qui le frappa fut, à son réveil, le soleil levé. Puis il s'aperçut qu'il était couché sur une grève caillouteuse que dominait une aiguille de rocher nu. Déserte était, tout autour, la baie. Près de lui gisaient un mât brisé, les vestiges carbonisés d'une voile et un cadavre boursouflé. Et une fois que la marée suivante eut remporté le mât, la voile et le cadavre, il se retrouva seul sur son écueil, cerné par les silhouettes aiguës des piques du roi triton.

Sa longue carrière de contrebandier lui ayant rendu les parages maritimes de Port-Réal plus familiers qu'aucune des demeures qu'il eût jamais possédées, il savait que son écueil n'était guère qu'un point sur les cartes, et dans un coin d'une discrétion telle que, loin de le fréquenter, s'en abstenaient les marins honnêtes..., à telle enseigne qu'il était lui-même venu, du temps de ses coupables activités, s'y planquer une fois ou deux. *Lorsqu'on découvrira mon corps sur cette île, si jamais on le fait, peut-être la baptisera-t-on de mon nom*, songea-t-il. *Roc Oignon, dira-t-on ; me tenant ainsi lieu tout à la fois de tombe et de legs.* Tout ce qu'il méritait. *Le Père protège ses enfants*, enseignaient les septons, mais ses garçons, lui, il les avait emmenés dans le feu. Jamais Dale ne donnerait à sa femme l'enfant qu'ils appelaient de tous leurs vœux, et Blurd, bientôt le pleureraient ses maîtresses, celle de Villevieille autant que celle de Braavos et que celle de Port-Réal. Jamais Matthos ne commanderait, comme il en rêvait, son propre bateau. Jamais Maric ne se verrait fait chevalier.

Comment vivrais-je, quand ils sont tous morts ? Et morts tant de valeureux chevaliers, de hauts et puissants seigneurs qui valaient mieux que moi par le courage et la naissance ? Retourne en rampant dans ton trou, Davos. Retourne en rampant t'y recroqueviller, et le bateau s'en ira, et plus personne ne viendra t'importuner. Dors sur ton oreiller de pierre, et laisse les mouettes becqueter tes yeux, pendant que les crabes s'empiffreront de ta barbaque. Tu t'es suffisamment adjugé la leur, tu leur dois la tienne. À ta planque, contrebandier. À ta planque, puis la ferme et crève.

La voile était presque sur lui. Quelques moments encore, et le bateau serait passé sans dommage, Davos n'aurait plus qu'à mourir.

Sa main se porta d'elle-même à son col pour y tâter la petite bourse de cuir qui ne le quittait jamais et où il conservait les restes des quatre doigts dont son roi l'avait amputé, juste avant de l'élever à la chevalerie. *Ma chance.* Les moignons tapotèrent à tâtons, mais rien. La bourse avait disparu, tout comme les phalanges qu'elle recelait. Stannis n'avait jamais pu comprendre qu'il les eût gardées. « Pour ne pas risquer d'oublier l'équité de mon maître », murmura-t-il entre ses lèvres crevassées. Or voici qu'il ne les avait plus. *Le feu m'a pris ma chance, en plus de mes fils.* La Néra continuait à flamber, dans ses rêves, et les démons continuaient, fouets au poing, leur effroyable bacchanale au-dessus des eaux, tandis que, fustigés par eux, des hommes s'embrasaient en se carbonisant. « Prends pitié, Mère, pria-t-il. Sauve-moi, gente Mère, sauve-nous tous. J'ai perdu ma chance, j'ai perdu mes fils. » Il pleurait maintenant de bon cœur, les joues inondées de larmes salées. « Le feu a tout pris... le feu... »

Peut-être ne s'agissait-il que du souffle du vent contre le rocher, du ressac de la mer, peut-être, sur la grève, mais Davos entendit, un instant, la Mère répondre. « Vous avez appelé le feu, chuchotait-elle d'une voix aussi faible que le bruit des vagues dans les coquillages, avec autant de tristesse que de douceur. Vous nous avez brûlés... brûlés... brrrûléééés... »

— C'est *elle* ! cria-t-il. Ne nous abandonne pas, Mère.

C'est elle qui vous a brûlés, la femme rouge, Mélisandre, *elle* ! » Il la revoyait, avec son visage en cœur, ses yeux rouges et ses longs cheveux cuivrés, ses robes rouges qui virevoltaient telles des flammes au gré de sa démarche en un tourbillon de soieries satinées. Elle était venue d'Asshaï, à l'est, venue à Peyredragon gagner à son dieu étranger la reine Selyse et sa clique et, pour finir, le roi Stannis lui-même. Lequel s'était oublié jusqu'à affubler ses bannières du cœur ardent, du cœur ardent de R'hllor, Maître de la Lumière et dieu de la Flamme et de l'Ombre. Et, sur les instances de Mélisandre, jusqu'à faire arracher les Sept de leur septuaire de Peyredragon pour les brûler devant les portes du château. Puis jusqu'à brûler, par la suite, le bois sacré d'Accalmie lui-même, sans en excepter l'arbre-cœur, un barral gigantesque à face solennelle.

« C'est son œuvre à elle, tout cela », protesta Davos derechef, mais avec moins de force. *Son œuvre à elle et la tienne aussi, chevalier Oignon. C'est toi qui menais la barque qui lui a permis de s'introduire à Accalmie pour y mettre bas son rejeton d'ombre au plus noir de la nuit. Innocent, tu ne l'es pas, non. Tu as chevauché sous sa bannière à elle, et tu l'as arborée à ton mât. Tu as regardé brûler les Sept, à Peyredragon, et tu n'es pas intervenu. Elle a livré au feu la justice du Père et la miséricorde de la Mère et la sagesse de l'Aïeule. Le Ferrant, l'Étranger, la Jouvencelle et le Guerrier, tous elle les a brûlés à la gloire de son dieu cruel, et tu n'as pas bougé, pas ouvert la bouche. Ni rien fait non plus quand elle a tué le vieux mestre Cressen, rien non plus, même alors.*

La voile n'était plus qu'à une centaine de pas et, à la vitesse où elle cinglait, ne tarderait guère à le dépasser, guère à s'amenuiser.

Ser Davos Mervault se mit à grimper.

À se hisser sur son rocher, les mains tremblantes et la cervelle chamboulée de fièvre. À deux reprises, ses doigts mutilés glissèrent sur la pierre humide, il faillit tomber mais réussit, sans trop savoir comment, à se raccrocher. En cas de chute, c'était la mort, et il avait le devoir de vivre. De survivre encore un peu, du moins. Pour accomplir la tâche qui l'attendait.

Le sommet de l'écueil étant trop exigu pour qu'il pût s'y dresser sans risque, épuisé comme il l'était, c'est accroupi qu'il agita ses bras décharnés, criant dans le vent : « *Ohé, du bateau !* ohé ! ohé ! *ici !* » Il le voyait plus nettement, d'en haut, mince coque zébrée, figure de proue en bronze et voile animée de palpitations. Un nom était peint sur le flanc, mais Davos ne savait pas lire. « *Ohé !* cria-t-il de nouveau, *à l'aide ! À L'AIDE !* »

Un matelot du gaillard d'avant l'aperçut et tendit le doigt. Ses compagnons se déportèrent vers le plat-bord pour regarder ce qu'il indiquait. Un instant plus tard, la galère affalait sa voile et, sortant ses rames, se détournait du côté de l'îlot. Trop grosse pour s'aventurer tout près, elle largua une chaloupe à trente pas de la grève. Agrippé à son perchoir, Davos regarda celle-ci s'approcher. La montaient quatre rameurs et un cinquième homme, assis à la proue. « Hé, toi, le héla ce dernier quand ils ne furent plus qu'à quelques pieds du bord, toi, là, qui es-tu ? »

Un contrebandier qui s'est élevé au-dessus de sa condition, songea Davos, *un fol qui s'est abaissé, par amour excessif pour son roi, jusqu'à oublier ses dieux.* « Je... » Sa gorge était comme du parchemin, et il ne savait plus parler. Les mots faisaient à sa langue un effet bizarre et un effet plus bizarre encore à ses oreilles. « Je me trouvais à la bataille. J'étais... un capitaine, un... un chevalier, j'étais un chevalier.

— Mouais, ser, dit l'homme, et au service de quel roi ? »

La galère pouvait aussi bien appartenir à Joffrey, réalisa-t-il brusquement. S'il prononçait le mauvais nom, elle l'abandonnerait à son sort. Mais non, sa coque était zébrée. Originaire de Lys, elle appartenait à Sladhor Saan. La Mère la lui envoyait, la Mère de miséricorde. Elle avait une mission pour lui. *Stannis est vivant,* comprit-il alors. *J'ai toujours un roi. Et des fils, d'autres fils, et une femme aimante et loyale.* Comment avait-il pu ne pas s'en souvenir ? La Mère était miséricordieuse, vraiment.

« Stannis ! répondit-il à pleine voix. Les dieux me gardent, je sers Stannis.

— Mouais ? déclara l'homme, hé bien, nous aussi. »

SANSA

L'invitation semblait assez bénigne mais, à chaque lecture qu'elle en faisait, Sansa sentait se nouer son ventre. *Elle est maintenant appelée à devenir reine, elle est belle et riche, aimée de tout le monde, pourquoi désirer souper avec la fille d'un félon ?* Peut-être par pure curiosité, supposa-t-elle ; Margaery Tyrell pouvait avoir envie de prendre la mesure de la rivale qu'elle détrônait. *Ou bien m'en veut-elle ? Ou bien se figure-t-elle que je lui souhaite pis que pendre... ?*

Elle avait assisté du haut du rempart à la longue ascension de la colline d'Aegon par Margaery Tyrell et son escorte. Joffrey s'était porté au-devant de sa nouvelle future pour lui faire les honneurs de la ville à la Porte du Roi, et ils chevauchaient côte à côte parmi les ovations de la foule qu'il éblouissait, lui, par l'or de son armure, elle étourdissante en vert, et les épaules ceintes d'un manteau de fleurs automnales. Belle et gracile, elle avait seize ans, l'œil du même brun que sa chevelure. Les gens l'acclamaient par son nom, lui tendaient leurs enfants à bénir au passage, éparpillaient des fleurs sous les sabots de son cheval. Immédiatement derrière elle venaient sa mère et sa grand-mère, à bord d'un grand carrosse aux flancs tout ciselés d'innombrables roses géminées, chacune chatoyante d'or. La même ferveur populaire accueillait ces dames.

Et ce sont ces mêmes petites gens qui voulaient m'arracher de selle et qui m'auraient tuée, sans l'intervention du Limier. Elle n'avait pourtant rien fait pour s'attirer l'exécration de la populace, et Margaery Tyrell non plus pour en gagner l'adoration. *Veut-elle aussi se faire aimer de moi ?* Elle examina l'invitation, que Margaery semblait avoir rédigée de sa propre main. *Veut-elle obtenir ma bénédiction ?* Elle se demanda si Joffrey était au courant, pour ce fameux souper. En tout état de cause, il pouvait en être l'instigateur. Cette idée la terrifia. Si Joff se trouvait là derrière, c'est qu'il mijotait quelque méchante plaisanterie pour l'humilier en présence de la jeune femme. Commanderait-il à sa Garde de la dévêtir à nouveau ? Son oncle Tyrion s'était interposé, la dernière fois, pour que cela cesse, mais il ne pourrait pas la sauver, désormais.

Mon Florian seul peut me sauver. Ser Dontos lui avait bien promis qu'elle s'évaderait, mais la nuit même des noces, pas avant. Tout était minutieusement préparé, s'il fallait en croire son cher chevalier servant accoutré en fou ; elle n'avait jusqu'à la date fatidique rien d'autre à faire que prendre son mal en patience et compter les jours.

Et souper avec ma remplaçante...

Peut-être se montrait-elle injuste envers Margaery Tyrell. Peut-être ne fallait-il voir dans l'invitation qu'une amabilité, qu'une politesse. *Rien de plus qu'un souper, peut-être.* Mais ceci se passait au Donjon Rouge, ceci se passait à Port-Réal, ceci se passait à la cour du roi Joffrey Baratheon, premier du nom, et si Sansa avait appris une chose en ces lieux, c'était la défiance.

Elle ne pouvait qu'accepter, de toute façon. Elle n'était rien, désormais, rien que la fille répudiée d'un traître, la sœur disgraciée d'un seigneur rebelle. Cela ne lui permettait guère de refuser la reine à venir de Joffrey.

Si seulement le Limier se trouvait ici... La nuit de la bataille, il était venu dans sa chambre lui proposer de l'emmener, mais elle avait décliné l'offre. Elle se demandait parfois, durant ses insomnies, si ç'avait été judicieux. Comme de camoufler sous ses soieries d'été, dans un coffre en cèdre, le manteau blanc souillé qu'il avait laissé. Tout en ignorant pourquoi elle le conservait. On accusait ouvertement Sandor Clegane de s'être dégonflé ; de s'être, au plus fort de la bataille, tellement saoulé que le Lutin s'était vu contraint de le suppléer pour mener la sortie. Mais elle comprenait. Elle connaissait le secret de sa figure calcinée. *Il n'a pris peur que devant le feu.* La faute en était au grégeois qui, cette nuit-là, transformait en fournaise jusqu'à la rivière et peuplait l'atmosphère elle-même de flammes vertes. Un spectacle terrifiant, même du château. Dehors... l'imagination peinait à concevoir la réalité.

Avec un soupir, Sansa sortit son écritoire et composa un billet d'acceptation gracieux à l'adresse de Margaery.

Lorsque survint la soirée convenue, se présenta chez elle un autre membre de la Garde, aussi différent de Sandor Clegane que... *ma foi, qu'une fleur d'un chien.* L'apparition de ser Loras Tyrell sur le seuil lui fit battre le cœur un petit peu plus vite. C'était la première fois qu'elle l'approchait véritablement depuis que, menant l'avant-garde des troupes de son père, il avait regagné Port-Réal. Elle ne sut d'abord que dire. « Ser Loras, s'extirpa-t-elle enfin, vous... vous êtes absolument superbe. »

Il eut un sourire étonné. « Madame est trop bonne. Et belle, au surplus. Ma sœur brûle de vous voir.

— Je me suis fait une si grande joie de notre souper.

— Tout comme Margaery, et dame ma grand-mère aussi. » Il lui prit le bras pour descendre l'escalier.

« Votre grand-mère ? » Elle avait le plus grand mal à marcher, deviser, penser tout à la fois tant que la touchait la main de ser Loras. Elle en percevait la tiédeur à travers la soie.

« Lady Olenna. Elle doit également souper en votre compagnie.

— Oh », souffla-t-elle. *Je suis en train de parler avec lui, et il me touche, il tient mon bras et il me touche.* « La reine des Épines, on l'appelle. Je me trompe ?

— Non. » Il se mit à rire. *Quel rire chaleureux il a,* songea-t-elle pendant qu'il reprenait : « Gardez-vous cependant d'en faire mention devant elle, ou bien vous vous y piquerez. »

Elle rougit. Le dernier des idiots se serait douté que « reine des Épines » n'avait rien de flatteur pour une femme. *Serais-je aussi stupide que le prétend Cersei Lannister ?* Elle se tortura désespérément la cervelle pour trouver quelque chose de futé, de charmant à lui repartir, mais son esprit l'avait totalement abandonnée. Elle faillit lui dire qu'elle le trouvait absolument superbe mais se souvint brusquement de l'avoir déjà fait.

Superbe, il l'*était,* pourtant. Tout grandi qu'il lui paraissait depuis leur première rencontre, il conservait son allure souple et gracieuse, et jamais Sansa n'avait vu d'yeux si magnifiques à aucun garçon. *Ce n'est pas un garçon, voyons, c'est un homme fait, il est chevalier de la Garde.* Elle trouva que le blanc lui seyait encore mieux que les verts et les ors Hautjardin. La seule touche de couleur de toute sa tenue provenait de la broche agrafant son manteau : orfévrée d'or jaune, la rose Tyrell, nichée délicatement dans des feuilles vert jade.

Ser Balon Swann gardait la porte de Maegor lorsqu'ils la franchirent. Entièrement vêtu de blanc, lui aussi, mais le portant moins bien, tant s'en fallait, que ser Loras. Au-delà de la douve aux piques, deux douzaines d'hommes s'entraînaient au maniement de l'épée et du bouclier. Le château était tellement bondé que l'attribution de l'enceinte extérieure aux hôtes pour dresser tentes et pavillons condamnait l'exercice à se dérouler dans l'espace plus mesuré des cours intérieures. L'un des jumeaux Redwyne ne savait que le reculons, face à ser Tallad, les yeux attachés sur son bouclier. Tout rondouillard qu'il était, jurant et soufflant chaque fois qu'il brandissait sa lame, ser Kennos de Kayce avait l'air de très bien se défendre contre Osney Potaunoir, mais le frère de ce dernier, ser Osfryd, infligeait une correction sévère à ce crapaud de Morros Slynt. Épées mouchetées ou pas, l'écuyer n'aurait pas trop du lendemain pour compter ses bleus. Ce spectacle fit grimacer Sansa. *À peine a-t-on fini d'enterrer les morts de la dernière que déjà l'on s'entraîne pour la prochaine.*

À l'autre bout de la cour, un chevalier dont deux roses d'or frappaient le bouclier tenait à lui seul en échec trois adversaires. Il parvint même, d'un coup à la tempe, à en expédier un rouler à terre, inanimé. « Est-ce là votre frère ? demanda Sansa.

— Oui, madame, répondit-il. Garlan s'entraîne volontiers à un contre trois, voire quatre. Il prétend que, comme on affronte rarement un seul adversaire à la fois, sur le champ de bataille, mieux vaut se préparer.

— Il doit être très brave...

— Il n'a guère son pareil comme chevalier, protesta ser Loras. Plus fine épée que moi, pour tout dire, et ne me cédant qu'à la lance.

— je me souviens, dit-elle. Vous montez à merveille, ser.

— Madame est trop indulgente. Quand m'a-t-elle vu monter ?

— Au tournoi de la Main, l'auriez-vous oublié ? Vous montiez un coursier blanc, et des centaines de fleurs différentes ornaient votre armure. Vous m'avez offert une rose. Une rose *rouge*. Alors que, ce jour-là, vous n'aviez lancé aux autres filles que des roses blanches. » Elle s'empourpra d'évoquer cela. « Vous m'avez déclaré qu'aucune victoire ne valait seulement la moitié de mes charmes. »

Ser Loras lui sourit avec modestie. « C'était exprimer une vérité toute simple et dont tout homme ayant des yeux devait être frappé. »

Il ne s'en souvient pas, réalisa-t-elle, abasourdie. *Il ne songe qu'à m'être aimable, il ne se souvient ni de la rose ni de rien.* Quand elle, et avec quelle certitude, s'était figuré que cela signifiait quelque chose, que cela signifiait *tout*. Une rose *rouge,* pas une blanche. « Vous veniez juste de désarçonner ser Robar Royce », insista-t-elle désespérément.

Il lui lâcha le bras. « Robar, je l'ai tué à Accalmie, madame. » Le ton n'était pas glorieux mais navré.

Robar, et un autre des gardes Arc-en-Ciel de Renly, oui. Elle avait bien entendu les femmes en jacasser autour du puits mais venait d'avoir une seconde d'inadvertance. « Après l'assassinat de lord Renly, n'est-ce pas ? Quelle épreuve terrible ç'a dû être pour votre pauvre sœur...

— Pour Margaery ? » Sa voix s'était tendue. « Certes. Elle se trouvait à Pont-l'Amer, cependant. Elle n'a pas vu.

— Néanmoins, lorsqu'elle a appris... »

Du bout des doigts, ser Loras épousseta la garde de son épée. Du cuir blanc revêtait la poignée, le pommeau d'albâtre avait la forme d'une rose. « Renly est mort. Robar aussi. À quoi bon parler d'eux ? »

L'âpreté de sa voix la prit à contre-pied. « Je... messire, je... il n'était pas dans mon intention de vous offenser, ser.

— Ni en votre pouvoir, lady Sansa », répliqua-t-il. Toute chaleur avait déserté son timbre. Et il ne lui reprit pas le bras.

Ils gravirent les marches serpentines dans un silence de plus en plus lourd.

Oh, mais qu'est-ce qui m'a pris, se désola-t-elle, *de mentionner ser Robar ? J'ai tout détruit... Le voici furieux contre moi.* Elle s'efforça de trouver quelque chose à dire en guise d'amende honorable, mais chacun des mots qui lui venaient à l'esprit était boiteux, débile. *Tais-toi,* s'enjoignit-elle, *ou tu ne feras qu'empirer les choses.*

Lord Mace Tyrell et son entourage s'étaient vu assigner pour logis le long édifice couvert d'ardoise qui, sis derrière le septuaire royal, portait le nom de Crypte-aux-Vierges depuis que Baelor le Bienheureux y avait relégué ses sœurs afin de s'épargner les tentations charnelles que lui inspirait leur vue. Devant les grandes portes sculptées stationnaient deux gardes coiffés de morions dorés, vêtus de manteaux verts bordés de satin or, et dont le sein portait la rose d'or de Hautjardin. Ils étaient hauts de sept pieds tous deux, larges d'épaules, étroits de hanches et somptueusement musclés. Lorsqu'elle en fut assez près pour examiner leurs visages, Sansa ne parvint pas à les distinguer l'un de l'autre. Ils avaient la même mâchoire carrée, les mêmes prunelles bleu sombre, les mêmes bacchantes rouges et drues. « Qui sont-ils ? demanda-t-elle à ser Loras, oubliant une seconde son embarras.

— La garde personnelle de ma grand-mère, dit-il. Leur mère les nommait Erryk et Arryk mais, faute de pouvoir les différencier, Grand-Mère ne les appelle que Dextre et Senestre. »

Dextre et Senestre ouvrirent les portes, et Margaery Tyrell en personne apparut, qui descendit vivement les quelques marches du vestibule pour les accueillir. « Lady Sansa, lança-t-elle. Je suis si heureuse de votre visite. Bienvenue à vous. »

Sansa s'agenouilla aux pieds de sa future reine. « Vous me faites un immense honneur, Votre Grâce.

— Vous ne m'appelez pas Margaery ? Debout, je vous prie. Loras, aide lady Sansa à se relever. Vous me permettez de vous appeler Sansa ?

— Si tel est votre bon plaisir. » Ser Loras lui prêta son aide.

Après un baiser fraternel pour le congédier, Margaery prit Sansa par la main. « Venez, ma grand-mère attend, et elle n'est pas une dame des plus patientes. »

Un feu pétillait dans l'âtre, et une jonchée moelleuse au pied tapissait le sol. Autour de la longue table volante avaient pris place une douzaine de femmes.

Parmi elles, Sansa reconnut seulement l'épouse de lord Tyrell, lady Alerie, grande et digne personne dont des anneaux sertis de pierreries comprimaient la longue natte argentée. Margaery fit les autres présentations. D'abord trois de ses cousines, Megga, Alla et Elinor, toutes à peu près de l'âge de Sansa. Puis la plantureuse lady Janna, sœur de lord Tyrell, mariée à un Fossovoie pomme verte ; délicate et l'œil vif, lady Leonette, également née Fossovoie, et femme de ser Garland. En dépit de son vilain museau vérolé, septa Nysterica semblait la jovialité même. Pâle et distinguée, lady Graceford attendait un enfant, tandis que lady Bulwer en *était* une d'à peine huit ans. Et s'il fallait absolument appeler « Merry » la turbulente et grassouillette Meredith Crane, il fallait absolument *s'en abstenir* avec lady Merryweather, pulpeuse beauté de Myr au regard de jais.

Enfin, Margaery mena Sansa devant l'espèce de poupée chenue, ratatinée, qui présidait la tablée. « J'ai l'honneur de vous présenter ma grand-mère, lady Olenna, veuve de Luthor Tyrell, sire de Hautjardin, dont la mémoire est un réconfort pour nous tous. »

La vieille dame embaumait l'eau de rose. *Tiens, ce n'est que ce résidu ?* Elle n'avait littéralement rien d'épineux. « Embrassez-moi, petite, dit-elle en attirant Sansa par le poignet, d'une main douce et tavelée. C'est si aimable à vous de venir souper avec moi et ma volière de bécasses. »

Docilement, Sansa lui baisa la joue. « Il est aimable à vous de me recevoir, madame.

— Je connaissais votre grand-père, lord Rickard, mais pas beaucoup.

— Il est mort avant ma naissance.

— Je m'en doute bien, petite. Il paraît que votre grand-père Tully se meurt aussi. Lord Hoster, on vous a sûrement avertie ? Un vieillard, quoique moins âgé que moi. Enfin... la nuit finit par tomber pour chacun de nous, et trop tôt pour certains. Peu de gens le savent aussi bien que vous, pauvre enfant. Vous avez eu votre lot de deuils, je le sais. Nous compatissons. »

Sansa se détourna vers Margaery. « C'est avec tristesse que j'ai appris la mort de lord Renly, Votre Grâce. C'était un preux.

— Votre amabilité me touche », répondit Margaery.

Sa grand-mère émit un grognement. « Un preux, oui, et charmant, et d'une propreté parfaite. Il savait s'habiller, il savait sourire et savait prendre un bain. Et, du coup, il s'est figuré que cela le prédestinait à la royauté. Les Baratheon ont toujours eu de ces lubies curieuses, en fait. Cela doit leur venir du sang targaryen, j'imagine. » Elle renifla. « On a prétendu m'en faire épouser un, de ces Targaryens, dans le temps, mais j'ai vite mis le holà.

— Renly était brave et noble, Grand-Mère, intervint Margaery. Père aussi l'aimait bien, tout comme Loras.

— Loras est jeune, répliqua vertement lady Olenna, et très habile à désarçonner des cavaliers avec un bâton. Cela n'en fait pas un homme avisé. Quant à ton père, que ne suis-je née paysanne, avec une louche de bois au poing, cela m'eût permis de mettre un peu de plomb dans sa flasque cervelle.

— *Mère !* glapit lady Alerie.

— Silence, Alerie, ne me parlez pas sur ce ton. Et veuillez ne pas m'appeler "Mère". S'il m'était advenu de vous donner le jour, je m'en souviendrais sûrement. Je suis seule en faute pour votre époux, sire balourd de Hautjardin.

— Grand-Mère, intervint Margaery, mesurez vos paroles, ou que pensera de nous Sansa ?

— Que nous avons quelque jugeote, éventuellement. En tout cas, l'une d'entre nous. » Et c'est à son adresse qu'elle reprit : « Je les ai prévenus, "C'est de la félonie, Robert a deux fils, et Renly un frère aîné. D'où *diable* lui viendrait le moindre droit à cette horreur de siège en fer ? – Ttt ttt, me faisait mon fils, vous n'avez pas envie que votre petite chérie soit reine ?" Vous autres, Stark, avez été rois, jadis, les Arryn et les Lannister aussi, voire les Baratheon – par les femmes –, mais les Tyrell n'étaient rien mieux que des intendants quand Aegon le Dragon survint rôtir au Champ de Feu le roi légitime du Bief. À parler franc, nos droits eux-mêmes sur Hautjardin sont passablement douteux, tout juste comme ne cessent de le pleurnicher ces affreux Florent. « Quelle importance ? », dites-vous, et bien sûr aucune, sauf pour les balourds, tel mon fils. L'idée de voir un jour le cul de son petit-fils sur le trône de fer enfle Mace comme..., ah, ça s'appelle comment, déjà ? Margaery, toi qui es maligne, sois un ange et dis à ta pauvre grand-mère à demi gaga comment ils appellent, aux îles d'Été, ce poisson bizarre qui s'enfle jusqu'à dix fois plus qu'il n'est quand on le taquine.

— Ils l'appellent « enfleur », Grand-Mère.

— Évidemment. Ces sauvages n'ont aucune imagination. Mon fils devrait adopter cet enfleur pour emblème, à la vérité. Et s'il le chapeautait en plus d'une couronne, comme les Baratheon leur cerf, peut-être cela suffirait-il à sa félicité. Nous n'aurions jamais dû nous embarquer dans ces sacrées foutaises, si vous désirez mon avis, mais une fois la vache traite, allez donc lui regicler la crème dans le pis, vous. Après que lord Enfleur a eu planté cette couronne sur le chef de Renly, nous étions dans la mélasse jusqu'à mi-cuisses et, à bien regarder, nous y sommes toujours, ici. Qu'en dites-vous, Sansa ? »

Sansa ouvrit la bouche et la referma. Elle avait le sentiment d'être elle-même tout à fait semblable à l'un de ces enfleurs. « Les Tyrell sont à même de remonter dans leur ascendance jusqu'à Garth Mainverte », fut finalement ce qu'elle trouva de mieux à sortir au pied levé.

La reine des Épines émit un de ses grognements. « Ni plus ni moins que les Florent, Rowan, du Rouvre et une bonne moitié de la noblesse méridionale. Garth se plaisait à semer sa graine en terrain fertile, à ce qu'il paraît. Je ne serais pas étonnée qu'il ait eu autre chose de vert que la main.

— *Sansa,* brisa la lady Alerie, vous devez être affamée. Vous plairait-il de grignoter avec nous un bout de sanglier et quelques gâteaux au citron ?

— J'adore les gâteaux au citron, confessa Sansa.

— C'est ce qu'on nous a dit, déclara lady Olenna qui n'avait manifestement pas l'intention de se laisser boucler le bec. En nous distillant le tuyau, cet animal de Varys avait l'air d'escompter notre gratitude. Je ne suis pas sûre d'avoir jamais su ce qu'est *au juste* un eunuque, à la vérité. J'imagine que c'est un homme à qui l'on a simplement coupé les babioles utiles. À la fin, ferez-vous servir, Alerie, ou bien prétendez-vous me voir mourir de faim ? Ici, Sansa, près de moi, je suis beaucoup moins ennuyeuse que ces créatures-là. Vous aimez les fous, j'espère ? »

Sansa lissa ses jupes et s'assit. « Je me... les fous, madame ? Vous voulez dire... l'espèce à marotte ?

— Plumes, en l'occurrence. De quoi vous figuriez-vous que je parlais ? De mon fils ? Ou de ces délicieuses dames ? Non, ne rougissez pas, ça vous donne l'air, avec vos cheveux, d'une pomme granate. Tous les hommes, à dire vrai, sont fous, mais ceux à marotte sont plus amusants que ceux à couronne. Margaery, mon enfant, mande-nous Beurbosses, il arrachera peut-être un sourire à lady Sansa. Assises, vous autres, enfin, me faut-il tout vous dire ? Sansa doit penser que ma petite-fille a pour suivantes un troupeau de brebis. »

Le repas n'était pas servi que survint Beurbosses, bouffonnement paré de plumes vertes et jaunes et d'une crête flasque. Immense et si prodigieux de rondeur et d'adiposité qu'il aurait contenu sans peine trois Lunarion, il entra dans la salle en faisant la roue, bondit sur la table et pondit un œuf gigantesque devant Sansa. « Cassez-le, madame », ordonna-t-il. Elle s'exécuta, et une douzaine de poussins jaunes s'échappèrent de la coquille et se mirent à courir en tous sens. « *Attrapez-les !* » s'écria Beurbosses. La petite lady Bulwer en saisit un et le lui tendit. Il s'en empara et, rejetant la tête en arrière, l'engouffra dans son énorme bouche caoutchouteuse, fit mine de l'avaler d'un coup, rota, et du duvet jaune s'échappa de ses narines. Lady Bulwer se mit à sangloter de consternation, mais, soudain, ses pleurs se changèrent en piaillements ravis : le poussin venait d'émerger de sa manche en se tortillant et lui dévalait le long du bras.

Comme Beurbosses entreprenait de jongler pendant que les servantes apportaient du potage aux poireaux et aux champignons, lady Olenna, se rapprochant de la table, s'y accouda. « Connaissez-vous mon fils, Sansa ? Lord Enfleur de Hautjardin ?

— Un grand seigneur, répondit Sansa poliment.

— Un grand balourd, dit la reine des Épines. Son père aussi était un balourd. Mon mari, feu lord Luthor. Oh, ne vous méprenez pas, je l'aimais assez. Un brave homme, et pas maladroit au déduit, mais un invraisemblable balourd tout de même. Il s'est débrouillé pour dégringoler à cheval du haut d'une falaise au cours d'une chasse au faucon. Il paraît qu'il contemplait le ciel sans se préoccuper de la direction que prenait sa monture.

« Et voici que mon balourd de fils agit de même, à ce détail près qu'il chevauche un lion en guise de palefroi. Je l'ai prévenu, "Il est aisé de monter un lion, il est moins aisé d'en descendre", mais ça le fait seulement glousser. Si vous avez jamais un fils, Sansa, battez-le fréquemment, qu'il apprenne à vous écouter. Je n'en ai eu qu'un, mais comme je ne l'ai pour ainsi dire pas battu du tout, il a maintenant plus de considération pour Beurbosses que pour moi. "Un lion n'est pas un chat de manchon", je lui ai dit, mais il me fait : "Ttt ttt, Mère." On fait par trop ttt ttt dans ce royaume, si vous me demandez. Tous ces rois feraient infiniment mieux de déposer l'épée et d'écouter leurs mères. »

Sansa s'aperçut qu'elle béait une fois de plus. Elle s'empressa d'enfourner une cuillerée de potage, pendant que lady Alerie et les autres femmes pouffaient de voir des oranges rebondir sur le crâne, les coudes et le copieux croupion du fou.

« Je veux que vous me disiez la vérité sur ce royal gamin, lâcha brutalement lady Olenna. Ce Joffrey. »

Les doigts de Sansa se crispèrent sur sa cuiller. *La vérité ? Je ne peux pas. Ne me demandez pas cela, par pitié, je ne peux pas.* « Je... je... je...

— Vous, oui. Qui d'autre saurait mieux ? Son allure est assez royale, je vous l'accorde. Un peu plein de lui, mais le sang Lannister rendrait compte, au besoin. Il nous est cependant parvenu des histoires troublantes. Sont-elles véridiques le moins du monde ? Vous a-t-il vraiment maltraitée ? »

Sansa jeta des coups d'œil nerveux tout autour. Beurbosses se lança une orange entière dans la bouche, mastiqua, déglutit, se claqua la joue, souffla des pépins par les trous du nez. Ces dames gloussaient, s'étouffaient de rire. Des servantes allaient et venaient, et la Crypte-aux-Vierges répercutait le fracas des cuillers, des plats. Sur la table, un des poussins ne fit qu'un saut dans la soupe de lady Graceford et y pataugea. Personne ne semblait leur prêter la moindre attention, mais la peur de Sansa ne s'apaisa pas pour si peu.

Lady Olenna s'impatientait. « Qu'avez-vous à béer du côté de Beurbosses ? J'ai posé une question, je compte sur une réponse. Les Lannister vous ont-ils volé votre langue, petite ? »

Ser Dontos l'avait bien mise en garde. Hors de l'enceinte du bois sacré, ne jamais parler librement.

« Joff... le roi Joffrey, il... Sa Majesté est très juste et... très beau, et... et aussi brave qu'un lion.

— Oui, oui, les Lannister sont des lions, tous, et quand

un Tyrell en lâche, ses vents ont la fragrance exacte de la rose, jappa la vieille dame. Mais sa *gentillesse,* jusqu'où va-t-elle ? Et son intelligence ? A-t-il bon cœur, la main douce ? Est-il chevaleresque, ainsi qu'il sied à un roi ? Va-t-il chérir Margaery et la traiter avec tendresse, proté-ger son honneur à elle comme il ferait son honneur à lui ?

— Il n'y manquera pas, mentit Sansa. Il est très... très bien de sa personne.

— Vous l'avez déjà dit. Vous savez, petite, certains vous prétendent aussi écervelée que ce Beurbosses que voici, et je suis tentée de les croire. *Bien de sa personne ?* J'ai appris, j'espère, à ma Margaery ce que vaut *bien de sa personne.* Plutôt moins que les fards d'un pitre. Tout bien de sa personne qu'il était, Aerion le Flamboyant demeurait tout de même un monstre. La question reste, qu'est donc Joffrey ? » Elle étendit le bras pour accrocher une servante. « Je n'aime guère les poireaux. Emporte cette soupe, et rapporte-moi du fromage.

— On servira du fromage après les gâteaux, madame.

— On servira du fromage quand j'exigerai qu'on en serve, et j'exige qu'on en serve à l'instant. » Elle se retourna vers Sansa : « As-tu peur, enfant ? Rassure-toi, nous ne sommes qu'entre femmes, ici. Dis-moi la vérité, on ne te fera aucun mal.

— Mon père a toujours dit la vérité. » Elle avait beau parler tout bas, les mots étaient durs à sortir, même ainsi.

« Lord Eddard, oui, il avait cette réputation, et on l'a néanmoins traité de félon et décapité. » Les yeux de la vieille dame la fouillaient, brillants et acérés comme la pointe de deux épées.

« Joffrey, dit Sansa. C'est Joffrey, le coupable. Il m'a promis de se montrer miséricordieux, et il a fait décapiter mon père. Il a dit que c'était *là* de la miséricorde, et il m'a menée sur les murs et contrainte à regarder. La tête. Il voulait me voir pleurer, mais... » Elle s'interrompit brus-quement, se couvrit la bouche. *J'en ai trop dit, oh, les dieux me préservent, ils le sauront, ils l'entendront dire, quelqu'un va me dénoncer.*

« Continuez. » C'est Margaery qui l'en pressait. La propre reine à venir de Joffrey. Qu'avait-elle perçu des propos précédents ?

« Je ne puis. » *Et si elle en parle avec lui ? va le lui répéter ? Il me tuera, pour sûr, alors, ou en chargera ser Ilyn... !* « Je n'ai jamais voulu dire... – mon père était un félon, mon frère aussi, j'ai la félonie dans le sang, ne me forcez pas, je vous en conjure, à rien ajouter...

— *Calmez-vous, petite,* ordonna la reine des Épines.

— Elle est terrifiée, Grand-Mère, ça crève les yeux, regardez.

— *Fou !* cria la vieille dame, une chanson ! Une longue, de préférence. "La Belle et l'Ours" ira parfaitement, tiens.

— Ira ! fit écho le colossal bouffon. Ira parfaitement, certes ! La chanterai-je tête en bas, madame ?

— Ton ramage en sera-t-il meilleur ?

— Non.

— Alors sur tes pieds. Nous ne saurions souhaiter que ton chapeau tombe. Pour autant que je me souvienne, tu ne te laves jamais la tête.

— Votre obéissant serviteur, madame. » Beurbosses s'inclina bien bas, lâcha un rot retentissant, se redressa, bomba sa bedaine et beugla : « *"Un ours y avait, un ours, un OURS ! Tout noir et brun, tout couvert de poils..."* »

Lady Olenna se trémoussa pour mieux se pencher. « Même à l'époque où j'étais plus jeunette encore que vous, il était notoire qu'au Donjon Rouge les murs eux-mêmes avaient des oreilles. Hé bien, une chanson les régalera d'autant mieux pendant que nous autres, fillettes, causerons en toute liberté.

— Mais, objecta Sansa, Varys... il *sait,* toujours il...

— *Plus fort !* glapit la reine des Épines à Beurbosses. Ces vieilles oreilles sont presque sourdes, entends-tu ? Qu'est-ce que c'est que ces chuchotis, bougre de fol gras ? Je ne te paie pas pour des chuchotis, *chante !*

— *"... L'OURS !* tonna-t-il d'une voix profonde que répercutèrent les poutres. *OH, VIENS, DIRENT-ILS, OH, VIENS À LA FOIRE ! LA FOIRE ? DIT-IL, MAIS JE SUIS UN OURS ! TOUT NOIR ET BRUN, TOUT COUVERT DE POILS !"* »

La vieille dame se mit à sourire de ses mille rides. « Nous avons beaucoup d'araignées parmi nos fleurs, à Hautjardin. Tant qu'elles se tiennent à carreau, nous leur laissons filer leurs petites toiles, mais qu'elles viennent sous nos pieds, nous marchons dessus. » Elle tapota la main de Sansa. « À présent, petite, la vérité. Quel genre d'homme est ce Joffrey, qui se proclame Baratheon mais a l'air si fort Lannister ?

— *"ET DE CÉANS LÉANS DESCENDANT LA ROUTE. DE CÉANS ! LÉANS ! TROIS GARS, LA CHÈVRE, ET L'OURS DANSANT !"* »

Sansa avait l'impression que son cœur lui obstruait la gorge. La reine des Épines était si près d'elle qu'elle en sentait l'haleine aigrelette. Ses longs doigts décharnés lui pinçaient le poignet. De l'autre côté, Margaery tendait également l'oreille. Un frisson la parcourut tout entière. « Un monstre, murmura-t-elle d'une voix si tremblante qu'à peine la perçut-elle elle-même. Joffrey est un monstre. Il a calomnié le garçon boucher et contraint Père à tuer ma louve. Quand je le mécontente, il me fait rosser par sa Garde. Il est pervers et cruel, madame, voilà. Et la reine aussi. »

La grand-mère et la petite-fille échangèrent un regard. « Ah, dit lady Olenna, c'est pitoyable... »

Oh, dieux ! songea Sansa avec horreur. *Si Margaery ne l'épouse pas, Joff saura que c'est par ma faute.* « S'il vous plaît, gaffa-t-elle, ne rompez pas le mariage...

— Ne craignez rien, lord Enfleur veut à tout prix que Margaery soit reine. Et la parole d'un Tyrell a plus de valeur que tout l'or de Castral Roc. En avait de mon temps, du moins. Quoi qu'il en soit, nous vous remercions pour la vérité, petite.

— *"... DANSA, VIREVOLTA TOUT LE LONG DU CHEMIN QUI MENAIT À LA FOIRE ! LA FOIRE ! LA FOIRE !"* » Beurbosses sautillait tout en rugissant, trépignait.

« Sansa, vous plairait-il de connaître Hautjardin ? » Dès qu'elle souriait, Margaery Tyrell ressemblait tout à fait à son frère, Loras. « En ce moment même, les fleurs d'automne y sont dans tout leur éclat, et vous trouveriez là-bas des bosquets, des fontaines et des cours ombreuses, des portiques marmoréens. Le seigneur mon père entretient en permanence à sa cour des chanteurs, et bien plus suaves que ce pauvre Beur, ainsi que des harpistes et des cornemuseux, des joueurs de rebec... Nous avons les meilleurs chevaux, et des bateaux de plaisance pour nous prélasser le long des rives de la Mander. Chassez-vous au faucon, Sansa ?

— Cela m'est arrivé, confessa-t-elle.

— *"OH, QU'ELLE ÉTAIT DOUCE, ET PURE, ET BELLE ! LA FILLE AUX CHEVEUX DE MIEL !"*

— Vous aimerez Hautjardin comme je l'aime, je le sais. » Margaery repoussa une mèche folle du front de Sansa. « Une fois que vous l'aurez vu, vous n'en voudrez plus jamais repartir. Et peut-être ne serez-vous pas obligée de le faire.

— *"SES CHEVEUX ! SES CHEVEUX ! SES CHEVEUX DE MIEL !"*

— Tais-toi, petite, intima d'un ton sec la reine des Épines. Sansa n'a pas seulement dit qu'elle aimerait nous rendre visite.

— Oh, mais j'aimerais ! » se récria Sansa. Hautjardin ne lui évoquait rien de moins que tous ses rêves de toujours enfin réalisés, la cour de beauté magique qu'elle avait jadis espéré trouver à Port-Réal.

« *"... EN HUMAIT LE PARFUM SUR LA BRISE D'ÉTÉ ! L'OURS ! L'OURS ! TOUT NOIR ET BRUN, TOUT COUVERT DE POILS !"*

— Seulement, la reine..., poursuivit-elle, jamais la reine ne me laissera partir...

— Si. Sans Hautjardin, les Lannister n'ont aucun espoir de maintenir Joffrey sur le trône. Si mon balourd de seigneur fils l'en requiert, elle ne pourra que le lui accorder.

— Le fera-t-il ? demanda Sansa. L'en requerra-t-il ? »

Lady Olenna fronça les sourcils. « Je ne vois pas la nécessité de lui laisser le choix. Étant bien entendu qu'il ne soupçonne rien de nos véritables desseins.

— *"EN HUMAIT LE PARFUM SUR LA BRISE D'ÉTÉ !"* »

Le front de Sansa se plissa. « Nos véritables desseins, madame ?

— *"IL RENIFLA, RUGIT ET LE SENTIT, LÀ, SUR LA BRISE D'ÉTÉ ! DU MIEL, DU MIEL !"*

— Qui sont d'assurer vos jours en vous mariant, dit la vieille dame, pendant que Beurbosses beuglait l'antique, antique chanson. À mon petit-fils. »

À ser Loras ? oh... Elle en perdit le souffle. Elle revivait ser Loras, vêtu de son étourdissante armure, lui lancer la rose. Ser Loras drapé de soie blanche et si pur, si virginal, si beau. Les fossettes qui se creusaient au coin de ses lèvres quand il souriait. La chaleur de son rire et de sa main légère. Le reste était imaginaire. L'effet que ça lui ferait de lui relever sa tunique et de caresser, dessous, la douceur de sa peau, de se jucher sur les pointes pour l'embrasser, de laisser courir ses doigts dans le dru de ses boucles brunes et de sombrer tout au fond de son regard brun. Une rougeur insidieuse lui gravit le cou.

« *"OH, FILLE SUIS, ET PURE, ET BELLE ! JAMAIS NE DANSERAI AVEC UN OURS VELU ! UN OURS ! UN OURS ! JAMAIS NE DANSERAI AVEC UN OURS VELU !"*

— Cela vous plairait-il, Sansa ? demanda Margaery. Je n'ai pas eu de sœur, uniquement des frères. Oh, dites oui, je vous prie, je vous en prie, dites que vous voudrez bien épouser mon frère ! »

Les mots lui échappèrent presque à son insu. « Oui. J'y consentirai. Je n'aurais pas de vœu plus cher. Qu'épouser ser Loras, l'aimer...

— *Loras ?* s'exclama lady Olenna d'un ton grincheux. Ne soyez pas stupide, ma petite. La Garde ne se marie pas. On ne vous a donc rien appris, à Winterfell ? Nous parlions de mon petit-fils Willos. Un peu vieux pour vous, certes, mais cela ne l'empêche pas d'être un charmant garçon. Pas balourd pour un sol, et l'héritier de Hautjardin, en outre. »

Sansa fut prise de vertige ; les rêves dont elle s'était farci la cervelle à propos de ser Loras un instant plus tôt, l'instant d'après les lui raflait tous. *Willos ? Willos ?* « Je », dit-elle comme une gourde. *La courtoisie est l'armure des dames. Tu ne dois pas te montrer blessante, soupèse exactement tes mots.* « Je ne connais pas ser Willos. Je n'ai jamais eu le plaisir de le rencontrer, madame. Est-il... est-il un chevalier aussi émérite que ses frères ?

— "... *ET LA SOULEVA JUSQU'AU CIEL ! L'OURS !*
L'OURS !"

— Non, dit Margaery. Il n'a jamais prononcé les
vœux. »

Sa grand-mère se renfrogna. « Dis-lui la vérité. Il est
infirme, le malheureux. Voilà l'explication.

— Il courait son premier tournoi comme écuyer lorsqu'il s'est blessé, confia sa sœur. Son cheval lui a écrasé
la jambe en tombant.

— La faute à ce serpent de Dorne, cet Oberyn Martell.
Et à son mestre aussi.

— "*JE RÉCLAMAIS UN CHEVALIER, ET TU N'ES QU'UN
OURS ! UN OURS ! UN OURS ! TOUT NOIR ET BRUN,
TOUT COUVERT DE POILS !*"

— Willos a une mauvaise jambe mais un bon cœur,
reprit Margaery. Il me faisait la lecture quand j'étais petite,
il me dessinait les constellations. Vous l'aimerez autant
que nous l'aimons, Sansa.

— "*ELLE RUAIT, PLEURAIT, LA FILLE SI BELLE, MAIS
IL LÉCHAIT LE MIEL DE SES CHEVEUX, DE SES CHEVEUX !
DE SES CHEVEUX ! LÉCHAIT LE MIEL DE SES CHEVEUX !*"

— Quand pourrais-je faire sa connaissance ? demanda
Sansa d'une voix hésitante.

— Bientôt, promit Margaery. Quand vous irez à Hautjardin, après mes noces avec Joffrey. Grand-Mère vous
emmènera.

— Oui, dit la vieille dame en tapotant la main de
Sansa, toutes les rides de son visage plissées par un doux
sourire. Décidément, oui.

— "*ALORS, ELLE SOUPIRA, CRIA, DÉCOCHA DES RUA-
DES AU CIEL ! MON OURS ! ELLE CHANTA, MON BEL
OURS SI BEAU ! ET ILS S'EN FURENT DE CÉANS LÉANS,
LA BELLE ET L'OURS, L'OURS ET LA BELLE !*" »

Après avoir tonitrué l'ultime verset, Beurbosses fit un
saut en l'air et retomba si pesamment des deux pieds sur
la table que les coupes à vin s'y entrechoquèrent à grand
fracas. Et ces dames de s'esbaudir en claquant des mains.

« J'ai bien cru que cette épouvantable chanson ne finirait jamais, dit la reine des Épines. Mais voyez-moi ça,
mon fromage arrive... »

JON

Sombre et gris, le monde sentait la mousse et le pin, le froid. Des brumes blanchâtres s'exhalaient de la terre noire, tandis que les cavaliers, se frayant passage au travers des éboulis, des arbres rabougris, descendaient vers les feux accueillants éparpillés, tels des joyaux, tout au fond de la vallée, là-bas. Des feux, trop de feux pour que Jon Snow pût les dénombrer, des centaines de feux, des milliers qui, sur les bords de la Laiteuse, blanche comme givre, avaient l'air d'une autre rivière, scintillante, elle, de lumières. Il ploya, déploya nerveusement les doigts de sa main d'épée.

Ils descendaient sans bannières et sans sonneries de trompettes, et rien d'autre ne troublait le silence que, par-dessus la lointaine rumeur des eaux, le cliquetis d'os de l'armure de Clinquefrac et le *clop clop* régulier des sabots. Un aigle, quelque part, là-haut, planait sur ses vastes ailes gris-bleu, tandis que le long du versant progressaient les chevaux, les chiens, les hommes et un loup-garou blanc.

Au brusque tapage que fit une pierre en rebondissant dans la pente, heurtée par un sabot, Jon vit Fantôme tourner vivement la tête. Après avoir tout le jour suivi les cavaliers d'assez loin, selon sa coutume, quelques foulées rapides l'avaient rapproché d'eux, l'œil rougeoyant, sitôt que la lune s'était levée sur les pins plantons. La meute de Clinquefrac eut beau l'accueillir, babines retroussées, par un concert d'abois furieux et de grondements, il ne leur accorda pas la moindre attention. Six jours plus tôt, le plus gros des limiers l'avait attaqué par-derrière au moment où les sauvageons dressaient leur camp, mais, reçu par une volte-face foudroyante, avait dû déguerpir, croupe en sang. Et ses congénères gardaient depuis lors de saines distances entre eux et le loup.

Comme sa monture aussi faisait mine de s'effaroucher, Jon l'apaisa d'une simple caresse et d'un mot. Que ne pouvait-il se rasséréner lui-même aussi facilement. Le noir qu'il portait de pied en cap, le noir de la Garde de Nuit, n'empêchait pas les ennemis de chevaucher juste devant lui comme sur ses arrières. *Des sauvageons, et je me trouve dans leurs rangs.* Ygrid arborait le manteau de Qhorin Mimain. Ainsi que son heaume qui, gagné par ce vilain courtaud d'Echalas Ryk mais assez peu fait pour son crâne étroit, lui était finalement échu. Lenyl avait le haubert, la grande piqueuse Ragwyle les gants, et l'un des archers les bottes. Quant à Clinquefrac, son sac contenait les ossements de Qhorin, plus la tête ensanglantée d'Ebben, autre éclaireur victime de l'aventure au col Museux. *Morts, tous morts, sauf moi, tout mort au monde que je suis.*

Ygrid le talonnait. Echalas Ryk le précédait. Le seigneur des Os les lui avait affectés pour gardes. Non sans prévenir, tout sourire sous les dents du crâne de géant qui lui servait de heaume : « Que l'corbac s'envole, et j'me fais bouillir aussi vos carcasses.

— Hou hou ! riposta Ygrid, goguenarde, pas envie de te le garder *toi-même* ? Si tu veux qu'on s'en charge, on s'en charge, mais fous-nous la paix. »

Un peuple libre, oui, constatait Jon. Clinquefrac avait beau les conduire, aucun de ses gens n'hésitait à lui clouer le bec.

Le chef sauvageon darda sur lui un regard hostile. « T'as pu couillonner ceux-là, corbac, mais t'imagine pas que tu vas couillonner Mance. Y suffira d'un coup d'œil, à lui, pour savoir qu' t'es un faux cul. Et alors, j'aurai pus qu'à m'faire un manteau d' ton loup, là, pis qu'à t'ouvrir ton joli bide et t'y coudre un furet d'dans. »

Tandis que Jon, exaspéré, ployait, déployait les doigts brûlés de sa main d'épée pour les assouplir sous le gant, Echalas Ryk se contenta de rigoler. « Tu le trouves où, dis, dans la neige, ton furet ? »

Après une longue journée de marche, ils avaient établi leur camp, la première nuit, dans une vague cuvette rocheuse, au sommet d'un massif sans nom, s'y pelotonnant au plus près du feu pendant que commençait à tomber la neige. Les yeux attachés sur la valse des flocons qui fondaient aux abords des flammes, Jon se sentait, malgré toutes ses épaisseurs de cuirs, de fourrures et de lainages, glacé jusqu'aux moelles. Son repas achevé, Ygrid était venue s'asseoir auprès de lui, capuchon relevé, mains enfouies au plus chaud des manches. « En apprenant comment tu t'en es tiré, pour Mimain, Mance aura vite fait de te prendre.

— Me prendre pour quoi ? »

Elle eut un rire méprisant. « Pour un type à nous. Tu crois pas que t'es le premier corbac qui s'est enfui du Mur, non ? Au fond du cœur, vous avez qu'une envie, tous, fuir et gagner la liberté.

— Et quand j'aurai ma liberté, dit-il lentement, je serai libre de partir ?

— Bien sûr que oui. » Chaleureux sourire, en dépit de ses dents crochues. « Comme on sera, nous, libres de te tuer. Bien que c'est *dangereux*, être libre, on finit par y prendre goût, la plupart. » Elle lui posa sur la cuisse sa main gantée, juste au-dessus du genou. « Tu verras. »

Oui-da, se dit-il, *je verrai, j'entendrai, j'apprendrai ce qu'il faut savoir et, cela fait, j'irai le rapporter au Mur.* Si les sauvageons le prenaient, eux, pour un parjure, il demeurait, lui, dans son for, fidèle à la Garde de Nuit, fidèle à l'ultime mission confiée par Qhorin Mimain. *Juste avant que je ne le tue.*

Au bas de la pente, ils tombèrent sur un petit torrent qui dévalait du piémont pour grossir la Laiteuse, au-delà. Il n'avait l'air que pierres et verre, mais on l'entendait galoper sous la mince croûte glacée que creva Clinquefrac en le franchissant à leur tête.

À peine en eurent-ils fini que fondirent sur eux les éclaireurs de Mance Rayder. Jon n'eut besoin que d'un clin d'œil pour prendre leur mesure : huit cavaliers, tant hommes que femmes, équipés de fourrures et de cuir bouilli, çà et là d'un heaume ou d'un bout de maille. Ils n'étaient armés que de piques et de lances durcies au feu ; seul leur chef, un blond rebondi, l'œil aqueux, portait une grande faux recourbée d'acier acéré. *Le Chassieux,* comprit-il instantanément. Des tas d'histoires couraient sur son compte, chez les frères noirs. Un pillard, aussi célèbre que les Clinquefrac, Harma la Truffe ou Alfyn Freux-buteur.

« Eul seigneur d's Os... ! » dit le Chassieux de prime abord. Puis, repérant Jon et son loup : « C' qui, ça ?

— Un corbac qu'a tourné casaque, dit Clinquefrac, que l'hommage rendu à son armure par le titre de "seigneur des Os" rengorgeait plus que son sobriquet. Trouille que j'y chipe ses abattis comme au Mimain. » Il agita son sac de trophées sous le nez des nouveaux venus.

« 'l a tué Qhorin Mimain, dit Echalas Ryk. Lui et son loup que v'là.

— Plus Orell, aussi, précisa Clinquefrac.

— 't un zoman, ou pas loin, intervint la grande piqueuse Ragwyle. Son loup y a bouffé la jambe, au Mimain. »

Les yeux rougeâtres et suintants du Chassieux s'appesantirent sur Jon. « Mouais ? Vrai qu'a quèqu' chose d'un loup, main'nant que je l' vise un peu pus. Am'nez-le à Mance, y l' gard'ra p't-êt' ben. » Il fit volter son cheval et démarra au triple galop, sa bande à ses trousses.

Une bise humide et violente balayait la vallée de la Laiteuse quand ils s'y aventurèrent et pénétrèrent en file indienne dans le camp. Fantôme avait beau ne plus lâcher Jon d'une semelle, son odeur les précédait, aussi discrète qu'un héraut, de sorte que les chiens sauvageons ne tardèrent pas à les entourer d'abois et de grondements. Lenyl leur gueula de se taire, mais en pure perte. « L'aiment pas beaucoup, ta bête..., dit Echalas Ryk.

— Ce sont des chiens et c'est un loup, répondit Jon. Ils savent qu'il n'est pas de leur espèce. » *Pas plus que moi de la vôtre.* Il n'en devait pas moins jouer le jeu que lui avait imposé Qhorin devant leur dernier feu commun – tenir le rôle de transfuge et découvrir par là ce que diable avaient pu venir chercher les sauvageons dans le désert lugubre et glacé des Crocgivre. « Une espèce de *pouvoir* », ainsi l'avait qualifié Qhorin devant le Vieil Ours, mais il était mort avant de savoir en quoi cela consistait, et si les fouilles opérées par Mance Rayder pour s'en emparer avaient abouti.

Tout le long de la rivière s'apercevaient des foyers, dans un fouillis de vans, de traîneaux, de charrettes. Nombre de sauvageons s'étaient bricolé des tentes en cuir, en feutre et en peau, d'autres des appentis rudimentaires à l'abri des rochers, d'autres couchaient sous leurs fourgons. Un homme, ici, faisait durcir au feu le bois pointu de longues lances qu'il balançait ensuite sur un tas hirsute. Ailleurs, deux jeunes barbus vêtus de cuir bouilli et armés de bâtons s'affrontaient en bondissant par-dessus les flammes avec des grognements sitôt qu'un coup portait. Assis en cercle non loin de là, un groupe de femmes empennait des flèches.

Des flèches destinées à mes frères, songea Jon. *Des flèches destinées aux vassaux de mon père, aux gens de Winterfell, de Motte-la-Forêt, d'Âtre-lès-Confins. Des flèches destinées au Nord.*

Mais le spectacle n'était pas exclusivement belliqueux. Jon vit aussi danser des femmes, il entendit vagir un nouveau-né, et sous les pieds de son cheval fusa un garçonnet tout emmitouflé de fourrures et tout essoufflé par ses jeux. À leur guise erraient là-dedans chèvres et brebis, des bœufs arpentaient pesamment la rive en quête d'herbe à brouter. Un fumet de mouton rôti vous taquinait là les narines, un sanglier tournait sur sa broche ici.

En atteignant une clairière cernée de grands pins plantons, Clinquefrac démonta. « Là qu'on va camper, dit-il à Lenyl, Ragwyle et consorts. Nourrissez les ch'vaux puis les chiens puis vos zigues. Ygrid, Echalas, am'nez le corbac, qu' Mance le voie un peu. On s' l'étripera après. »

Ils poursuivirent leur route à pied, de tente en tente et de feu en feu, Fantôme sur les talons. Abasourdi de voir pour la première fois tant de sauvageons, Jon se demandait si jamais personne en avait tant vu. *C'est qu'ils partent pour jamais,* se dit-il à la réflexion, *mais il s'agit là moins d'un camp unique en marche que de centaines, et chacun d'eux plus vulnérable que le précédent.* Disséminés sur des lieues et des lieues, les sauvageons ne disposaient pas de défenses dignes de ce nom. Ni palis d'épieux ni chausse-trapes pour les protéger. Rien d'autre à la périphérie que des escouades de patrouilleurs. Groupe ou village ou clan, tout avait fait halte à son seul gré, derrière, en constatant que ça s'arrêtait, devant, que tel endroit pouvait aller. *Le peuple libre.* Il la paierait de façon sanglante et copieuse, sa liberté, si les frères noirs le surprenaient dans un pareil désordre. Il avait le nombre pour lui, mais la Garde de Nuit avait pour elle la discipline, et, sur le champ de bataille, la discipline, Père était formel, triomphait du nombre neuf fois sur dix.

Il suffisait de voir la tente du roi pour l'identifier. Elle était trois fois plus vaste que la plus vaste entrevue jusqu'alors, et de la musique s'en échappait. Constituée comme nombre d'autres de pelleteries brutes cousues bord à bord, elle s'en distinguait néanmoins par sa blancheur fourrée, n'étant faite que d'ours des neiges. Les andouillers colossaux d'un de ces orignacs géants qui avaient jadis, du temps des premiers Hommes, hanté paisiblement les Sept Couronnes, ornaient enfin son toit pointu.

Et sa protection à elle était assurée ; deux gardes en flanquaient la portière, appuyés sur de grandes piques, et rondache de cuir enfilée au bras. À la vue de Fantôme, l'un d'entre eux abaissa son fer et décréta : « La bête reste là.

— Reste ici, Fantôme », ordonna Jon. Le loup-garou se mit sur son séant.

« Tu me l'surveilles, Echalas. » Clinquefrac écarta la portière et fit signe à Jon et Ygrid d'entrer.

Touffeur et fumée, dedans. Des réchauds à tourbe qui occupaient les quatre coins s'exhalaient de vagues lueurs rougeâtres. Le sol était jonché de pelleteries. À se tenir là, tout en noir, dans l'attente du bon plaisir du tourne-casaque qui s'intitulait roi d'au-delà du Mur, Jon éprouvait un sentiment de solitude incommensurable. Quand ses yeux se furent accoutumés au rouge des ténèbres fuligineuses, il discerna six êtres qui ne lui prêtaient ni l'un ni l'autre la moindre attention. Un jeune homme sombre et une jolie blondinette partageaient une corne d'hydromel. Inclinée sur un brasero, une femme enceinte y faisait cuire deux volailles, tandis qu'assis en tailleur sur un coussin dans des guenilles de manteau rouge et noir, un homme à cheveux gris pinçait le luth en fredonnant :

Aussi belle que le soleil était l'épouse du Dornien,
Et plus que le printemps chaleureux ses baisers.
Mais d'acier noir était la lame du Dornien,
Et chose effroyable que son baiser.

Jon connaissait la chanson, mais il y avait quelque chose d'extravagant à l'entendre ici, dans une tente hérissée de poil, au-delà du Mur et à mille lieues des montagnes empourprées de Dorne et de ses siroccos.

En attendant qu'elle s'achève, Clinquefrac se défit de son heaume jauni. Il était de petite taille, sous son armure de cuir et d'os, et son crâne de géant ne dissimulait que des traits banals, menton noueux, moustache maigre et joues pincées, cireuses. Il avait les yeux très rapprochés, un seul sourcil qui lui barrait le front de part en part, sous le V aigu de cheveux noirs qui, vers l'arrière, allaient en se raréfiant.

En se baignant chantait la femme du Dornien,
D'une voix douce comme une pêche,
Mais sa chanson à elle avait la lame du Dornien,
Et le mordant glacé d'une sangsue.

Assis près du brasero sur un tabouret se trouvait, courtaud mais d'une carrure prodigieuse, un homme qui dévorait une volaille sur sa brochette. La graisse brûlante qui lui dégoulinait du menton jusque dans sa barbe neigeuse ne l'empêchait pas de sourire d'un air béat. D'épaisses armilles d'or gravées de runes cerclaient ses bras massifs, et il portait une lourde cotte de mailles noire qui ne pouvait lui venir que d'un patrouilleur tué. À deux pas de lui, plus grand, plus svelte et vêtu d'un haubert de cuir tapissé d'écailles de bronze, un homme étudiait une carte, debout, les sourcils froncés, le dos barré par un estramaçon dans son fourreau de cuir. Droit comme une pique et tout en longs muscles nerveux, chauve et rasé de frais, il avait le nez fort et droit, l'orbite très creuse et l'œil gris. Beau, somme toute, eût conclu Jon, sauf que lui manquaient les oreilles, perdues toutes deux en chemin – par la faute du gel ou d'un coutelas ennemi ?, impossible de se prononcer. En tout cas, leur absence étriquait la tête en lui donnant un air pointu.

Ce qui crevait les yeux, et d'emblée, c'est que ce chauve-là et le barbu blanc étaient des guerriers. *De loin plus dangereux que Clinquefrac, ces deux.* Mais lequel était Mance Rayder ?

> *Comme il gisait à terre entouré de ténèbres,*
> *Avec sur la langue le goût du sang,*
> *Et qu'à deux genoux priaient pour lui ses frères,*
> *Il se mit à sourire et à rire et chanta :*
> *« Frères, ô mes frères, ici s'achève mon séjour,*
> *Ma vie m'a prise le Dornien,*
> *Mais qu'importe ? il faut tous mourir,*
> *Et j'ai goûté l'épouse du Dornien ! »*

Aussitôt que se furent éteints les derniers accents du chanteur, le chauve essorillé releva les yeux de sa carte et, au vu d'Ygrid et de Clinquefrac flanquant Jon, se renfrogna pour lancer, virulent : « C'est quoi, ça ? Un corbeau ?

— Le bâtard noir qu'a étripé Orell, dit Clinquefrac, et aussi un foutu zoman.

— Vous deviez nous les tuer tous.

— Il a changé de bord, çui-là, expliqua Ygrid. Il a tué Qhorin Mimain de sa propre épée.

— Ce *gosse* ? » La nouvelle l'ulcérait manifestement.

« Le Mimain me revenait de droit. Tu as un nom, corbeau ?

— Jon Snow, Sire. » Était-il censé ployer le genou, en plus ?

« Sire ? » L'essorillé se tourna vers le barbu blanc. « Tu vois. Il me prend pour un roi. »

Le barbu partit d'un tel rire qu'il en postillonna de la volaille de tous côtés. Il torcha sa bouche graisseuse d'un énorme revers de patte. « Doit être aveugle. A-t-on jamais entendu parler d'un roi sans oreilles ? Enfin quoi, sa couronne lui tomberait de suite en sautoir ! Har ! » Tout en s'essuyant les doigts sur les braies, il adressa un large sourire à Jon. « Ferme ton bec, corbeau. Fais demi-tour, peut-être que tu trouveras celui que tu cherches. »

Jon pivota.

Le chanteur se remit sur pied. « Mance Rayder, c'est moi, dit-il en déposant son luth. Et toi, tu es le bâtard de Ned Stark, le Snow de Winterfell. »

Stupéfait, Jon demeura d'abord muet, et il lui fallut un bon moment pour retrouver suffisamment de voix pour bégayer : « Co... comment pouvez-vous savoir que... ?

— Remettons l'histoire à plus tard, dit Mance Rayder. La chanson t'a plu, mon gars ?

— Assez. Je l'avais déjà entendue.

— *"Mais qu'importe ? il faut tous mourir"*, dit d'un ton léger le roi d'au-delà du Mur, *"et j'ai goûté l'épouse du Dornien"*. Dis-moi, mon cher seigneur des Os n'en a-t-il pas menti ? Tu as vraiment tué mon vieil ami Qhorin ?

— Oui. » *Mais en y prenant moins de part que lui.*

« Plus jamais Tour Ombreuse ne semblera si redoutable, dit le roi d'un ton où perçait la tristesse. Le Mimain était mon ennemi. Mais aussi mon frère d'autrefois. Aussi... que faire, Jon Snow ? te remercier de l'avoir tué ? te maudire ? » Il le gratifia d'un sourire moqueur.

Le roi d'au-delà du Mur avait l'air de tout sauf d'un roi – et pas davantage d'un sauvageon. Mince et de taille moyenne, il avait des traits anguleux, des yeux bruns sagaces et de longs cheveux bruns qui grisonnaient pour la plupart. Il ne portait pas de couronne, pas d'armilles d'or, pas de collier de pierreries, pas même un brin d'argent. Sanglé de lainages et de cuir, il n'avait pour tout vêtement remarquable que son manteau noir loqueteux dont de la soie d'un rouge délavé rapetassait les déchirures de haut en bas.

« Vous devriez me remercier d'avoir tué votre ennemi, dit finalement Jon, et me maudire d'avoir tué votre ami.

— *Har !* vociféra la barbe blanche. Bien répondu !

— D'accord. » Mance Rayder invita d'un geste Jon à se rapprocher. « Si tu souhaites te joindre à nous, autant que tu nous connaisses. Celui que tu as pris pour moi est Styr, magnar de Thenn. *Magnar* signifie "seigneur", dans la langue ancienne. » L'essorillé fixa Jon froidement pendant que Mance se tournait vers la barbe blanche. « Notre féroce mangeur de poulet est mon loyal Tormund. La personne... »

Tormund se leva d'un bond. « Minute. Tu as donné son titre à Styr, donne-moi les miens. »

Mance Rayder éclata de rire. « Sois exaucé. Jon Snow, devant toi se tient Tormund Fléau-d'Ogres Haut-Disert, Cor-Souffleur et Brise-Glace. Sans compter Tormund Poing-la-Foudre, Époux-d'Ours, sire Hydromel de Cramoisi, Parle-aux-Dieux, Père Hospitalier.

— Voilà qui me ressemble davantage, dit Tormund. Bienvenue, Jon Snow. Il se trouve que j'ai un gros faible pour les zomans – sinon pour les Stark...

— L'excellente personne qui s'occupe du brasero, poursuivit Mance Rayder, est Della. » Celle-ci sourit d'un air intimidé. « Traite-la en reine, elle porte mon enfant. » Il se tourna vers les deux derniers. « Cette belle est sa sœur, Val. En compagnie du jeune Jarl, son dernier toutou.

— Je ne suis le toutou d'aucun homme ! protesta Jarl d'un ton farouche avec un regard noir.

— Ni Val un homme, grommela Tormund dans sa barbe. T'aurais quand même dû finir par t'en apercevoir, mon gars.

— Voilà pour ce qui est de nous, Jon Snow, conclut Mance Rayder. Le roi d'au-delà du Mur et sa cour, tels quels. Un mot de toi, maintenant, je pense. D'où viens-tu ?

— De Winterfell, via Châteaunoir.

— Et qu'est-ce qui t'amène aux sources de la Laiteuse, si loin de tes aîtres et de tes foyers ? » Au lieu d'attendre une réponse, il interpella tout de go Clinquefrac : « Ils étaient combien ?

— Cinq. Trois qu' sont morts et c'môme qu'est là. L'aut' a grimpé par des endroits qu'à ch'val on pouvait pas l'suiv'. »

Les yeux de Rayder se plantèrent à nouveau dans ceux de Jon. « Il n'y avait que vous cinq ? Ou tu as d'autres frères à rôder par là ?

— Nous étions quatre avec Mimain. Il valait à lui seul vingt hommes ordinaires. »

La réflexion fit sourire le roi d'au-delà du Mur. « Certains étaient de cet avis. Mais, à propos... un gars de Châteaunoir avec des patrouilleurs de Tour Ombreuse ? Comment se fait-il ? »

Jon tenait un mensonge en réserve. « Le lord Commandant m'avait envoyé me parfaire auprès de Mimain. Voilà pourquoi je faisais partie de l'exploration. »

Styr le Magnar tiqua là-dessus. « Exploration, dis-tu... Qu'est-ce qui poussait les corbeaux à explorer le col Museux ?

— La désertion des villages, répondit Jon avec franchise. On aurait dit que le peuple libre s'était entièrement volatilisé.

— Mouais, volatilisé, dit Mance Rayder. Et pas que le peuple libre. Qui vous a appris qu'on était ici, Jon Snow ? »

Tormund émit un grognement. « Y a du Craster sous ça, ou je ne suis qu'une pucelle effarouchée. Je t'avais bien dit, Mance, qu'il fallait raccourcir ce salaud d'une bonne tête. »

Le roi lui décocha un regard fâché. « Tâche un de ces jours de réfléchir avant de jacasser, Tormund. Je sais pertinemment que c'était Craster. Je ne le demandais que pour voir si Jon dirait la vérité.

— Har. » Tormund cracha. « Des deux pieds, quoi ! » Il sourit à Jon. « Vu, mon gars ? Pour ça qu'il est roi et moi pas. À picoler, combattre et chanter, je suis capable de le surpasser, et je suis trois fois mieux membré que lui, mais il a l'astuce. On l'a élevé corbeau, tu sais, et le corbeau est un oiseau roublard.

— Je souhaiterais lui parler seul à seul, messire des Os, dit Mance à Clinquefrac. Laissez-nous, vous tous.

— Quoi, même moi ? dit Tormund.

— Non, dit Mance, toi surtout.

— Jamais je ne mange dans une salle où je me trouve malvenu. » Tormund se leva. « On se retire, moi et les volailles. » Il en rafla une seconde sur le brasero, l'engouffra dans une poche intérieure de son manteau, lâcha un de ses « Har » puis sortit en se léchant les doigts. Les autres le suivirent, à l'exception de la dénommée Della.

« Assieds-toi, si tu veux, reprit Rayder après leur départ. As-tu faim ? Tormund nous a quand même laissé deux portions.

— Je mangerais avec plaisir, Sire. Et vous remercie.

— Sire ? » Le roi sourit. « Voilà un titre qui n'effleure guère les lèvres du peuple libre. Pour la plupart, je ne suis que Mance, et, pour d'aucuns, *le* Mance. Une corne d'hydromel, veux-tu ?

— Volontiers. »

Le roi versa de sa propre main, tandis que Della partageait une volaille croustillante et leur en servait à chacun la moitié. Jon retira ses gants pour manger à pleins doigts, sans laisser la moindre lichette de chair sur les os.

« Tormund a dit vrai, reprit Mance Rayder tout en dépeçant une miche de pain. Le corbeau noir est un oiseau roublard, c'est un fait... mais j'étais corbeau que, toi, tu n'étais pas plus gros que l'enfant que porte Della, Jon Snow. Aussi, pas de roublardise, ou gare, avec moi.

— Aux ordres de Votre... Mance. »

Le roi s'esclaffa. « Votre Mance ! Pourquoi pas ? Je t'ai promis tout à l'heure de te raconter comment je te connaissais. Tu l'as déjà tiré au clair ? »

Jon secoua la tête. « Clinquefrac vous a expédié un message ?

— Par voie d'air ? Nous n'avons pas de corbeaux dressés. Non, je connaissais ton visage. Pour l'avoir déjà vu. Deux fois. »

Cela parut absurde à Jon, de prime abord, mais, à force de se torturer la cervelle, il eut une lueur. « À l'époque où vous apparteniez à la Garde de Nuit...

— Bravo ! Oui, ce fut la première, ça. Tu n'étais qu'un gosse, et moi, tout vêtu de noir, j'escortais, avec une douzaine de cavaliers, le vieux lord Commandant Qorgyle lorsqu'il vint voir ton père à Winterfell. J'arpentais le rempart autour de la cour quand je vous surpris, toi et ton frère, Robb. Il était tombé de la neige, la nuit précédente, et, après en avoir amassé gros comme une montagne au-dessus de la porte, vous attendiez que quelqu'un passe en contrebas.

— Je me souviens », dit Jon avec un gloussement surpris. Un jeune frère noir sur le chemin de ronde, oui... « Et vous avez juré de ne pas nous trahir.

— Et tenu parole. Au moins celle-là.

— Et c'est le plus poussif des gardes de Père, Gros Tom, qui écopa de notre avalanche. » Avant de les poursuivre, tout autour de la cour, jusqu'à ce qu'ils soient aussi rouges tous trois que des pommes d'automne... « Mais vous disiez m'avoir vu deux fois. Quand la seconde eut-elle lieu ?

— Lorsque le roi Robert vint à Winterfell nommer Main ton père », dit d'un ton désinvolte le roi d'au-delà du Mur.

Jon s'écarquilla, incrédule. « Cela ne se peut.

— Cela fut. En apprenant l'arrivée du roi, ton père expédia un message à son frère, Benjen, pour qu'il vienne du Mur prendre part aux festivités. Les frères noirs ayant plus de commerce avec le peuple libre que tu ne t'en doutes, j'eus vent moi-même assez vite de la nouvelle. L'occasion me parut trop belle pour que j'y résiste. Comme ton oncle ne me connaissait que de nom, je n'avais rien à craindre de sa part, et il me semblait des plus improbable que ton père se rappelle un jeune corbeau qu'il avait à peine entrevu des années avant. Je désirais voir ce Robert de mes propres yeux, de roi à roi, et prendre aussi la mesure du fameux Benjen. En sa qualité de chef de patrouille, il incarnait la peste, aux yeux de tous les miens. Aussi sellai-je mon coursier le plus véloce, et en route.

— Mais, objecta Jon, le Mur...

— Le Mur peut arrêter une armée, pas un homme seul. Muni d'un luth et d'un sac d'argent, j'escaladai la glace près de Longtertre, fis à pied les quelques lieues qui, au sud du Neufdon, me permirent d'acquérir un nouveau cheval. Bref, l'un dans l'autre, je fus plus rapide que Robert, qui voyageait avec ce carrosse monumental pour que sa reine y ait ses aises, et il était encore à une journée de Winterfell quand je le rejoignis et me fondis dans son cortège. Il se trouve toujours des chevaliers de basse extrace et des francs-coureurs pour s'attacher d'eux-mêmes à la suite des rois, dans l'espoir d'un engagement, et mon luth me fit admettre les doigts dans le nez. » Il se mit à rire. « Je connais toutes les chansons paillardes jamais composées tant au nord qu'au sud du Mur. Et voilà, tu y es. La nuit où ton père festoya Robert, j'étais sur un banc de francs-coureurs, au fond de la salle, à écouter Orland de Villevieille jouer de la harpe et chanter feu les rois de l'abysse. Je dégustai la chère et le boire du seigneur ton père, épiai le Régicide, le Lutin... et, accessoirement, la marmaille de lord Eddard et les louveteaux qui la talonnaient en tous lieux.

— Baël le Barde, dit Jon, se rappelant soudain la fable que lui avait contée Ygrid au col Museux, quand il venait tout juste de l'épargner.

— Que ne le suis-je ! Non que son exploit n'ait inspiré le mien, j'en conviens... mais, pour autant que je me rappelle, je n'ai ravi aucune de tes sœurs. Ses chansons, Baël les composa lui-même – et les vécut. Je me contente, moi, de chanter celles qu'ont écrites de mieux doués. Encore une goutte ?

— Non, dit Jon. Et si l'on vous avait découvert... capturé...

— Ton père m'aurait tranché la tête. » Il haussa les épaules. « Encore qu'après avoir mangé à sa table, les lois de l'hospitalité m'auraient servi d'égide. Elles sont aussi anciennes que les Premiers Hommes et aussi sacrées qu'un arbre-cœur. » Il désigna d'un geste la table qui les séparait, le pain rompu, les os de volaille. « Ici, tu es l'hôte, et tu n'as rien à redouter de moi... cette nuit du moins. Aussi, parle franc, Jon Snow. Est-ce la peur du lâche qui t'a fait tourner casaque, ou bien un autre motif t'a-t-il amené sous ma tente ? »

Droits de l'hôte ou non, Jon savait la glace pourrie sous ses pieds. Un seul faux pas, et il passerait au travers, plongerait dans une eau suffisamment froide pour lui arrêter le cœur. *Soupèse chacun de tes mots avant de le proférer*, s'enjoignit-il en s'envoyant une longue lampée d'hydromel pour se donner le loisir de répondre. Et ce n'est qu'après avoir reposé la corne qu'il lança : « Dites-moi pourquoi vous avez vous-même tourné casaque, et je vous dirai pourquoi j'ai tourné la mienne. »

Ainsi qu'il l'avait espéré, Mance Rayder lui répondit par un sourire. Il était manifestement du genre à aimer le son de sa propre voix. « On t'aura fait cent contes à propos de ma désertion, je suis sûr.

— Certains l'imputent à la convoitise d'une couronne. D'autres à celle d'une femme. D'autres encore au sang sauvageon.

— Le sang sauvageon est le sang des Premiers Hommes, et le même sang qui coule dans les veines Stark. Pour ce qui est de la couronne, tu m'en vois une ?

— Je vois une femme. » Il loucha du côté de Della.

Mance la prit par la main et l'attira plus près. « Ma dame est innocente. Je ne l'ai rencontrée qu'à mon retour du château de ton père. Si le Mimain était taillé dans le vieux chêne, je suis fait de chair, moi, et je suis passionnément sensible aux charmes féminins... ce qui ne me distingue en rien des trois quarts de la Garde. Parmi ceux qui persistent à porter le noir, certains ont eu dix fois plus de femmes que ce pauvre roi que voici. Creuse-toi la tête encore un coup, Jon Snow. »

Jon réfléchit un moment. « Le Mimain vous prétendait fou de musique sauvageonne.

— Je l'étais. Je le suis. C'est plus près de la cible, oui. Mais pas dans le mille. » Mance Rayder se leva, défit l'agrafe de son manteau puis le déploya sur le banc. « C'était pour ça.

— Un manteau ?

— De laine. Le manteau noir de frère juré de la Garde de Nuit, dit le roi d'au-delà du Mur. Au cours d'une patrouille, un jour, nous abattîmes un magnifique orignac. Nous étions en train de le dépouiller quand, alléché par l'odeur du sang, surgit de sa tanière un lynx-de-fumée. J'en vins à bout, mais il avait d'abord lacéré mon manteau. Tu vois ? Ici, et ici, et ici. » Il se mit à glousser. « Non sans m'avoir aussi déchiqueté le bras et le dos, et je pissais le sang pis que l'orignac. Craignant que je ne meure avant qu'on ne puisse me rapporter à Tour Ombreuse auprès de mestre Mullin, mes frères me transportèrent dans un village sauvageon où résidait, ils le savaient, une sorcière plus ou moins guérisseuse. Qui était morte, d'aventure, mais sa petite-fille me prit en main. Nettoya mes plaies, me recousit, me bourra de gruau d'avoine et de potions jusqu'à ce que j'aie recouvré suffisamment de forces pour tenir en selle. Et elle rapetassa aussi mon manteau déchiré avec de la soie écarlate d'Asshaï que sa grand-mère avait tirée d'une épave échouée sur la Grève Glacée. Elle ne possédait pas de trésor plus précieux, et elle m'en fit présent. » Il en redrapa ses épaules. « Mais, à Tour Ombreuse, on préleva dans les réserves un manteau neuf à mon intention, de bonne laine et noir sur noir, et soutaché de noir, pour qu'il aille avec mes braies noires et mes bottes noires, mon doublet noir et ma maille noire. Ce manteau neuf n'avait pas d'accrocs, pas d'effilochures, pas de déchirures et surtout pas... surtout pas de rouge. Les hommes de la Garde de Nuit s'habillaient en *noir,* me rappela d'un ton sévère, et comme si je l'avais oublié, ser Denys Mallister. Mon vieux manteau n'était désormais bon que pour le feu, dit-il.

« Je partis le matin suivant... pour des contrées où le baiser n'était pas un crime et où l'on pouvait porter le manteau de son choix. » Il referma l'agrafe et se rassit. « Et toi, Jon Snow ? »

Jon s'offrit une nouvelle gorgée d'hydromel. *Il n'y a qu'une seule histoire qu'il puisse gober.* « Vous avez dit que vous étiez à Winterfell, la nuit où mon père festoya le roi Robert.

— Je l'ai dit parce que j'y étais.

— Alors, vous nous avez tous vus. Le prince Joffrey et le prince Tommen, la princesse Myrcella, mes frères, Robb, Bran et Rickon, mes sœurs, Arya et Sansa. Vous les avez vus remonter l'allée centrale et, lorgnés par l'assistance entière, prendre place à la table qui leur était réservée, juste en dessous de l'estrade où siégeaient la reine et le roi.

— Je me rappelle.

— Et vous avez vu où j'étais assis, Mance ? » Il s'inclina vers lui. « Vous avez vu où l'on reléguait le bâtard ? »

Mance Rayder le dévisagea longuement. « Je crois qu'on ferait mieux de te trouver un nouveau manteau », finit-il par dire en tendant la main.

DAENERYS

Sur les flots toujours bleus se répercutait le lent battement régulier des tambours, mêlé au bruissement soyeux
des rames des galères. Le grand cotre geignait à la remorque dans leur sillage, écartelé par l'extrême tension des
câbles. Les voiles du *Balerion* pendouillaient aux mâts,
mornes, affalées, flapies. Et pourtant, debout sur le gaillard d'avant d'où elle contemplait ses dragons s'ébattre
à se poursuivre dans l'azur limpide, jamais Daenerys Targaryen n'avait éprouvé, non, jamais, pareille félicité.

Dans leur invincible défiance à l'endroit du moindre
liquide auquel ne pouvaient s'abreuver leurs chevaux,
ses Dothrakis ne qualifiaient la mer que de *vénéneuse*.
Aussi, le jour où l'on avait appareillé de Qarth, vous auriez
juré que c'était à destination de l'enfer et non de Pentos
que les trois navires les emportaient. Tout résolu qu'était
chacun à ne rien laisser voir de sa peur aux deux autres,
ses braves et jeunes sang-coureurs regardaient s'amenuiser la côte d'un même œil blanc, démesuré, tandis
qu'agrippées au bastingage désespérément, ses cham-
brières, Irri et Jhiqui, vomissaient par-dessus bord à la
plus petite apparence d'oscillation. Quant aux autres
membres de son infime *khalasar,* ils ne bougeaient des
cales, aimant cent fois mieux la compagnie fébrile des
chevaux que le spectacle terrifiant d'un univers exclusivement aquatique. Et lorsqu'on se trouva tout à coup pris
dans une tempête, des écoutilles montèrent, six jours
durant, parmi les ruades et les hennissements, des

rumeurs d'oraisons tremblantes, pour peu que le *Balerion* se permît tangage ou roulis.

Elle, aucune tempête n'était capable de l'effrayer. Si elle s'appelait *Daenerys du Typhon,* c'est qu'elle était venue hurlante au monde à Peyredragon, loin loin là-bas, tandis que tout autour hurlait la plus monstrueuse tornade qu'on eût jamais vue, de mémoire de Westeros, une tornade si furibonde que, tout en dépouillant la forteresse de ses gigantesques statues-gargouilles, elle faisait de la flotte de Père, au pied de l'île, du petit bois...

Puis les tempêtes étaient fréquentes, dans le détroit, et, dès son âge le plus tendre, elle l'avait tant de fois couru, de cité libre en cité libre, ne devançant que d'un demi-pas les tueurs à gages de l'Usurpateur. Elle adorait la mer, enfin. Elle aimait respirer cet âcre parfum de sel, elle aimait ces horizons sans fin que la voûte azurée délimitait seule. Elle s'y sentait minuscule, mais libre aussi. Elle aimait les dauphins qui parfois venaient nager tout près du *Balerion,* fendant, telles des piques d'argent, les vagues, et la fusée sans cesse renaissante des poissons volants. Elle aimait jusqu'aux matelots, avec tous leurs contes et toutes leurs chansons. Au cours d'un voyage à Braavos, un jour, la vue de l'équipage affalant la grand-voile verte alors que se levait un grain lui avait même inspiré le rêve enthousiaste d'être marin. Mais quand elle en avait avisé son frère, il lui avait tordu les cheveux jusqu'aux pleurs, glapissant : « Tu es le sang du dragon ! Un *dragon,* pas un poisson puant ! »

Il délirait. À ce propos comme à tant d'autres, songeat-elle. *Un peu plus de jugeote, un peu plus de patience, et c'est lui qui cinglerait à présent vers l'ouest occuper le trône qui lui revenait de plein droit.* Tout pervers et borné qu'elle avait fini par le juger, il lui arrivait néanmoins par moments de le regretter. Pas le Viserys cruel et pusillanime qu'il était devenu dans les derniers temps, mais le frère qui lui avait quelquefois permis de venir se blottir dans son lit, le gamin qui lui contait mille histoires sur les Sept Couronnes et lui faisait miroiter la brillante existence qui serait la leur, une fois qu'il aurait fait valoir sa légitimité.

Le capitaine apparut près d'elle. « Quel dommage que le *Balerion* ne puisse prendre son essor comme faisait son homonyme, Votre Grâce, dit-il en son valyrien bâtard que l'accent de Pentos épaississait d'effluves capiteux. Nous n'aurions alors que faire de rames, de remorques ou de prières pour avoir du vent.

— En effet, Capitaine », répondit-elle avec un sourire, toute au plaisir de l'avoir si bien retourné. Aussi vieux Pentoshi que son maître, Illyrio Mopatis, Groleo s'était effaré comme une pucelle d'avoir à son bord trois dragons. Cinquante baquets d'eau de mer demeuraient suspendus à la lisse, en cas d'incendie. Mais après avoir d'abord consenti à maintenir ses dragons en cage pour tranquilliser Groleo, Daenerys les avait vus si malheureux qu'elle n'avait pas tardé à se raviser et à exiger leur libération.

Et voilà que le capitaine lui-même s'en montrait maintenant ravi. Il y avait bien eu une petite alerte, mais, le feu facilement maîtrisé, les rats qui pullulaient du temps où le bateau voguait sous le nom de *Saduleon* s'étaient brusquement raréfiés sur le *Balerion*. Et l'équipage, dont la frousse n'avait d'abord d'égale que la curiosité, en était peu à peu venu à se glorifier, de manière aussi bravache qu'incongrue, de « *ses* » dragons. Du capitaine au marmiton, tous adoraient les regarder voler, tous... mais elle-même plus qu'aucun d'eux.

Ils sont mes enfants, se disait-elle, *et si la* maegi *n'en a menti, jamais je n'en aurai d'autres.*

Les écailles de Viserion avaient la couleur de la crème fraîche, et le soleil faisait flamboyer, miroiter comme métal poli l'or sombre de ses cornes, de l'ossature de ses ailes et de sa crête dorsale. Bronzes d'automne et verts d'été distinguaient Rhaegal. Ils décrivaient de larges cercles au-dessus des bateaux, plus haut, toujours plus haut, chacun s'efforçant de dominer l'autre.

Elle s'était rendu compte que les dragons avaient une préférence marquée pour l'attaque en piqué. Que l'un parvînt à intercepter le soleil à l'autre, et, reployant ses ailes, il plongerait en criant, puis tous deux dégringoleraient des nues, tel un ballon d'écailles enchevêtrées, queues battantes et mâchoires cherchant à mordre. La première fois qu'ils s'étaient agressés de la sorte, elle avait, affolée, cru qu'il s'agissait d'un duel à mort, mais ce n'était qu'un jeu. Dès qu'ils s'abattaient dans la mer, ils se séparaient pour reprendre l'air à tire-d'aile, environnés de vapeur d'eau, sifflant et vociférant. De Drogon, qui s'était envolé lui aussi, pas trace ; il devait être en chasse à des lieues de là, derrière ou devant.

Il était toujours affamé, son Drogon. *Affamé et croissant à vue d'œil. Encore un an, peut-être deux, et il sera de taille à être monté. Je n'aurai dès lors plus besoin de bateaux pour traverser la grande mer salée.*

Mais ce temps-là n'arriverait pas de sitôt. Rhaegal et Viserion étaient de la taille d'un petit chien, Drogon guère davantage, et le dernier des limiers l'aurait emporté sur eux ; tout en ailes, encolure et queue, ils étaient beaucoup plus légers qu'ils ne le semblaient. Aussi Daenerys Targaryen ne pouvait-elle compter pour retourner dans sa patrie que sur le bois, la toile et le vent.

Si la toile et le bois l'avaient plutôt bien servie jusque-là, les caprices du vent tournaient à la traîtrise. Cela faisait déjà six jours et six nuits qu'on se trouvait encalminé, et voilà qu'à la survenue du septième aucun souffle d'air n'avait encore empli les voiles. Par chance, deux des navires expédiés à la recherche de Daenerys par maître Illyrio se trouvaient être des galères marchandes équipées chacune de deux cents rames et montées par des bras vigoureux pour les propulser. Mais pour ce qui était du grand cotre, la chanson changeait du tout au tout ; avec sa panse de truie balourde et ses immenses soutes, il pouvait posséder une envoilure prodigieuse, le calme plat l'immobilisait. Le *Vhagar* et le *Meraxès* avaient eu beau le prendre en remorque, on n'arrivait qu'à lambiner péniblement. Surtout que les trois navires étaient bondés et surchargés.

« Je ne vois pas Drogon, dit ser Jorah en la rejoignant sur le gaillard d'avant. Se serait-il encore égaré ?

— C'est nous qui sommes égarés, ser. Drogon apprécie ces reptations poisseuses aussi peu que nous. » Plus téméraire que les deux autres, son dragon noir s'était le premier risqué à essayer ses ailes au-dessus des flots, le premier à voleter de bateau en bateau, le premier à s'aventurer dans un nuage qui passait... le premier à tuer, aussi. À peine les poissons volants avaient-ils crevé la surface qu'ils s'étaient retrouvés enveloppés dans un jet de flammes, happés, déglutis. « Quelle sera sa taille définitive ? s'enquit-elle par curiosité. Vous en avez une idée ?

— Il court dans les Sept Couronnes des contes de dragons devenus tellement colossaux qu'ils pouvaient cueillir dans la mer des poulpes géants. »

Elle se mit à rire. « Quel merveilleux spectacle cela ferait !

— Mais il ne s'agit que de contes, *Khaleesi,* dit le chevalier exilé. Ils évoquent également la sagesse de dragons vieux de mille ans.

— Hé bien, quelle est la *véritable* durée de vie d'un dragon ? » Sous ses yeux, Viserion achevait de piquer sur le bateau, à lents battements d'ailes qui faisaient frémir les voiles en berne.

Il haussa les épaules. « L'éventail naturel de ses jours est plusieurs fois supérieur à celui d'un homme, s'il faut du moins en croire les chansons... mais les dragons que les Sept Couronnes ont le mieux connus sont ceux de la maison Targaryen. Dressés pour la guerre, ils mouraient à la guerre. Ce n'est pas chose aisée que tuer un dragon, mais c'est chose possible. »

Barbe-Blanche, qui se tenait, doigts osseux crispés sur sa grande ronce, auprès de la figure de proue, se retourna vers eux pour préciser : « Balerion la Terreur Noire avait deux cents ans à sa mort, sous le règne de Jaehaerys le Conciliateur. Il était d'une taille si formidable qu'il pouvait gober un aurochs entier. Un dragon ne cesse jamais de grandir, Votre Grâce, pourvu du moins qu'on ne le prive ni de nourriture ni de liberté. » Arstan de son vrai nom, l'écuyer chenu devait son sobriquet à Belwas le Fort, et on ne l'appelait plus guère autrement. Plus grand que ser Jorah, mais moins musculeux, il avait des yeux bleu pâle, et sa longue barbe neigeuse un aspect soyeux.

« De liberté ? le pressa Daenerys. Que voulez-vous dire ?

— À Port-Réal, vos ancêtres avaient bâti pour leurs dragons une forteresse surmontée d'un dôme. Fossedragon, tel est son nom, se dresse toujours au sommet de la colline de Rhaenys, mais à l'état de ruines. Là résidaient jadis les dragons royaux, et c'était une résidence aux proportions si monumentales que ses seules portes de fer pouvaient admettre trente cavaliers de front. En dépit de quoi, s'avisa-t-on, aucun des captifs n'atteignit jamais les dimensions de ses aïeux. Les mestres attribuent ce fait aux murailles qui les cernaient comme à la coupole qui les surplombait.

— Si de simples murs suffisaient à dicter la taille, objecta ser Jorah, les paysans seraient tous des nains, et tous des géants les rois. J'ai vu des colosses nés dans des bouges et des châteaux loger des avortons.

— Les hommes sont les hommes, répliqua Barbe-Blanche, et les dragons sont les dragons. »

Ser Jorah émit un reniflement dédaigneux. « Quelle profondeur. » Il éprouvait pour le vieillard une aversion manifestée depuis le premier instant. « Que savez-vous des dragons, d'ailleurs ?

— Pas grand-chose, il est vrai. Mais j'ai séjourné quelque temps à Port-Réal pour mon service, à l'époque où régnait le roi Aerys, et j'ai déambulé sous les crânes de dragons qui vous toisaient alors sur les parois de la Salle du Trône.

— Viserys m'a parlé de ces crânes, intervint Daenerys. L'Usurpateur les a fait retirer et cacher quelque part. Il ne supportait pas d'être toisé par eux sur son trône volé. » Elle invita d'un geste Barbe-Blanche à se rapprocher. « Vous est-il arrivé de rencontrer le roi mon père ? » Elle n'était née qu'après la mort d'Aerys II.

« J'eus cet immense honneur, Votre Grâce.

— Vous apparut-il bon et généreux ? »

Barbe-Blanche eut beau faire de son mieux pour dissimuler ses sentiments, ils se lisaient à livre ouvert sur sa physionomie. « Sa Majesté se montrait... aimable, souvent.

— Souvent ? » Elle sourit. « Mais pas toujours ?

— Elle pouvait faire preuve d'une très grande dureté vis-à-vis de ceux qu'Elle croyait être ses ennemis.

— Le sage n'a garde de s'attirer jamais l'inimitié des rois, décréta-t-elle. Avez-vous aussi connu mon frère, Rhaegar ?

— Le prince Rhaegar passait pour n'être connu d'aucun homme, à la vérité. J'eus toutefois le privilège de le voir jouter en tournoi, et je l'entendis maintes fois jouer sur sa harpe à cordes d'argent. »

Ser Jorah renifla. « Parmi des milliers d'autres à quelque fête des moissons. Encore un peu, et vous aurez été son écuyer.

— Je ne songe pas à m'en targuer, ser. Après Myles Mouton, le prince Rhaegar eut pour écuyer Richard Lonbec. Lorsqu'ils eurent conquis leurs éperons, il les adouba lui-même et les conserva pour familiers. Le jeune lord Connington lui était cher aussi, mais son plus vieil ami était Arthur Dayne.

— L'Épée du Matin ! s'exclama Daenerys avec ravissement. Viserys me parlait toujours de sa merveilleuse épée blanche. Il disait que ser Arthur était le seul chevalier du royaume à égaler notre frère. »

Barbe-Blanche inclina la tête. « Il ne m'appartient pas de discuter les propos du prince Viserys.

— Roi, rectifia-t-elle. Il était roi, même s'il ne régna jamais. Viserys, troisième du nom. Mais qu'entendez-vous par là ? » La remarque qu'il venait de faire était tellement inattendue... ! « Un jour, ser Jorah m'a parlé de Rhaegar comme du « dernier dragon ». Il fallait bien avoir été un guerrier hors pair pour mériter ce qualificatif, n'est-ce pas ?

— Assurément, Votre Grâce, repartit Barbe-Blanche, le prince de Peyredragon était un guerrier des plus redoutables, mais...

— Poursuivez, lui intima-t-elle. Vous pouvez me parler sans fard.

— Votre serviteur. » Le vieillard s'appuya sur son bâton de ronce, le front plissé. « Un guerrier hors pair...

Ces mots sonnent admirablement, Votre Grâce, mais ce ne sont pas les mots qui gagnent les batailles.

— Ce sont les épées qui gagnent les batailles, trancha ser Jorah sans ménagements. Et le prince Rhaegar savait manier la sienne.

— Assurément, ser, mais... J'ai assisté à cent tournois et à plus de guerres que je n'en souhaitais. Or, si vigoureux, rapide et adroit qu'un chevalier puisse être, il s'en trouve toujours d'autres susceptibles de lui tenir tête. Qui remporte un tournoi se verra promptement désarçonné lors du tournoi suivant. D'une plaque d'herbe glissante peut résulter votre déconfiture, ou de ce qu'on vous a servi la veille au souper. Un simple changement de vent peut vous conférer la victoire. » Il lorgna ser Jorah. « Ou la faveur d'une dame qu'on se noue au bras. »

Mormont se rembrunit. « Gare à vos paroles, vieux. »

Daenerys était au courant. Arstan avait vu ser Jorah combattre à Port-Lannis et finalement, la faveur d'une dame au bras, remporter le tournoi. La main de la dame aussi, Lynce Hightower, sa seconde épouse, belle et des mieux nées..., mais qui l'avait ruiné puis abandonné, et c'étaient autant de souvenirs amers. « Tout doux, mon chevalier. » Elle lui posa la main sur le bras. « Arstan n'avait nul désir de vous offenser, j'en suis convaincue.

— Pour vous complaire, *Khaleesi* », grogna Mormont à contrecœur.

Elle se retourna vers l'écuyer. « Je sais peu de chose de Rhaegar. Uniquement ce que m'en a dit Viserys, et il était encore tout petit lors de la mort de notre frère. Quel genre d'homme était-il vraiment ? »

Le vieillard médita un moment. « Capable. Ce par-dessus tout. Résolu, réfléchi, scrupuleux, tenace. On raconte de lui qu'il... – mais sans doute ser Jorah le sait-il aussi bien que moi.

— J'aimerais l'entendre de votre bouche.

— Vos désirs sont des ordres, dit Barbe-Blanche. Dans sa prime jeunesse, le prince de Peyredragon se montrait studieux jusqu'au vice. Il avait su lire si tôt que l'on soupçonnait la reine Rhaella d'avoir avalé des livres et une chandelle quand elle le portait encore dans son sein. Les jeux des autres enfants ne l'intéressaient nullement. Mais si son intelligence impressionnait les mestres, les chevaliers de son père blaguaient avec aigreur la renaissance en lui de Baelor le Bienheureux. Jusqu'au jour où le prince Rhaegar découvrit quelque chose dans ses grimoires qui le métamorphosa. De quoi il pouvait bien s'agir, nul ne sait ; toujours est-il qu'un beau matin dès l'aube il apparut brusquement dans la cour où les chevaliers fourbissaient leur acier, marcha tout droit sur le maître d'armes, ser Willem Darry, et lui déclara : « J'aurai besoin d'une armure et d'une épée. Il semble que je dois être un guerrier. »

— Et il le fut ! s'écria Daenerys avec enthousiasme.

— Il le fut incontestablement. » Barbe-Blanche s'inclina. « Mille pardons, Votre Grâce. À propos de guerriers, je vois que Belwas le Fort s'est levé. Il me faut remplir mon office auprès de lui. »

Elle jeta un regard en arrière. En dépit de sa masse, l'eunuque émergeait lestement de la cale centrale. Aussi large que court sur pattes, pesant dans les deux cents livres bon poids de muscles et de gras, son énorme bedaine brune zébrée de cicatrices blanchâtres, Belwas portait des pantalons bouffants, une sous-ventrière de soie jaune et un caraco de cuir clouté de fer exigu jusqu'à l'absurdité. « Belwas le Fort a faim ! rugit-il que nul n'en ignora mais sans s'adresser à personne en particulier. Belwas le Fort veut manger tout de suite ! » Il pivota, repéra Arstan sur le gaillard d'avant. « Barbe-Blanche ! À manger pour Belwas le Fort !

— Allez, je vous en prie », dit Daenerys à l'écuyer. Il s'inclina derechef et partit satisfaire aux exigences de son maître.

Sa rude face honnête toute froncée, ser Jorah le regarda s'éloigner. De haute taille et solidement charpenté, l'épaule épaisse et la mâchoire forte, Mormont n'était sûrement pas beau, mais Daenerys n'avait jamais eu d'ami plus loyal. « Vous feriez bien de ne rien prendre de ce qu'il dit pour argent comptant, gronda-t-il dès qu'Arstan ne risqua plus d'entendre.

— Une reine se doit d'écouter un chacun, lui rappela-t-elle. Les grands comme les petits, les forts comme les faibles, les probes comme les vénaux. Une voix peut induire en erreur, mais au fond du nombre gît toujours quelque vérité. » Elle l'avait lu dans un livre.

« Que Votre Grâce, alors, daigne écouter ma voix, dit-il. Cet Arstan Barbe-Blanche cherche à vous leurrer. Il est trop vieux pour être écuyer et trop beau discoureur pour servir ce butor d'eunuque. »

Il y a là quelque chose d'aberrant, dut-elle admettre. Belwas le Fort n'était jamais qu'un ancien esclave élevé, dressé pour la lutte dans les arènes de Meeren. Maître Illyrio le lui avait expédié comme garde du corps, ou du moins Belwas le prétendait-il, et il était vrai qu'elle avait besoin de protection. L'Usurpateur n'avait-il pas promis terres et seigneurie à qui la tuerait ? Pouvait-elle oublier qu'on avait déjà tenté de l'empoisonner, à Vaes Dothrak ? Plus elle approcherait de Westeros, plus s'aggraveraient les risques d'attentat. Ce sans compter Qarth où, pour venger les Nonmourants brûlés dans leur palais des Poussières, le conjurateur Pyat Pree avait dépêché contre elle un Navré. Et les conjurateurs étaient réputés ne jamais oublier un tort, les Navrés ne jamais faillir à tuer. Elle avait au surplus pour ennemis la plupart des Dothrakis. Les anciens *kos* de Khal Drogo menaient désormais leurs propres *khalasars,* et aucun d'eux n'hésiterait une seconde à se jeter sur la pauvre petite bande qui la suivait, à réduire en esclavage ceux qu'il n'aurait pas tués, puis à la traîner elle-même à Vaes Dothrak pour la contraindre à occuper la place qui lui revenait parmi les horribles mégères du *dosh khaleen.* Quant à Xaro Xhoan Daxos, elle *espérait* ne pas avoir à essuyer son hostilité, bien qu'elle eût rebuté sa convoitise des dragons. Et il y avait encore l'énigmatique Quaithe de l'Ombre, avec son masque de laque rouge et ses avis sibyllins. Qu'était-elle, au juste, celle-là ? Une ennemie de plus, ou simplement une amie dangereuse ? Impossible à dire...

Ser Jorah m'a sauvée de l'empoisonneur, et Arstan Barbe-Blanche de la manticore. Peut-être est-ce Belwas le Fort qui me sauvera, la prochaine fois. Il était plutôt colossal, avec ses bras noueux comme des troncs d'arbre, et son grand *arakh* courbe était si acéré qu'il aurait pu l'utiliser pour se raser si, chose des plus improbables, s'était décidé à pousser du poil sur ses bajoues de satin brun. Mais tout cela ne l'empêchait pas d'être également puéril. *Comme protecteur, il laisse fort à désirer. Heureusement que j'ai ser Jorah et mes sang-coureurs. Et mes dragons, n'oublions jamais.* Tôt ou tard, les dragons seraient ses gardiens les plus formidables, tout comme ils l'avaient été d'Aegon le Conquérant et de ses sœurs trois cents ans plus tôt. D'ici là, néanmoins, ils représentaient pour elle une menace plus qu'une sauvegarde. Il n'y en avait plus de vivants au monde que trois, et ces trois lui appartenaient ; en leur qualité de prodiges et d'objets d'épouvante, ils étaient sans prix.

Elle soupesait encore ce qu'elle allait dire quand un souffle frais lui frôla la nuque, tandis qu'une mèche folle d'or blanc frissonnait sur son front. La toile, au-dessus, craqua, s'agita, et une clameur monta subitement du *Balerion* tout entier : « Vent ! criait l'équipage, le vent revient, le *vent* ! »

Elle leva les yeux. Les voiles du grand cotre se ridaient, gonflaient, les cordages se tendaient, bourdonnaient, chantaient la chanson si douce dont on avait été privé si fort six interminables journées durant. À l'arrière se démenait le capitaine Groleo, jetant des ordres à pleine voix. Des Pentoshis grimpaient aux mâts sous les ovations de leurs compatriotes. Après avoir poussé lui-même d'assourdissants mugissements, Belwas le Fort exécuta quatre entrechats. « Loués soient les dieux ! s'écria Daenerys. Vous voyez, ser Jorah ? nous voici en route, une fois de plus.

— Oui, dit-il, mais vers quoi, ma reine ? »

Le vent souffla toute la journée, d'abord de l'est avec constance, puis par rafales échevelées. Le coucher du soleil eut la pourpre d'un embrasement. *La moitié du monde me sépare encore de Westeros,* se remémora Daenerys, *mais chaque heure réduit l'intervalle.* Elle essaya de se figurer l'effet que lui ferait le premier aperçu de la terre où elle était, de par sa naissance, appelée à régner. *Jamais je n'aurai vu de plus beau rivage, jamais, je le sais. Comment pourrait-il en être autrement ?*

Or, bien plus tard dans la soirée, comme le *Balerion* plongeait toujours plus avant dans les ténèbres et qu'assise en tailleur sur la couchette de Groleo – « Même en mer, avait-il dit de la meilleure grâce du monde en lui abandonnant sa cabine, les reines ont la préséance sur les capitaines » – elle nourrissait ses dragons, un coup sec ébranla la porte.

Irri dormait déjà, à même le plancher (la couchette était trop étroite pour trois, et c'était le tour de Jhiqui, cette nuit-là, de partager la couche moelleuse de sa *khaleesi*), mais elle se leva instantanément pour aller ouvrir. Attirant vivement à elle une courtepointe, Daenerys se la coinça sous les aisselles pour couvrir sa nudité. Une visite à pareille heure la prenait au dépourvu. « Entrez », dit-elle en reconnaissant ser Jorah planté à l'extérieur sous le balancement d'une lanterne.

Il s'inclina en franchissant le seuil. « Votre Grâce. Je suis navré de perturber votre sommeil.

— Je ne dormais pas, ser. Venez donc voir. » Elle préleva dans la jatte posée au creux de son giron un morceau de porc salé et le brandit pour bien le montrer aux dragons. Tous trois le dévoraient des yeux. Rhaegal déploya ses ailes vertes et prit l'air ; le long col de Viserion sinua, telle une couleuvre crème, d'avant en arrière, au gré des mouvements de la main. « Drogon, souffla Daenerys, *dracarys* », et elle jeta la lichette en l'air.

Drogon réagit plus vite qu'un cobra ne mord. Sa gueule éructa une flamme orange, écarlate et noire qui saisit la viande en plein vol, et ses crocs de jais la happaient déjà que Rhaegal darda la tête comme pour disputer leur proie aux mâchoires de son frère, mais celui-ci déglutit et poussa un cri, et le dragon vert, plus petit, dut se contenter de *siffler* de dépit.

« Veux-tu, Rhaegal ! le rabroua-t-elle en lui administrant une tape sur le crâne. Tu as eu le précédent. Je ne veux pas de dragons gloutons. » Elle sourit à ser Jorah. « Je n'ai plus besoin de leur faire cuire la viande sur un brasero.

— C'est ce que je vois. *Dracarys ?* »

À ce seul mot, les trois dragons tournèrent simultanément la tête, et Viserion lâcha une bouffée pâle et dorée de flammes qui fit précipitamment reculer Mormont. Daenerys se mit à glousser. « Gare à ce mot, ser, ou ils vous roussiront la barbe... Il veut dire, en haut valyrien, "feu-dragon". Je l'ai délibérément choisi pour mot d'ordre afin que personne ne risque de le prononcer par hasard. »

Il acquiesça d'un signe. « Me serait-il permis d'avoir avec Votre Grâce un entretien privé ?

— Naturellement. Laisse-nous seuls un moment, Irri. » Elle posa la main sur l'épaule nue de Jhiqui et la secoua pour la réveiller. « Toi aussi, ma douce. Ser Jorah souhaite me parler.

— Oui, *Khaleesi.* » Elle dégringola de la couchette, bâillante et nue, sa lourde chevelure noire tout emmêlée, s'habilla promptement et, sortant avec Irri, tira la porte derrière elle. « Asseyez-vous, cher chevalier, et dites-moi ce qui vous trouble.

— Trois choses. » Il s'assit. « Belwas le Fort. Cet Arstan Barbe-Blanche. Et leur expéditeur, Illyrio Mopatis. »

Encore ! Elle remonta la courtepointe et s'en rejeta un pan par-dessus l'épaule. « Et pourquoi cela ?

— Les conjurateurs de Qarth vous ont prévenue que vous seriez trahie trois fois, lui rappela-t-il, tandis que Rhaegal et Viserion commençaient à se houspiller à coups de griffes et de dents.

— L'une pour le sang, l'une pour l'or, et l'une pour l'amour. » Elle n'était pas près de l'oublier. « Mirri Maz Duur fut la première.

— Ce qui signifie qu'il reste deux traîtres... et ces deux-là surgissent maintenant. Oui, cela me trouble. Souvenez-vous, Robert a promis une seigneurie à votre assassin. »

Elle se pencha et tira Viserion par la queue pour le détacher de son frère vert. Ce mouvement fit tomber la couverture de sa poitrine. Elle la rattrapa précipitamment pour se voiler à nouveau. « L'Usurpateur est mort, dit-elle.

— Mais son fils lui a succédé. » Il releva les yeux sur

143

elle, et son regard noir se mêla au sien. « Un fils scrupuleux paie les dettes de son père. Même les dettes de sang.

— Ce petit Joffrey pourrait en effet désirer ma mort... à condition qu'il se rappelle que je suis en vie. Quel rapport avec Belwas et Arstan ? Le vieillard ne porte même pas d'épée. Vous l'avez constaté vous-même.

— Mouais. Et j'ai constaté moi-même avec quelle dextérité il manie sa ronce. Vous vous souvenez bien de la manticore de Qarth ? Il aurait pu vous écraser la gorge avec autant d'aisance.

— Il aurait pu mais ne l'a pas fait, signala-t-elle. La piqûre de la manticore devait me tuer. Lui m'a sauvé la vie.

— *Khaleesi*..., vous est-il venu à l'esprit que ce Barbe-Blanche et Belwas pouvaient être aussi bien de mèche avec l'assassin ? Que tout cela n'était qu'un stratagème pour gagner votre confiance ? »

Elle éclata de rire si soudainement que Drogon se mit à *siffler*, tandis qu'affolé Viserion gagnait à tire-d'aile son perchoir au-dessus du hublot. « Le stratagème a réussi. »

Il ne lui retourna pas son sourire. « Ces bateaux appartiennent à Illyrio, leurs capitaines à Illyrio, leurs équipages à Illyrio... et Belwas le Fort et Arstan sont aussi des hommes à Illyrio, pas à vous.

— Maître Illyrio m'a protégée, par le passé. Belwas prétend qu'il a pleuré, quand il a appris la mort de mon frère.

— Oui, rétorqua Mormont, mais que pleurait-il, Viserys ou les plans qu'ils avaient échafaudés ensemble ?

— Il n'a pas besoin de changer ses plans. Il est un ami de la maison Targaryen, fortuné...

— Il n'est pas né fortuné. Dans le monde tel que je l'ai vu, nul ne s'enrichit à force de bonté. Les conjurateurs l'ont prédit, la deuxième trahison se fera pour *l'or*. Illyrio Mopatis aime-t-il rien plus passionnément que l'or ?

— Sa peau. » À l'autre bout de la cabine, Drogon ne cessait de s'agiter, narines fumantes. « Mirri Maz Duur m'a trahie. Le bûcher l'a récompensée.

— Mirri Maz Duur se trouvait en votre pouvoir. À Pentos, c'est vous qui serez au pouvoir d'Illyrio. Ce n'est pas pareil. Je connais le maître aussi bien que vous. C'est un fourbe – et futé...

— Il me faut m'entourer de gens futés si je veux recouvrer le Trône de Fer. »

Mormont poussa un grognement. « Le marchand de vin qui a tenté de vous empoisonner l'était aussi, futé. C'est dans les cervelles futées que se mijotent les manigances de l'ambition. »

Elle releva ses jambes sous la courtepointe. « Vous me protégerez. Vous et mes sang-coureurs.

— Quatre hommes ? Vous croyez connaître Illyrio Mopatis, *Khaleesi* ? parfait. Il n'en reste pas moins que vous vous entourez invariablement d'hommes que vous ne connaissez *pas,* tels ce bouffi d'eunuque ou ce plus vieil écuyer du monde. Vous faut-il plus ample leçon que Pyat Pree et Xaro Xhoan Daxos ? »

Il ne me veut que du bien, se répéta-t-elle. *C'est par amour qu'il fait tout ce qu'il fait.* « Il me semble à moi qu'une reine qui ne se fie en personne est aussi folle qu'une reine qui se fie en n'importe qui. Tout homme que je prends à mon service me fait prendre un risque, je le conçois parfaitement, mais comment, sans courir de tels risques, pourrais-je jamais reconquérir les Sept Couronnes ? Ne me faut-il pour ce faire qu'un chevalier proscrit et trois sang-coureurs dothrakis ? »

Il s'obstina, mâchoire bloquée. « Je n'en disconviens pas, votre route est semée d'embûches. Mais si vous faites aveuglément confiance à chaque menteur et chaque intrigant qui la croisent, vous finirez comme vos frères. »

Tant d'opiniâtreté la mit en colère. *Il me traite comme un quelconque galopin.* « Le déjeuner de Belwas le Fort ne se prêtait guère à l'intrigue. Et de quels mensonges Arstan Barbe-Blanche m'a-t-il régalée ?

— Il n'est pas ce qu'il se prétend. Aucun écuyer n'oserait vous parler avec autant d'effronterie.

— C'est avec franchise, et sur mon ordre, qu'il a parlé. Il connaissait mon frère.

— Ils étaient une foultitude à connaître votre frère. À Westeros, Votre Grâce, le lord commandant de la garde Royale siège au Conseil restreint, et son esprit ne concourt pas moins que sa lame à servir le roi. Si je suis véritablement le premier de la garde Régine, écoutez-moi jusqu'au bout, je vous en conjure. J'ai un plan à vous soumettre.

— Un plan ? Dites.

— Illyrio Mopatis veut votre retour à Pentos, sous son toit. Fort bien, allez le rejoindre... mais à votre heure à vous, et pas seule. Voyons jusqu'à quel point vos prétendus nouveaux sujets poussent au juste l'obéissance et la loyauté. Commandez à Groleo de se détourner vers la baie des Serfs. »

Daenerys n'était pas du tout sûre de priser cette nouvelle mélodie. Tout ce qu'elle avait pu entendre dire du marché aux viandes des grandes cités de Yunkaï, Meereen et Astapor était lugubre, épouvantable. « Que peut m'offrir à moi la baie des Serfs ?

— Une armée, répondit ser Jorah. Si Belwas le Fort est tellement à votre goût, vous pouvez acheter des centaines de ses pareils dans les arènes de Meereen... mais c'est sur Astapor que je mettrais plutôt le cap. Astapor vous vendra des Immaculés.

— De ces esclaves à chapeaux de bronze pointus ? » Elle en avait vu dans les cités libres, postés à la porte des patrices, archontes et maîtres négociants. « Qu'irais-je m'encombrer d'Immaculés ? Ils ne savent pas même monter, et ils sont obèses pour la plupart...

— Ceux que vous avez pu voir à Myr et Pentos étaient des gardes privés. Un travail peinard, sans compter que de toute manière les eunuques tendent à engraisser. Ils n'ont pas d'autre vice à leur portée que bâfrer. Mais juger les Immaculés d'après une poignée de vieux esclaves domestiques a autant de sens, Votre Grâce, que juger les écuyers d'après Arstan Barbe-Blanche. Connaissez-vous l'histoire des Trois Mille de Qohor ?

— Non. » La courtepointe ayant glissé de son épaule, elle la remit en place.

« Cela se passait il y a quatre siècles ou plus, lorsque les Dothrakis, surgissant de l'est pour la première fois, se mirent à saccager sur leur passage et à incendier tout ce qu'ils rencontraient de villes et de cités. Le *khal* qui les menait se nommait Temmo. Sans être aussi puissant que celui de Drogo, son *khalasar* groupait pas mal de monde. Cinquante mille au moins. Dont une moitié de guerriers à la tresse desquels tintaient des clochettes.

« Prévenus de son arrivée, les gens de Qohor renforcèrent leurs murs, doublèrent les effectifs de leur propre garde et engagèrent en plus deux compagnies franches, les Vives Bannières et les Seconds Fils. Après quoi, mais comme s'ils se ravisaient sur le tard, ils expédièrent un homme acheter trois mille Immaculés à Astapor. Seulement, pour gagner Qohor, la route était longue, tant et si bien que, sur le point d'y parvenir, ces derniers perçurent, parmi la poussière et la fumée, le fracas lointain des combats.

« Le soleil s'était couché quand ils atteignirent la ville. Des corbeaux et des loups se repaissaient au bas des murs de ce qui restait de la cavalerie lourde de Qohor. Les Vives Bannières et les Seconds Fils avaient, selon la coutume des mercenaires confrontés à une situation désespérée, bravement déguerpi. À l'approche de la nuit, les Dothrakis s'étaient retirés dans leurs campements pour danser, boire et festoyer, car ils ne doutaient pas de renverser les portes dès le lendemain, submerger les remparts et violer, piller, réduire en esclavage tout leur saoul.

« Or, lorsque, au point du jour, Temmo et ses sang-coureurs quittèrent leurs quartiers à la tête du *khalasar*, ils trouvèrent les Trois Mille établis devant les portes avec, flottant au-dessus de leurs têtes, le pavillon à la chèvre noire. Déborder des forces aussi réduites eût été enfantin, mais vous connaissez les Dothrakis. Ils n'avaient affaire qu'à des fantassins, les fantassins qui ne sont bons qu'à se défoncer à cheval.

« Et nos Dothrakis de charger. Les Immaculés verrouillèrent leurs boucliers, abaissèrent leurs piques et attendirent de pied ferme. Attendirent de pied ferme, en dépit des vingt mille gueulards qui, nattes carillonnantes, se ruaient sus.

« À dix-huit reprises, les Dothrakis chargèrent et, telles des vagues sur une falaise, vinrent se briser sur ces piques et ces boucliers. Par trois fois, Temmo lança ses tourbillons d'archers faire grêler des nuées de flèches sur les Trois Mille, mais les Trois Mille se contentèrent de placer leurs boucliers face au ciel jusqu'à ce que cesse l'averse. Ils n'étaient plus que six cents, à la fin... mais plus de douze mille Dothrakis gisaient morts sur le champ de bataille, y inclus Khal Temmo, ses sang-coureurs, ses *kos* et tous ses fils. Au matin du quatrième jour, le nouveau *khal* fit défiler les survivants devant les portes de la ville en une impressionnante procession. Un par un, chacun des guerriers se trancha la natte et la jeta aux pieds des Trois Mille.

« Depuis lors, la garde urbaine de Qohor se compose exclusivement d'Immaculés, tous équipés d'une grande pique en haut de laquelle flotte une tresse de cheveux humains.

« *Voilà* ce qu'Astapor procurera à Votre Grâce. Débarquez-y, puis gagnez Pentos par voie de terre. Cela prendra plus de temps, oui... mais lorsque vous romprez le pain avec maître Illyrio, vous aurez à votre suite non plus quatre mais mille épées. »

Cela ne manque pas de pertinence, en effet, songea-t-elle, *sauf que...* « Et je m'y prends comment, pour acheter ce millier d'esclaves soldats ? En fait d'objets de valeur, je ne possède rien d'autre que la couronne offerte par la Fraternité tourmaline.

— La vue de dragons n'émerveillera pas moins Astapor que Qarth. Il se peut qu'on vous submerge là d'autant de présents qu'ici. Sinon... les bateaux que voici transportent bien autre chose que vos Dothrakis et leurs montures. Ils se sont bourrés de marchandises, à Qarth, une petite tournée des cales m'a édifié sur ce point. Rouleaux de soieries, ballots de peaux de tigre, ambre et jades ciselés, safran, myrrhe... La chair humaine coûte trois fois rien, Votre Grâce. La peau de tigre est hors de prix.

— La peau de tigre appartient à *Illyrio,* objecta-t-elle.

— À Illyrio, l'ami des Targaryens.

— Raison de plus pour ne pas lui voler ses biens.

— À quoi servent les amis riches s'ils ne mettent leurs richesses à votre disposition, ma reine ? Si maître Illyrio vous les refuse, il n'est qu'un Xaro Xhoan Daxos à quadruple menton. Et s'il est sincèrement dévoué à votre cause, ce n'est pas pour trois malheureuses cargaisons qu'il vous tiendra jamais rigueur. Se peut-il en votre faveur meilleur emploi de ses peaux de tigre que l'achat d'un début d'armée ? »

C'est exact. L'idée l'emballait de plus en plus. « Une si longue marche n'ira pas sans dangers...

— Des dangers, la mer en présente également. Si les corsaires et les pirates sévissent sur la voie du sud, des démons hantent la mer Fumeuse, au nord de Valyria. La prochaine tempête risque aussi bien de nous couler, nous éparpiller, quelque pieuvre de nous attirer par le fond..., ou quelque nouvelle panne de nous faire périr de soif dans la vaine attente du vent. Marcher comportera certes d'autres dangers, mais aucun de pire.

— Et si le capitaine Groleo refuse de se détourner ? Et Arstan, et Belwas le Fort, comment réagiront-ils ? »

Ser Jorah se leva. « Peut-être est-ce l'heure de le découvrir.

— Oui, décida-t-elle. Je vais le faire ! » Elle rejeta la courtepointe et sauta à bas de la couchette. « Je vais aller trouver tout de suite le capitaine et lui commander de mettre le cap sur Astapor. » Elle se pencha sur son coffre, en releva le couvercle et s'empara du premier vêtement venu, des pantalons flottants de soie sauvage. « Passez-moi ma ceinture à médaillons », commanda-t-elle tout en les enfilant. Elle se tourna vers lui. « Et ma veste en... » La phrase demeura en suspens.

Ser Jorah l'enlaçait.

« Oh », fut tout ce qu'elle eut le loisir de dire que, l'étreignant de toutes ses forces, il l'embrassait à pleine bouche. Il sentait la sueur et le sel et le cuir, et les clous de fer de son justaucorps s'incrustèrent dans les seins nus qu'il écrasait contre sa poitrine. Une de ses mains lui broyait l'épaule pendant que l'autre lui dévalait le dos vers le bas des reins. Sans seulement la consulter, les lèvres de Daenerys s'ouvrirent pour accueillir la langue de Mormont. *Sa barbe est râpeuse*, songea-t-elle, *mais sa bouche douce.* Les Dothrakis ne portaient pas de barbe, ils ne gardaient que leur longue moustache, et les baisers de Khal Drogo étaient les seuls qu'elle eût jamais reçus. *Il ne devrait pas faire ça, je suis sa reine, pas sa garce.*

Ce fut un long baiser, mais d'une longueur qu'elle eût été fort en peine d'évaluer. Et lorsque Mormont finit par la relâcher, elle se recula vivement. « Vous... vous n'auriez pas dû...

— Pas dû attendre si longtemps, termina-t-il à sa place. J'aurais dû vous embrasser à Qarth, à Vaes Tolorru. J'aurais dû vous embrasser dans le désert rouge, chaque nuit, chaque jour. Vous êtes faite pour les baisers, les baisers fréquents et voluptueux. » Il lorgnait ses seins.

Elle les couvrit de ses mains, de peur que leurs tétons ne la trahissent. « Je... C'était inconvenant. Je suis votre reine.

— Ma reine, dit-il, et la plus brave, la plus suave et la plus belle des femmes que j'aie jamais vues. Daenerys...

— *Votre Grâce !*

— Votre Grâce, concéda-t-il, *le dragon a trois têtes,* vous vous rappelez ? Vous n'avez cessé de vous interroger sur cette formule depuis que vous l'ont révélée les conjurateurs, au palais des Poussières. Hé bien, voici ce qu'elle signifie : Balerion, Meraxès et Vaghar, montés par Aegon, Rhaenys et Visenya. Le dragon tricéphale de la maison Targaryen – trois dragons, et *trois cavaliers.*

— Oui, dit-elle, seulement, mes frères sont morts.

— Rhaenys et Visenya étaient tout à la fois les épouses et les sœurs d'Aegon. À défaut de frères, il vous est loisible de prendre des époux. Et, sur ma foi, Daenerys, il n'existe au monde aucun homme qui vous sera jamais moitié si fidèle que moi. »

BRAN

La crête émergeait de la terre avec l'acuité d'une griffe, à longs plis obliques de roche et d'humus. Un fouillis de végétation, pins, frênes, églantiers, se cramponnait au bas de ses versants mais, plus haut, le sol nu découpait son âpre silhouette sur le ciel nébuleux.

Il éprouvait au fond de lui l'appel de l'altière falaise. Et de monter, monter, d'abord à longues foulées faciles puis de plus en plus pressées, monter, monter, toujours plus haut, ses pattes infatigables avalant la pente. Sa course à travers bois faisait fuser des oiseaux, là-haut, qui déchiraient l'air de battements d'ailes. Il entendait le vent soupirer dans le feuillage et les bisbilles des écureuils, il entendait çà et là jusqu'à la chute mate d'une pigne sur le tapis d'aiguilles. Les senteurs composaient tout autour comme une chanson, une chanson dont s'enchantait la bonté verte du monde entier.

Des volées de gravillons giclèrent de sous ses pattes quand il franchit pour s'y camper les derniers pas qui le séparaient encore du faîte. Énorme et rouge, le soleil se balançait par-dessus les pins, et là-bas dessous ondoyaient sans fin les collines et les frondaisons, sans fin jusqu'à perte de vue, perte d'odorat. Un milan décrivait des cercles au zénith, goutte noire dans l'océan rose.

Prince. En dépit de la soudaineté avec laquelle le son humain percuta son cerveau, il en perçut toute la rigueur. *Prince du vert, prince du Bois-aux-Loups.* Il était aussi fort que féroce et vif, et tout ce qui vivait dans la bonté verte du monde tremblait devant lui.

À la lisière des bois, sous ses pieds, tout en bas, se mouvait quelque chose parmi les taillis. Un éclair gris, sitôt disparu qu'entrevu, mais qui suffit à lui faire dresser l'oreille. Une autre silhouette effleura de sa course furtive le galop glauque d'un torrent, là-bas. *Loups*, comprit-il. Des cousins à lui, des petits, traquant quelque proie. À présent, le prince en discernait un plus grand nombre, ombres lestes sur pattes grises. *Une meute.*

Il en possédait une lui aussi, jadis. Cinq ils étaient, plus un sixième qui se tenait à l'écart. Quelque part au fond de lui persistaient les sons grâce auxquels les hommes les différenciaient, mais ce n'était pas par leurs sons respectifs que lui les identifiait. Ses frères et ses sœurs, c'est leur odeur qu'il se rappelait. Ils avaient tous senti pareil, tous senti *la meute,* tout en ayant chacun sa propre odeur en plus.

Son rageur de frère aux yeux verts ardents se trouvait encore dans les parages, éprouvait le prince, bien que cela fît maintes chasses qu'il ne l'eût vu. Mais l'intervalle avec lui se creusait de crépuscule en crépuscule, et ç'avait été le dernier... Les autres étaient éparpillés, telles des feuilles mortes emportées par le vent mauvais.

Il lui arrivait encore de les percevoir, néanmoins, aussi nettement que s'il les avait toujours à ses côtés, mais que simplement les lui dissimulât soit un hallier, soit un bosquet touffu. Il ne les sentait pas, ne les entendait pas hurler, la nuit, mais il devinait leur présence à tous sur ses arrières... – à tous, moins celle de la sœur qu'ils avaient perdue. Sa queue cessait de battre, à ce souvenir. *Quatre, et non plus cinq. Quatre plus un, le blanc qui n'a pas de voix.*

Ces bois leur appartenaient, ces collines rocheuses et ces pentes enneigées, ces immenses pins verts et ces chênes dorés, les eaux tumultueuses de ces torrents, l'azur de ces lacs festonnés de givre. Mais sa sœur avait déserté ces contrées sauvages pour aller arpenter les demeures de pierre humaines où régnaient d'autres prédateurs et, une fois entré dans ces demeures, il était malaisé d'en retrouver l'issue. Le prince loup se souvenait.

Le vent se leva tout à coup.

Daim, peur et sang. Le parfum de la proie suscita sa faim. À peine le prince eut-il pivoté sur lui-même pour humer l'air à nouveau que, mâchoires entrouvertes, il bondissait déjà, ventre à terre, le long de la crête. Elle avait beau être, de ce côté-là, beaucoup plus abrupte que de celui qu'il avait emprunté pour monter, il la dévala sans broncher, volant par-dessus roches et racines et feuilles et se ruant à travers bois à une vitesse vertigineuse, attiré toujours plus vite et toujours plus avant par ce qu'il flairait.

La biche terrassée agonisait, cernée par huit des petits cousins gris, quand il l'atteignit. Les chefs de meute, le mâle en premier puis sa femelle, commençaient juste à s'en repaître et tour à tour en déchiquetaient le bas-ventre pourpre. Les autres attendaient patiemment. Seul un culard traçait prudemment, la queue basse, un large cercle autour d'eux. Il serait le dernier à manger, quoi que l'on daigne lui laisser.

Comme le prince allait sous le vent, nul ne prit garde à son irruption avant qu'il ne saute par-dessus un tronc abattu, à six foulées tout au plus du festin. Le culard fut le premier à l'apercevoir et s'esbigna sur un piaulement plaintif qui alerta ses frères de meute, leurs chefs exceptés. Ils se retournèrent en grognant, babines retroussées.

Le loup-garou répliqua par un grondement sourd d'avertissement qui exhiba ses propres crocs. Il était plus grand que ses cousins, deux fois comme le culard famélique et moitié plus que les deux meneurs. Il bondit au milieu du cercle, et trois d'entre eux décampèrent se perdre dans les taillis. Un autre fonçant sur lui, toutes dents dehors, il fit front, le happa par une patte et l'envoya voler au loin, glapissant, boiteux.

Alors, devant lui ne se dressa plus que le chef de meute, le gros mâle gris dont les entrailles de la biche avaient barbouillé le mufle de sang. Du poil blanc s'y voyait aussi, qui trahissait son âge, mais, lorsqu'il ouvrit la gueule, ses dents ruisselaient de bave sanguinolente.

Il n'a pas peur, songea le prince, *pas plus peur que moi.* Un bon combat en perspective. Et ils se jetèrent l'un sur l'autre.

Longtemps ils luttèrent, enchevêtrés, boulant sur les pierres et les racines et les feuilles mortes et les viscères éparpillés du daim, se déchirant à qui mieux mieux des griffes et des crocs, ne se séparant pour tourner l'un autour de l'autre que pour mieux s'empoigner à nouveau. La taille du prince l'avantageait, et sa force bien supérieure, mais son cousin avait la meute. La femelle tournait à portée, qui, grondante et museau plissé, s'interposait chaque fois que son partenaire, en sang, rompait le contact. De loin en loin, les autres loups fondaient eux-mêmes sur le prince, qui pour lui mordre une patte et qui une oreille, quand ils le voyaient occupé d'un autre côté. L'un d'entre eux le harcelait si fort qu'il tournoya et, possédé d'une fureur noire, lui broya la gorge. Après quoi les autres gardèrent leurs distances.

Et les derniers rougeoiements du jour filtraient au travers des frondaisons vertes et dorées quand, épuisé, le vieux loup s'étendit à terre et, roulant sur le flanc, exposa son ventre et sa gorge. Il se soumettait.

Le prince le flaira, lécha le sang qui lui maculait la fourrure et coulait de ses plaies. Enfin, son adversaire ayant poussé un doux gémissement, il se détourna. La proie était sienne, et il mourait de faim.

« Hodor. »

Le son le prit à l'improviste et le pétrifia, grondant. Les loups l'observaient de leurs prunelles jaunes et vertes que faisaient étinceler les feux mourants du jour. Aucun d'eux n'avait entendu. Il devait avoir été simplement dupe de quelque rouerie du vent. Il enfouit ses crocs dans le ventre de la biche et en arracha une lippée de viande.

« Hodor, hodor. »

Non, se dit-il, *non, pas question.* C'était là une pensée de gosse, pas de loup-garou. Les bois allaient s'assombrissant tout autour de lui, seules s'y discernaient encore les silhouettes des arbres et les prunelles chatoyantes de ses cousins. Mais, *par-delà* les unes comme les autres, il vit s'épanouir la face d'un colosse, il distingua des murs voûtés, mouchetés de salpêtre. La riche saveur chaude du sang s'estompa sur sa langue. *Non, pas ça, pas ça, je veux manger, je le veux, je veux...*

« Hodor, hodor, hodor, hodor, hodor », fredonnait Hodor tout en le secouant tendrement par les épaules, d'avant en arrière et d'arrière en avant. Il essayait bien de se montrer délicat, il essayait toujours, Hodor, mais il avait sept pieds de haut, il ne savait rien de sa force, et, entre ses énormes mains, Bran claquait des dents. « *NON !* cria-t-il, hors de lui. Arrête, Hodor, je suis ici, je suis *ici* ! »

Hodor s'interrompit, l'air abasourdi. « Hodor ? »

Bois et loups s'étaient dissipés. À son retour, Bran retrouvait les caves humides de ce qui, sans doute abandonné depuis des milliers d'années, avait dû être une tour de guet. Des vestiges ne méritant plus guère le nom de tour. Des éboulis de moellons tellement enfouis sous la mousse et le lierre qu'à peine les devinait-on tant que le pied ne les foulait pas. Si le surnom de « tour Éparse » était de l'invention de Bran, c'est à Meera que se devait la découverte de l'accès au gîte souterrain.

« Vous êtes parti trop longtemps. » À treize ans, soit seulement quatre de plus que Bran, le fluet Jojen Reed ne le dépassait que d'un pouce ou deux, trois peut-être, mais la solennité de son élocution le faisait paraître tellement plus vieux et sérieux que son âge que Vieille Nan l'avait naguère, à Winterfell, qualifié de « petit grand-père ».

Bran sourcilla. « J'avais envie de manger.

— Meera va bientôt rapporter le repas.

— Les grenouilles, j'en ai assez. » Que, native du Neck, Meera consommât des grenouilles et en attrapât de telles quantités, Bran ne se reconnaissait pas foncièrement le droit de le lui *reprocher,* mais, tout de même... « J'avais envie de manger le daim. » Une seconde, il se rappela le goût capiteux du sang chaud, de la viande crue, et l'eau lui en vint à la bouche. *Je me suis battu pour l'avoir, et j'ai gagné. J'ai gagné.*

« Avez-vous marqué les arbres ? »

Il s'empourpra. Jojen lui recommandait toujours de faire telle et telle chose quand il ouvrait son troisième œil et endossait la peau d'Été. De griffer l'écorce d'un tronc, d'attraper un lapin et de le rapporter intact entre ses mâchoires, d'aligner des cailloux. *Bêtises.* « J'ai oublié, dit-il.

— Vous oubliez toujours. »

C'était vrai. Il avait bien *l'intention* de faire les choses que lui demandait Jojen, mais elles perdaient tout intérêt sitôt qu'il devenait loup. Mille choses alors captivaient toujours son flair et sa vue, tout un monde vert offert à sa chasse. Puis pouvoir *courir* ! Il n'y avait rien de meilleur que courir, si ce n'est courir aux trousses d'une proie. « J'étais prince, Jojen, confia-t-il, le prince des bois.

— Prince, vous l'êtes en effet, rappela doucereusement Jojen. Vous vous souvenez, n'est-ce pas ? Dites-moi qui vous êtes.

— Vous le *savez.* » Jojen avait beau être son ami, son maître, il brûlait parfois de lui taper dessus.

« Je veux vous l'entendre dire. Dites-moi qui vous êtes.

— Bran », dit-il avec maussaderie. *Bran le Rompu.* « Brandon Stark. » *Le petit infirme.* « Le prince de Winterfell. » De Winterfell en ruine, incendié, jonché de cadavres et déserté, ses gens épars aux quatre vents. Détruits, les jardins de verre, lézardés, les murs d'où giclait à grosses bouffées de vapeur l'eau bouillante sous le soleil. *Comment diable serais-tu prince d'un endroit que tu risques de ne plus revoir ?*

« Et qui est Été ? insista Jojen.

— Mon loup-garou. » Il sourit. « Prince de la verdure.

— Bran le garçon, Été le loup. Vous êtes donc deux ?

— Deux, soupira-t-il, et un. » Quand Jojen se montrait aussi borné que ça, il le détestait. *À Winterfell, il me poussait à rêver mes rêves de loup, et, maintenant que je sais m'y prendre, il ne cesse de m'y arracher.*

« Souvenez-vous-en, Bran. Souvenez-vous constamment de *vous-même,* autrement le loup vous consumera. Quand vous vous glissez dans sa peau, il ne suffit pas de chasser, de courir et de hurler avec lui. »

À moi, si, songea Bran. Il préférait la peau d'Été à la sienne propre. *À quoi bon posséder le don de changer de peau si l'on ne peut endosser la peau que l'on veut ?*

« Vous souviendrez-vous ? Marquez l'arbre, la prochaine fois. Un arbre, n'importe lequel, ce qui compte, c'est de le faire.

— Je le ferai. Je m'en souviendrai. Je peux repartir le faire tout de suite, si vous le souhaitez. Je n'oublierai pas, ce coup-ci. » *Mais je mangerai d'abord mon daim, et je me battrai encore un peu avec ces petits loups.*

Jojen secoua la tête. « Non. Mieux vaut rester et manger. Manger de votre propre bouche. Un zoman ne peut vivre de ce que consomme sa bête. »

Qu'en savez-vous ? lui rétorqua Bran avec rancune, in petto. *Vous n'avez jamais été zoman, vous ignorez de quoi il s'agit.*

En bondissant brusquement sur ses pieds, Hodor manqua se fracasser la tête contre la voûte. « HODOR ! » hurla-t-il tout en se ruant vers la porte. Meera la poussa juste avant qu'il ne l'atteigne et pénétra dans leur tanière. « Hodor, hodor », répéta le colosse, épanoui.

Malgré les seize ans qui faisaient d'elle une jeune femme, Meera Reed n'était pas plus haute que son frère. « Les gens des paluds sont tous de petite taille », avait-elle expliqué à Bran qui s'en étonnait. Le cheveu brun, l'œil vert et la poitrine aussi plate qu'un garçon, elle marchait avec une grâce et une souplesse qu'il ne se lassait pas, non sans envie, de contempler. Elle portait une longue dague acérée, mais ses armes de combat favorites étaient le mince trident à grenouilles qu'elle brandissait d'une main et le filet toujours prêt dans l'autre à se déployer.

« Qui a faim ? demanda-t-elle en exhibant ses prises, six grosses grenouilles vertes et deux petites truites argentées.

— Moi », dit Bran. *Mais pas de grenouilles.* À Winterfell, avant le désastre, les Walder vous rabâchaient qu'à bouffer des grenouilles on finissait par avoir les dents vertes et des poussées de mousse sous les aisselles. Au fait, étaient-ils morts, les Walder ? se demanda-t-il. Il n'avait pas vu leurs cadavres... mais des cadavres, il y en avait *des tas* – et l'on n'avait pas regardé dans les bâtiments.

« Nous allons vous nourrir, alors. Vous voulez bien m'aider à éplucher tout ça, Bran ? »

Il acquiesça d'un hochement. C'était dur, de bouder Meera. Beaucoup plus chaleureuse que son frère, elle avait comme l'art de vous faire sourire. Jamais rien ne la mettait en colère ni ne l'effrayait. *Enfin..., sauf Jojen, des fois...* Mais Jojen aurait flanqué la frousse à la plupart des gens. Entièrement vêtu de vert, il vous avait des prunelles aussi glauques que mousse, et il faisait des rêves verts. Des rêves qui se réalisaient invariablement. *À part qu'il a rêvé ma mort, et que je ne suis pas mort.* Encore que si, dans un sens.

Après avoir expédié Hodor ramasser du bois, Jojen s'occupa du feu, tandis que Bran et Meera vidaient grenouilles et poissons. Puis, le heaume de la jeune fille servant de marmite, ils les y découpèrent en petits cubes avec quelques oignons sauvages qu'avait dénichés Hodor, et cela, mijoté dans un peu d'eau, donna un semblant de ragoût. Moins bon que le daim, conclut finalement Bran, mais pas mauvais non plus. « Merci, Meera, dit-il. Madame.

— Trop heureuse de complaire à Votre Altesse Royale.

— Nous ferions bien de reprendre la route dès demain », annonça Jojen.

Bran fut frappé par l'anxiété soudaine de Meera. « Tu as fait un rêve vert ? demanda-t-elle.

— Non, convint-il.

— Pourquoi partir, alors ? s'étonna-t-elle. Tour Éparse est un bon refuge. Pas de village à proximité, du gibier à foison dans les bois, des grenouilles et du poisson dans les lacs, les torrents... puis qui viendra jamais nous chercher par ici ?

— Nous ne sommes pas où nous devons être.

— L'endroit est sûr, néanmoins.

— Il a *l'air* sûr, je le reconnais, mais pour combien de temps ? Une bataille s'est déroulée à Winterfell, nous avons vu les morts. Or, bataille signifie guerre. Si quelque armée nous surprenait à l'improviste...

— Ce pourrait être celle de Robb, intervint Bran. Robb reviendra bientôt du sud, je le sais. Il reviendra, suivi de toutes ses bannières, et il chassera les Fer-nés.

— Votre mestre n'a soufflé mot de Robb, durant son agonie, rappela Jojen. *"Fer-nés du côté des Roches,* a-t-il dit, *et, à l'est, le bâtard Bolton.*" Tombés, Moat Cailin et Motte-la-Forêt, morts, l'héritier Cerwyn et le gouverneur de Quart-Torrhen. *"Guerre partout,* a-t-il dit, *chacun contre son voisin."*

— Nous avons déjà labouré ce champ, répliqua sa sœur. Tu veux gagner le Mur et y retrouver ta corneille à trois yeux. Cela est bel et bon, mais la route est longue jusqu'au Mur, très longue, et Bran n'a qu'Hodor pour jambes. Si nous étions montés...

— Si nous étions des aigles, nous volerions, la rabroua sèchement Jojen, mais nous n'avons pas plus d'ailes que de chevaux.

— Il est possible de s'en procurer, dit-elle. Même au fin fond du Bois-aux-Loups vivent des forestiers, des petits fermiers, des chasseurs. Certains doivent bien avoir des chevaux.

— Et, dans ce cas, nous les leur volerions ? Sommes-nous des bandits ? Le pire qui puisse nous arriver, c'est d'avoir des hommes à nos trousses.

— Nous pourrions les leur acheter, dit-elle. Faire un troc.

— Regarde-nous, Meera. Un garçon infirme avec un loup-garou, un colosse simple d'esprit et deux paludiers à mille lieues du Neck. *On nous reconnaîtra.* Et la nouvelle se répandra. Aussi longtemps que Bran continue de passer pour mort, il ne risque rien. Vivant, il devient un gibier pour ceux qui veulent sa mort pour de bon. » Jojen s'approcha du feu pour tisonner les braises avec un bâton. « Quelque part au nord, la corneille à trois yeux nous attend. Il faut à Bran un maître plus savant que moi.

— Mais le moyen, Jojen ? insista-t-elle, le *moyen* ?

— À pied, répondit-il. Pas après pas.

— Le trajet de Griseaux à Winterfell nous a paru interminable, alors que nous étions montés. Tu prétends nous en faire parcourir à pied un de beaucoup plus long, et sans même savoir où nous sommes censés aboutir. Au-delà du Mur, dis-tu. Sans y être jamais allée, pas plus que toi, je sais que les termes "au-delà du Mur" désignent des espaces prodigieux, Jojen. Existe-t-il plusieurs corneilles à trois yeux, ou bien une seule ? Et comment la trouverons-nous ?

— Peut-être est-ce elle qui nous trouvera. »

Meera n'eut pas le loisir de fourbir une réplique qu'un cri leur parvint du fond de la nuit – le hurlement lointain d'un loup. « Été ? demanda Jojen, l'oreille tendue.

— Non. » Bran eût reconnu entre mille son loup-garou. « Vous êtes certain ? insista le petit grand-père.

— Certain. » S'étant fort éloigné, ce jour-là, Eté ne serait de retour qu'à l'aube. *Jojen fait peut-être des rêves verts, mais pas la différence entre un loup et un loup-garou.* Il en vint à se demander ce qui donnait à Jojen tant d'autorité sur eux tous. Comment, sans être prince comme lui-même ni grand et fort comme Hodor ni si fin chasseur que Meera, comment diable se débrouillait-il néanmoins toujours pour leur dicter la conduite à suivre ? « Nous devrions voler des chevaux, comme le conseille Meera, dit-il, et galoper jusque chez les Omble, en Âtrelès-Confins. » Il réfléchit une seconde. « Ou voler un bateau et descendre la Blanchedague jusqu'à Blancport. C'est là que siège ce gras-double de lord Manderly. Il s'est montré fort amical, lors de la fête des moissons. Il avait envie de construire des bateaux. Peut-être en a-t-il construit quelques-uns. Cela nous permettrait de gagner Vivesaigues et de ramener Robb à la maison avec toute son armée. Ça n'aurait plus d'importance, alors, qui saurait que j'étais en vie. Robb ne tolérerait pas qu'on nous fasse du mal.

— Hodor ! éructa Hodor, hodor, hodor. »

Le plan n'enchanta que lui, cependant. Meera se contenta de sourire à Bran, tandis que Jojen fronçait les sourcils. Ils ne tenaient jamais aucun compte de ses vœux, tout Stark qu'il était, prince au surplus, et eux rien d'autre que des bannerets de Robb.

« Hoooodor, dit Hodor en se dandinant. Hooooooodor, hooooooodor, hoDOR, hoDOR, hoDOR. » Il se plaisait à faire ça, des fois, rien que dire son nom de plusieurs manières et ainsi de suite, indéfiniment. Avec Hodor, on ne savait jamais. « HODOR, HODOR, HODOR ! » se mit-il à rugir.

Il ne va pas s'arrêter, pressentit Bran. « Hodor, dit-il, pourquoi n'irais-tu pas dehors t'entraîner avec ton épée ? »

Le pauvre colosse avait complètement oublié qu'il en avait une, mais cela suffit à le lui rappeler. « Hodor ! » rota-t-il, avant d'aller la prendre. C'était l'une des trois qu'ils avaient emportées des cryptes funéraires de Winterfell, leur cachette pour se soustraire au pouvoir de Theon Greyjoy et de ses Fer-nés. Bran s'était adjugé celle d'Oncle Brandon, Meera celle qui reposait en travers des genoux de Grand-Père, lord Rickard. Beaucoup plus ancienne et en fer, énorme et pesant des tonnes, celle d'Hodor était émoussée par des siècles de rouille et de négligence. Du moins en faisait-il des moulinets sans se lasser des heures d'affilée. Près des éboulis se trouvait un arbre mort qu'il avait de la sorte à demi réduit en miettes.

Lors même qu'il fut sorti massacrer son arbre d'estoc et de taille, ses aboiements : « Hodor ! » persistèrent à percer les murs. Mais le Bois-aux-Loups était par bonheur immense, et il y avait fort peu de risque pour qu'il se trouve quiconque à la ronde pour les entendre.

« En parlant de maître, Jojen, que vouliez-vous dire ? demanda Bran. *Vous* êtes mon maître. Je n'ai pas marqué l'arbre, je sais, mais je le ferai la prochaine fois. Mon troisième œil est ouvert comme vous le désiriez...

— Si largement ouvert que vous risquez, je crains, de vous engouffrer au travers et de vivre en loup des bois le restant de vos jours.

— Je n'en ferai rien, promis.

— Le garçon promet. Mais le loup, se souviendra-t-il ? Vous courez avec Été, vous chassez avec lui, tuez avec lui... mais vous vous pliez à sa volonté plus que lui à la vôtre.

— Ce n'est qu'un oubli de ma part, gémit Bran. Je n'ai que neuf ans. Je m'améliorerai en vieillissant. Même Florian le Fol et le prince Aemon Chevalier-dragon n'étaient pas la fine fleur des héros quand ils avaient *neuf* ans.

— Il est vrai, reconnut Jojen, et cet argument serait judicieux si les jours continuaient de s'allonger..., mais tel n'est pas le cas. Vous êtes un enfant de l'été, je le sais. Redites-moi la devise de la maison Stark.

— *"L'hiver vient."* » Il se sentit glacé, rien qu'à la prononcer.

Jojen hocha la tête d'un air solennel. « J'ai rêvé d'un loup ailé qu'attachaient à la terre des chaînes de pierre, et je suis venu à Winterfell pour le libérer. Vos chaînes ont eu beau tomber, vous ne volez toujours pas.

— Alors, apprenez-moi, *vous*. » Il persistait à redouter la corneille à trois yeux qui hantait certains de ses rêves et, le becquetant sans trêve entre les yeux, lui intimait : « Vole ! » « Vous êtes vervoyant...

— Non, dit Jojen. Juste un garçon qui rêve. Les vervoyants étaient bien davantage. Ils étaient également zomans, comme *vous*, et les plus grands d'entre eux savaient endosser la peau de *n'importe quelle* bête qui vole, qui nage ou qui marche à quatre pattes, et ils savaient encore emprunter les yeux des arbres-cœurs pour déchiffrer la vérité cachée sous les dehors du monde.

« Les dieux prodiguent bien des talents, Bran. Ma sœur a reçu celui de la chasse. Elle a le don de courir vite et d'observer une si parfaite immobilité qu'elle en devient comme invisible. Elle a l'ouïe des plus fines, la vue des plus perçantes, et la main des plus fermes pour manier sa pique et son filet. Elle sait respirer la vase et voler d'arbre en arbre. Toutes choses dont je suis aussi incapable que vous. À moi sont échus des dieux les rêves verts, à vous... – vous avez en vous des capacités bien supérieures aux miennes, Bran. Votre qualité de loup ailé vous prédisposerait à voler à des altitudes et sur des distances indicibles... si vous aviez quelqu'un pour vous l'enseigner. Or, moi, comment vous aiderais-je à maîtriser un don que je ne comprends pas ? Nous conservons bien, dans le Neck, le souvenir des Premiers Hommes et des enfants de la forêt qui furent leurs amis... mais tant de choses ont sombré dans l'oubli, et il en est tant dont nous n'avons jamais rien su... ! »

Meera saisit la main de Bran. « Si nous demeurons ici sans déranger personne, vous y serez en sécurité jusqu'à ce que la guerre s'achève. Mais vous n'apprendrez que ce que mon frère est en mesure de vous enseigner, soit, vous l'avez entendu, pas grand-chose. Si nous partons chercher refuge au-delà du Mur ou en Âtre-lès-Confins, nous risquons d'être capturés. Vous n'êtes qu'un enfant, je sais, mais vous êtes aussi notre prince, ainsi que le fils de notre seigneur et que l'héritier légitime de notre roi. Nous vous avons juré notre foi par la terre et par l'eau, par le bronze et le fer, par la glace et le feu. Le risque est en vos mains, Bran, au même titre que le don. Il vous appartient aussi de choisir, je crois. Ordonnez, et vos serviteurs vous obéiront. » Elle sourit. « À cet égard du moins.

— Vous voulez dire, s'étonna Bran, que vous agirez à *ma* guise ? Vraiment ?

— Vraiment, mon prince, répondit-elle. Aussi, réfléchissez bien. »

Il s'efforça d'examiner la question sous tous les angles, ainsi que Père aurait pu le faire. Il avait l'impression que, en dépit de leur aspect d'ogres, les oncles du Lard-Jon, Hother Pestagaupes et Mors Freuxchère se montreraient loyaux. Et les Karstark de même. Karhold était un château puissant, disait toujours Père. *Avec eux comme avec les Omble, nous serions en sécurité.*

Ou partir vers le sud se réfugier sous le gras-double de lord Manderly. Ses éclats de rire avaient constamment secoué les murs de Winterfell, et il avait bien moins que ses pairs accablé l'infirmité de Bran de regards lourds de commisération. Castel-Cerwyn était plus proche que Blancport, mais mestre Luwin leur avait annoncé la mort de Cley Cerwyn. *Les Omble et les Karstark et les Manderly sont peut-être tous morts aussi,* pensa-t-il brusquement. Et le même sort l'attendait, s'il se faisait attraper par le bâtard Bolton ou par les Fer-nés.

Demeurer là, tapis sous les décombres de la tour Éparse ? Nul ne viendrait les y dénicher. Ce serait la vie sauve. *Et estropiée.*

Il s'aperçut qu'il était en larmes. *Bambin stupide !* s'invectiva-t-il à part lui. Où qu'il aille, à Griseaux, Karhold ou Blancport, il y arriverait tel qu'il était : infirme. Il serra violemment ses poings. « Je veux voler, déclara-t-il. S'il vous plaît, emmenez-moi vers la corneille. »

DAVOS

Lorsqu'il monta sur le pont, le menu tiret de Lamarck s'estompait à la poupe, et Peyredragon s'élevait des flots droit devant la proue, tout juste indiqué par la volute de fumée grisâtre qui vrillait sa cime. *Est-ce Montdragon qui s'agite, ce matin,* songea-t-il, *ou Mélisandre qui brûle encore quelque chose ?*

Mélisandre avait fort occupé les pensées de Davos, pendant que, contrainte à louvoyer par les vents contraires et pervers, *La Danse de Shalaya* frayait sa route à travers la baie de la Néra pour franchir le Gosier. Le grand feu qui flambait aux créneaux de la tour de guet, à la pointe extrême du Bec de Massey, évoquait le rubis qu'elle portait au col, et les rougeoiements de l'aube et du crépuscule donnaient aux nuages en fuite des couleurs pareilles aux soieries et satins froufroutants de ses robes.

Elle aussi, il devait s'attendre à la trouver à Peyredragon, s'attendre à la trouver parée de toute sa beauté, de toute la puissance que lui conféraient son dieu, ses ombres et son roi. La prêtresse rouge avait toujours, jusqu'à présent, paru loyale envers Stannis. *Elle l'a brisé, comme un cavalier brise un cheval. Elle l'a pris pour monture afin d'accéder si possible au pouvoir, fût-ce en livrant mes fils aux flammes. J'extirperai de sa poitrine son cœur palpitant, et je verrai comment il brûle.* Sa main tripota la garde de la belle dague lysienne offerte par le capitaine.

Il n'avait eu qu'à se louer de celui-ci. Un certain Khorane Sathmantès, originaire de Lys comme Sladhor Saan, à qui du reste appartenait le navire. Avec des yeux bleu pâle, chose assez fréquente parmi ses compatriotes, il présentait un masque osseux et buriné, mais il avait passé bien des années à commercer dans les Sept Couronnes. En apprenant que le naufragé recueilli sur l'îlot n'était autre que le fameux chevalier Oignon, il avait mis à sa disposition sa propre cabine, ses propres effets, plus une paire de bottes neuves allant à peu près. Il tenait mordicus à lui faire aussi partager sa chère, mais mal en prenait à Davos. Ne tolérant pas les escargots, lamproies et autres nourritures riches dont se délectait Khorane, son estomac n'avait eu de cesse, au sortir de table et pour le reste de la journée, de s'en défaire par-dessus bord dès le premier repas commun.

À chaque battement de rames grandissait la silhouette de Peyredragon. Il discernait à présent la forme des montagnes et, sur leur flanc, la masse noire de la citadelle hérissée de statues-gargouilles et de tours-dragons. En fendant la houle, la figure de proue en bronze de *La Danse de Shalaya* s'ailait d'écume salée. Il s'étaya de tout son poids contre la lisse, trop aise d'y prendre appui. Ses épreuves l'avaient vidé. S'il restait trop longtemps debout, ses guibolles s'entrechoquaient, et d'incontrôlables accès de toux le pliaient parfois, qui lui arrachaient des glaviots sanguinolents. *Ce n'est rien,* se dit-il. *Les dieux ne sauraient m'avoir sauvé des flammes et des flots pour le seul plaisir de me faire à la fin crever d'un saignement.*

À écouter les pulsations du tambour de nage, le vrombissement de la voile et le crissement régulier des rames, il se trouva reporté à l'époque de son jeune âge où, dans les brouillards de potron-minet, les mêmes bruits lui étreignaient le cœur. Ils annonçaient l'approche des garde-côtes du vieux ser Tristimun, et, sous le règne d'Aerys Targaryen, ces garde-côtes signifiaient la mort aux contrebandiers.

Mais j'ai vécu cela dans une autre existence, songeat-il. *Cela se passait avant le siège d'Accalmie, avant le bateau d'oignons, avant que Stannis ne me raccourcisse les doigts. Cela se passait avant la guerre ou la comète ardente, avant que je ne sois Mervault ni chevalier. J'étais un tout autre homme, alors, lord Stannis ne m'avait pas encore élevé jusqu'à lui.*

Il avait appris du capitaine comment s'étaient envolées en fumée les espérances de Stannis, la nuit où flambait la Néra. Les Lannister ayant attaqué de flanc, ses girouettes de bannerets l'avaient abandonné par centaines à l'heure la plus cruciale. « On a également vu, rapportait Khorane, l'ombre du roi Renly tailler de droite et de gauche à la tête de l'avant-garde du sire au lion. Les reflets du grégeois sur son armure verte avaient, paraît-il, quelque chose de fantomatique, et ses andouillers l'air de flammes d'or. »

L'ombre de Renly. Davos se demanda si ses propres fils reviendraient de même, sous la forme d'ombres. Il avait trop vu de manifestations bizarres, en mer, pour affirmer que les fantômes n'existaient pas. « Et personne n'est resté fidèle à Stannis ?

— Pas grand monde, dit le capitaine. Des parents de la reine, principalement. On a rembarqué pas mal de gens qui arboraient le renard aux guirlandes, mais il en est resté beaucoup plus à terre, blasonnés de toutes les façons. À Peyredragon, maintenant, c'est lord Florent qui est la Main du roi. »

Empanachée de fumée pâle, la montagne prenait rapidement de la hauteur. La voile chantait, le tambour battait, les rames observaient la cadence en douce, et la gueule du port ne tarda plus guère à béer devant. Si *désert,* songea Davos, tout au souvenir du spectacle qu'il offrait naguère, bondé de navires à quai ou chassant sur leurs ancres, au large du brise-lames. Il distingua le vaisseau amiral de Sladhor Saan, *Le Valyrien,* amarré au môle d'où étaient pour jamais partis *La Fureur* et ses compagnons. Les bateaux qui le flanquaient avaient comme lui la coque zébrée de Lys. Du *Spectre,* pas trace, nulle part, ni de la *Lady Maria.*

On affala la voile en entrant au port pour n'y accoster qu'à la rame. Le capitaine rejoignit Davos pendant que l'on s'amarrait. « Mon prince va souhaiter vous voir immédiatement. »

Une quinte de toux s'empara de Davos quand il entreprit de répondre. Il agrippa la lisse pour se soutenir et cracha par-dessus. « Le roi, s'étrangla-t-il d'une voix rauque. Il me faut aller chez le roi. » *Car où est le roi se trouvera forcément Mélisandre.*

« Le roi n'admet personne, répliqua fermement Khorane Sathmantès. Sladhor Saan vous le confirmera. Commencez par lui. »

Davos était trop faible pour lui tenir tête. Il acquiesça d'un simple hochement.

Sladhor Saan ne se trouvait pas à bord de son *Valyrien*. Ils finirent par le découvrir à un quart de mille de là, sur un autre quai, dans la cale de *L'Opulente Moisson,* gros cargo bedonnant de Pentos dont il inventoriait la cargaison en compagnie de deux eunuques. L'un de ceux-ci brandissait un falot, l'autre était armé d'un style et d'une tablette de cire. « Trente-sept, trente-huit, trente-neuf », comptait le vieux forban quand ses visiteurs descendirent par l'écoutille. Il portait en ce jour une tunique lie-de-vin et des cuissardes de cuir blanchi tout incrustées de rinceaux d'argent. Il déboucha une jarre, huma, éternua puis déclara : « Mouture grossière, et du second choix, mon nez est formel. Et le bon de livraison m'annonce quarante-sept jarres. Où diable ont pu passer les autres ? comme c'est curieux. Ces Pentoshis... ! s'imaginent-ils que je ne sais pas compter ? » La vue de Davos lui coupa le sifflet. « Est-ce le poivre qui me pique les yeux, ou les larmes ? Est-ce bien le chevalier des Oignons qui se tient devant moi ? Non, comment cela se pourrait-il ? Mon cher ami Davos a péri sur la rivière en feu, nul n'en disconvient. Pourquoi vient-il me hanter, moi ?

— Je ne suis pas un spectre, Sla.

— Et quoi d'autre ? Jamais mon chevalier Oignon ne fut si pâle et transparent que vous. » Se faufilant entre les jarres d'épices et les rouleaux de tissu qui encombraient la cale du cargo, Sladhor enveloppa Davos dans une étreinte passionnée, lui baisa les deux joues puis le front. « Vous êtes encore tiède, ser, et je sens votre cœur qui fait boumboum boumboum. Serait-il vrai ? La mer qui vous engloutit vous aurait recraché ! »

À ces mots, Davos se rappela Bariol, le fou délirant cher à la princesse Shôren. Lui aussi, la mer ne l'avait englouti que pour le recracher, mais le recracher dément. *Suis-je moi-même atteint de démence ?* Il étouffa sa toux dans sa main gantée avant d'expliquer : « J'ai nagé par-dessous la chaîne et me suis échoué sur l'une des piques du roi triton. J'y serais mort, si *La Danse de Shalaya* n'était d'aventure passée par là. »

Le bras de Sladhor entoura vivement les épaules du capitaine. « Bien joué, Khorane. Vous en serez digne-ment récompensé, m'est avis. Sois assez bon eunuque, Meizo Mahr, pour mener mon ami Davos dans la cabine de ton patron. Fais-lui avoir un grog de vin de girofle, le son de sa toux ne me plaît pas du tout. Tu y presseras aussi du limon. Et sers-lui, avec du fromage blanc, de ces olives vertes concassées que nous comptâmes tout à l'heure ! Je vous rejoins dans un instant, Davos, le temps d'entretenir ce brave capitaine. Vous me pardonnerez, n'est-ce pas ? Au fait, ne mangez pas toutes les olives, ou je serai forcé de me fâcher ! »

Escorté par le plus âgé des eunuques jusqu'au gaillard arrière du bateau, Davos pénétra dans une vaste cabine somptueusement meublée. On y foulait des tapis pro-fonds, des vitraux de couleur l'éclairaient, et les grands fauteuils de cuir en auraient hébergé à l'aise trois comme lui. Le fromage et les olives arrivèrent au bout d'un ins-tant, ainsi qu'une coupe fumante de rouge épicé. Il la prit à deux mains et, plein de gratitude pour la chaleur apai-sante qui se diffusait dans sa poitrine, se mit à siroter.

Sladhor Saan parut bientôt. « Vous voudrez bien me pardonner cette piquette, ami. Ces maudits Pentoshis boiraient leur propre urine, si elle était bien violacée.

— Cela va soulager mes bronches, dit Davos. Le vin brûlant vaut mieux qu'un cataplasme, assurait ma mère.

— Les cataplasmes n'en seront pas moins nécessaires aussi, m'est avis. Rester si longuement assis sur une pique, holà ! Comment vous sentez-vous de cet excellent fauteuil ? Le bonhomme a la fesse grasse, non ?

— Qui ça ? demanda Davos entre deux lampées.

— Illyrio Mopatis. Une baleine à favoris, pour vous parler franc. Ces fauteuils ont été fabriqués sur mesures à son intention, bien qu'il ne s'y pose guère, bougeant rarement de Pentos. Maintenant, les gras ont toujours un siège moelleux, m'est avis, puisqu'ils trimballent en tous lieux leurs coussins personnels.

— Comment se fait-il que vous arriviez sur un navire de Pentos ? s'enquit Davos. Seriez-vous redevenu pirate, messire ? » Il reposa sa coupe vide.

« Vile calomnie. Qui continue plus que Sladhor Saan d'être victime des pirates ? Je réclame seulement ce qui me revient. On me doit beaucoup d'or, oh oui, mais comme je ne suis pas totalement dépourvu de raison, j'ai consenti à prendre, au lieu d'espèces trébuchantes, un beau parchemin, bien croquant. Il porte le nom et le sceau de lord Alester Florent, Main du roi. Me voilà fait lord de la Baie – la baie de la Néra, s'entend –, grâce à quoi nul vaisseau n'est autorisé à croiser dans mes eaux lordières sans ma lordière permission, nenni. Et lorsque, à la faveur de la nuit, ces hors-la-loi tentent en douce de me doubler pour se soustraire à mes taxes et péages légitimes, hé bien, ils ne valent pas mieux que des contrebandiers, ce qui me permet de les saisir en toute légitimité. » Le vieux forban se mit à rire. « Je ne tranche les doigts de personne, toutefois. Des bouts de doigts, fi. Les navires dont je m'empare, les cargaisons, quelques rançons de-ci de-là, rien de déraisonnable. » Il décocha à Davos un regard aigu. « Vous êtes souffrant, mon ami. Cette toux... et si maigre, je vous vois les os à travers la peau. Mais, au fait, je ne vous vois plus votre pochette de phalanges... »

Une habitude invétérée poussa Davos à tâtonner du côté des reliques absentes. « Je l'ai perdue dans la rivière. » *Ma chance.*

« La rivière était une horreur, dit Sladhor Saan d'un ton solennel. Même de la baie, j'avais des frissons, de voir ça. »

Davos toussa, cracha, toussa de nouveau. « J'ai vu flamber la *Botha noire,* et *La Fureur* aussi, parvint-il finalement à croasser. Est-ce qu'aucun de nos vaisseaux n'en a réchappé ? » Quelque chose en lui s'obstinait à espérer.

« Le *Lord Steffon*, la *Jenna*, *Le Fleuret*, *L'Espiègle* et quelques autres se trouvaient en amont du pissat de pyromant, oui. Ils n'ont pas brûlé mais, à cause de la chaîne, ils ne pouvaient pas non plus s'échapper. Quelques-uns se sont rendus. La plupart ont suffisamment remonté la rivière à force de rames pour quitter la zone des combats, et puis leurs équipages les ont sabordés pour ne pas les laisser tomber aux mains des Lannister. *L'Espiègle* et la *Jenna* persistent à jouer les pirates d'eau douce, à ce qu'on m'a dit, mais comment savoir si c'est vraiment le cas ?

— La *Lady Maria* ? demanda Davos. *Le Spectre* ? »

La main de Sladhor Saan se posa sur son avant-bras et le lui pressa. « Non. Eux, non. Je suis désolé, mon ami. C'étaient de fameux lascars, votre Blurd et votre Dale. Mais il est un réconfort que je suis à même de vous offrir – votre petit Devan se trouvait parmi ceux que nous avons rembarqués à la fin. Le brave garçon n'avait pas lâché le roi d'une semelle, à ce qu'on prétend. »

Pendant un moment, il eut presque le vertige, tant était tangible son soulagement. Il n'avait même pas osé s'enquérir de Devan. « La Mère est miséricordieuse. Je dois aller le trouver, Sla. Je dois le voir.

— Oui, acquiesça Sladhor. Et vous aurez envie, je le sais, d'aller revoir, au cap de l'Ire, votre femme et vos deux derniers. Et il vous faudra un nouveau bateau, m'est avis.

— Sa Majesté m'en donnera un. »

Le Lysien secoua la tête. « Des bateaux, Sa Majesté n'en a pas un seul, et Sladhor Saan en a des quantités. Ceux du roi ont brûlé sur la Néra, pas les miens. Vous en aurez un, vieil ami. Vous voudrez bien naviguer pour moi, oui ? Vous irez danser dans Braavos et Myr et Volantis au plus noir de la nuit, ni vu ni connu, vous les quitterez en dansant sous les épices et les soieries. De dodues bourses nous aurons, oui-da.

— Merci de votre obligeance, Sla, mais c'est à mon roi que je me dois, pas à votre bourse. La guerre va continuer. De par toutes les lois des Sept Couronnes, Stannis est toujours l'héritier légitime du trône.

— Les lois sont toutes vanité, m'est avis, quand tous les navires ne sont plus que cendres. Quant à votre roi, vous allez le trouver changé, j'ai peur. Depuis la bataille, il ne voit personne, il rumine dans sa tour Tambour. Sa cour, c'est la reine Selyse qui la tient à sa place, avec son lord Alester d'oncle qui se gargarise d'être la Main. Le sceau du roi, elle l'a remis à son oncle pour qu'il l'appose aux lettres qu'il écrit – mon joli parchemin inclus. Mais c'est là un bien petit royaume, oh oui, qu'ils gouvernent, et pauvre et rocailleux. Un royaume qui n'a pas d'or, pas même une once pour payer ce qui lui est dû au fidèle Sladhor Saan, un royaume qui ne possède que les chevaliers rembarqués à la fin par nous, et pas de bateaux, sauf mes braves petits quelques-uns à moi. »

Un accès de toux déchirant plia brusquement Davos en deux. Sladhor Saan fit mine de l'aider, mais il le repoussa d'un geste et se remit au bout d'un moment. « Personne ? chuinta-t-il. Que voulez-vous dire par "il ne voit personne" ? » Même à ses propres oreilles, sa voix rendait un son rauque et graillonneux, et la cabine se mit à tourner en roulant sous lui.

« Personne d'autre qu'*elle* », dit Sladhor Saan, et Davos n'eut que faire d'explications. « Ami, vous vous épuisez vous-même. C'est d'un lit que vous avez besoin, pas de Sladhor Saan. D'un lit et de monceaux de couvertures, d'un cataplasme bouillant sur votre poitrine et d'autres coupes de vin giroflé. »

Davos secoua la tête. « Ça va aller. Dites-moi, Sla, je dois absolument savoir. Personne d'autre que Mélisandre ? »

Le Lysien ne poursuivit, non sans répugnance, qu'après l'avoir longuement dévisagé d'un air indécis. « Les gardes éconduisent tout le monde, y compris sa petite fille et la reine. On sert des repas qui repartent intacts. » Il se pencha et baissa la voix. « Il circule des rumeurs bizarres. On parle de feux dévorants dans la montagne. On dit que Stannis et la femme rouge descendent les contempler. On dit qu'il y a des tunnels et des escaliers secrets qui mènent au cœur de la montagne dans des fournaises où *elle* seule peut circuler indemne. C'est suffisant et plus que suffisant pour qu'un vieil homme en éprouve de telles terreurs qu'à peine peut-il, parfois, trouver la force de manger. »

Mélisandre. Davos frissonna. « C'est cette femme qui lui a fait ça, dit-il. C'est elle qui a envoyé le feu nous consumer, pour punir Stannis de l'avoir écartée, pour lui apprendre qu'à moins d'en passer par ses sortilèges il ne saurait se bercer du moindre espoir de vaincre. »

Le Lysien préleva dans la jatte placée entre eux une olive des plus replètes. « Vous n'êtes pas le premier à le dire, ami. Mais si j'étais vous, je me garderais de le faire si fort. Peyredragon pullule de gens de la reine, oh oui, et ils ont l'ouïe fine et des dagues plus fines encore. » Il se jeta l'olive dans le bec.

« Une dague, j'en ai une aussi. Celle dont m'a fait présent le capitaine Khorane. » Il la tira de sa ceinture et la déposa bien en vue sur la table. « Pour arracher le cœur de Mélisandre. Si elle en a un. »

Sladhor cracha le noyau d'olive. « Davos, mon cher Davos, vous ne devriez pas dire des choses pareilles, même pour rire.

— Pas pour rire. J'entends bien la tuer. » *S'il est possible à des armes mortelles de la tuer.* Il en doutait presque. Il avait vu le vieux mestre Cressen empoisonner furtivement le vin qu'elle devait boire, il l'avait vu de ses propres yeux, et il les avait vus partager la coupe, mais c'était le mestre qui était mort, pas la prêtresse rouge. *Encore qu'un poignard en plein cœur... le froid du fer tue les démons eux-mêmes, à ce que disent les chanteurs.*

« Voilà des propos dangereux, mon ami, l'avertit Sladhor Saan. M'est avis que vous avez encore le mal de mer. La fièvre vous a cuit l'esprit, oui. Vous n'avez rien de mieux à faire que de prendre le lit et de le garder jusqu'à ce que vous ayez recouvré des forces. »

Jusqu'à ce que s'affaiblisse ma résolution, n'est-ce pas ? Il se hissa sur ses pieds. Il se sentait fiévreux, la tête lui tournait un peu, mais cela n'avait pas d'importance. « Vous êtes une vieille canaille sans foi ni loi, Sladhor Saan, mais un bon ami tout de même. »

Le Lysien caressa la pointe de sa barbe argentée. « Vous allez donc rester avec ce grand ami, oui ?

— Non, je vais m'en aller. » Sa toux le reprit.

« Vous en aller ? Regardez-vous ! Vous toussez, vous tremblez, vous êtes à bout de forces et décharné... Où voulez-vous aller ?

— Au château. Mon lit s'y trouve, ainsi que mon fils.

— Et la femme rouge, ajouta Sladhor Saan d'un air soupçonneux. Elle aussi se trouve au château.

— Elle aussi. » Davos rengaina sa dague.

« Vous êtes un contrebandier d'oignons, que savez-vous de l'affût du tueur et des coups de couteau ? Et vous êtes malade, vous ne pouvez même pas tenir cette dague. Savez-vous quel sort vous attend, si vous êtes pris ? Pendant que nous brûlions sur la Néra, nous, la reine brûlait des traîtres. *Suppôts des ténèbres,* elle les nommait, les pauvres, et la femme rouge chantait lorsqu'on allumait les bûchers. »

Davos n'en fut pas surpris. *Je le savais,* songea-t-il, *je le savais avant qu'il m'en parle.* « Elle aura tiré lord Solverre des oubliettes, gagea-t-il, et les fils d'Hubard Rambton.

— Tout juste, et les a brûlés tout comme elle vous brûlera. Si vous tuez la femme rouge, ils vous brûleront par vengeance, et, si vous échouez, ils vous brûleront pour tentative d'assassinat. Vos cris la feront chanter, et puis vous mourrez. Alors que vous venez à peine de retrouver la vie !

— Et dans ce seul but, répliqua Davos. Pour accomplir cet acte. Pour qu'il en soit fini de Mélisandre d'Asshaï et de tous ses forfaits. Pour quelle autre tâche la mer m'aurait-elle recraché ? Vous connaissez aussi bien que moi la baie de la Néra, Sla. Jamais aucun capitaine sensé n'aventurerait son bateau, sous peine de l'y éventrer, parmi les piques du roi triton. Jamais *La Danse de Shalaya* n'aurait dû s'approcher de moi.

— Un vent, protesta Slador Saan avec véhémence, un vent malin, c'est tout. Un vent qui l'a entraînée trop loin vers le sud.

— Et ce vent, qui l'a fait souffler ? La Mère m'a parlé, Sla. »

Le vieux Lysien papillota. « Votre mère est morte...

— *La* Mère. Qui m'avait béni de sept fils, et que pourtant j'ai laissé brûler. Elle m'a parlé. Disant : *"Vous avez appelé le feu."* Nous avons aussi appelé les ombres. C'est à bord de ma barque, et je tenais les rames, que Mélisandre s'est introduite dans les entrailles d'Accalmie pour y accoucher, sous mes yeux, d'une abomination. » Elle peuplait toujours ses cauchemars, la chose immonde, avec ses mains noires et squelettiques qui s'agrippaient aux cuisses de la femme rouge pour s'extirper en frétillant du ventre ballonné. « C'est Mélisandre qui a tué Cressen et lord Renly et ce brave de Cortnay Penrose, elle qui a tué mes fils aussi. Il est temps que quelqu'un la tue à son tour.

— *Quelqu'un,* dit Sladhor Saan. Oui, tout juste, quelqu'un. Mais pas vous. Vous êtes faible comme un enfant, et pas un guerrier. Restez, je vous en conjure, nous en parlerons davantage, et vous mangerez, et peut-être irons-nous à Braavos engager un Sans-Visage pour s'occuper de cette besogne, oui ? Mais vous, non, vous devez vous rasseoir et manger. »

Il me rend les choses beaucoup plus pénibles, songea Davos avec accablement, *et c'était déjà mortellement pénible de les entreprendre.* « J'ai une vengeance sur l'estomac, Sla. Elle ne laisse pas de place pour la nourriture. Laissez-moi partir, maintenant. Au nom de notre amitié, souhaitez-moi bonne chance et laissez-moi partir. »

Sladhor Saan se leva pesamment. « Vous n'êtes pas un véritable ami, m'est avis. Lorsque vous serez mort, qui rapportera vos os et vos cendres à dame votre épouse avec la nouvelle qu'elle a perdu quatre fils en plus de son mari ? Personne d'autre que ce pauvre vieux Sladhor Saan. Mais qu'il en soit ainsi, brave chevalier, courez à votre perte, allez, dépêchez-vous. Je rassemblerai vos restes dans un sac et les remettrai aux fils que vous laissez derrière vous, pour qu'ils s'en fassent des pochettes à porter au cou. » Ses doigts surchargés de bagues mimèrent un congé hargneux. « Partez, partez, partez, partez ! »

Pareille séparation répugnait à Davos. « Sla...

— PARTEZ ! Ou bien restez, de préférence, mais si vous voulez partir, partez. »

Il partit.

Depuis *L'Opulente Moisson* jusqu'aux portes de Peyredragon, la montée lui parut accablante de longueur et de solitude. Naguère effervescentes de matelots, de soldats, de petites gens, les ruelles qui partaient des docks étaient désertes et comme abandonnées. Là où, naguère, il aurait dû sans cesse contourner des pourceaux couineurs et des bambins nus, détalaient maintenant des rats. Il avait les jambes comme en compote et, par trois fois, sa toux le secoua si méchamment qu'il fut contraint de faire halte pour se reposer. Nul ne vint à son secours, ni même ne lorgna d'une fenêtre pour voir ce qui se passait. Les volets étaient clos, les portes bouclées, et, d'une manière ou d'une autre, plus d'une maison sur deux signalait au-dehors son deuil. *Partis des milliers remonter la Néra, ils ne sont revenus que quelques centaines,* se dit-il à la réflexion. *Bien d'autres ont péri que mes fils. Puisse la Mère être à tous miséricordieuse.*

Les portes du château étaient également fermées lorsqu'il les atteignit. Il martela du poing le vantail clouté de fer. N'obtenant pas de réponse, il le heurta à coups de pied, une fois, deux fois, dix. Tant et si bien que finalement apparut un archer qui, du haut de la barbacane, risqua un œil entre deux gigantesques gargouilles. « Qui va là ? »

Il se démancha le col et, les mains en porte-voix, cria : « Ser Davos Mervault, pour Sa Majesté.

— T'es pas saoul, des fois ? Arrête de cogner, et fous-moi le camp ! »

Sladhor Saan l'avait bien prévenu... Il changea de tactique. « Fais venir mon fils, alors. Devan, l'écuyer du roi. »

Le garde fronça les sourcils. « Qui t'as dit que t'es ?

— Davos ! hurla-t-il. Le chevalier Oignon ! »

La tête s'éclipsa pour reparaître au bout d'un moment.

« Tire-toi ! Le chevalier Oignon est mort sur la rivière. Son bateau a brûlé.

— Son bateau a brûlé, reconnut Davos, mais lui a survécu, et il se tient là, sous ton nez ! C'est toujours Jate qui commande la porte ?

— Qui ça ?

— Jate Lamûre. Il sait qui je suis.

— Jamais entendu parler. Probable qu'il est mort.

— Lord Chytterling, alors.

— Çui-là, connu. Brûlé sur la Néra.

— Will Crocheté ? Hal le Verrat ?

— Mort et mort, dit l'archer, mais avec une mine dubitative, subitement. Bouge pas de là. » Il disparut à nouveau.

Davos attendit. *Morts, tous morts,* s'assombrit-il, en se rappelant quelle ingéniosité déployait la panse d'Hal pour exhiber toujours sa blancheur de lard sous le doublet maculé de graisse, la longue cicatrice du coup de harpon qui barrait la bouille de Will, la façon dont Jate tirait son bonnet à toutes les femmes, qu'elles fussent cinq ou cinquante, de la haute ou du caniveau. *Noyés ou brûlés, comme mes fils et comme mille autres, partis faire un roi aux enfers.*

L'archer resurgit soudain. « Fais le tour jusqu'à la poterne de sortie, on t'y recevra. »

Davos obtempéra. Les gardes qui le firent entrer lui étaient inconnus. Armés de piques, ils arboraient sur la poitrine le renard aux guirlandes Florent. Ils le menèrent non pas à la tour Tambour, comme il l'escomptait, mais, par le passage voûté de la Queue-Dragon, dans le jardin d'Aegon. « Attendez ici, lui ordonna leur sergent.

— Sa Majesté sait-Elle que je suis de retour ? demanda-t-il.

— J'en sais foutre rien. Attendez, j'ai dit. » Et de le planter là, suivi de ses piques.

Flanqué de hauts arbres sombres, le jardin d'Aegon embaumait la résine. Des églantiers le hérissaient aussi, ainsi que d'impressionnantes haies d'épineux et, dans sa partie marécageuse, des canneberges.

Pourquoi m'avoir conduit ici ? s'étonna Davos.

Son oreille fut alors frappée par des tintements de clochettes et des rires étouffés d'enfant. Tout à coup surgit des fourrés le fou Bariol, qui, la princesse Shôren lancée à ses trousses, pressait son pas traînant le plus qu'il pouvait. « Tu reviens tout de suite, lui criait-elle. Tu reviens, Bariol ! »

En apercevant Davos, le fou se pétrifia brusquement en sursaut, faisant tintinnabuler, *ding-ding-ding, ding-ding-ding,* les clochettes accrochées aux andouillers de son heaume en fer-blanc. Puis, sautillant d'un pied sur l'autre, il se mit à chanter « *Sang de fou, sang de roi, sang sur la cuisse de la pucelle, mais chaînes pour les invités, chaînes pour le marié, ouais ouais ouais.* » Là-dessus, Shôren faillit l'attraper, mais il bondit juste à temps par-dessus un massif de fougères et s'évanouit sous les arbres. La princesse se jeta d'emblée à sa poursuite. Leur manège arracha un sourire à Davos.

Il s'était mis à tousser dans sa main gantée quand en trombe fusa de la haie une nouvelle silhouette menue qui, déboulant en plein sur lui, l'étala par terre.

Le gamin s'étala de même, mais il se releva presque instantanément. « Que faites-vous ici ? » demanda-t-il tout en s'époussetant. Des cheveux de jais lui cascadaient jusqu'au collet, et il avait des yeux d'un bleu ardent. « Vous ne devriez pas être en travers de ma route lorsque je cours.

— Non, convint Davos. Je ne devrais pas. » Un nouvel accès de toux le saisit tandis qu'il rassemblait ses genoux.

« Ça ne va pas ? » Le gamin lui saisit le bras pour l'aider à se relever. « Me faut-il appeler le mestre ? »

Davos secoua la tête. « Une quinte. Ça va passer. »

Le gamin le prit au mot. « Nous étions en train de jouer à monstres-et-fillettes, expliqua-t-il. J'étais le monstre. C'est un jeu puéril, mais ma cousine l'aime bien. C'est quoi, votre nom ?

— Ser Davos Mervault. »

Le gamin le toisa de haut en bas d'un air dubitatif. « Vous êtes sûr ? Vous ne m'avez pas l'air si chevalier que ça.

— Je suis le chevalier aux oignons, messire. » Le regard bleu cilla. « Celui au bateau noir ?

— Vous connaissez l'histoire ?

— Vous avez apporté à mon oncle Stannis du poisson à manger quand je n'étais pas né, quand lord Tyrell l'assiégeait. » Le gamin se redressa de toute sa hauteur. « Je suis Edric Storm, annonça-t-il. Le fils du roi Robert.

— C'est une évidence. » Davos avait compris presque aussitôt. Des Florent, le garçon tenait ses grandes oreilles, mais les cheveux, les yeux, la mâchoire, les pommettes, tout cela lui venait des Baratheon.

« Vous avez connu mon père ? s'enquit Edric Storm.

— Je l'ai vu maintes fois, lorsque je rendais visite à votre oncle à la cour, mais sans jamais lui parler.

— C'est mon père qui m'a appris à me battre, dit fièrement le gamin. Il venait me voir presque tous les ans, et il nous arrivait de faire l'exercice ensemble. Pour mon dernier anniversaire, il m'a envoyé une masse de guerre exactement pareille à la sienne, en moins gros, c'est tout. Mais on me l'a fait laisser à Accalmie. C'est vrai qu'Oncle Stannis vous a coupé les doigts ?

— Seulement la première phalange. J'ai toujours des doigts, mais plus courts.

— Montrez-moi. »

Davos retira son gant. Le gamin examina la main sous toutes les coutures. « Il ne vous a pas raccourci le pouce ?

— Non. » Sa toux le reprit. « Non. Il me l'a laissé, lui.

— Il n'aurait dû vous en trancher aucun, décréta le gamin. Il a mal agi.

— J'étais un contrebandier.

— Oui, mais son poisson et ses oignons, il les devait à votre contrebande.

— Lord Stannis mutila mes doigts pour la contrebande et, pour les oignons, me fit chevalier.

— Mon père ne vous aurait pas mutilé.

— Je vous en crois sur parole, messire. » *Robert était un tout autre homme que Stannis, en vérité. Le petit lui ressemble. Mouais, et à Renly aussi.* Il en eut une bouffée d'anxiété.

Le gamin était sur le point d'ajouter quelque chose quand ils entendirent des pas. Davos se retourna. Ser Axell Florent descendait l'allée du jardin, escorté d'une douzaine de gardes en justaucorps matelassés. Sur leurs poitrines se voyait le cœur ardent du Maître de la Lumière. *Des hommes de la reine,* songea Davos. La toux s'abattit brusquement sur lui.

Court et musculeux, ser Axell avait un torse de baril, le bras épais, la jambe arquée, l'oreille velue. Oncle de la reine et dix années durant gouverneur de Peyredragon, il s'était toujours montré poli vis-à-vis de Davos, sachant qu'il jouissait de la faveur de lord Stannis. Or, c'est d'un ton tout aussi dépourvu de chaleur que de politesse qu'il lança : « Ser Davos, et pas noyé. Comment se peut-il ?

— Les oignons flottent, ser. Venez-vous pour me conduire au roi ?

— Je viens vous conduire au cachot. » Il fit avancer ses hommes d'un geste. « Saisissez-vous de sa personne et retirez-lui son poignard. Il compte en user contre notre dame. »

JAIME

Jaime fut le premier à repérer l'auberge. Le bâtiment principal occupait sur la berge sud un coude de la rivière, et ses longues ailes basses s'étiraient au bord de l'eau comme pour étreindre les voyageurs descendant le courant. De pierre grise au rez-de-chaussée, de bois chaulé à l'étage, il était couvert d'ardoise. Se discernaient aussi des écuries et une treille alourdie de grappes. « Pas de fumée aux cheminées, signala-t-il comme on approchait. Ni de lumières aux fenêtres.

— Elle était encore ouverte à mon dernier passage, dit ser Cleos Frey. On y brassait d'excellente bière. Peut-être en reste-t-il dans les celliers.

— Il risque d'y avoir des gens, dit Brienne. Qui se cachent. Ou morts.

— Peur de quelques macchabées, fillette ? » lança Jaime.

Elle le foudroya du regard. « Je m'appelle...

— Brienne, oui. Ne seriez-vous pas charmée de dormir une nuit dans un lit, Brienne ? Nous serions moins exposés qu'en pleine rivière, et peut-être serait-il prudent de nous rendre un peu compte de ce qui s'est passé là. »

Elle ne daigna répondre mais, au bout d'un moment, gouverna la barque en direction du ponton de bois noirci par les ans. Ser Cleos se dépêcha d'amener la voile puis, comme on accostait en douceur, grimpa amarrer. Jaime se hissa à sa suite, encombré par ses fers.

Au bout de la jetée se balançait à un poteau de fer une enseigne écaillée représentant un roi qui faisait, mains jointes et agenouillé, mine de jurer fidélité. Jaime éclata de rire dès qu'il l'aperçut. « Nous n'aurions pu trouver de meilleure auberge.

— Cet endroit a quelque chose de particulier ? » demanda, défiante, la fillette.

La réponse vint de ser Cleos. « C'est l'auberge de l'Homme à genoux, madame. Elle se dresse exactement sur les lieux où le dernier roi du Nord s'agenouilla aux pieds d'Aegon le Conquérant pour lui offrir sa soumission. Ce doit être lui qu'on voit là.

— Torrhen avait porté toutes ses forces au sud, après la déconfiture des deux rois sur le Champ de Feu, rappela Jaime, mais, en voyant le dragon d'Aegon et l'importance de son ost, il choisit la voie de la sagesse et ploya ses genoux gelés. » Un hennissement lui coupa la parole. « Des chevaux dans les écuries. Un, du moins. » *Et je n'ai besoin que d'un seul pour semer la fillette.* « Allons voir qui est là, non ? » Sans attendre de réponse, il s'avança en ferraillant, plaqua son épaule contre la porte, l'ouvrit d'une poussée...

... et se retrouva nez à nez avec le carreau d'une arbalète. Derrière se dressait un costaud de quinze ans. « Lion, poisson, loup ? jeta-t-il.

— Nous espérions un chapon. » Il entendit ses compagnons entrer derrière lui. « L'arbalète est une arme de pleutre.

— Elle t'en percera pas moins le cœur.

— Peut-être. Mais avant que tu puisses la rebander, mon cousin que voici t'aura répandu les tripes par terre.

— Hé là, n'affolez pas ce garçon... dit ser Cleos.

— Nous ne vous voulons pas de mal, ajouta la fillette. Et nous avons de quoi payer à boire et à manger. » Elle tira de sa bourse une pièce d'argent.

Le garçon loucha d'un air soupçonneux vers la pièce puis vers les entraves de Jaime. « Pourquoi il est enchaîné, lui ?

— Tué quelques arbalétriers, dit Jaime. Tu as de la bière ?

— Oui. » Il abaissa d'un pouce son arbalète. « Détachez vos ceinturons et laissez-les tomber, peut-être qu'on vous nourrira. » Il se déporta vers l'épais vitrage en pointes de diamant pour s'assurer d'un coup d'œil qu'il n'y avait personne d'autre à l'extérieur. « C'est une voile Tully, ça.

— Nous venons de Vivesaigues. » Brienne dégrafa son ceinturon et le laissa bruyamment tomber. Ser Cleos l'imita.

Un type au teint cireux marqué de petite vérole franchit la porte du cellier, un pesant tranchoir de boucher au poing. « Trois, que vous êtes ? On a assez de cheval pour trois. La bête était vieille et coriace, mais la viande est encore fraîche.

— Il y a du pain ? demanda Brienne.

— Dur. Et des galettes d'avoine rassises. »

Jaime s'épanouit. « Voilà qui est d'un honnête aubergiste. Ils vous servent tous de la bidoche filandreuse et du pain rassis, mais la plupart ne l'avouent pas si spontanément.

— Je suis pas aubergiste. Je l'ai enterré derrière, lui et ses femmes.

— Tu les as tués ?

— Je vous dirais, si c'était moi ? » Le type cracha. « Du boulot de loups, probable, ou de lions, quelle différence ? La femme et moi, on les a trouvés morts. Vu ce qu'on voit, c'est chez nous qu'on est, maintenant.

— Où est-elle, votre femme ? » demanda ser Cleos.

Le type le regarda de travers, soupçonneux. « Et pourquoi que vous voudriez savoir ? Elle est pas ici... pas plus que vous y serez, vous, si je sais pas le goût de votre argent. »

Brienne lui jeta la pièce. Il l'attrapa au vol, y mordit, la fit disparaître.

« Elle en a plus, déclara le garçon à l'arbalète.

— Pardi. Descends me chercher des oignons, mon gars. »

Le garçon leva son arbalète à hauteur d'épaule et, sur un dernier regard revêche aux intrus, s'engouffra dans la cave.

« Votre fils ? s'enquit ser Cleos.

— Rien qu'un gars qu'on s'est pris la charge, la femme et moi. On avait deux fils, mais les lions nous en ont tué un, et l'autre, c'est la courante. Sa mère, à çui-là, c'est les Pitres Sanglants qui l'ont eue. Par les temps qui courent, vaut mieux avoir quelqu'un qui veille, quand on dort. » Son tranchoir désigna les tables. « Pourriez aussi bien vous asseoir. »

L'âtre était froid, mais Jaime s'adjugea le siège le plus proche des cendres et étendit ses longues jambes sous la table. Ses chaînes signalaient en quincaillant le moindre de ses mouvements. *Agaçant, ce bruit. Avant que tout ça finisse, je ferai de ces chaînes une écharpe pour la fillette, voir si elle aime toujours autant, pour le coup.*

Le type qui n'était pas aubergiste fit griller trois énormes tranches de cheval, frire les oignons dans de la graisse de lard fumé, ce qui compensa presque l'antiquité des galettes d'avoine. Jaime et Cleos buvaient de la bière, Brienne sirotait du cidre. Juché sur la barrique de cidre, le garçon gardait ses distances, son arbalète en travers des genoux, armée et chargée. Le cuistot se tira une chope de bière et s'assit à leur table. « Quelles nouvelles de Vivesaigues ? » demanda-t-il à ser Cleos, le prenant pour le chef.

Ser Cleos jeta un coup d'œil vers Brienne avant de répondre. « Lord Hoster décline, mais son fils interdit aux Lannister les gués de la Ruffurque. Il y a eu des batailles.

— Batailles partout. Vous allez où, ser ?

— Port-Réal. » Ser Cleos torcha ses lèvres graisseuses.

L'hôte renifla. « Vous êtes que des fous, alors. Aux dernières nouvelles, le roi Stannis était sous les murs de la ville. Paraît qu'il a cent milliers d'hommes et une épée magique. »

Les mains de Jaime se refermèrent sur les chaînes qui lui reliaient les poignets et les tordirent avec violence dans l'espérance de les briser. *Te lui montrerais, au Stannis, moi, contre qui dégainer son épée magique... !*

« Je resterais bien à l'écart de la route Royale, si j'étais vous, reprit le bonhomme. Y a pas plus pire, on dit. Loups et lions, les deux, plus des bandes de bougres en rupture de ban que ça leur fait proie, tout ce qu'ils peuvent s'attraper.

— Vermine ! lâcha ser Cleos avec un souverain mépris. Ça n'oserait jamais chercher noise à des hommes en armes.

— Sauf votre pardon, ser, je vois ici qu'un homme en armes et qui voyage avec une femme et un prisonnier enchaîné. »

Brienne regarda le cuistot d'un œil noir. *La fillette déteste se voir rappeler qu'elle est une fillette*, nota Jaime tout en tordant à nouveau ses chaînes. Les maillons froids lui meurtrissaient la chair, le fer restait inexorable. Les bracelets lui avaient entamé les poignets à vif.

« Je compte suivre le Trident jusqu'à la mer, dit la fillette au gargotier. À Viergétang, nous prendrons des chevaux pour emprunter la route de Sombreval et Rosby. Nous devrions par là passer très au large des pires affrontements. »

L'hôte secoua la tête. « Jamais vous atteindrez Viergétang par eau. Y a deux bateaux qu'ont brûlé et coulé à pas trente milles d'ici, et le chenal s'est ensablé tout autour. Y a un nid de bandits qu'attaquent tout ce qu'essaie de passer par là, et plein de leurs pareils, plus bas, autour des Roches-au-Saut et de l'île du Daim rouge. Et on a vu aussi dans le coin le seigneur la Foudre. Il traverse la rivière où ça lui chante, et puis il court tantôt ci, tantôt là, mais jamais tranquille.

— Et c'est qui, ce seigneur la Foudre ? interrogea ser Cleos Frey.

— Lord Béric, s'il vous plaît, ser, de le savoir. On l'appelle comme ça parce qu'il frappe là qu'on s'attend pas du tout, brusquement, comme la foudre par temps clair. Paraît qu'il est pas mortel. »

Sont tous mortels, quand tu leur passes une épée au travers du corps, songea Jaime. « Est-ce que Thoros de Myr chevauche toujours avec lui ?

— Mouais. Le magicien rouge... Il a des pouvoirs, j'ai entendu, que c'est pas normal. »

Bon, il avait le pouvoir de tenir tête à Robert Baratheon, pinte pour pinte, et ils n'étaient guère à pouvoir se

184

targuer de ça. Devant Jaime, un jour, Thoros avait confié au roi s'être fait prêtre rouge parce que ses robes rendaient parfaitement invisibles les taches de vin. Robert s'était si fort étranglé de rire qu'il en avait éclaboussé de bière tout le mantelet de soie de Cersei. « Loin de moi la pensée d'émettre une objection, dit-il, mais peut-être le Trident n'est-il pas la voie la plus sûre pour nous.

— Je dirais pareil, abonda l'homme. Même si vous dépassez l'île du Daim rouge et si vous tombez pas sur lord Béric et le magicien rouge, vous aurez encore le gué des rubis devant vous. Aux dernières nouvelles, c'étaient des loups du seigneur Sangsues qui tenaient le gué, mais ça fait déjà quelque temps. Maintenant, ça pourrait bien être de nouveau des lions, ou lord Béric, ou n'importe qui.

— Ou personne, suggéra Brienne.

— Si m'dame a envie de parier sa peau là-dessus, je l'empêcherai pas..., mais je serais elle que je laisserais cette rivière ici pour couper par les terres. Si vous évitez les grands chemins et vous abritez la nuit sous les arbres, planqués, quoi, comme si..., bon, je voudrais quand même pas vous accompagner, mais avec une veine de cocus, peut-être... ? »

La grande fillette eut l'air d'hésiter. « Il nous faudrait des chevaux.

— Il y en a, ici, observa Jaime. J'en ai entendu un dans les écuries.

— Mouais, y en a, reconnut l'aubergiste qui n'était pas aubergiste. Trois même, que ça se trouve, mais ils sont pas à vendre. »

Jaime ne put réprimer son hilarité. « Bien sûr que non. Mais vous nous les montrerez tout de même. »

Brienne se renfrogna, mais comme l'homme qui n'était pas aubergiste soutenait son regard sans broncher, elle finit par lâcher, de mauvaise grâce : « Montrez-moi », et ils se levèrent tous.

À la puanteur qu'elles dégageaient, les écuries n'avaient pas été nettoyées depuis un bon bout de temps. Des centaines de mouches noires écumaient la litière et, bourdonnant de stalle en stalle, grouillaient partout sur d'invraisemblables monceaux de crottin, bien qu'il n'y eût là que les trois chevaux annoncés. Lesquels formaient un trio des plus disparates : un pesant cheval de labour brun, un hongre blanc, vétuste et borgne, et un fringant coursier de chevalier, gris pommelé. « Ils sont pas à vendre à aucun prix, martela leur soi-disant propriétaire.

— D'où les tenez-vous ? s'inquiéta Brienne.

— Çui de trait se trouvait là quand on est arrivé à l'auberge, la femme et moi, dit-il, avec çui que vous venez juste de manger. Le châtré, c'est une nuit qu'il s'est pointé, comme ça, tout seul, et l'autre, le garçon l'a attrapé qui vagabondait, tout sellé bridé encore. Tenez, je vais vous montrer. »

La selle qu'il leur exhiba était niellée d'argent. À damiers noirs et roses, primitivement, le tapis de selle n'était plus guère que marron pisseux. Si les couleurs d'origine ne lui disaient strictement rien, Jaime n'eut en revanche aucun mal à identifier celle du sang. « Hé bien, ce n'est toujours pas son maître qui viendra nous le réclamer de sitôt. » Il examina les jambes du coursier, compta la denture du hongre. « Donnez-lui une pièce d'or pour le gris, s'il inclut la selle, conseilla-t-il à Brienne. Une d'argent pour le percheron. Quant au blanc, c'est lui qui devrait nous payer pour l'en débarrasser.

— Ne parlez pas de votre monture en termes désobligeants, ser. » La fillette ouvrit la bourse que lui avait remise lady Catelyn et en tira trois pièces d'or. « Un dragon pour chacun. »

Le bonhomme papillota et tendit la main vers l'or, puis une hésitation la lui fit retirer. « Je sais pas. C'est pas un dragon d'or que je pourrai monter, s'il faut qu'on décampe. Ni manger, si j'ai faim.

— Vous gardez notre barque pour le même prix, dit-elle. Libre à vous de descendre ou monter la rivière.

— Laissez que je goûte un peu de cet or. » Il lui préleva dans la paume une pièce et mordit dedans. « Hm. Pas mal véritable, je dirais. Trois dragons *et* la barque ?

— Il est en train de vous escroquer, fillette, susurra Jaime d'un ton affable.

— Je voudrais aussi des provisions, dit-elle à l'hôte sans seulement relever l'observation. Tout ce dont il vous est possible de vous séparer.

— Y a d'autres galettes d'avoine. » Il lui rafla dans la main les deux dragons restants, et le tintement de l'or dans son poing le fit rayonner. « Mouais, et puis du poisson salé, mais ça va vous coûter de l'argent. Comme mes lits. Parce que vous allez vouloir coucher là, cette nuit.

— Non », dit-elle du tac au tac.

Il fronça les sourcils. « Femme, vous allez quand même pas cavaler de nuit dans une région inconnue sur des chevaux que vous connaissez pas. Y a pas mieux pour vous flanquer dans un marécage ou vous casser la jambe d'un canasson.

— La lune va briller, cette nuit, affirma-t-elle. Nous n'aurons aucune peine à trouver notre route. »

L'hôte rumina la chose. « Si vous avez pas l'argent, ça se pourrait toujours que de la cuivraille vous paie les lits, plus une ou deux petites couvertures pour tenir chaud. C'est pas mon genre, si vous voyez, rebuter les gens qui voyagent.

— Ça me paraît plus qu'avenant, dit ser Cleos.

— Et les couvertures, en plus, sont lavées de frais. La femme s'en est occupée avant qu'elle a dû partir. Et vous trouverez pas une puce non plus, parole de moi. » Il fit à nouveau tinter les pièces d'un air radieux.

Ser Cleos était manifestement tenté. « Un bon lit nous ferait du bien à tous, madame, plaida-t-il. Nous n'en marcherions que mieux, une fois reposés, demain. » Il quêta d'un regard l'appui de son cousin.

« Non, cousinet, la fillette a raison. Nous avons des promesses à tenir, et de longues lieues devant nous. Il faudrait reprendre la route.

— Mais, hoqueta Cleos, vous avez vous-même dit...

— Tout à l'heure. » *Quand je croyais l'auberge abandonnée.* « Maintenant, j'ai le ventre plein, et une chevauchée au clair de lune comblera mes vœux. » Il sourit à l'adresse de la fillette. « Toutefois, à moins que vous ne prétendiez me jeter en travers de ce percheron comme un sac de farine, il serait on ne peut plus souhaitable que l'on se souciât d'améliorer ces fers. Il n'est guère aisé, chevilles entravées, d'enfourcher sa monture. »

Le front plissé, Brienne lorgna la chaîne. L'homme qui n'était pas aubergiste se frotta la mâchoire. « Y a bien une forge, derrière l'écurie...

— Montrez-moi, dit-elle.

— Oui, reprit Jaime, et le plus tôt sera le mieux. Il y a décidément trop de merde de cheval pour mon goût, par ici. Ça m'emmerderait de marcher dedans. » Il décocha vers la fillette un regard aigu. Était-elle assez maligne pour piger le sous-entendu ?

Il se flattait qu'elle lui délierait peut-être aussi les poignets, mais elle demeurait défiante. Armée d'une masse et d'un burin d'acier, elle rompit bien par le milieu la chaîne des chevilles en une demi-douzaine de coups rigoureux, mais, lorsqu'il évoqua la seconde, elle affecta la surdité.

« À six milles plus bas, vous verrez un village incendié », dit l'hôte tout en les aidant à seller les bêtes et charger les paquets. Désormais, c'est à Brienne qu'il s'adressait. « La route y bifurque. En tournant vers le sud, vous tomberez sur le châtelet de pierre à ser Warren. Comme ser Warren est mort, depuis son départ, je saurais pas dire qui tient maintenant sa tour, mais c'est un coin que vaut mieux éviter. Vaudrait mieux suivre le sentier des bois. Ça mène au sud par l'est.

— Nous le ferons, répondit-elle. Je vous remercie. »

Et d'autant plus qu'il a ton or. Sa réflexion, Jaime la garda pour lui. Il en avait marre d'être considéré comme moins que rien par cette grosse vache moche de bonne femme.

Elle prit pour elle-même le cheval de labour et, adjugeant le coursier à ser Cleos, exécuta sa menace d'infliger à Jaime le hongre borgne. Ainsi s'envolèrent les illusions qu'il avait pu nourrir de laisser la garce dans sa poussière en piquant simplement des deux.

L'homme et son gars sortirent pour assister à leur départ. Le premier leur souhaita bonne chance et les invita à revenir en des temps plus fastes ; le second, son arbalète coincée sous le bras, n'ouvrit pas la bouche.

« Adopte la pique ou la masse, l'avisa Jaime, tu t'en trouveras mieux. » Le garçon ne répondit que par un regard incrédule. *Tant pis pour ce conseil d'ami.* Avec un haussement d'épaules, il fit pivoter son cheval et, sans un regard en arrière, démarra.

Tout au deuil de son lit de plumes, ser Cleos les saoula de lamentations tandis que, longeant la rivière baignée de lune, ils s'enfonçaient vers l'est. La Ruffurque était très large, désormais, mais basse, et des roselières bordaient ses rives bourbeuses. Le misérable bidet de Jaime allait d'un pas placide et sans autre inconvénient que de tirer toujours un peu du côté de son œil valide. C'était du reste un plaisir sensible que de monter de nouveau. Un plaisir perdu depuis que les archers de Robb Stark avaient abattu son destrier sous lui dans le Bois-aux-Murmures.

Quand ils atteignirent le village incendié, le dilemme s'offrit à eux d'itinéraires équitablement périlleux : des chemins étroits, profondément creusés par les charrettes de fermiers portant leurs grains à la rivière. Après quelques zigzags vers le sud-est, l'un ne tardait guère à se perdre parmi des arbres qui s'épaississaient au loin ; l'autre, mieux empierré, filait comme une flèche, après moins de détours, droit au sud. Après un bref examen, Brienne se décida pour le second, choix qui surprit agréablement Jaime – il aurait fait le même.

« Mais c'est la route que déconseillait l'aubergiste..., objecta ser Cleos.

— Il n'était pas aubergiste. » Elle manquait de grâce en selle, mais elle semblait y avoir une fameuse assiette. « Le bonhomme a montré par trop d'intérêt pour le trajet que nous suivrions, et ces bois... juste le genre qui sert notoirement de repaires aux hors-la-loi. Il risque de nous avoir poussés dans un traquenard.

— Maligne, la fillette. » Jaime sourit à son cousin. « Je parierais que notre hôte a des copains par là. Ceux dont les montures ont donné à ses écuries cette fragrance mémorable.

— Il a pu nous mentir aussi pour ce qui est de la rivière, ajouta la fillette, mais je ne pouvais prendre ce risque-là. Il y aura des soldats au gué des rubis et aux carrefours. »

Hé, si moche qu'elle soit, elle n'est pas tout à fait stupide. Il la gratifia d'un sourire récalcitrant.

De vagues lueurs rougeâtres à ses fenêtres supérieures leur ayant de fort loin signalé l'approche du châtelet, Brienne fit prendre à travers champs. Ils attendirent de l'avoir largement dépassé pour obliquer de nouveau vers la route.

La moitié de la nuit s'était déjà écoulée quand la fillette accorda que leur sécurité imposait de faire halte. Ils titubaient tous trois en selle. Ils trouvèrent refuge dans un bosquet de frênes et de chênes, auprès d'un ruisseau nonchalant. La fillette ayant interdit de faire du feu, leur repas se composa de galettes d'avoine rassises et de poisson salé. La nuit était étrangement paisible. La lune en son demi trônait au sein d'un ciel de feutre noir piqueté d'étoiles. Dans le lointain hurlaient des loups. L'un des chevaux s'ébroua nerveusement. Nul autre bruit. *La guerre n'a pas touché ces lieux,* songea Jaime. Il était heureux de se trouver là, heureux d'être en vie, heureux de s'acheminer vers Cersei.

« Je vais prendre la première veille », eut à peine dit Brienne à ser Cleos, que celui-ci ronflait déjà tout bas.

Jaime s'adossa au tronc d'un chêne et se demanda ce que Cersei et Tyrion pouvaient bien fabriquer en cet instant même. « Vous avez des frères et sœurs, madame ? » demanda-t-il.

Elle loucha vers lui, sur ses gardes. « Non. Je suis le seul... – enfant de mon père. »

Jaime émit un gloussement. « *Fils*, vous avez failli dire. Est-ce qu'il vous considère comme un fils ? Vous faites une drôle de fille, ça oui. »

Sans un mot, elle se détourna de lui, les doigts crispés sur la poignée de son épée. *Quelle satanée créature on m'a foutue là.* Elle lui rappelait bizarrement Tyrion, bien qu'il fût au premier abord difficile d'imaginer deux êtres plus dissemblables. Peut-être est-ce la pensée de son frère qui lui fit reprendre : « Je ne voulais pas vous offenser, Brienne. Pardonnez-moi.

— Vos crimes passent tout pardon, Régicide.

— Encore ce nom. » Il tortilla paresseusement sa chaîne. « Pourquoi tant de rage à mon encontre ? Je ne vous ai jamais fait de mal, que je sache.

— Vous en avez fait à d'autres. À ceux que vous aviez juré de protéger. Les faibles, les innocents...

— ... le roi ? » Tout ramenait fatalement à Aerys. « Ne vous permettez pas de juger ce que vous ne comprenez pas, fillette.

— Je m'appelle...

— ... Brienne, oui. Est-ce qu'on vous a jamais dit que vous étiez aussi fastidieuse que laide ?

— Vous n'arriverez pas à me mettre en colère, Régicide.

— Oh, j'y arriverais, si j'avais cure d'essayer vraiment.

— Pourquoi avoir prononcé vos vœux ? demanda-t-elle. Pourquoi avoir endossé le manteau blanc, si vous méditiez de trahir tout ce qu'il symbolise ? »

Pourquoi ? Que dire qu'elle pût à la rigueur comprendre ? « J'étais un gamin. Quinze ans. C'était un immense honneur pour quelqu'un de si jeune.

— Ce n'est pas une réponse », dit-elle avec dédain.

La vérité ne te plairait pas. C'est par amour, évidemment, qu'il était entré dans la Garde.

Leur père avait mandé Cersei à la cour quand elle avait douze ans, dans l'espoir de lui décrocher des noces royales. Il déboutait tous les prétendants, préférant la garder près de lui dans la tour de la Main tandis que, grandissant en âge et en féminité, elle devenait plus belle que jamais. Sans doute attendait-il que le prince Viserys sorte de l'enfance, voire que Rhaegar perde sa femme en couches, Elia de Dorne n'ayant pas une santé des plus florissantes.

Entre-temps, Jaime avait servi quatre ans comme écuyer de ser Sumner Crakehall et gagné ses éperons contre la Fraternité Bois-du-Roi. Mais, lors d'un bref séjour qu'il fit à Port-Réal, essentiellement pour revoir sa sœur, avant de regagner Castral Roc, elle l'attira à l'écart et lui souffla que lord Tywin, projetant de le marier à Lysa Tully, s'était avancé jusqu'à inviter lord Hoster à venir débattre de la dot... Qu'en revanche, s'il prenait le blanc, il resterait toujours près d'elle. Que ser Harlan Grandison venait justement de passer de sommeil à trépas, seule fin digne d'un vieillard dont les armoiries étaient un lion dormant. Qu'Aerys ne manquerait pas de lui vouloir pour successeur quelqu'un de jeune. Qu'enfin bref pourquoi ne pas remplacer lion comateux par lion rugissant ?

« Père n'y consentira jamais, objecta-t-il.

— Le roi ne lui demandera pas son avis. Et, la chose faite, Père n'y peut rien redire, ouvertement du moins. Aerys a fait arracher la langue à ce vantard de ser Ilyn pour avoir tout simplement dit que c'était la Main qui gouvernait réellement les Sept Couronnes. Et Père n'a rien osé tenter pour empêcher cela – pas levé le petit doigt pour le capitaine de sa propre garde ! Il n'empêchera pas davantage ceci.

— Mais, mais tu oublies Castral Roc...

— C'est un roc que tu veux, ou moi ? »

Cette nuit-là, il s'en souvenait comme si c'était hier. Ils la passèrent dans une vieille auberge du passage Anguille, bien à l'abri des fouinards. Cersei était venue l'y retrouver déguisée en simple servante, ce qui l'excita d'autant plus. Jamais il ne l'avait vue si passionnée non plus. Dès qu'il s'assoupissait, elle le réveillait. Si bien qu'au matin Castral Roc semblait un prix bien piètre à payer pour ne plus la quitter jamais. Il donna son consentement, et Cersei promit de se charger du reste.

Et, de fait, au changement de lune suivant survint à Castral Roc un corbeau royal l'informer qu'il était choisi pour la Garde et qu'il aurait à se présenter devant le roi lors du grand tournoi d'Harrenhal pour prononcer ses vœux et revêtir le manteau de l'Ordre.

Si son investiture le délivra bel et bien de Lysa Tully, rien d'autre ne tourna comme escompté. Jamais Père n'avait bouilli de pareille fureur. Quitte à ne rien manifester de sa réprobation (Cersei avait vu juste, à cet égard), il sauta sur le premier prétexte pour résigner ses fonctions de Main, repartir pour Castral Roc... et emmener sa fille. Si bien que frère et sœur échangèrent seulement leurs places respectives, au lieu d'être réunis, et que lui se retrouva seul à la cour, garde d'un roi dément, tandis que quatre demi-pointures chaussaient tour à tour pour le rigodon des couteaux les escarpins démesurés de Père. Si vite montaient alors et tombaient les Mains qu'il se rappelait mieux leurs blasons que leurs blases. Celle à la corne d'abondance et celle aux griffons dansants n'écopèrent que de l'exil, mais la masse-et-poignard périt brûlée vive dans une trempette de feu grégeois. Vint enfin lord Rossart. Le choix qu'il avait fait de la torche ardente pour armoiries manquait de bonheur, si l'on songeait au sort de son prédécesseur, mais l'alchimiste devait surtout son élévation au fait qu'il partageait la passion du roi pour le feu. *J'aurais dû le noyer, au lieu de l'étriper.*

Brienne attendant toujours qu'il réponde, il finit par dire : « Vous n'êtes pas assez vieille pour avoir connu Aerys Targaryen... »

Elle ne l'entendait pas de cette oreille. « Aerys était fou et cruel, nul ne l'a jamais contesté. Il n'en demeurait pas moins roi, pas moins oint, pas moins couronné. Et vous aviez juré de le protéger.

— Je connais mes serments.

— Comme vos parjures. » Elle le dominait de toute sa hauteur, six pieds de réprobation renfrognée, ganache chevaline et taches de rousseur.

« Oui, et comme les *vôtres*. Nous sommes ici deux régicides, s'il faut en croire la rumeur.

— Je n'ai jamais fait de mal à Renly. Je tuerai quiconque le prétend.

— Autant commencer par Cleos, alors. Et, d'après ce qu'il raconte, ça vous laissera pas mal de monde à tuer, ensuite.

— *Mensonges.* Lady Catelyn était présente, au moment du meurtre de Sa Majesté, elle a vu. C'était une ombre. Les chandelles se mirent à dégoutter, l'atmosphère se refroidit, et le sang...

— Oh, excellent... ! » Il s'esclaffa. « Vous avez plus de présence d'esprit que moi, je le confesse. Moi, quand on m'a trouvé campé près du cadavre de mon roi, jamais je n'ai songé à dire : "Non, non, ce n'est pas moi, c'était une ombre, une ombre effroyable, d'un froid... !" Le rire le reprit. « Dites-moi la vérité, de régicide à régicide, est-ce les Stark qui vous ont payée pour lui trancher la gorge, ou bien Stannis ? Renly avait rebuté vos avances, c'est ça ? Ou bien c'était sous l'influence de vos lunaisons ? Ne donnez jamais d'épée à une fillette lorsqu'elle saigne. »

Pendant un moment, il crut qu'elle allait le frapper. *Un pas de plus, et je lui rafle son poignard pour le lui foutre dans le ventre.* Il replia une jambe sous lui, prêt à bondir, mais la fillette ne bougea point. « C'est un présent rare et précieux que d'être chevalier, dit-elle, et à plus forte raison chevalier de la Garde. C'est un présent que bien peu se voient offrir, un présent que vous avez bafoué, souillé. »

Un présent que tu désires désespérément, fillette, et que tu ne pourras jamais obtenir. « J'ai conquis ma chevalerie. Rien ne me fut donné. Je remportai ma première mêlée de tournoi à l'âge de treize ans, quand j'étais encore écuyer. À quinze, j'accompagnai ser Arthur Dayne contre la Fraternité Bois-du-Roi, et c'est sur le champ de bataille qu'il m'adouba. C'est ce fichu manteau blanc qui me souilla, pas l'inverse. Épargnez-moi donc votre envie. Ce sont les dieux qui négligèrent de vous affubler d'une queue, pas moi. »

Les yeux de Brienne s'emplirent d'une répugnance sans nom. *Elle me taillerait volontiers en pièces, n'était son inestimable serment,* se dit-il. *Bon. J'en ai par-dessus la tête des piétés débiles et des jugements virginaux.* Elle s'éloigna sans un mot, à grandes enjambées. Il se pelotonna sous son manteau, tout à l'espoir de rêver de Cersei.

Mais, lorsqu'il eut fermé les yeux, c'est Aerys Targaryen qu'il vit, arpentant seul sa Salle du Trône tout en épluchant ses mains encroûtées de sang. Ce fou s'esquintait sans cesse aux lames et aux barbelures du trône de fer. Vêtu de son armure d'or et l'épée au poing, Jaime venait de se faufiler par la porte privée du roi. *L'armure d'or et non la blanche, mais jamais personne n'en fait état. Que n'avais-je aussi largué ce maudit manteau... !*

En voyant le sang sur la lame, Aerys voulut savoir si

c'était celui de lord Tywin. « Je veux qu'il meure, le félon. Je veux sa tête, et tu m'apporteras sa tête, ou tu brûleras avec tous les autres. Tous les félons. Rossart dit qu'ils sont *dans nos murs* ! Il est parti leur faire un accueil chaleureux. Sang de qui ? *De qui ?*

— De Rossart », répondit Jaime.

À ces mots, les royales prunelles violettes s'agrandirent démesurément, la lippe royale s'affaissa de stupéfaction. Lâché par ses royales tripes, Aerys virevolta, courut vers le trône de fer. Sous les orbites vides des crânes accrochés aux murs, Jaime saisit à bras-le-corps le dernier roi dragon pour l'arracher des marches, couinant comme un porc et puant comme des sentines. Et il suffit d'un simple revers en travers de gorge pour que tout s'achève. *Tellement simple,* se souvint-il d'avoir pensé. *Un roi devrait mourir d'une façon plus compliquée que ça.* Au moins Rossart avait-il essayé de se battre, même si, pour ne point mentir, il se battait comme un alchimiste. *Bizarre, qu'on ne demande jamais qui tua Rossart... mais cela va de soi, voyons, Rossart n'était personne, de basse extrace, Main de quinze jours, rien de plus qu'une nouvelle fantaisie folle du roi fou.*

Ser Elys Ouestrelin, lord Crakehall et d'autres chevaliers de Père se ruèrent dans la salle à temps pour voir la conclusion, ce qui empêcha Jaime de disparaître et de laisser quelque fanfaron lui voler l'éloge ou le blâme. Et blâme ce serait..., il le comprit d'emblée quand il vit de quelle manière on le regardait..., mais peut-être que c'était la trouille. Lannister ou non, il faisait partie des Sept d'Aerys.

« Le château est à nous, ser, ainsi que la ville », lui dit Roland Crakehall, ce qui n'était qu'à moitié vrai. Des loyalistes Targaryens périssaient encore aux marches serpentines et dans l'armurerie, Gregor Clegane et Amory Lorch étaient en train d'escalader les murs de la citadelle de Maegor, et Ned Stark faisait juste franchir à ses gens du Nord la porte du Roi, mais Crakehall pouvait ne pas le savoir. Il ne semblait pas étonné de trouver Aerys déjà mort ; Jaime était depuis bien plus longtemps le fils de lord Tywin que membre de la Garde.

« Annoncez la mort du roi fou, lui commanda Jaime. Épargnez tous ceux qui se rendent et gardez-les captifs.

— Proclamerai-je aussi le nom d'un nouveau roi ? » demanda Crakehall, ce qui signifiait clairement : s'agira-t-il de votre père ou de Robert Baratheon, ou bien comptez-vous tenter de faire un nouveau roi-dragon ? Un moment de réflexion lui montra le jeune Viserys, enfui à Peyredragon, et le nouveau-né de Rhaegar, Aegon, toujours à Maegor avec sa mère. *Un nouveau roi Targaryen, et Père comme Main. De quoi faire hurler les loups et s'étouffer de rage le sire de l'Orage.* Il fut tenté, le temps que ses yeux se posent sur le cadavre étendu par terre, au milieu d'une mare de sang qui s'élargissait. *Son sang coule dans leurs veines à tous deux,* songea-t-il. « Proclamez qui fichtre bon vous semblera », répondit-il. Puis il grimpa jusqu'au trône de fer et s'y installa, son épée en travers des genoux, pour voir qui viendrait le revendiquer. Et, d'aventure, ce fut Eddard Stark.

Tu n'avais pas le droit de me juger non plus, Stark.

Dans ses rêves, les morts survenaient, ardents, drapés de flammes vertes virevoltantes. Il dansait autour d'eux la danse de son épée d'or, mais pour un qu'il abattait se levaient sitôt deux suppléants.

Brienne l'éveilla en lui bottant les côtes. Le monde était encore noir, et il s'était mis à pleuvoir. Ils déjeunèrent de galettes d'avoine, de poisson salé qu'agrémentèrent quelques mûres découvertes par ser Cleos, et le soleil n'était pas levé qu'ils se trouvaient de nouveau en selle.

TYRION

L'eunuque se fredonnait un semblant de chanson sans air lorsqu'il franchit le seuil, froufroutant de soieries pêche et embaumant comme un citronnier. La vue de Tyrion installé au coin de l'âtre le stoppa net et lui coupa le sifflet. « Messire Tyrion, s'étonna-t-il d'un cri flûté sous lequel pointait un gloussement nerveux.

— Tiens, vous vous souvenez *donc* de moi ? Je commençais à en douter.

— C'est un tel, *tel* bonheur de vous voir si belle mine et si vigoureux. » Varys y alla de son sourire le plus visqueux. « Mais j'étais, je le confesse, à cent lieues de m'attendre à vous trouver dans mes humbles appartements personnels.

— Humbles, en effet. De manière plus qu'excessive, à la vérité. » Il avait attendu pour cette visite domiciliaire en catimini que Père convoque l'eunuque. Étriqués, mesquins, les lieux se composaient en tout et pour tout de trois pièces aveugles et douillettes sous le mur nord. « Je m'étais flatté de découvrir des palanquées de secrets juteux pour tromper l'attente, et pas l'ombre d'un papier... » Il avait également cherché des issues dérobées, car il en fallait forcément pour les allées et venues invisibles de l'Araignée, mais, là encore, peine perdue. « Votre carafe contenait *de l'eau,* louée soit la compassion des dieux, poursuivit-il, la cellule qui vous sert de chambre est aussi vaste qu'un cercueil, et ce lit... est-il véritablement en pierre, ou n'en procure-t-il que le sentiment ? »

Varys referma la porte et la verrouilla. « Je suis affligé de douleurs dorsales, messire, et préfère dormir à la dure.

— Je vous aurais pris pour un homme à matelas de plumes.

— Je suis plein de surprises. M'en voulez-vous beaucoup de vous avoir abandonné après la bataille ?

— J'en ai profité pour vous considérer comme un membre de ma famille.

— Ce n'était pas faute d'affection, cher sire. Je suis d'une complexion si délicate, et votre cicatrice est d'un aspect si effroyable... » Haussement d'épaules outrancier. « Votre pauvre nez... »

Tyrion grattouilla ses croûtes d'un air irrité. « Peut-être devrais-je m'en faire mettre un neuf, en or. Quel genre de nez me suggéreriez-vous, Varys ? Un comme le vôtre, afin de flairer les secrets ? Ou me faudrait-il exiger de l'orfèvre celui de mon père ? » Il sourit. « Mon noble père apporte un si grand zèle à son labeur que je ne le vois pour ainsi dire plus. Dites-moi, est-il vrai qu'il rend au Grand Mestre Pycelle son siège au Conseil restreint ?

— Ce l'est, messire.

— Est-ce à mon exquise sœur que j'en dois des remerciements ? » Pycelle étant une créature de Cersei, il l'avait dépouillé de ses fonctions, barbe et titres et fait flanquer aux oubliettes.

« Point du tout, messire. Rendez-en grâces aux archimestres de Villevieille, à ceux d'entre eux qui ont exprimé le vœu de réclamer la restauration de Pycelle, eu égard au fait que le Conclave est seul habilité à faire ou défaire un Grand Mestre. »

Bougres d'imbéciles, songea Tyrion. « Il me semble me rappeler que le bourreau de Maegor le Cruel en défit trois avec sa hache.

— Parfaitement exact, dit Varys. Quant à Aegon II, c'est en pâture à son dragon qu'il donna le Grand Mestre Gerardys.

— Hélas, je n'ai pas l'ombre d'un dragon. Il m'eût été possible, je présume, d'offrir à Pycelle un bain de grégeois et d'en faire un lampion. La Citadelle eût-elle préféré cela ?

— Bah, c'eût été plus respectueux de la tradition. » L'eunuque pouffa. « Par bonheur, les écervelés n'ont pas prévalu, et le Conclave a entériné la destitution de Pycelle et entrepris de lui choisir un successeur. Après avoir dûment songé à mestre Turquin, fils de cordonnier, et à mestre Erreck, bâtard de vague chevalier, et par là même démontré à leur intime satisfaction que la capacité compte plus que la naissance au sein de leur Ordre, nos sieurs du Conclave étaient sur le point de nous dépêcher mestre Gormon, de la maison Tyrell de Hautjardin. J'en ai avisé messire votre père, et il a fait le nécessaire immédiatement. »

C'est à huis clos que se tenait, Tyrion le savait, le conclave de Villevieille ; ses délibérations étaient censées demeurer secrètes. *Ainsi, Varys a des oisillons jusque dans les murs de la Citadelle...* « Je vois. Mon père a donc décidé de pincer la rose avant qu'elle n'éclose. » Il ne put réprimer un rire sous cape. « Pycelle est une canaille. Mais plutôt une canaille Lannister qu'une canaille Tyrell, non ?

— Le Grand Mestre Pycelle a toujours été un ami dévoué de votre maison, susurra Varys. Peut-être vous sera-t-il consolant d'apprendre que l'on restaure également ser Boros Blount ? »

Celui-là, c'était Cersei qui l'avait dépouillé du manteau blanc pour s'être abstenu de mourir en faveur du prince Tommen, lorsque Bronn s'était emparé de l'enfant sur la route de Rosby. Sans être un ami de Tyrion, il devait exécrer Cersei presque autant, désormais. *J'imagine que ce n'est pas rien.* « Blount est un pleutre à rodomontades, déclara-t-il aimablement.

— Ah bon ? Voyez-moi ça. Toujours est-il que les chevaliers de la Garde servent *effectivement* à vie. Ainsi le veut la tradition. Peut-être ser Boros se montrera-t-il plus brave, à l'avenir. Et d'une loyauté à toute épreuve, n'en doutons pas.

— Vis-à-vis de mon père, compléta Tyrion d'un ton ostentatoire.

— À propos de la Garde, tant que nous y sommes... j'y pense, se pourrait-il que la délicieuse visite que vous me faites à l'improviste ait d'aventure quelque chose à voir avec le regretté frère de ser Boros, feu ser Mandon Moore le preux ? » L'eunuque caressa sa joue poudrée. « Votre Bronn semble depuis quelque temps lui porter le plus vif intérêt. »

Bronn avait eu beau rassembler le plus d'informations possible sur ser Mandon, Varys en détenait certainement bien davantage... mais les livrerait-il ? « Il n'avait apparemment pas un seul ami, dit prudemment Tyrion.

— Quelle tristesse, dit Varys, oh, quelle tristesse. Vous parviendriez bien à lui dénicher quelques parents si vous retourniez suffisamment de cailloux dans le Val, mais ici... C'est bien lord Arryn qui l'amena à Port-Réal, et c'est bien Robert qui lui donna le manteau blanc, mais ni l'un ni l'autre ne l'aimaient beaucoup, je crains. Et il n'était pas non plus du genre qu'ovationnent les petites gens durant les tournois, malgré son indéniable vaillance. Hé quoi, même ses frères de la Garde lui mesuraient leur sympathie. On entendit ser Barristan dire un jour de lui qu'il n'avait pas d'autre ami que sa lame et pas d'autre existence que son devoir... mais, vous savez, je ne crois pas que c'était de sa part un éloge, tout compte fait. Ce qui est bizarre, à bien réfléchir, non ? Telles sont exactement les qualités requises dans notre Garde, on dirait – des hommes qui renoncent à toute vie personnelle pour ne se vouer qu'à leur roi. Sous ce jour-là, notre brave ser Mandon était la perfection du chevalier blanc. Et il est mort comme le devrait tout chevalier de la Garde, en défendant, l'épée au poing, un homme du sang de son roi. » Il englua Tyrion dans un sourire et darda sur lui un regard perçant.

En tentant d'assassiner, veux-tu dire, un homme du sang de son roi. L'eunuque en savait-il plus qu'il ne disait ? Ses propos n'avaient jusque-là rien de palpitant. Le rapport de Bronn contenait déjà grosso modo les mêmes éléments. Établir un lien avec Cersei, découvrir quelque indice qu'elle avait utilisé ser Mandon comme vulgaire sbire, voilà ce que voulait Tyrion. *Ce qu'on tient n'est pas toujours ce qu'on désire,* songea-t-il avec amertume, et cette réflexion lui rappela...

« Ser Mandon n'est pas l'objet de ma visite.

— Certes. » Varys alla prendre sa carafe d'eau. « Me permettrai-je de vous servir, messire ? demanda-t-il tout en remplissant une coupe.

— Oui. Mais pas de l'eau. » Il croisa ses mains. « Je souhaite que vous m'ameniez Shae. »

Varys s'envoya une lampée. « Est-ce bien pertinent, messire ? La chère enfant. Il serait si dommage que votre père la fasse pendre. »

Qu'il fût au courant n'étonna pas Tyrion. « Pertinent, fichtre non, c'est de la folie. Je veux la voir une dernière fois avant de l'éloigner. La savoir si près m'est insupportable.

— Je comprends. »

Comment pourrais-tu ? Il l'avait encore aperçue la veille, grimpant les marches serpentines chargée d'un seau d'eau. Dont un jouvenceau de chevalier offrait, sous ses yeux, de la soulager. Et ses tripes s'étaient nouées, rien qu'à voir de quelle manière elle lui touchait le bras, quel sourire elle lui adressait. Quelques pouces à peine le séparaient d'elle quand ils se croisèrent, lui descendant, elle montant, si peu d'intervalle que l'étourdit le parfum de sa chevelure fraîchement lavée. « M'sire », dit-elle avec une brève révérence, et quand lui n'avait qu'une envie, l'agripper au passage et l'embrasser, là, carrément, force lui fut de ne répondre que par un hochement raide en poursuivant sa route cahin-caha. « Je l'ai rencontrée maintes fois, reprit-il, mais sans jamais oser lui parler. Je soupçonne que mes moindres gestes sont épiés.

— Sage soupçon, mon cher seigneur.

— Qui ? lança-t-il, la tête inclinée de côté.

— Les Potaunoir fournissent des rapports fréquents à votre exquise sœur.

— Les maudits ! quand je pense à ce qu'ils m'ont déjà coûté... Ai-je la moindre chance, selon vous, de les détacher d'elle, en y mettant le prix ?

— Vous en auriez toujours une, mais je me garderais quant à moi de miser sur des gens de cet acabit. Ils sont chevaliers désormais, tous les trois, et votre sœur leur fait miroiter davantage d'avancement. » Un petit glousse-ment perfide lui fusa du bec. « Et l'aîné, ser Osmund, membre de la Garde, n'est pas sans rêver de certaines autres... *faveurs*... non plus. Il vous est possible de tenir tête à la reine or pour or, j'en suis convaincu, mais elle possède une seconde bourse absolument inépuisable. »

Enfers et damnations ! s'emporta Tyrion. « Insinuez-vous que Cersei s'enfile Osmund Potaunoir ?

— Oh là là, non, ce serait là prendre des risques épou-vantables, vous ne croyez pas ? Non, la reine en suggère simplement l'*éventualité*... pour demain, peut-être, ou après les noces... et puis un sourire, des messes basses, une saillie paillarde... un sein qui vous frôle la manche au passage, par inadvertance..., et ç'a m'a tout l'air effi-cace. Encore que la compétence d'un eunuque en telles matières, n'est-ce pas... ? » Le bout de sa langue lui titilla la lèvre inférieure, telle une bestiole pudibonde et rose.

Si je parvenais d'une manière ou d'une autre à leur faire dépasser le stade des agaceries louches et à m'ar-ranger pour que Père les surprenne au pieu... Il tripota les croûtes de son nez. Réussir cela, il n'en voyait pas le moyen, mais peut-être qu'une idée lui viendrait plus tard. « En dehors des Potaunoir, personne ?

— Plût aux dieux que tel fût le cas, messire. Je crains que bien des yeux ne soient fixés sur votre personne. Vous êtes... comment m'exprimer ? *remarquable* ? Et pas très aimé, je le confesse à mon grand chagrin. Les fils de Janos Slynt seraient fort aises de vous dénoncer pour venger leur père, et notre aimable lord Petyr a des amis à lui dans la moitié des bordels de la ville. Fussiez-vous assez sot pour vous rendre dans l'un de ceux-ci qu'il en serait informé tout de suite, et messire votre père l'instant d'après. »

Pire encore que je ne redoutais. « Et mon père ? Par qui me fait-il surveiller ? »

Pour le coup, l'eunuque éclata de rire. « Mais enfin, messire... par moi. »

Tyrion s'esclaffa à son tour. Il n'était pas niais au point de lui faire confiance outre mesure – mais Varys en savait plus qu'assez sur Shae pour la faire pendre haut et court. « Vous m'amènerez Shae au travers des murs, à l'insu de tous ces espions. Comme vous l'avez déjà fait. »

Varys se tordit les doigts. « Oh, rien ne me ferait davantage plaisir, messire, mais... le roi Maegor ne voulait pas de rats dans ses propres murs, si vous voyez ce que je veux dire. Il exigea qu'on lui ménage une issue secrète qui lui permît, le cas échéant, de se soustraire à un traquenard, mais cette porte ne donne accès à aucun des autres passages. Votre Shae, je puis un moment sans la moindre difficulté la dérober à lady Lollys, mais il m'est impossible de l'introduire dans votre chambre sans que l'on nous voie.

— Ailleurs, alors.

— Mais où ? Il n'existe aucun endroit sûr.

— Si fait. » Tyrion fit un grand sourire. « Ici. Il est temps d'affecter le lit rocailleux qui vous sert de couche à un meilleur usage, me semble-t-il. »

La bouche de l'eunuque béa de stupeur. Puis il émit un gloussement. « Lollys est volontiers lasse, ces jours-ci. Sa grossesse. Je ne serais pas étonné qu'elle dorme en toute quiétude quand la lune se lèvera. »

Tyrion sauta à bas de son siège. « Alors, quand la lune se lèvera. Veillez à faire livrer du vin. Et deux coupes propres. »

Varys s'inclina. « Votre serviteur, messire. »

Le restant de la journée parut s'écouler à un rythme aussi guilleret que celui d'un ver dans la mélasse. Tyrion se hissa jusqu'à la bibliothèque du château et tenta de se distraire avec *L'Histoire des guerres rhoynaires* de Beldecar, mais le sourire de Shae lui brouillait si fort le spectacle des éléphants qu'il finit, dans l'après-midi, par repousser le livre et se commanda un bain. Il s'y récura lui-même jusqu'à ce que l'eau se refroidisse et puis abandonna le soin de sa barbe à Pod. Un supplice. Avec son rude fouillis bariolé de poils jaunes, blancs, noirs, elle était pour le mieux affreuse, mais du moins dissimulait-elle quelque peu la trogne, et c'était toujours ça de gagné.

Quand il se vit aussi propre et rose et bichonné que faire se pouvait, il s'inquiéta de sa tenue et finit par jeter son dévolu sur des chausses de satin collantes rouge Lannister et sur son plus beau doublet, celui de gros velours noir clouté de mufles léonins. Il eût également ceint sa chaîne aux mains d'or si Père n'avait profité de son agonie pour la lui piquer. Mais ce n'est qu'une fois paré qu'il mesura l'abîme de sa folie. *Par les sept enfers, nabot, as-tu perdu toute jugeote avec ton pif ? Il suffira au dernier des ânes de te voir pour se demander pourquoi diable tu rends visite à l'eunuque en habit si galant.* Avec un juron, il se dévêtit pour enfiler des effets plus simples : braies de laine noire, tunique blanche usagée, justaucorps de cuir brun passé. *Qu'est-ce que ça peut bien faire ?* se dit-il en guettant le lever de la lune, *quoi que tu portes, tu restes un nabot. Jamais tu n'auras la taille de ce satané chevalier des marches serpentines, jamais ses saloperies de jambes longues et droites, de ventre dur et de larges épaules viriles.*

La lune lorgnait déjà par-dessus le rempart quand il avisa Podrick Payne qu'il allait chez Varys. « Y resterez-vous longtemps, messire ? s'enquit le gamin.

— Oh, je l'espère bien. »

Avec tout ce qui grouillait au Donjon Rouge, il ne pouvait nullement se flatter de passer inaperçu. Ser Balon Swann montait la garde à la porte, et ser Loras Tyrell sur le pont-levis. Il s'arrêta pour échanger quelques mots affables avec chacun d'eux. La vue du chevalier des Fleurs tout revêtu de blanc quand il n'était auparavant que diaprures et bigarrures avait quelque chose de presque incongru. « Quel âge avez-vous, ser Loras ? lui demanda-t-il.

— Dix-sept ans, messire. »

Dix-sept, et superbe, et déjà légendaire. La moitié des filles des Sept Couronnes brûlent de coucher avec lui, et les garçons n'ont tous qu'une envie, être lui. « Veuillez me pardonner ma question, ser : quel motif peut-on bien avoir, à dix-sept ans, de choisir d'entrer dans la Garde ?

— C'est à dix-sept ans que le prince Aemon Chevalier-dragon prononça ses vœux, répondit ser Loras, et votre frère Jaime était plus jeune encore.

— Je connais leurs raisons. Quelles sont les vôtres ? L'honneur de servir aux côtés de parangons tels que Meryn Trant et Boros Blount ? » Il lui adressa un sourire malicieux. « Garder la vie du roi, c'est renoncer à vivre la vôtre. Vous répudiez vos terres et vos titres, abandonnez tout espoir d'union, d'enfants...

— La maison Tyrell se poursuit à travers mes frères, dit ser Loras. Il n'est indispensable à un troisième-né ni de se marier ni d'engendrer.

— Indispensable, non, mais d'aucuns le trouvent à leur gré. Et l'amour ?

— Lorsque le soleil est couché, nulle chandelle ne saurait le remplacer.

— Cela vient-il d'une chanson ? » Il sourit, la tête penchée de côté. « Oui, vous avez dix-sept ans, je m'en rends compte, maintenant. »

Ser Loras se roidit. « Vous raillez-vous de moi ? »

Susceptible... « Non. Si je vous ai blessé, pardonnez-moi. J'eus jadis mes propres amours, et nous avions aussi une chanson à nous. » *J'aimais une fille belle comme l'été, le soleil dans sa chevelure...* Il souhaita le bonsoir à ser Loras et poursuivit sa route.

Près des chenils, un groupe d'hommes d'armes assistait à un combat de chiens. Tyrion s'attarda suffisamment pour voir le plus petit arracher la moitié de la gueule au plus grand, et pour s'attirer quelques rires gras en observant que le vaincu ressemblait désormais à Sandor Clegane. Espérant alors avoir désarmé leurs soupçons, il s'avança vers le mur nord et descendit les quelques marches qui menaient au piètre logis de l'eunuque. Il levait le poing pour cogner quand la porte s'ouvrit.

« Varys ? » Il se glissa à l'intérieur. « Vous êtes là ? » Une seule chandelle éclairait les ténèbres qu'elle épiçait d'un parfum de jasmin.

« Messire. » Une femme se faufila dans la lumière ; grassouillette, molle et mafflue, avec une face de lune rose et de lourds cheveux sombres. Tyrion eut un mouvement de recul. « Quelque chose qui ne va pas ? » demanda-t-elle.

Varys, comprit-il avec irritation. « Durant une seconde abominable, j'ai cru que vous m'aviez amené Lollys au lieu de Shae. Où est-elle ?

— Ici, m'sire. » Par-derrière, elle lui plaça ses mains sur les yeux. « Tu peux deviner ce que je porte ?

— Rien ?

— Oh, tu es tellement *futé*..., bouda-t-elle en détachant ses mains. Comment tu as su ?

— Tu es suprêmement belle en rien.

— Ah oui ? dit-elle. Vraiment ?

— Oh oui.

— Alors, tu ferais pas mieux de me foutre que de bavarder ?

— Nous devons d'abord nous débarrasser de lady Varys. Je ne suis pas de ces nabots qui goûtent le public.

— Il est parti », dit-elle.

Tyrion se retourna pour contrôler. C'était vrai. L'eunuque s'était, jupes et tout le reste, évaporé. *Les portes dérobées sont bel et bien là, quelque part, il faut qu'elles y soient.* Ce fut tout ce qu'il eut le loisir de penser, déjà Shae lui faisait pivoter la tête pour l'embrasser. Elle avait la bouche moite et vorace et ne paraissait pas seulement voir la balafre ni la croûte ignoble qui occupait l'emplacement du nez perdu. Sous les doigts, sa peau avait le moelleux de la soie. À peine le pouce l'eut-il effleuré que s'érigea son téton gauche. « Dépêche, pressa-t-elle entre deux baisers, tandis qu'il se délaçait à tâtons, oh, dépêche, dépêche, je te veux en moi, en moi, en moi. » Il n'eut même pas le temps de se déshabiller vraiment. Elle lui extirpa la queue des braies, l'allongea par terre d'une poussée, l'enfourcha. Un cri lui échappa lorsqu'il força ses lèvres, et elle se mit à le chevaucher sauvagement, gémissant : « Mon géant, mon géant, mon géant », chaque fois que d'une saccade elle s'abattait sur lui. Son excitation était telle qu'il explosa dès la cinquième, mais Shae ne sembla pas s'en formaliser. Un sourire démoniaque lui vint aux lèvres quand elle le sentit gicler, et elle se courba pour bécoter la sueur qui perlait à son front. « Mon géant Lannister, murmura-t-elle. Reste en moi, s'il te plaît. J'aime te sentir là. »

Aussi Tyrion ne bougea-t-il que pour l'entourer de ses bras. *C'est si bon de la tenir et d'en être tenu,* songea-t-il. *Comment pareille douceur pourrait-elle être un crime passible de pendaison ?* « Shae, dit-il, ma toute douce, il faut que cette fois-ci soit notre toute dernière. C'est trop dangereux. Si mon seigneur de père venait à te découvrir...

— J'aime bien ta balafre. » Elle en suivit le tracé du doigt. « Elle te donne un air très féroce et très énergique. »

Il se mit à rire. « Très laid, tu veux dire.

— M'sire sera jamais laid à mes yeux. » Elle baisa la croûte qui hérissait le moignon déchiqueté de nez.

« Ce n'est pas de ma gueule qu'il faut te préoccuper mais de mon père qui...

— Il me fait pas peur. M'sire va-t-il me rendre maintenant mes pierres et mes soieries ? J'ai demandé à Varys si je pouvais les avoir quand tu as été blessé au combat, mais il a pas voulu me les donner. Elles seraient devenues quoi, si tu étais mort ?

— Je ne suis pas mort. Je suis là.

— Je sais. » Elle se tortilla sur lui en souriant. « Juste où tu dois être. » Sa bouche prit une expression boudeuse. « Mais va falloir que je supporte encore longtemps Lollys, maintenant que tu vas bien ?

— Tu ne m'écoutes donc pas ? dit-il. Lollys reste un pis-aller, mais tu ferais mieux de quitter la ville.

— Je veux pas. Tu m'as promis de me remettre dans mes meubles après la bataille. » Son con se contracta légèrement, et il recommença à bander. « Un Lannister paie toujours ses dettes, t'as dit.

— Bordel de dieux, cesse un peu, Shae ! *Écoute-moi.* Il faut que tu partes. Les Tyrell pullulent à Port-Réal, et je suis étroitement surveillé. Tu ne conçois pas les risques.

— Je pourrai assister au banquet de noces du roi ? Lollys veut pas y aller. J'y ai bien dit que personne risque de la violer dans sa Salle du Trône, au roi, mais c'est qu'une *buse* ! » Elle se laissa rouler sur le flanc, ce qui évinça la queue avec un vague bruit de ventouse.

« Symon dit qu'y va y avoir un tournoi de chanteurs et des acrobates et même une joute de fous. »

Il avait presque oublié ce foutu baladin. « Comment se fait-il que tu lui aies parlé ?

— J'en ai dit un mot à lady Tanda, et elle l'a engagé pour amuser Lollys. La musique la calme, quand son gosse, y se met à ruer. Symon dit qu'y va y avoir de la danse d'ours au banquet, et des vins de La Treille. J'ai jamais vu un ours danser.

— Ils dansent encore plus mal que moi. » Mais c'était le chanteur qui l'inquiétait, pas l'ours. Un mot glissé à l'étourdie dans la mauvaise oreille, et Shae connaîtrait la corde.

« Symon dit qu'y va y avoir soixante dix-sept services et cent colombes cuites à l'étouffée dans un énorme pâté en croûte. » Elle prit un air extasié. « Et puis que, la croûte entamée, elles vont s'envoler d'un coup, toutes.

— Se percher sur les poutres et conchier les invités. » Il avait déjà subi ce genre de pâté nuptial. Il avait toujours soupçonné les colombes d'aimer chier sur *lui* tout spécialement.

« Je pourrais pas mettre mes velours et mes soies et y aller comme une dame et pas comme une bonne ? Personne saurait que je le suis pas. »

Tout le monde saurait que tu ne l'es pas, songea-t-il. « Lady Tanda se demanderait d'où la soubrette de sa Lollys peut bien tirer tant de bijoux.

— Y va y avoir mille invités, Symon dit. Jamais qu'elle m'a même vue. Je me mettrais dans un petit coin sombre, au bas du sel, et, chaque fois que tu te lèverais pour aller pisser, je pourrais me glisser dehors et te rejoindre. » Elle lui cueillit la queue, la flatta délicatement. « Je me mettrai rien, sous ma robe, et, comme ça, m'sire aura même pas besoin de me délacer. » Ses doigts le taquinaient en cadence de va-et-vient. « Ou, s'il voulait, je pourrais lui faire plutôt ça. » Elle le prit dans sa bouche.

Il fut bientôt à point de nouveau mais, cette fois, se retint un peu plus longuement. Quand il eut enfin succombé, Shae se recoula vers lui pour se pelotonner toute nue sous son bras. « Hein, que tu me permettras de venir ?

— Shae, gémit-il, c'est *trop dangereux.* »

Elle demeura quelque temps muette. Il tenta de changer de sujet, mais il se heurtait à un mur poliment maussade et aussi glacial et inexorable que le Mur jadis arpenté dans le Nord. *Les dieux nous préservent,* songeait-il avec accablement, les yeux fixés sur la chandelle qui, près de son terme, commençait à goutter, *comment pourrais-je tolérer que ça se reproduise, après Tysha ? Suis-je donc aussi monstrueusement insensé que le croit mon père ?* C'est de trop bon cœur qu'il aurait accordé ce qu'elle demandait, de trop bon cœur qu'il l'aurait, à son bras, emmenée chez lui, qu'il lui aurait permis de revêtir les velours et les soies qu'elle aimait si passionnément. N'eût-il dépendu que de lui, c'est assise à ses côtés qu'elle aurait assisté au banquet des noces de Joffrey, dansé avec tous les ours à sa fantaisie. Mais la voir pendre, non, non.

Quand la chandelle se fut éteinte, Tyrion se dégagea pour en allumer une nouvelle. Puis il fit le tour des murs, les tapotant l'un après l'autre en quête de la porte dérobée. Shae se mit sur son séant et, enserrant de ses bras ses jambes relevées, le regarda faire. Avant de lâcher, finalement : « Elles sont sous le lit. Les marches secrètes. »

Il la regarda d'un air incrédule. « Le lit ? Le lit est en pierre, en pierre massive. Il pèse une demi-tonne.

— Y a un endroit où Varys pousse, et puis hop, ça s'envole. J'y ai demandé comment, mais c'est par magie, qu'il a dit.

— Oui. » Il ne put réprimer un sourire. « Un sortilège de contrepoids. »

Elle se leva. « Faudrait que je rentre. Y a des fois que les coups de pied du gosse réveillent Lollys, et elle m'appelle.

— Varys devrait être de retour sous peu. Il est probablement en train d'écouter tout ce que nous disons. » Il abaissa la chandelle. Une tache humide lui auréolait le devant des braies, mais les ténèbres empêcheraient sans doute qu'on ne la remarque. Il pressa Shae de se rhabiller et attendit l'eunuque.

« Je vais le faire, promit-elle. Tu es mon lion, n'est-ce pas ? Mon géant Lannister ?

— Oui, dit-il. Et toi, tu es...

— ... ta putain. » Elle lui effleura les lèvres du bout du doigt. « Je sais. Je voudrais être ta dame, mais je pourrai jamais. Autrement, tu m'emmènerais au banquet. C'est pas grave. Ça me plaît bien d'être ta putain, Tyrion. Garde-moi seulement, mon lion, et garde-moi en sécurité.

— Promis », dit-il. *Fou, fou !* cria sa voix intérieure. *Pourquoi lui avoir dit ça ? Tu n'étais venu que pour l'éloigner !* Au lieu de quoi il l'embrassa une fois de plus.

Le chemin du retour lui parut interminable de solitude. Podrick Payne dormait à poings fermés dans son lit gigogne, au pied du sien, mais il le réveilla. « Bronn, dit-il.

— Ser Bronn ? » Pod frotta ses yeux engourdis de sommeil. « Oh. Il faut que j'aille le chercher ? Messire ?

— Hé non, je t'ai seulement réveillé pour que nous causions un peu de ses habitudes vestimentaires », ironisa Tyrion, mais son sarcasme fit fiasco total. Pod le regarda, bouche bée, d'un air ahuri, jusqu'à ce qu'il dise, bras au ciel : « Oui, va le chercher. Tu le ramènes. Tout de suite. »

Le gamin s'habilla précipitamment et faillit défoncer la porte pour sortir plus vite. *Suis-je vraiment si terrifiant ?* se demanda Tyrion tout en troquant sa tenue contre une robe de chambre avant de se verser du vin.

Il en était à sa troisième coupe quand, la mi-nuit passée, Pod reparut enfin, le chevalier reître en remorque. « J'espère que le gosse avait une foutue bonne raison de m'arracher de chez Chataya, râla Bronn en s'adjugeant un siège.

— De chez *Chataya* ? reprit Tyrion avec humeur.

— Ç'a du bon, être chevalier. Plus besoin de chercher les bordels les moins chers de la rue. » Il s'épanouit. « Maintenant, c'est Alayaya et Marei dans le même plumard, et ser Bronn entre elles. »

Force fut à Tyrion de ravaler son irritation. Bronn avait autant que quiconque le droit de coucher avec Alayaya, mais tout de même... *Je ne l'ai jamais touchée, si fort que j'en eusse envie, mais Bronn n'a pas pu le savoir. Il n'aurait pas dû y tremper sa queue.* Il n'osait se rendre lui-même chez Chataya. S'il le faisait, Cersei ne manquerait pas de l'ébruiter du côté de Père, et Yaya le paierait de pire que du fouet. En guise d'excuses, il avait envoyé un collier de jade et d'argent, plus deux bracelets assortis, mais à part cela...

Vanités. « Il y a un chanteur qui se fait appeler Symon Langue-d'argent, dit-il d'un ton las, refoulant ses remords. Il joue de temps à autre pour la fille de lady Tanda.

— Et alors ? »

Tue-le, songea-t-il sans parvenir à le proférer. Le seul crime du pauvre diable avait consisté à chanter quelques chansons. *Et à farcir la cervelle frivole de ma Shae de visions de colombes et d'ours dansants.* « Trouve-le, se contenta-t-il d'ordonner. Trouve-le avant que quelqu'un d'autre ne le trouve. »

ARYA

Elle fouinait en quête de légumes dans le potager d'un mort quand elle entendit le chant.

Elle se raidit, immobile comme une borne, et, l'oreille tendue, oublia instantanément les trois carottes filiformes qu'elle tenait. La pensée des gens de Roose Bolton et des Pitres Sanglants lui fit courir le long de l'échine un frisson de peur. *Ce n'est pas juste, non..., pas maintenant que nous avions fini par trouver le Trident, pas maintenant que nous en venions presque à nous croire sauvés... !*

Mais au fait, pourquoi les Pitres chanteraient-ils ?

La chanson montait du bord de la rivière, quelque part, derrière la petite butte, à l'est. « ... *à Goëville, oh gai, voir la belle, oh gai...* »

Elle se leva, carottes ballant au bout de ses doigts. On aurait dit que le chanteur remontait le chemin de halage. D'après la dégaine qu'il se tirait, Tourte aussi, là-bas, dans les choux, l'avait entendu. Dormant comme il dormait, à l'ombre de la chaumière incendiée, Gendry ne risquait pas, lui, d'entendre quoi que ce soit.

« *Je lui déroberai un doux baiser, oh gai, sur le bout de ma dague, oh gai.* » Était-ce un accompagnement de harpe qu'elle percevait, sous le ruissellement feutré des eaux ?

« Tu entends ? chuchota Tourte d'une voix rauque en étreignant sa brassée de choux. Quelqu'un vient...

— Va réveiller Gendry, dit-elle. Secoue-le juste par

l'épaule, et ne me fais pas de boucan. » Contrairement à Tourte, qu'il fallait bourrer de coups de pied et de coups de gueule, Gendry s'éveillait facilement.

« *Je ferai d'elle mon amour, oh gai, et nous reposerons à l'ombre, oh gai.* » D'un mot à l'autre enflait le son.

Tourte ouvrit les bras. Les choux tombèrent à terre avec un bruit sourd. « Faut nous *cacher.* »

Où ça ? Les ruines de la chaumière et son potager submergé d'herbes folles se trouvaient tout près du Tridant. Il y avait bien des saules épars le long de la berge et, au-delà, des massifs de roseaux dans les fonds bourbeux, mais la plupart du terrain, de ce côté-ci, était dramatiquement découvert. *Nous n'aurions jamais dû quitter les bois, je le savais bien,* songea-t-elle. Mais, pour leurs ventres affamés, le potager, représentait une tentation trop puissante. Ils avaient grignoté au fin fond des bois, six jours plus tôt, leurs dernières miettes du fromage et du pain volés à Harrenhal. « Emmène Gendry et les chevaux derrière la chaumière », décida-t-elle. Un pan de mur demeurait debout, peut-être assez large pour camoufler trois bêtes et deux gars. *Si les chevaux ne hennissent pas, et si ce chanteur ne vient pas fureter dans les parages du jardin.*

« Et toi ?

— Je vais me planquer près de l'arbre. Le type est probablement seul. S'il me cherche noise, je le tuerai. *File !* »

Pendant qu'il filait, Arya laissa choir ses carottes et, par-dessus l'épaule, tira au clair l'épée volée. Elle s'en était fixé le fourreau dans le dos, car, forgée pour un homme adulte, la lame traînait à terre quand elle l'avait sur la hanche. *Elle est trop lourde, en plus,* se dit-elle, toute au regret d'Aiguille, comme chaque fois qu'elle manipulait ce grand truc encombrant. Mais ce n'en était pas moins une épée, grâce à laquelle il lui était possible, et cela seul comptait, de tuer.

D'un pied furtif, elle se déplaça vers le vieux gros saule qui poussait non loin du virage du chemin et, une fois retranchée derrière le rideau de branches pleureuses, mit un genou à terre. *Ô vous, dieux anciens,* pria-t-elle tandis que la voix du chanteur se faisait de plus en plus forte, *vous, dieux des arbres, dissimulez-moi, et faites qu'il me dépasse.* Or, là-dessus, un cheval s'ébroua, et la chanson s'interrompit net. *Il a entendu,* comprit-elle, *mais peut-être est-il seul, ou, s'il ne l'est pas, peut-être ont-ils aussi peur de nous que nous d'eux.*

« T'as entendu ça ? dit une voix d'homme. Y a quelque chose derrière ce mur, je dirais.

— Mouais, répondit une seconde voix, plus basse. Ça pourrait être quoi d'après toi, Archer ? »

Et de deux. Elle se mordit la lèvre. Le feuillage du saule l'empêchait de rien voir. Mais elle entendait distincte-ment.

« Un ours. » Une troisième voix, ou la première, de nouveau ?

« Y a plein de viande, sur un ours, reprit la voix de basse. Et plein de graisse aussi, l'automne. Bon à manger, si c'est bien cuit.

— Pourrait être un loup. Voire un lion.

— Avec quatre pattes, tu crois ? Ou deux ?

— Change rien. Si ?

— Pas que je sache. Tu veux faire quoi, Archer, avec toutes ces flèches ?

— En balancer quelques-unes par-dessus ce mur. Quoi que ce soit qu'est tapi derrière, ça va en sortir dare-dare, regardez voir.

— Et si c'est un honnête homme, là derrière, ho ? Ou une pauvre femme avec un nourrisson ?

— Un honnête homme sortirait nous montrer sa tête. Y a qu'un bandit pour avoir ces allures de maraudeur.

— Mouais, mon avis aussi. Vas-y, alors, tires-y des-sus. »

Arya bondit sur ses pieds. « *Non !* » Elle se montra avec son épée. Ils étaient bien trois. *Rien que trois.* Syrio pou-vait en combattre bien plus de trois, et elle avait Tourte et Gendry pour l'appuyer, peut-être. *Mais ils sont des gamins, et ceux-là des hommes.*

Des hommes à pied, poudreux, crottés par une longue route. Elle reconnut le chanteur à la harpe qu'il berçait sur son justaucorps, exactement comme une mère berce un nouveau-né. Un petit homme dans la cinquantaine, semblait-il, avec une grande bouche, un nez pointu, des cheveux bruns qui se clairsemaient. Des empièceements de cuir rapetassaient de-ci de-là ses verts délavés, et il portait sur la hanche une panoplie de couteaux à lancer et, attachée en travers du dos, une hache de bûcheron.

D'un bon pied plus grand, son voisin avait l'allure d'un soldat. À sa ceinture de cuir clouté pendaient rapière et poignard ; des rangées d'anneaux d'acier qui se chevauchaient étaient cousues sur sa chemise, et un demi-heaume conique en fer noir le coiffait. Il avait une barbe brune hirsute et de mauvaises dents, mais ce qui attirait surtout l'œil, c'était son manteau jaune à capuchon. Épais et plombant, maculé d'herbe ici et ailleurs de sang, effiloché du bas et rapiécé de peau de daim sur l'épaule droite, il donnait à son propriétaire l'air d'un énorme oiseau jaune.

Le troisième, enfin, était un jeune homme aussi décharné que son arc, quoique un peu moins haut. Roux et tout tacheté de son, il portait une brigandine cloutée, des cuissardes, des gants de cuir sans doigts et un carquois dans le dos. Ses flèches étaient empennées de plumes d'oie grises, et six d'entre elles, plantées devant lui dans le sol, faisaient l'effet d'une petite palissade.

Et tous trois la dévisageaient, là, debout en travers du chemin, l'épée au poing. Le chanteur finit par pincer paresseusement une corde. « Petit, dit-il, pose-moi ça, maintenant, ou tu vas te blesser. C'est trop gros pour toi et, en plus, Anguy que voici te percerait de trois flèches avant que tu ne puisses te flatter de nous atteindre.

— Des blagues, dit-elle, et je suis une *fille*.

— Entendu. » Il s'inclina. « Je suis confus.

— Passez votre chemin. Vous n'avez qu'à continuer tout droit sans cesser de chanter, qu'on sache où vous êtes. Partez, laissez-nous tranquilles, et je ne vous tuerai pas. »

L'archer taché de son se mit à rire. « T'entends ça, Lim ? Elle nous tuera pas !

— J'entends, dit Lim, le grand soldat à la voix de basse.

— Petite, reprit le chanteur, pose-moi donc ça, et nous t'emmènerons en lieu sûr te remplir ce pauvre petit ventre. Il y a des loups, dans ce coin, et des lions, et des choses encore pires. Pas un endroit où une fillette peut se balader toute seule.

— Elle est pas seule. » Gendry surgit à cheval de derrière le mur, et Tourte le suivait, entraînant par la bride le cheval d'Arya. Avec sa cotte de mailles et l'épée au poing, Gendry avait presque l'allure dangereuse d'un homme fait. Tourte avait son allure de Tourte. « Faites ce qu'elle dit, et laissez-nous tranquilles, avertit Gendry.

— Deux et un, trois, compta le chanteur, et c'est tout ? Et des chevaux aussi, de jolis chevaux. Où les avez-vous volés ?

— Ils sont à nous. » Arya les tenait à l'œil. Le chanteur pouvait bien la distraire avec son caquet, c'était de l'archer que venait le péril. *Qu'il arrache une flèche du sol...*

« Vous nommerez-vous à nous comme d'honnêtes gens ? demanda le chanteur aux deux garçons.

— Moi, c'est Tourte Chaude, répondit d'emblée Tourte Chaude.

— Mouais, et ça te va bien. » Il sourit. « Ce n'est pas tous les jours que je croise un gars d'un nom si savoureux. Et tes copains, comment s'appellent-ils, Côte Première et Pigeonneau ? » Du haut de sa selle, Gendry se renfrogna. « Pourquoi je devrais vous dire mon nom ? J'ai pas entendu les vôtres.

— Hé bien, quant à ça, je suis Tom des Sept-Rus, mais on m'appelle Tom Sept-cordes ou bien Tom des Sept. Ce grand rustre aux dents brunes est Lim, diminutif de Limonbure – cause du manteau. Il est jaune, tu vois, et Lim est du genre acide. Et ce petit pote à moi là, c'est Anguy, que nous aimons bien dénommer Archer.

— À présent, qui êtes-vous ? » demanda Lim de la voix de basse qui avait frappé Arya sous les branches du saule.

Elle n'allait pas livrer son vrai nom si facilement que ça. « Pigeonneau, si vous voulez, dit-elle. Ça m'est égal. »

Le grand type se mit à rire. « Un pigeonneau qui tient une épée ! dit-il. Ben, ça c'est un truc qu'on voit pas souvent !

— Moi, c'est Taureau », dit Gendry, ajustant sa conduite sur celle d'Arya. Elle pouvait difficilement lui reprocher de préférer Taureau à Côte Première.

Tom Sept-cordes grattouilla sa harpe. « Tourte, Pigeonneau, Taureau. Échappés des cuisines de lord Bolton, n'est-ce pas ?

— Comment savez-vous ? demanda Arya, mal à l'aise.

— Tu portes ses armes sur la poitrine, bout de chou. »

Elle avait momentanément oublié ce détail. Sous son manteau s'apercevait son beau doublet de page, frappé à l'écorché de Fort-Terreur. « Ne m'appelez pas "bout de chou" !

— Pourquoi non ? dit Lim. T'es plutôt petite.

— Je suis plus grande que je n'étais. Je ne suis pas une *enfant*. » Les enfants ne tuaient pas les gens, et elle l'avait fait.

« Je le vois bien, Pigeonneau. Vous n'êtes des enfants ni les uns ni les autres, si vous êtes à Bolton.

— On l'a jamais été. » Tourte ne ratait jamais une occasion de se taire. « On était déjà à Harrenhal avant qu'il arrive, c'est tout.

— Alors, vous êtes des lionceaux, c'est ça ? repartit Tom.

— Pas ça non plus. On est à personne. Vous êtes à qui, vous ? »

C'est Anguy l'Archer qui répondit : « Au roi. »

Arya plissa le front. « Quel roi ?

— Le roi Robert, dit Lim au manteau jaune.

— Ce vieux soûlot ? jeta Gendry avec hauteur. Il est crevé, un sanglier l'a tué, tout le monde sait ça.

— Ouais, mon gars, convint Tom Sept-cordes, et c'est grand dommage. » Il égrena un accord sur sa harpe.

Des hommes du roi ? Arya ne le croyait pas une seconde. Ils avaient plutôt des mines de malandrins, avec toutes leurs guenilles dépenaillées. Et même pas de montures, en plus. Des hommes du roi auraient été montés.

À l'étourdie, Tourte n'en pipa qu'avec plus d'ardeur. « On cherche Vivesaigues, lâcha-t-il, vous sauriez pas, des fois, à combien c'est de journées à cheval ? »

Arya l'aurait tué. « Ferme ta grande gueule, imbécile, ou je te la bourre de cailloux.

— Une fameuse trotte en amont, Vivesaigues... dit Tom. Fameuse et affamée. Que diriez-vous d'un repas chaud, avant de vous mettre en route ? Il y a une auberge, pas loin, devant, tenue par des amis à nous. On pourrait y prendre ensemble un pot de bière et une bouchée de pain, plutôt que de se battre.

— Une auberge ? » L'idée de manger chaud mettait en ébullition le ventre d'Arya, mais ce Tom, elle n'avait pas confiance. Tout ce qui vous parlait amicalement n'était pas forcément votre ami. « Pas loin, vous dites ?

— Trois milles à mont, confirma-t-il. Une lieue tout au plus. » Gendry balançait autant qu'elle. « *Amis,* ça veut dire quoi ? demanda-t-il d'un ton méfiant.

— Amis. Vous avez oublié ce que c'est, des amis ?

— L'aubergiste s'appelle Sherna, précisa Tom. Elle a la dent dure et pas l'œil dans sa poche, ça, d'accord, mais bon cœur, et elle adore les petites filles.

— Je ne suis pas une petite fille ! riposta-t-elle avec colère. Et qui d'autre est là ? Vous avez dit *des* amis.

— Le mari de Sherna et un gamin, un orphelin qu'ils ont recueilli. Ils ne vous feront pas de mal. Il y aura de la bière, si vous vous croyez assez vieux. Du pain frais, peut-être même un bout de viande. » Tom jeta un coup d'œil vers les ruines de la chaumière. « Et ce que vous avez volé dans le potager de Vieux Pat, en plus.

— On n'a rien volé, protesta Arya.

— Parce que tu es la fille de Vieux Pat ? une sœur ? une femme à lui ? Ne me raconte pas d'histoires, Pigeonneau. J'ai enterré Vieux Pat de mes propres mains, juste là, sous le saule où tu te cachais, et tu ne lui ressembles pas. » Il tira de sa harpe un son désolé. « Nous avons enterré pas mal de braves types, depuis un an, mais nous n'avons aucune envie de t'enterrer, je te le jure sur ma harpe. Anguy, montre-lui. »

La main de l'archer fut plus prompte qu'Arya ne l'eût jamais imaginé. La flèche lui siffla à moins d'un pouce de l'oreille et alla se ficher, derrière, dans le tronc du saule. Entre-temps, il en avait encoché une seconde et bandé la corde. Elle se figurait avoir compris ce qu'entendait Syrio par *preste comme un serpent, souple comme soie d'été*, mais elle constatait à l'instant que non. La flèche bourdonna comme une abeille dans son dos. « Raté, dit-elle.

— Triple idiote si tu crois ça, dit Anguy. Elles vont où je les envoie.

— Pour ça, oui », approuva Lim Limonbure.

Une douzaine de pas séparaient l'archer de la pointe de son épée. *Nous n'avons aucune chance,* réalisa-t-elle en déplorant de ne posséder ni un arc semblable à celui qu'il tenait ni l'habileté nécessaire pour s'en servir. D'un air morne, elle abaissa sa pesante épée jusqu'à ce que la pointe en touche le sol. « On va venir voir votre auberge, concéda-t-elle en s'efforçant de dissimuler l'anxiété de son cœur derrière le culot verbal. Nous derrière et vous devant, qu'on puisse voir ce que vous faites. »

Tom Sept-cordes lui plongea une profonde révérence et dit : « Devant, derrière, aucune importance. Venez, les gars, montrons-leur la route. Autant récupérer ces flèches, Anguy, elles ne nous serviront à rien, ici. »

Après avoir rengainé, Arya traversa le chemin, non sans garder ses distances avec les inconnus, pour rejoindre ses amis en selle. « Va me ramasser ces choux, Tourte, dit-elle en se juchant d'un bond sur son cheval. Et les carottes aussi. »

Pour une fois, il ne discuta pas. Puis on se mit en route ainsi qu'elle l'avait exigé, eux bridant leurs montures afin de rester à une douzaine de pas en arrière des trois types à pied. Or, il se trouva néanmoins qu'ils ne tardèrent guère à chevaucher juste à la hauteur de ces derniers. Le sol était défoncé, Tom Sept-cordes traînait la semelle et se plaisait à pincer sa harpe tout en marchant. « Vous connaissez des chansons ? leur demanda-t-il. J'aimerais de tout mon cœur quelqu'un qui chanterait avec moi, ça oui. Lim détonne tout de suite, et notre petit archer ne connaît que des ballades de Marchiens longues de cent strophes, toutes.

— Dans les Marches, on chante des vraies chansons, repartit Anguy d'un ton doux.

« — Il est *stupide* de chanter, trancha Arya. Chanter fait du bruit. On vous entendait venir du diable vauvert. On aurait pu vous tuer. »

Le sourire de Tom proclama qu'il n'était pas de cet avis. « Il y a pire que de mourir une chanson aux lèvres.

— S'il y avait des loups par ici, maugréa Lim, on le saurait. Des lions, pareil. Ces bois sont à nous.

— Vous vous êtes même pas doutés qu'on y était, dit Gendry.

— Ça, mon gars, tu ne devrais pas l'affirmer si vite, objecta Tom. Il arrive parfois qu'on en sache plus qu'on n'en dit. »

Tourte modifia son assiette. « Je connais la chanson de l'ours, intervint-il. Des passages, en tout cas. »

Tom laissa courir ses doigts sur les cordes. « Alors, allons-y, mitron. » Il renversa la tête en arrière et entonna : « *"Un ours y avait, un ours, un ours ! Tout noir et brun, tout couvert de poils..."* »

Non content de faire chorus à gorge déployée, Tourte alla jusqu'à se mettre à tressauter légèrement en selle sur chaque rime. Arya le lorgna, stupéfaite. Il avait une bonne voix, et il chantait bien. *Sorti de son four, il faisait toujours tout de travers,* songea-t-elle.

Un ruisseau se jetait dans le Trident, un peu plus loin. Comme on pataugeait pour le traverser, les chants firent fuser un canard d'entre les roseaux. Anguy s'arrêta net, dégagea l'arc de son épaule, y encocha une flèche et l'abattit. L'oiseau tomba dans une fondrière, non loin de la berge. Lim se défit de son manteau jaune et, tout en allant barboter jusqu'au genou pour le rapporter, se répandit en récriminations. « Tu crois que Sherna aura des citrons dans sa cave ? demanda Anguy à Tom, tandis que, sous leurs yeux, leur copain se sauçait en jurant. Une fille de Dorne m'a fait du canard aux citrons, une fois. » Il respirait la nostalgie.

On repartit. Le canard ballottait à la ceinture de Lim sous le manteau jaune. Tourte et Tom reprirent leur chanson. Bizarrement, les milles en parurent abrégés. De sorte qu'on ne fut pas long du tout à distinguer l'auberge, plantée sur la rive à un endroit où le Trident décrivait une large boucle en direction du nord. Toujours plus défiante, Arya la scruta de tous ses yeux tandis qu'on s'en approchait. Ça n'avait pas *l'air* d'un repaire de malandrins, dut-elle admettre ; l'étage blanchi à la chaux, les ardoises du toit, la nonchalance des volutes de fumée qui s'échappaient de la cheminée, tout avait un aspect aimable, voire hospitalier. Des écuries et toutes sortes de dépendances flanquaient le bâtiment principal, et sur les arrières s'apercevaient une treille, un bout de potager, des pommiers. L'auberge possédait même un appontement jeté sur la rivière, et...

« Gendry, souffla-t-elle d'un ton pressant. Ils ont un bateau. Il nous permettrait de remonter la rivière jusqu'à Vivesaigues. Ça serait plus rapide qu'à cheval, je crois. »

Il se montra moins enthousiaste. « T'as déjà mené un bateau ?

— Tu hisses la voile, dit-elle, et le vent te pousse.

— Et si le vent souffle pas dans le bon sens ?

— Alors, tu te sers des rames.

— Contre le courant ? » Il fronça les sourcils. « Ça serait pas lent ? Et si le bateau chavire et qu'on tombe à l'eau ? C'est pas notre bateau, de toute façon, il est à l'auberge. »

On pourrait toujours le piquer. Elle se mâchouilla la lèvre et s'abstint de tout commentaire. Ils démontèrent à l'entrée des écuries. On n'y voyait aucun autre cheval, mais Arya repéra du crottin frais dans pas mal de stalles. « L'un de nous devrait garder les bêtes », chuchota-t-elle avec circonspection.

Tom l'entendit néanmoins. « Pas besoin, Pigeonneau. Viens manger, elles ne risquent rien.

— Je reste, dit Gendry, ignorant le chanteur. Venez me chercher quand vous aurez avalé un morceau. »

Un hochement de connivence, et Arya s'éloigna sur les talons de Tourte et de Lim. Son épée au fourreau lui barrait toujours le dos, et, au cas où quelque chose lui paraîtrait louche, une fois dedans, sa main rôdait en permanence dans les parages de la dague volée à Roose Bolton.

Au-dessus de la porte, l'enseigne représentait quelque chose comme un vieux roi agenouillé. Dans la salle commune où ils pénétrèrent était campée, poings aux hanches et menton en galoche, une espèce de géante affreuse, l'air furibond. « Reste pas planté là, mon gars, jappa-t-elle. Ou t'es une fille ? Fille ou gars, t'encombres ma porte. T'entres, ou tu sors. Je t'ai dit quoi, Lim, pour mon sol ? T'es tout crotté.

— On a descendu un canard. » Lim l'exhiba comme une bannière de paix.

Elle le lui rafla. « Anguy qu'a descendu un canard, ça que tu veux dire. Allez, débotte, t'es sourd ou idiot ? » Elle se détourna. « *L'homme !* appela-t-elle d'une voix tonnante. Monte un peu voir, les gars sont de retour. *Ho, l'homme !* »

De l'escalier de la cave émergea, grommelant, un type en tablier crasseux. D'une tête plus court que la femme, il avait le mufle grumeleux, des peaux flasques et jaunâtres criblées par les séquelles de quelque vérole. « Chuis là, femme, arrête d'aboyer. Y a quoi, main'nant ?

— Pends-moi ça », dit-elle en tendant le canard.

Anguy tritura ses pieds. « On s'était dit qu'on pourrait le manger, Sherna. Avec des citrons. Si t'as.

— Des citrons. Et d'où qu'on les tirerait, tes citrons ? Trouves que ça ressemble à Dorne, ici, bougre de roussi ? Pourquoi t'y fais pas un saut nous y cueillir un panier, à tes citronniers, plus des belles olives et puis, tant que t'y es, des pommes granates ? » Elle lui agita l'index sous le nez. « Enfin, je pourrais toujours te le faire cuire, j'imagine, avec le manteau de Lim, si ça te dit, mais faut d'abord qu'il suspende quelques jours. Vous mangerez du lapin, ou vous mangerez pas. Du lapin rôti à la broche, ça irait plus vite, si vous avez très faim. Ou en ragoût, si ça vous plait plus, avec de la bière et des oignons. »

Le goût du lapin, Arya l'avait presque à la bouche. « Nous n'avons pas d'argent, mais nous apportons des carottes et des choux. On pourrait vous les céder.

— Tiens donc ! Et où qu'y sont ?

— Donne-lui les choux, Tourte », dit Arya. Et il s'exécuta, sauf à aborder la mégère avec autant d'entrain que si elle eût été Mordeur ou Rorge ou Varshé Hèvre.

Elle inspecta minutieusement les légumes et plus

minutieusement encore leur porteur. « Et cette *tourte,* où qu'elle est ?

— Ben... là. Moi. C'est mon nom. Et elle, c'est... euh... Pigeonneau.

— Pas sous mon toit. Moi, je donne à mes dîneurs et à mes plats des noms différents, qu'on risque pas de les confondre. *L'homme !* »

Il s'était esbigné, mais l'appel le fit accourir. « Le canard suspend. Y a quoi, main'nant, femme ?

— Lave-moi ces légumes, ordonna-t-elle. Et vous, là, posez vos fesses pendant que je commence les lapins. Le gars va vous apporter à boire. » Elle darda son long nez vers Tourte et Arya. « Servir de la bière à des gosses, c'est pas dans mes habitudes, mais y reste plus de cidre, y a pas de vaches pour le lait, et l'eau de la rivière a goût de guerre, avec tous ces cadavres au fil du courant. Si je vous servais une chope de soupe pleine de mouches mortes, vous me boiriez ça ?

— Arry, oui, dit Tourte. Je veux dire Pigeonneau.

— Lim aussi, suggéra l'archer avec un sourire en dessous.

— T'occupe de Lim, trancha Sherna. C'est bière pour tous. » Elle partit en trombe vers les cuisines.

Pendant que Lim accrochait son grand manteau jaune à une patère, Tom Sept-cordes et Anguy s'installèrent à une table auprès du foyer. Tourte se laissa lourdement tomber sur le banc d'une table proche de la porte, et Arya vint, mine de rien, se caler contre lui.

Tom délivra sa harpe. « *Une auberge y avait, solitaire, au bord de la route, dans la forêt,* se mit-il à fredonner, tout en élaborant peu à peu une mélodie qui colle aux paroles. *La femme de l'aubergiste était aussi appétissante qu'un crapaud.*

— La ferme, ou on aura pas de lapin, l'avertit Lim. Tu la connais. »

Arya se pencha vers Tourte. « Tu sais conduire un bateau ? » demanda-t-elle. Il n'eut pas le temps de répondre qu'apparut avec des chopes de bière un garçon trapu de quinze ou seize ans. Après avoir saisi religieusement la sienne à deux mains, Tourte y trempa le bec, et son sourire s'évasa comme jamais Arya ne l'avait vu sourire. « Bière, murmura-t-il, et *lapin*.

— Holà, un toast à Sa Majesté ! s'exclama l'archer, jovial, en brandissant sa chope. Plaise aux Sept de préserver le roi !

— Tous les douze », marmonna Lim Limonbure. Il se barbouilla la bouche de mousse en buvant, la torcha d'un revers de main.

L'homme fit brusquement irruption par la porte de devant, son tablier plein de légumes nettoyés. « Y a d'drôles de ch'vaux dans les écuries, lança-t-il à la cantonade comme si personne n'était au courant.

— Ouais, dit Tom en repoussant sa harpe. Et meilleurs que les trois que tu as donnés. »

L'homme déversa les légumes sur la table d'un air fâché. « J'les ai pas donnés du tout. J'les ai *vendus,* et un bon prix, et j'nous ai eu la barque en plus. Sans parler que vous d'viez les récupérer. »

Je savais que c'étaient des bandits, songea Arya. Sa main se porta par-dessous la table contrôler que la dague était toujours là. *S'ils essaient de nous dévaliser, ils s'en repentiront.*

« Y sont jamais venus par chez nous, dit Lim.

— J'les y ai envoyés, pourtant. Vous d'viez êt' saouls, ou ben roupiller.

— Nous, saouls ? » Tom s'envoya une longue lampée de bière. « Jamais.

— T'avais qu'à te les prendre, toi, jeta Lim à *l'homme.*

— Quoi ? Avec rien que l'gars ? J'vous l'ai d'jà dit deux fois, la vieille, elle était montée à Plan-d'Agne aider c'te Feuge à mett' bas son môme. Et cent contre un que, la pauv' gosse, c'tait l'un d'vous qu'y avait planté l'engin. » Il gratifia Tom d'un regard aigre. « Toi, j'parierais, 'vec c'te harpe qu' t'as, et qu'à chanter des chansons tristes juste pour y tomber la culotte, à la Feuge.

— Hé là ! si une chanson donne envie aux filles de se mettre à poil et d'avoir sur la peau les bons chauds baisers du soleil, est-ce la faute du chanteur ? demanda Tom. En plus, c'est pour Anguy qu'elle en pinçait. "Je peux toucher ton arc ? » elle lui disait, je l'ai entendue.

« Ooohh, qu'il est doux, et dur... Je pourrais pas, tu crois, le bander un peu, des fois ?" »

L'homme renifla. « Toi ou Anguy, c'est égal qui. Vous êtes autant à blâmer qu' moi, pour ces ch'vaux. Y z-étaient trois, quoi. Et, contre trois, quoi qu'on peut faire quand on est qu'un ?

— Trois, lâcha Lim avec dédain, mais un qu'était qu'une femme et c't aut' enchaîné, tu l'as dit toi-même. »

L'homme fit la moue. « Une *grande* femme, et habillée comme un homme. Et l'enchaîné..., m'a pas plu, ça qu'y avait dans ses yeux. »

Anguy sourit par-dessus sa bière. « Quand les yeux d'un type me plaisent pas, moi, j'y fiche une flèche dans un. »

Arya se rappela celle dont il lui avait effleuré l'oreille. Que ne savait-elle en décocher de pareilles... !

L'homme ne se laissa pas épater. « Ta gueule, toi, quand tes aînés causent. Bois ta bière et tiens ta langue, ou j'te f'rai tâter d' la louche à la vieille.

— Mes aînés causent trop, et j'ai pas besoin qu'on me dise de boire ma bière. » Une bonne lampée servit de démonstration.

Arya l'imita. Après ne s'être abreuvée des jours et des jours que dans les ruisseaux, les mares et puis dans le Trident boueux, la bière lui parut aussi délicieuse que le peu de vin que Père lui permettait de siroter, jadis. Malgré le fumet qui provenait des cuisines et qui la faisait saliver, l'idée du bateau n'en persistait pas moins à l'obséder. *Il sera plus facile à voler qu'à mener. Si on attend qu'ils soient tous endormis...*

Le garçon de service reparut avec de grosses miches rondes. Après avoir voracement arraché un morceau à celle qu'il leur remit, Arya se mit à le déchiqueter. Mais c'était dur à mâcher, un truc mastoc et glutineux, brûlé par-dessous.

Tourte l'eut à peine goûté qu'il fit la grimace. « 'l est infect, ce pain, dit-il. 'l a pas levé, et 'l est cramé, en plus.

— Il est meilleur quand y a du ragoût pour l'imbiber dessus, dit Lim.

— Meilleur, ça non, riposta Anguy, mais tu risques moins de t'y casser les dents.

— Tu l' bouffes, ou tu files avec ta faim, dit *l'homme*. J'ai foutre l'air d'un boulanger, moi ? Fais voir mieux, toi, qu' j'me marre...

— Je pourrais, moi, dit Tourte. C'est facile. Vous avez trop pétri la pâte, c'est pour ça qu' c'est tellement compact. » Il prit encore un peu de bière et se mit à dégoiser amoureusement pains, tartes et tourtes, tout ce qu'il aimait. Arya s'en tourneboulait l'œil.

Tom prit place en face d'elle. « Pigeonneau, dit-il, ou Arry ou comment que tu t'appelles véritablement, ceci est pour toi. » Il déposa sur le bois de la table, entre eux, un fragment de parchemin crasseux.

Elle lorgna la chose avec méfiance. « C'est quoi, ce truc ?

— Trois dragons d'or. Nous avons absolument besoin d'acheter ces chevaux. »

Elle aventura sur lui un regard rétif. « Ce sont *nos* chevaux.

— Puisque vous les avez volés vous-mêmes, hein ? N'en aie pas honte, petite. La guerre transforme en voleurs pas mal d'honnêtes gens. » Il tapota le bout de parchemin plié. « Je te les paie royalement. Plus que ne vaut aucun cheval, franchement parlé. »

Tourte attrapa le papelard et le déplia. « Y a pas d'or, rouscailla-t-il bien haut. Y a que des trucs d'écrits.

— Ouais, dit Tom, et j'en suis navré. Mais, après la guerre, on vous en fera du solide, vous avez ma parole d'homme du roi. »

Arya s'écarta de la table et se leva. « Vous n'êtes pas des hommes du roi, vous êtes des brigands.

— S'il t'était jamais arrivé de rencontrer des brigands véritables, tu saurais qu'ils ne paient pas, même avec du papier. Ce n'est pas pour nous que nous voulons vos chevaux, petite, c'est pour le bien du royaume, c'est pour pouvoir nous déplacer plus vite et livrer les batailles qu'il faut livrer. Les batailles du roi. Irais-tu refuser le roi ? »

Ils avaient tous les yeux sur elle : le grand Lim et l'archer, *l'homme*, avec son teint cireux, son regard fuyant.

Et Sherna elle-même qui, du seuil des cuisines, avançait le museau. *Nous aurons beau dire, ils vont nous prendre nos chevaux,* réalisa-t-elle. *C'est à pied qu'il nous faudra gagner Vivesaigues, à moins...* « Nous ne voulons pas de papier. » Elle le rafla dans la main de Tourte. « À vous nos chevaux, à nous le bateau qui se trouve dehors. Mais seulement si vous nous montrez comment le gouverner. »

Tom Sept-cordes la dévisagea un moment, puis sa large lippe joviale se gondola sur un sourire consterné. Il se mit à rire aux éclats. Anguy fit chorus, et puis voilà que tous se tenaient les côtes, Uni Limonbure et Sherna et *l'homme* et le gars lui-même, qui venait de surgir de derrière les barriques, une arbalète sous le bras. D'abord tentée de les engueuler, Arya commençait à préférer sourire...

« *Cavaliers !* » L'angoisse rendait suraiguë la voix de Gendry. Aussitôt, la porte claqua contre le mur, et il fut là. « *Soldats !* haleta-t-il. Une douzaine. Descendant la route. »

En bondissant sur ses pieds, Tourte renversa sa chope, mais Tom et les autres demeurèrent imperturbables. « Y a pas de quoi me gâcher de ma bonne bière et me cochonner mon sol, dit Sherna. Tu te rassois et tu te calmes, petit, v'là le lapin qu'arrive. Toi pareil, petite. Tout le mal qu'on a pu vous faire, c'est fait, c'est fini, vous êtes avec des hommes du roi, désormais. On vous protégera le mieux qu'on peut. »

L'unique réplique d'Arya fut de porter la main à l'épée par-dessus l'épaule, mais elle ne l'avait qu'à demi dégainée quand Lim lui saisit le poignet. « On veut plus de ça, main'nant. » Il le lui tordit jusqu'à ce qu'elle lâche prise. Il avait les doigts durcis de cals et d'une force redoutable. *Encore !* songea-t-elle. *Le même coup, ça recommence, comme au village avec Chiswyck et Raff et la Montagne-à-cheval.* On allait lui voler son épée, refaire d'elle une souris. Sa main libre se referma sur sa chope, et elle la lança à la tête de Lim. Elle vit la bière jaillir par-dessus bord et lui cingler les yeux, elle entendit se briser le nez, tandis que le sang giclait. Il poussa un rugissement, porta les mains à sa figure et, du coup, elle se retrouva libre. « *Vite !* » cria-t-elle en détalant.

Mais Lim fut à nouveau sur elle instantanément, avec ses longues jambes dont chaque pas équivalait à trois des siens à elle. Et elle eut beau se tortiller, ruer, il la souleva de terre comme une paille et, le visage inondé de sang, la maintint en l'air, ballante.

« *Arrête donc,* petite idiote ! beugla-t-il en la secouant avec véhémence. Mais arrête donc ! » Gendry faisant mine de la secourir, Tom Sept-cordes s'interposa, poignard en avant.

Il était désormais trop tard pour s'enfuir. Dehors s'entendaient des bruits de sabots, des voix d'hommes. Une seconde après, l'un de ceux-ci franchit la porte ouverte en se dandinant d'un air avantageux : un Tyroshi, encore plus grand que Lim, et dont l'énorme barbe drue, teinte en vert vif aux pointes, était envahie de gris. Derrière survinrent deux arbalétriers soutenant un blessé, puis d'autres et encore d'autres...

Jamais Arya n'avait vu bande plus loqueteuse, mais les épées, les haches et les arcs que cela portait n'avaient rien de loqueteux. Un ou deux des arrivants la regardèrent à leur entrée d'un air curieux, mais aucun ne pipa mot. Un borgne coiffé d'une salade rouillée renifla l'air et s'épanouit, tandis qu'une tignasse jaune d'archer réclamait de la bière à cor et à cri. Les suivirent une pique à heaume au lion, un vieux qui boitait, un reître de Braavos, un.,.

« Harwin ? » chuchota-t-elle. *C'est bien lui !* Sous le poil et les cheveux hirsutes se discernaient les traits du fils de Hullen, qui, jadis, lui menait son poney tout autour de la cour, courait la quintaine avec Jon et Robb, buvait par trop les jours de fêtes. Il était plus maigre, plus dur dans un sens, et il n'avait jamais porté de barbe, à Winterfell, mais c'était bien lui – un homme de Père. « *Harwin !* » Elle se démena, se jeta en avant pour tenter de se soustraire à la poigne de fer de Lim. « C'est moi, cria-t-elle, Harwin, c'est moi, tu ne me reconnais pas, non ? » Des larmes lui vinrent, et elle se retrouva chialant comme un nouveau-né, chialant comme une stupide petite fille. « Harwin, c'est moi ! »

Les yeux d'Harwin se portèrent tour à tour de sa figure à l'écorché de son doublet. « Comment tu me connais ? dit-il, les sourcils froncés d'un air soupçonneux. L'écorché... qui es-tu, un mioche au service de lord Sangsues ? »

Un moment, elle ne sut comment répondre. C'est qu'elle avait porté tant de noms... ! *Arya Stark,* l'avait-elle simplement rêvé ? « Je suis une fille, renifla-t-elle. J'étais le page de lord Bolton, mais il allait me laisser à sa chèvre, alors je me suis sauvée avec Gendry et Tourte. Il *faut* que tu me reconnaisses. Tu menais mon poney, quand j'étais petite. »

Il s'écarquilla. « Bonté divine ! s'exclama-t-il d'une voix étranglée. Arya Sous-mes-pieds ? Lâche-la, Lim.

— M'a cassé le nez ! » Il la laissa choir sans cérémonies. « Qui diantre elle est, par les sept enfers ?

— La fille de la Main. » Harwin mit un genou en terre devant elle. « Arya Stark de Winterfell. »

CATELYN

Robb, sut-elle à la seconde même où les chenils entrèrent en éruption.

Il était de retour à Vivesaigues, et Vent Gris l'escortait. Seule l'odeur du grand loup-garou pouvait plonger les limiers dans une telle frénésie d'abois et d'aboiements. *Il va venir me trouver,* sut-elle. Préférant à son entretien la compagnie sempiternelle de Marq Piper et de Patrek Mallister, ainsi que la chanson composée par Rymond le Rimeur en l'honneur de sa victoire du Moulin-de-pierre, Edmure s'était abstenu de lui faire une seconde visite. *Seulement, Robb n'est pas Edmure. Il viendra me voir.*

Cela faisait des jours et des jours qu'il pleuvait, qu'il pleuvait à verse une pluie grise et froide des mieux assorties à l'humeur de Catelyn. Père allait s'affaiblissant de jour en jour, et, son délire croissant d'autant, n'émergeait que pour marmonner « Chanvrine » et demander pardon. Edmure la fuyait comme la peste, et, quelque chagrin qu'il parût en avoir, ser Desmond Grell lui imposait toujours de vivre en recluse. Elle n'avait puisé quelque réconfort que dans le retour de ser Robin Ryger et de ses hommes, trempés jusqu'aux moelles et tirant le pied. Ils avaient apparemment dû rebrousser chemin. Par quelque tour de sa façon, le Régicide s'était débrouillé, lâcha mestre Vyman en confidence, pour couler leur galère et s'échapper. Mais Catelyn eut beau demander à rencontrer ser Robin pour obtenir de lui de plus amples détails, la permission lui en fut refusée.

Quelque chose d'autre clochait encore. Le jour même du retour d'Edmure et quelques heures à peine après sa dispute avec lui, elle avait entendu monter de la cour des éclats de voix furibonds. En grimpant sur la terrasse pour se rendre compte, elle distingua des groupes agglutinés près de la porte principale. On extrayait des écuries des montures sellées et bridées, et ça gueulait ferme, mais la distance empêchait de saisir les mots. L'une des bannières blanches de Robb gisait à terre, et un chevalier qui tournait bride pour gagner précipitamment la sortie piétina le loup-garou. Plusieurs autres firent de même. *Ils font partie de ceux qui combattaient aux côtés d'Edmure sur les gués,* nota-t-elle. *Qu'est-ce qui a bien pu les mettre dans un tel état de colère ? Mon frère les a-t-il humiliés d'une manière ou d'une autre, offensés ?* Elle eut l'impression de reconnaître ser Perwyn Frey, son compagnon lors de l'aller-retour de Vivesaigues à Pont-l'Amer et Accalmie, ainsi que son demi-frère bâtard Martyn Rivers, mais la hauteur du surplomb interdisait toute certitude. En tout cas, c'était une quarantaine d'hommes qui quittaient le château, et pour quelle destination, mystère.

Et ils ne revinrent pas. Quant à mestre Vyman, il refusa de trahir leur identité comme l'endroit où ils se rendaient et les motifs de leur exaspération. « Je suis ici pour donner mes soins à votre père, un point c'est tout, madame, dit-il. Votre frère sera bientôt le sire de Vivesaigues. Il n'appartient qu'à lui de vous dire ce qu'il souhaite que vous sachiez. »

Mais à présent, Robb était revenu de l'ouest, revenu en triomphateur. *Il me pardonnera,* se dit-elle. *Il doit me pardonner, il est le fils de ma propre chair, et Arya et Sansa sont autant son sang que le mien. Il me rendra ma liberté de mouvements, et je saurai ce qui s'est passé.*

Elle s'était baignée, habillée, soigneusement coiffée quand ser Desmond vint la chercher. « Le roi Robb est revenu de l'ouest, madame, annonça-t-il, et il vous ordonne de vous présenter devant lui dans la grande salle. »

L'heure était enfin venue, l'heure espérée si fort et si fort redoutée. *Ai-je perdu deux fils, ou trois ?* Elle le saurait bien assez tôt.

La salle était comble lorsqu'ils y pénétrèrent. Tous les yeux étaient fixés sur l'estrade, mais Catelyn reconnut les dos : la maille ravaudée de lady Mormont, le Lard-Jon et son fils dominant toutes les têtes de l'assistance, la crinière blanche de lord Jason Mallister, heaume ailé sous l'aisselle, Tytos Nerbosc et son somptueux manteau de plumes de corbeau... *La moitié d'entre eux réclameront qu'on me pende à l'instant. L'autre moitié risque de se détourner, simplement.* Elle eut le sentiment désagréable qu'il manquait aussi quelqu'un.

Robb était debout sur l'estrade. *Il n'est plus un adolescent,* réalisa-t-elle avec un serrement de cœur. *Il a seize ans révolus, c'est un homme fait. Regarde-le seulement...* La guerre avait fait fondre tout l'indécis de son visage et amaigri, durci toute sa personne. Il s'était rasé la barbe, mais ses cheveux auburn lui tombaient non taillés jusqu'à l'épaule. Les dernières pluies avaient rouillé sa maille et maculé de rousseurs le blanc de son manteau et de son surcot. Mais ce pouvaient être des taches de sang. Il portait la couronne de bronze et de fer spécialement forgée à son intention. *Il la porte avec plus d'aisance, à présent. Il la porte en roi.*

Edmure se tenait au bas de l'estrade bondée, la tête modestement inclinée, pendant que Robb prononçait l'éloge de sa victoire : « ... tombés au Moulin-de-Pierre demeurent à jamais dans notre mémoire. Rien d'étonnant que lord Tywin ait déguerpi affronter Stannis. Il en avait jusque-là, des gens du Nord et des riverains du Conflans. » Cela déchaîna des rires et des huées d'approbation, mais il réclama le silence en levant la main. « Ne vous y méprenez pas, toutefois. Les Lannister finiront par se remettre en marche, et il faudra gagner d'autres batailles avant que le royaume ne soit en sécurité. »

Au rugissement : « *Le roi du Nord !* », que poussa le Lard-Jon en brandissant un poing tapissé de maille, les seigneurs riverains répondirent en beuglant : « *Roi du Trident !* », et la salle croula sous un tonnerre de trépignements et de martèlements frénétiques.

Dans le vacarme, peu de gens remarquèrent d'abord Catelyn et ser Desmond, mais ils la signalèrent d'un coup de coude à leurs voisins, et peu à peu, de proche en proche, s'élargit autour d'elle un cercle silencieux. Tête haute, elle affronta les regards en les ignorant. *Qu'ils pensent ce qu'ils veulent. Seul importe le jugement de Robb.*

La présence sur l'estrade d'Oncle Brynden et de sa rude physionomie la réconforta. Un garçon qu'elle ne connaissait pas semblait tenir lieu d'écuyer à Robb. Derrière lui se campaient un jeune chevalier dont le surcot couleur de sable était frappé de coquillages marins, et un plus âgé que distinguaient trois poivriers noirs échampis d'un méandre jaune sur champ vert rayé d'argent. Entre eux se trouvaient une belle dame d'un certain âge et une jolie jouvencelle qui paraissait être sa fille. Ainsi qu'une autre, à peu près de l'âge de Sansa. Les coquillages marins étaient l'emblème d'une famille de hobereaux, Catelyn le savait, mais les poivriers ne lui disaient strictement rien. *Des captifs ?* Pourquoi Robb aurait-il placé des captifs sur l'estrade ?

Utherydes Van frappa le sol de son bâton quand ser Desmond la fit avancer. *Si Robb me regarde du même œil qu'Edmure, que vais-je faire ?* Or, il lui sembla que ce qu'elle lisait dans les yeux de son fils n'était pas de la réprobation mais quelque chose d'autre..., de l'appréhension, peut-être ? non, l'hypothèse était absurde. Qu'aurait-il eu à redouter, *lui* ? Lui qui était le Jeune Loup, le roi du Nord et du Trident ?

Ser Brynden Tully fut le premier à la saluer. Plus poisson noir que jamais, il se moquait éperdument de ce que les autres pouvaient penser. Il bondit au bas de l'estrade et l'attira dans ses bras. En l'entendant déclarer : « C'est bon de te trouver à la maison, Cat », elle eut le plus grand mal à garder son sang-froid. « Vous aussi, murmura-t-elle.

— Mère. »

Elle leva les yeux vers son grand roi de fils. « Sire, j'ai prié pour que vous nous reveniez sain et sauf. J'avais entendu dire que vous étiez blessé.

— Une flèche m'a traversé le bras lors de l'assaut contre Falaise, dit-il. Mais la plaie s'est parfaitement cicatrisée. J'ai bénéficié des soins les plus attentionnés.

— Dans ce cas, les dieux soient loués. » Elle prit une profonde inspiration. *Dis-le. Tu ne peux éviter cette épreuve.* « On a dû vous dire ce que j'ai fait. Vous a-t-on dit mes raisons ?

— En faveur des filles.

— J'avais cinq enfants. Il ne m'en reste plus que trois.

— Mouais, madame. » Lord Rickard Karstark bouscula le Lard-Jon pour passer, tel un spectre lugubre avec sa maille noire et sa grande barbe grise hirsute, sa figure tout en longueur, hâve et glacée. « Et je n'ai plus qu'un fils, moi qui en avais trois. Vous m'avez dépouillé de ma vengeance. »

Elle lui fit face calmement. « Lord Rickard, la mort du Régicide n'aurait pas acheté le jour à vos enfants. Sa vie peut acheter le jour aux miens. »

Il ne se radoucit pas pour si peu. « Jaime Lannister vous a roulée comme une idiote. Vous n'avez acheté qu'un sac de mots creux, pas plus. Mon Eddard et mon Torrhen méritaient mieux de votre part.

— Suffit, Karstark ! gronda le Lard-Jon en croisant ses bras énormes sur sa poitrine. C'était une folie de mère. Les femmes sont bâties comme ça.

— Une folie de mère ? explosa lord Karstark, moi, je l'appelle une félonie.

— *Assez.* » L'espace d'une seconde, Robb avait adopté un ton plus semblable à celui de Brandon qu'à celui de son père. « Moi présent, nul ne traite de félonne ma dame de Winterfell, lord Rickard. » Sa voix s'amadoua pour s'adresser à elle. « S'il me suffisait de le souhaiter, le Régicide retrouverait ses chaînes à l'instant. C'est à mon insu et contre mon gré que vous l'avez libéré... mais je sais qu'en agissant ainsi vous avez agi par amour. Pour Arya et Sansa, et sous le choc du deuil de Bran et Rickon. L'amour n'est pas toujours raisonnable, ai-je appris. Il peut nous faire commettre de vraies folies, mais nous suivons notre cœur... où qu'il nous entraîne. N'est-ce pas, Mère ? »

Cela fut-il mon cas ? « *Si* mon cœur m'a fait perdre la tête, je serai trop heureuse d'offrir à lord Karstark et à Votre Majesté toutes réparations qu'il dépendra de moi. »

Karstark n'entendait pas miséricorde, sa physionomie le clamait. « Vos *réparations* réchaufferont-elles Eddard et Torrhen dans les froids sépulcres où ils gisent par la faute du Régicide ? » Il se fraya passage à coups d'épaules entre le Lard-Jon et Maege Mormont et quitta la salle.

Robb n'esquissa pas un geste pour le retenir. « Pardonnez-lui, Mère.

— Si vous me pardonnez.

— C'est déjà fait. Je sais ce que c'est que d'aimer si passionnément que l'on ne peut plus penser à rien d'autre. »

Catelyn courba la tête. « Je vous remercie. » *Je n'ai pas perdu cet enfant-ci, du moins.*

« Il faut que nous ayons un entretien, poursuivit Robb. Vous, mes oncles et moi. Sur ce sujet... et quelques autres. Intendant, signifiez la clôture de la séance. »

Après avoir frappé le sol de son bâton, Utherydes Van s'exécuta d'une voix tonnante, et gens du Nord comme riverains du Conflans refluèrent vers les portes. Et c'est alors seulement que Catelyn réalisa quelle absence l'avait troublée. *Le loup. Vent Gris ne se trouve pas ici. Où est-il ?* Elle le savait revenu avec Robb, elle avait entendu les chiens, et il ne se trouvait pourtant pas dans la salle, ni à la place qui lui revenait, aux côtés de son maître.

Or, dès avant qu'elle ne pût seulement songer à questionner son fils, elle se retrouva encerclée de gens qui tenaient à lui témoigner leur sympathie. « J'aurais agi comme vous, madame, dit lady Mormont en lui pressant la main, si c'étaient mes deux filles que détînt Cersei Lannister. » Sans le moindre égard aux convenances, le Lard-Jon la souleva carrément de terre en lui pétrissant les bras de ses énormes battoirs poilus. « Votre louveteau a déjà flanqué une tripotée au Régicide, il le refera si besoin. » Galbart Glover et lord Jason Mallister la congratulèrent plus fraîchement, Jonos Bracken se montra presque glacial, mais aucun d'eux ne se permit l'ombre d'un propos discourtois. Edmure l'aborda le dernier. « Je prie moi-même pour tes filles, Cat. Fais-moi la grâce de n'en pas douter.

— Cela va de soi. » Elle l'embrassa. « Et je t'en sais gré. »

L'entracte des phrases achevé, seuls demeuraient dans la grande salle de Vivesaigues, en sus de Robb et des Tully, les six inconnus que Catelyn n'arrivait pas à situer. Elle les honora d'un regard curieux. « Madame, messers, seriez-vous de nouveaux partisans de mon fils ?

— Nouveaux, dit le cadet des chevaliers, celui aux coquillages marins, mais indomptables pour le courage et indéfectibles pour la loyauté, nous espérons vous le prouver, madame. »

Robb prit un air embarrassé. « Mère, dit-il, permettez-moi de vous présenter lady Sibylle, femme de lord Gawen Ouestrelin de Falaise. » Celle-ci s'avança d'un pas solennel. « Il était de ceux que nous avions faits prisonniers au Bois-aux-Murmures. »

Ouestrelin, mais oui, songea-t-elle. *Leur bannière porte six coquillages marins, blanc sur sable. Une petite maison feudataire des Lannister.*

Robb invita les autres à s'avancer tour à tour. « Ser Rolph Lépicier, frère de lady Sibylle. Il était gouverneur de Falaise quand nous nous en sommes emparés. » Le chevalier aux poivriers inclina la tête. Son allure trapue, sa barbe grise taillée court et son nez cassé ne manquaient pas de vaillance. « Les enfants de lord Gawen et lady Sibylle. Ser Raynald Ouestrelin. » Un sourire souleva la moustache broussailleuse du chevalier aux coquillages. Cave et buriné malgré sa jeunesse, il avait la dent saine et d'abondants cheveux châtains. « Elenya. » La fillette exécuta une rapide révérence. « Rollam Ouestrelin, mon écuyer. » Sur le point de s'agenouiller, le gamin s'aperçut qu'il serait le seul à le faire et se contenta d'une courbette.

« Tout l'honneur est pour moi », dit Catelyn. *Se peut-il que Robb ait obtenu l'allégeance de Falaise ?* Si tel était le cas, la présence des Ouestrelin à ses côtés n'avait rien que de naturel. Sauf que Castral Roc ne souffrait pas sans broncher ce genre de défections. Toujours pas depuis que Tywin Lannister avait atteint l'âge de guerroyer...

La jouvencelle s'avança la dernière, fort intimidée. Robb la prit par la main. « Mère, dit-il, j'ai le grand honneur de vous présenter lady Jeyne Ouestrelin. La fille aînée de lord Gawen, et ma... euh... dame mon épouse. »

La première pensée qui traversa l'esprit de Catelyn fut, *Non, ce n'est pas possible, tu n'es qu'un enfant.*

La deuxième, *Et tu t'es, en outre, engagé vis-à-vis d'une autre.*

La troisième, *Que la Mère ait pitié de nous, Robb, qu'as-tu fait là ?*

Alors seulement, trop tard, lui revint la mémoire. *Des folies commises par amour ? Il m'a fichue dedans comme un lièvre dans un collet ! J'ai l'air de lui avoir déjà pardonné...* À son irritation se mêlait une espèce d'admiration chagrine ; la scène avait été montée avec une rouerie digne d'un maître histrion... ou d'un roi. Catelyn ne vit pas d'autre solution que de prendre les deux mains de Jeyne Ouestrelin. « J'ai donc une nouvelle fille », dit-elle, avec plus de roideur qu'elle n'eût voulu. Elle embrassa la jouvencelle terrifiée sur les deux joues. « Soyez la bienvenue sous notre toit et à notre foyer.

— Grand merci, madame. Je serai une bonne et loyale épouse pour Robb, je le jure. Et une reine aussi sage que je le pourrai. »

Reine. Oui, cette jolie petite fille est reine. Je vais devoir m'en souvenir. Jolie, elle l'était, indéniablement, avec ses boucles châtaines et son visage en forme de cœur et ce sourire effarouché. Svelte, mais avec de bonnes hanches, nota Catelyn. *Elle ne devrait avoir aucun mal à porter des enfants. Toujours ça.*

Lady Sibylle reprit l'initiative avant que l'on n'ajoutât un seul mot. « Quelque honorés que nous soyons d'être unis à la maison Stark, madame, nous sommes extrêmement las. Nous avons fait une longue route en un rien de temps. Peut-être pourrions-nous nous retirer dans nos appartements, et vous auriez de la sorte votre fils à vous ?

— Excellente idée. » Robb embrassa sa Jeyne. « L'intendant va vous procurer un logis séant.

— Je vous mène à lui, s'offrit ser Edmure.

— Trop aimable à vous, dit lady Sibylle.

— Dois-je y aller aussi ? demanda le petit Rollam. Je suis votre écuyer. »

Robb se mit à rire. « Mais je n'ai que faire d'écuyer pour l'heure !

— Oh.

— Sa Majesté est parvenue à vivre sans toi pendant seize ans, Rollam, lui dit ser Raynald aux coquillages. Elle survivra bien à ton absence quelques heures de plus, je pense. » Empoignant fermement son petit frère par la main, il l'entraîna vers la sortie.

« Ta femme est ravissante, dit Catelyn dès qu'ils n'eurent plus à redouter d'oreilles indiscrètes, et les Ouestrelin me paraissent gens de mérite..., mais lord Gawen est l'homme lige de Tywin Lannister, non ?

— Oui. Jason Mallister l'a capturé au Bois-aux-Murmures, et on le garde à Salvemer en attendant le versement de sa rançon. Je vais le libérer, naturellement, dût-il répugner à me rallier. Nous nous sommes mariés sans son consentement, et cette union le met, j'ai peur, dans une posture des plus fâcheuses. Falaise n'a pas de défenses sérieuses. Par amour pour moi, Jeyne risque de tout perdre.

— Et toi, glissa-t-elle, tu as perdu les Frey. »

Il fit une grimace éloquente. Catelyn possédait à présent la clé des éclats de voix furibonds, du départ précipité de Perwyn Frey et de Martyn Rivers, de l'insolence avec laquelle ils faisaient piétiner par leurs chevaux la bannière Stark.

« Oserai-je te demander combien d'épées accompagnent ta femme, Robb ?

— Cinquante. Une douzaine de chevaliers. » Le ton était on ne peut plus morose. Le contrat de mariage antérieurement négocié aux Jumeaux avait valu à Robb de la part de lord Walder Frey mille chevaliers montés et près de trois mille fantassins. « Jeyne a autant d'esprit que de beauté. De bonté aussi. Elle est un noble cœur. »

C'est d'épées que tu as besoin, pas de nobles cœurs. Comment as-tu pu commettre une pareille sottise, Robb ? Comment as-tu pu te montrer si désinvolte, si écervelé ? Comment, te montrer si... si... si jeune ? Les reproches ne

rimant à rien, de toute manière, elle se contenta de dire :
« Raconte-moi comment c'est arrivé.

— Je me suis emparé de son château, et elle s'est emparée de mon cœur. » Il sourit. « Falaise ne disposant que d'une maigre garnison, nous l'avons pris d'assaut, une nuit. Pendant que des escouades menées par Walder le Noir et le P'tit-Jon escaladaient les murs, je défonçais la porte principale avec un bélier. J'ai pris ma flèche au bras juste avant que ser Rolph ne nous rende la place. La plaie n'avait d'abord l'air de rien, mais elle s'infecta. Jeyne me fit installer dans son propre lit et me soigna jusqu'à ce que la fièvre retombe. Et elle se trouvait à mon chevet quand le Lard-Jon m'apporta la nouvelle de... de Winterfell. Bran et Rickon. » Il lui était manifestement pénible de prononcer le nom de ses frères. « Et, cette nuit-là, elle me... – elle me réconforta, Mère. »

Catelyn n'eut garde de réclamer un dessin. « Et tu l'épousas dès le lendemain. »

Il la regarda dans les yeux, d'un air tout à la fois fier et piteux. « L'honneur l'imposait. Elle est noble et affectueuse, Mère, j'aurai en elle une bonne épouse.

— Il se peut. Cela n'amadouera pas pour autant lord Frey.

— Je sais, dit-il avec accablement. En dehors des batailles, j'ai tout gâché, n'est-ce pas ? Je me disais que les batailles seraient la tâche la plus ardue, mais... si je vous avais écoutée, Greyjoy serait encore mon otage, je gouvernerais encore le Nord, et Bran et Rickon seraient encore en vie, bien à l'abri à Winterfell.

— Peut-être. Ou peut-être pas. Qui sait si lord Balon n'aurait pas quand même tenté sa chance ? Sa précédente tentative pour s'adjuger une couronne lui avait coûté deux fils. N'en perdre qu'un, cette fois-ci, pouvait lui paraître un sérieux rabais. » Elle lui toucha le bras. « Quelle a été la réaction des Frey, après ton mariage ? »

Il secoua la tête. « Avec ser Stevron, il m'aurait été possible de parvenir à un compromis, mais ser Ryman est aussi futé qu'une borne, et Walder le Noir... Celui-là, je vous jure, ce n'est pas de son poil qu'il tire son surnom.

Il a même eu le culot de dire que ses sœurs rechigne-raient à épouser un veuf. Je l'aurais tué, si Jeyne ne m'avait conjuré de lui faire grâce.

— Tu as mortellement offensé la maison Frey, Robb.

— Je n'en ai jamais eu l'intention. Ser Stevron est mort pour moi, et aucun roi ne pouvait désirer plus loyal écuyer qu'Olyvar. Il ne demandait qu'à rester à mes côtés, mais ser Ryman l'a emmené avec les autres. Tou-tes ses forces. Le Lard-Jon me pressait de les attaquer...

— De combattre tes propres troupes au beau milieu de l'ennemi ? suffoqua-t-elle. C'est ta fin que tu aurais signée.

— Oui. J'ai pensé qu'éventuellement nous arriverions à procurer d'autres partis aux filles de lord Walder. Ser Wendel Manderly s'offre à en prendre une, et le Lard-Jon m'assure que ses oncles ont envie de se remarier. Si lord Walder se montre raisonnable...

— Il *n'est pas* raisonnable, dit-elle. C'est un orgueil-leux, susceptible jusqu'à la manie. Tu le sais pertinem-ment. Il ne rêve que d'une chose, être le grand-père d'un roi. Ne compte pas l'apaiser en lui offrant deux vieilles canailles au rancart et le cadet du plus bel obèse des Sept Couronnes. Non seulement tu t'es parjuré, mais, en choisissant une épouse de moindre noblesse, tu as humi-lié les Jumeaux. »

Robb se rebiffa. « Les Ouestrelin sont d'un meilleur sang que les Frey. L'ancienneté de leur lignée remonte jusqu'aux Premiers Hommes. Avant la Conquête, les rois du Roc convolèrent parfois avec des Ouestrelin, et une autre Jeyne fut la reine du roi Maegor voilà trois cents ans.

— Tous détails qui ne serviront qu'à mettre du sel sur les blessures de lord Walder. Rien ne l'écorche autant que la manière dont les vieilles maisons toisent les Frey comme des parvenus. À l'entendre, on l'a constamment abreuvé de couleuvres du même genre. Jon Arryn répu-gnait à prendre pour pupilles ses petits-fils, et mon père a refusé l'une de ses filles pour Edmure. » Elle désigna d'un signe de tête son frère qui les rejoignait.

« Sire, intervint Brynden le Silure, il vaudrait peut-être mieux que cet entretien se poursuive dans un cadre plus confidentiel.

— Oui. » Sa voix trahissait une lassitude. « Je tuerais pour avoir une coupe de vin. La chambre des audiences privées par exemple. »

Comme on commençait à gravir l'escalier, Catelyn posa la question qui la tracassait depuis son arrivée. « Où est Vent Gris, Robb ?

— Dans la cour, avec un cuisseau de mouton. J'ai chargé le maître de chenil de veiller à sa nourriture.

— Tu ne t'en séparais jamais, avant.

— Un loup n'a rien à faire dans une salle. Il s'y énerve, vous l'avez vu. Gronde et grince des dents. Je n'aurais jamais dû l'emmener sur les champs de bataille. Il y a tué trop d'hommes pour en avoir peur. Sa présence angoisse Jeyne, et il terrifie sa mère. »

Et tel est le cœur du sujet, songea Catelyn. « Vous ne faites qu'un, Robb. Le craindre, c'est te craindre.

— Je ne suis pas un loup, quelque sobriquet qu'on me donne. » On le sentait à cran. « Vent Gris a tué un homme à Falaise, un autre à Cendremarc et six ou sept à Croix-bœuf. Si vous l'aviez vu...

— J'ai vu le loup de Bran déchiqueter la gorge d'un homme à Winterfell, riposta-t-elle d'un ton acerbe, et je l'ai trouvé adorable.

— Ce n'est pas pareil. Le type de Falaise était un chevalier que Jeyne connaissait depuis toujours. On ne saurait lui reprocher sa peur. En plus, Vent Gris n'a qu'antipathie pour son oncle. Il dénude ses crocs, pour peu que ser Rolph s'approche de lui. »

Un frisson la parcourut. « Renvoie ser Rolph. Tout de suite.

— Où ? À Falaise, pour que les Lannister montent sa tête sur une pique ? Jeyne l'aime. Il est son oncle, ainsi qu'un remarquable chevalier. Ce n'est pas moins mais davantage d'hommes de la trempe de Lépicier qu'il me faudrait. Je ne vais pas le bannir uniquement parce que son odeur a l'air de déplaire à mon loup.

— Robb. » Elle s'arrêta, lui saisit le bras. « Un jour, je

t'ai conseillé de ne jamais perdre de vue Theon, et tu ne m'as pas écoutée. Écoute, maintenant. *Renvoie cet homme.* Je ne te dis pas de le bannir. Trouve quelque tâche qui réclame un homme courageux, quelque emploi honorifique, peu importe quoi..., *mais ne le garde pas à tes côtés.* »

Il fronça les sourcils. « Je devrais donc faire flairer tous mes chevaliers par Vent Gris ? Il risque d'y en avoir d'autres dont lui déplaira l'odeur.

— Tout homme que Vent Gris déteste est un homme dont je ne veux pas près de toi. Ces loups sont plus que des loups, Robb. Tu *dois* le savoir. Ils nous ont peut-être été envoyés par les dieux. Par les dieux de ton père, les vieux dieux du Nord. Cinq petits loups, Robb, cinq pour cinq petits Stark.

— Six, rectifia-t-il. Il y en avait un pour Jon aussi. C'est moi qui les ai découverts, vous vous souvenez ? Je sais combien ils étaient et d'où ils venaient. Je pensais comme vous qu'ils étaient nos gardiens, nos protecteurs, je l'ai pensé jusqu'à ce que...

— Jusqu'à ce que ? » le pressa-t-elle.

Sa bouche se crispa. « ... jusqu'à ce qu'on m'apprenne que Theon avait assassiné Bran et Rickon. Grand bien leur a fait d'avoir leurs loups. Je ne suis plus un gamin, Mère. Je suis roi, et je suis capable d'assurer ma propre protection. » Il soupira. « Je trouverai un emploi pour ser Rolph, un prétexte pour l'éloigner. Non pas à cause de son odeur, mais pour que vous ayez l'esprit en paix. Vous avez suffisamment souffert. »

Dans son soulagement, Catelyn lui frôla la joue d'un baiser furtif avant que les autres n'apparaissent au détour du colimaçon, et, le roi s'estompant, il redevint un moment son fils.

Située au-dessus de la grande salle et de dimensions modestes, la chambre des audiences privées de lord Hoster se prêtait mieux aux discussions en petit comité. Après avoir pris le haut bout de la table, Robb ôta sa couronne et la posa par terre, à ses pieds, pendant que Catelyn sonnait pour réclamer du vin. Edmure étourdissait son oncle avec les plus infimes péripéties de son triomphe au Moulin-de-pierre. Le Silure attendit patiemment que les serviteurs surviennent et s'éclipsent avant de s'éclaircir la gorge et de déclarer : « Nous t'avons, je pense, assez entendu fanfaronner, neveu. »

Edmure tomba de son haut. « Fanfaronner ? Qu'entendez-vous par là ?

— J'*entends*, répliqua Brynden, qu'il siérait que tu rendes grâces à Sa Majesté pour sa longanimité. C'est à seule fin de ne pas te couvrir d'opprobre à la face de tes propres gens qu'Elle a joué cette grosse farce dans la grande salle. N'eût été que de moi, j'aurais plutôt fustigé ta stupidité que vanté cette folie des gués.

— Ces gués, des preux sont morts pour les défendre, Oncle. » Sa voix vibrait d'indignation. « Hé quoi, la victoire est-elle interdite à tout autre qu'au Jeune Loup ? Vous aurais-je frustré d'une gloire qui vous était due, Robb ?

— *Sire,* rectifia Robb, glacial. Vous m'avez choisi pour roi, mon oncle. Auriez-vous aussi oublié cela ?

— Tes ordres étaient de tenir Vivesaigues, Edmure, et un point c'est tout, dit le Silure.

— J'ai tenu Vivesaigues *et* fait saigner le nez de lord Tywin, par-dessus le...

— Effectivement, coupa Robb. Mais ce n'est pas un saignement de nez qui gagnera la guerre, si ? Vous est-il jamais arrivé de vous demander pourquoi nous nous attardions si longuement dans l'ouest, après Croixbœuf ? Vous saviez que je n'avais pas suffisamment d'hommes pour menacer Port-Lannis ou Castral Roc.

— Hé bien... c'est qu'il y avait d'autres châteaux... de l'or, du bétail...

— Nous nous serions simplement attardés pour *piller,* selon vous ? » Cela le laissait pantois. « C'est la venue de lord Tywin que je voulais, mon oncle.

— Nous étions tous montés, précisa ser Brynden. L'armée Lannister se composait pour l'essentiel de fantassins. Nous projetions de donner gentiment la chasse à lord Tywin le long de la côte, un coup vers le bas, un vers le haut, puis de nous faufiler sur ses arrières et de nous installer solidement sur la défensive en travers de la route de l'Or, à un endroit repéré par mes éclaireurs et où le terrain aurait puissamment joué en notre faveur. S'il s'était risqué à nous attaquer là, il l'aurait chèrement payé. Mais s'il ne l'avait pas fait, il se serait retrouvé piégé dans l'ouest, à des milliers de lieues de là où il lui fallait être. Entre-temps, nous aurions vécu aux dépens de ses terres, et pas lui aux dépens des nôtres.

— Lord Stannis était sur le point d'assaillir Port-Réal, ajouta Robb. D'une simple estocade rouge, il pouvait nous débarrasser de Joffrey, de la reine et du Lutin. Nous aurions dès lors été en mesure de tenter de faire la paix. »

Le regard d'Edmure se porta tour à tour de l'oncle au neveu. « Vous ne m'en avez jamais rien dit.

— Je vous ai *dit* de tenir Vivesaigues, rétorqua Robb. Qu'y avait-il là d'incompréhensible pour vous ?

— En immobilisant lord Tywin sur la Ruffurque, reprit le Silure, tu lui as juste offert le délai nécessaire pour que de Pont-l'Amer lui parvienne par des estafettes la nouvelle de ce qui se passait à l'est. Il a fait instantanément tourner bride à ses troupes pour opérer sa jonction avec Matthis Rowan et Randyll Tarly près des sources de la Néra puis gagné à marches forcées les Sauts Périlleux où l'attendaient, avec toute une flottille de barges et des forces impressionnantes, Mace Tyrell et deux de ses fils. Ils ont tous descendu la rivière, débarqué à une demi-journée de cheval de la ville et pris Stannis à revers. »

Avec autant de netteté que sur le moment, Catelyn revit en souvenir le camp de Pont-l'Amer, la cour du roi Renly. Mille roses d'or flottant sous le vent, le sourire de la reine Margaery, sa timidité, ses paroles amènes, et son chevalier des Fleurs de frère, le front ceint de bandages maculés de sang. *S'il te fallait vraiment, mon fils, tomber dans les bras d'une femme, que ne l'as-tu fait dans ceux de Margaery Tyrell...* La puissance et la richesse de Hautjardin auraient pu faire la différence au cours des combats encore à venir. *Et qui sait si Vent Gris n'aurait pas lui-même aimé l'odeur de Margaery ?*

Edmure avait une mine de déterré. « Je n'ai jamais voulu... *jamais,* Robb, laissez-moi réparer mes torts, je vous en conjure. C'est moi qui conduirai l'avant-garde, à la prochaine bataille ! »

En guise de réparation, frérot ? Ou par gloriole ? s'interrogea-t-elle.

« La prochaine bataille..., dit Robb. Hé bien, ce sera très bientôt. Une fois Joffrey marié, les Lannister entreront en campagne à nouveau contre moi, la chose me paraît certaine, et ils auront cette fois les Tyrell pour eux. Et je risque fort de devoir aussi affronter les Frey, si Walder le Noir n'en fait qu'à sa tête...

— Aussi longtemps que Theon Greyjoy siège à la place de ton père, avec sur les mains le sang de tes frères, ces ennemis-là doivent attendre, intervint Catelyn. Ton premier devoir est de défendre tes propres gens, de reconquérir Winterfell et de suspendre Theon dans une cage à corbeau, qu'il ait le temps de se voir mourir. Sinon, dépose pour de bon cette couronne, Robb, car plus personne ne pourra te prendre pour un véritable roi. »

À la manière dont il la regarda, l'évidence s'imposa à elle que cela devait faire un bon bout de temps que personne n'avait eu le front de lui parler si crûment. « Lorsqu'on m'a appris la chute de Winterfell, j'ai voulu partir pour le Nord immédiatement, dit-il, imperceptiblement sur la défensive. Je voulais délivrer Bran et Rickon, mais je me suis dit... Il m'a paru inconcevable que Theon leur fasse le moindre mal, à la vérité. S'il avait...

— Il est trop tard pour les *si*, trop tard pour les sauvetages, dit-elle. Il ne reste que la vengeance.

— D'après les dernières nouvelles parvenues à nous, ser Rodrik venait de battre des Fer-nés près de Quart-Torrhen, et il assemblait une armée à Castel-Cerwyn pour reprendre Winterfell, dit Robb. Ce doit être chose faite, à présent. Nous n'avons plus eu de nouvelles depuis longtemps. Et qu'adviendra-t-il du Trident, si je me tourne vers le Nord ? Je ne saurais exiger des seigneurs riverains qu'ils abandonnent leurs propres gens.

— Non, dit-elle. Laisse-les garder leurs forces personnelles, et reconquiers le Nord avec des gens du Nord.

— Et comment t'y prends-tu pour emmener les gens du Nord au nord ? demanda Edmure. À l'occident, les Fer-nés contrôlent la mer. Ils tiennent aussi Moat Cailin. Aucune armée n'a jamais pu prendre Moat Cailin par le sud. Ce serait folie que de se mettre seulement en marche. Nous risquerions en cours de route de nous retrouver pris dans une nasse, avec les Fer-nés devant nous et, derrière, la rancœur des Frey.

— Il nous faut absolument regagner les Frey, dit Robb. Avec eux, nous aurons encore une chance, même réduite, de l'emporter. Sans eux, point d'espoir. Je donnerai de grand cœur à lord Walder tout ce qu'il voudra... excuses, honneurs, terres, or... Il doit bien y avoir *quelque chose* qui défroisserait son orgueil...

— Pas quelque chose, glissa Catelyn. *Quelqu'un.* »

JON

« Les trouves assez gros ? » La neige qui mouchetait la large face de Tormund fondait dans sa barbe et dans ses cheveux.

Lentement balancés au pas de leurs mammouths défilaient devant eux, deux à deux, les géants. Étaient-ce les montures ou les cavaliers qui l'affolaient ? Toujours est-il qu'ébouriffé par tant d'étrangeté, le bourrin de Jon broncha. Fantôme lui-même recula d'un pas, babines retroussées sur un grondement muet. Si grand qu'il fût, les mammouths l'étaient bien davantage, et il y en avait des tas et des tas.

Jon reprit le cheval en main pour réprimer son agitation tandis qu'il s'efforçait de dénombrer les géants surgissant des rafales de neige et des brumes blêmes qui tourbillonnaient sur les berges de la Laiteuse. Il avait largement dépassé cinquante lorsqu'un mot de Tormund l'embrouilla dans ses comptes. *Ils doivent être des centaines.* Combien qu'il en fût passé, toujours en survenaient d'autres, indéfiniment.

Dans les contes de Vieille Nan, les géants étaient des hommes démesurés qui, pourvus de châteaux colossaux, munis d'épées gigantesques, chaussaient des bottes assez vastes pour servir de cachette à un adolescent. Ceux qu'il avait sous les yeux différaient quelque peu, moins hommes qu'ours, et aussi laineux que les monstres qu'ils chevauchaient. En position assise, leur taille véritable était difficile à évaluer. *Dix pieds, peut-être, ou douze,* estima Jon. *Peut-être quatorze, mais pas davantage.* L'inclinaison du buste aurait pu passer pour celle d'êtres humains, mais les bras pendaient beaucoup trop bas, et la partie inférieure du tronc paraissait moitié plus large que la supérieure. Plus courtes que les bras, les jambes étaient très massives, et de bottes, point ; les pieds étaient d'immenses machins, durs, noirs, en éventail, cornés. Pesante et dénuée de cou, la tête, énorme, projetait vers l'avant d'entre les omoplates une face épatée de brute. Les yeux, pas plus gros que des perles, des yeux de rat, se perdaient presque complètement dans des plis de viande calleuse mais reniflaient en permanence, flairant autant qu'ils furetaient.

Ils ne portent pas de fourrures, réalisa Jon. *C'est leur propre poil.* Un poil hirsute qui leur tapissait le corps, dru sous la taille et plus clairsemé au-dessus. Il émanait d'eux une puanteur renversante, à moins qu'elle ne provînt des mammouths. *Et Joramun, sonnant le Cor de l'Hiver, éveilla les géants dans les profondeurs de la terre.* Il chercha les épées longues de dix pieds mais n'aperçut que des gourdins. De simples branches d'arbres morts, pour la plupart, certaines encore hérissées de rameaux brisés. Le bloc de pierre attaché à leur extrémité faisait de quelques-uns des massues formidables. *La chanson ne dit pas si le cor peut les renvoyer dormir.*

L'un des géants qui s'avançaient sur eux paraissait plus vieux que ses congénères. Il avait le poil gris fileté de blanc, et le mammouth qu'il montait, plus monumental qu'aucun autre, était lui aussi gris et blanc. Tormund lui cria quelque chose lorsqu'il passa, dans une langue inconnue de Jon, aux sonorités rudes. Les lèvres du géant s'entrouvrirent sur une effroyable profusion de fanons carrés, et il émit un son qui tenait le milieu entre le grondement et le gargouillis. Il fallut à Jon un instant pour saisir que c'était un rire. Le mammouth tourna brièvement son énorme tête pour lorgner les deux hommes, et l'une de ses prodigieuses défenses effleura le crâne de Jon tandis qu'il poursuivait sa route pesamment, marquant d'empreintes colossales la terre meuble de la berge et la neige fraîche. De son perchoir, le géant gueula quelque chose à Tormund dans la même langue râpeuse.

« C'était leur roi ? questionna Jon.

— Les géants ont pas de rois, pas plus que les mammouths ou les ours des neiges ou les grandes baleines de la mer grise. Tu viens de voir Mag Mar Tun Doh Weg. Mag le Puissant. Libre à toi d'y faire des génuflexions, si ça te chante, il en aura rien à foutre. Tes genoux d'agenouillé doivent te démanger, d'avoir pas de roi devant qui plier. Fais quand même gaffe qu'il te marche pas dessus. Les géants ont des mauvais yeux, et il pourrait bien pas voir qu'y a un bout de corbac aplati devant lui.

— Qu'est-ce que vous lui avez dit ? C'était dans la vieille langue ?

— Ouais. J'y ai demandé si c'était son père qu'il chevauchait, tellement ils étaient pareils, sauf que son père sentait meilleur.

— Et il a répondu quoi ? »

Tormund Poing-la-Foudre grimaça un sourire ébréché. « Il m'a demandé si c'était ma fille, ces douces joues roses, à cheval près de moi. » Il secoua la neige de son bras, fit volter son cheval. « Se peut qu'il avait jamais vu d'homme imberbe, avant. Allez, on redémarre. Ça fiche Mance dans une rogne pas possible quand j'occupe pas ma place habituelle. »

Tournant bride à son tour, Jon le suivit pour regagner la tête de la colonne. Son nouveau manteau lui pesait aux épaules. Fait de peaux de mouton brutes portées laine à l'intérieur, selon le mode sauvageon, il le préservait assez efficacement de la neige et, la nuit, le tenait douillettement au chaud, mais Jon n'en conservait pas moins, plié sous sa selle, son manteau noir. « Est-il vrai que vous avez un jour tué un géant ? » demanda-t-il à Tormund. Fantôme, qui trottinait sans bruit à leurs côtés, traçait dans la neige un sillage de pattes noires.

« Et pourquoi ça t'étonnerait d'un type aussi costaud que moi ? C'était l'hiver, j'étais encore à demi gamin, et bête comme tous les gamins. Je m'éloigne beaucoup trop, mon cheval meurt, et puis me v'là pris dans une tempête. Une *vraie* tempête, pas un petit saupoudrage comme en ce moment. Har ! Je comprends qu'elle sera pas arrêtée que j'aurai crevé gelé. Alors, je me dégotte une géante qui roupillait, j'y ouvre le bide et je m'y fourre dare-dare. Bon, elle me tient assez au chaud, ça oui, mais un peu plus et j'étais eu – cause l'odeur. Mais le pire truc fut qu'en se réveillant, le printemps venu, v'là-t-y pas qu'elle me prend pour son chiard ? Trois pleines lunes qu'elle me force y téter les miches, jusque j'arrive m'échapper. Har ! Fait belle lurette que le goût que ç'a, le lait de géante, oublié j'ai, toujours.

— Mais si elle vous a nourri, c'est que vous ne l'aviez pas tout à fait tuée.

— Jamais de la vie, mais va pas m'ébruiter ça partout. Parce que ça sonne quand même mieux, Tormund Fléau-d'Ogre, hein ? que Tormund Bébé-d'Ogre, ça, c'est la vérité vraie.

— Et vos autres surnoms, vous les avez tirés d'où ? reprit Jon. Mance vous a bien appelé Cor-Souffleur, n'est-ce pas ? sire Hydromel de Cramoisi, Époux-d'Ours, Père Hospitalier ? » C'était surtout des sonneries de cor qu'il avait envie de le faire parler, mais il n'osait le questionner trop ouvertement. *Et Joramun, sonnant le Cor de l'Hiver, éveilla les géants dans les profondeurs de la terre.* Étaient-ils issus de celles-ci, eux et leurs mammouths ? Mance Rayder avait-il découvert le cor de Joramun et confié à Tormund Poing-la-Foudre le soin d'en sonner ?

« Sont tous aussi curieux, les corbacs ? demanda Tormund. Hé bien, voici nouveau conte pour toi. C'était un autre hiver, encore plus froid que çui dans le ventre à la géante, et il neigeait jour et nuit, des flocons gros comme ta tête, pas des morpions comme aujourd'hui. Il neigeait si dur que tout le village était à moitié enfoui. J'étais dans ma demeure de Cramoisi, avec rien qu'un fût d'hydromel comme vis-à-vis, et rien à fiche que le boire. Plus que je buvais, plus que je pensais à cette femme qui vivait tout près, une belle forte femme, avec les nichons plus gros que t'as jamais vu. Un caractère de cochon, celle-là, mais, ah..., des moments de chaleur aussi, et, en plein hiver, un homme, faut que ç'a son chaud.

« Plus que je buvais, plus que je pensais à elle, et plus que j'y pensais, plus que l'engin me venait dur, tant qu'à la fin je peux plus tenir. Fou que j'étais, je m'empaquette dans les fourrures de pied en cap, je m'enroule la figure dans le lainage, et me v'là parti chez elle. La neige tombait si fort qu'elle me fait toupiller deux trois tours, et le vent me passait au travers et me gelait les os, mais finalement je tombe sur elle, empaqueté comme j'étais.

« Un de ces caractères qu'elle avait, terrible, et de se battre comme une furie quand j'y pose la main dessus. Tout ce que j'arrive, c'est la charrier chez moi et la sortir quand même de ses fourrures, mais ça terminé, ah... la voilà plus bouillante encore que je me rappelais, tant y a qu'on se donne du bon vieux temps, et puis je m'endors. Le matin suivant, quand je me réveille, la neige avait cessé et le soleil brillait, mais j'avais pas la forme pour en jouir. Tout lacéré que j'étais, tout déchiqueté, et l'engin tranché ras, là, d'un coup de dents, et y avait sur mon sol une pelure d'ourse. Et ç'a pas tardé que le peuple libre, y se mette à jaser de cette ourse à poil qu'on voyait dans les bois, avec derrière deux petits qu'étaient pas banals. Har ! » Il claqua sa cuisse viandue. « Si seulement je pouvais la retrouver... Elle était fameuse à coucher avec, cette ourse. Y a pas jamais eu de femme que j'ai dû tant me battre avec, et qui m'a non plus donné des fils si vigoureux.

— Que pourriez-vous faire si seulement vous la *retrouviez* ? demanda Jon en souriant. Vous avez dit qu'elle vous avait tranché l'engin à ras d'un coup de dents.

— Qu'à moitié. Et ma moitié d'engin est deux fois plus longue que l'engin à n'importe qui. » Il renifla. « Ton tour, main'nant... C'est vrai qu'on vous coupe l'engin quand on vous prend, pour le Mur ?

— Non ! se récria Jon, offusqué.

— Doit être vrai, je crois. Sinon, pourquoi refuser Ygrid ? À peine qu'elle te résisterait pas du tout, j'ai l'impression. La petite veut pas mieux que t'avoir dedans, ça crève assez les yeux. »

Fichtrement trop, songea Jon, *et il semblerait que la moitié de la colonne doit déjà s'en être rendu compte.* Il s'absorba dans le spectacle des flocons pour éviter que Tormund ne le voie rougir. *J'appartiens à la Garde de Nuit,* se tança-t-il. À quoi rimaient dès lors ces émois de vierge effarouchée ?

Il passait l'essentiel de ses journées en compagnie d'Ygrid, et la plupart des nuits aussi. N'ayant pas été sans s'apercevoir de l'antipathie flagrante de Clinquefrac, Mance Rayder avait suggéré, sitôt le « corbac retourné » revêtu de son manteau neuf en peau de mouton, que la compagnie de Tormund Fléau-d'Ogre lui serait peut-être plus agréable. Jon avait sauté sur l'offre et, dès le lendemain, Echalas Ryk et Ygrid abandonnaient leur ancienne bande pour se joindre à lui. « Le peuple libre marche avec qui lui plaît, lui expliqua-t-elle, et nous en avions marre de Ballot d'Os. »

Le soir, quand on dressait le camp, Ygrid étalait son paquetage le long du sien, qu'il se fût installé près du feu ou au diable. En s'éveillant, une nuit, il la découvrit blottie contre lui, un bras lui barrant le torse. Sans bouger, il l'écouta longtemps respirer, préférant ignorer de son mieux l'état dans lequel elle le mettait. Il arrivait souvent aux patrouilleurs de partager les pelleteries, pour avoir plus chaud, mais ce n'était pas uniquement de chaleur, soupçonnait-il, que rêvait Ygrid. Aussi s'était-il mis après cela à utiliser Fantôme comme repoussoir. Si Vieille Nan contait maintes histoires où des chevaliers et leurs dames dormaient dans le même lit, chastement séparés par une épée d'honneur, ce devait être la première fois qu'on recourait, se disait-il, à un loup-garou d'honneur.

Malgré cela, Ygrid s'opiniâtrait. L'avant-veille encore, il avait commis la gaffe d'exprimer sa nostalgie d'un bain bouillant. « Mieux vaut l'eau froide, répliqua-t-elle du tac au tac, quand, après, t'as quelqu'un pour te réchauffer. La rivière est pas encore entièrement prise, vas-y. »

Il se mit à rire. « Tu veux que je meure gelé !

— Ils ont tous peur d'avoir la chair de poule, les corbacs ? Un peu de glace te tuera pas. Je plongerai avec toi, tiens, pour te prouver.

— Et puis à cheval, hein, toute la journée, frigorifiés dans nos nippes trempées ?

— T'y connais rien, Jon Snow. C'est pas habillé que tu plonges.

— C'est plutôt que je n'y plonge pas du tout », conclut-il d'un ton sans réplique, juste avant de s'entendre héler par Tormund Poing-la-Foudre (ah non ? ça, alors... !).

Chez les sauvageons, Ygrid passait pour une beauté ; à cause de ses cheveux rouges, une rareté dans leurs rangs, qui, imputée aux baisers du feu, faisait présumer veinards ses bénéficiaires. Porte-bonheur peut-être et rouge indubitablement, la tignasse d'Ygrid était cependant si hirsute que Jon avait parfois envie de lui demander si elle ne la démêlait que lorsque changeaient les saisons.

À la cour d'un seigneur, jamais on n'aurait taxé la jeune fille que du dernier quelconque, il ne l'ignorait pas. Elle avait la bouille ronde d'une paysanne, le nez camus, les dents vaguement de guingois, les yeux beaucoup trop écartés. Tout cela, il l'avait noté dès le premier coup d'œil, quand il lui tenait son poignard sous la gorge. Mais il notait d'autres détails, depuis quelque temps. Le guingois de ses dents devenait négligeable aussitôt qu'elle souriait. Et s'il se pouvait que ses yeux fussent trop écartés, ils avaient un gris-bleu charmant et plus de vivacité qu'aucuns autres jamais connus. Son timbre rauque, lorsque d'aventure elle fredonnait, le remuait singulièrement. Et lorsque d'aventure elle s'asseyait auprès du foyer, les genoux dans ses bras, les flammes éveillant plein d'échos dans ses cheveux rouges, et se contentait de le regarder, souriante..., hé bien, *ça* aussi lui remuait des choses.

Mais il était de la Garde de Nuit, il avait prononcé des vœux. *Je ne prendrai femme, ne tiendrai terres, n'engendrerai.* Il avait proféré la formule à la face de l'arbre-cœur, à la face des dieux de Père. Il lui était impossible de s'en dédire..., aussi impossible que de s'avouer ce qui motivait ses réserves à l'égard de Tormund Poing-la-Foudre Épouxd'Ours.

« Elle te déplaît, la petite ? insista celui-ci pendant qu'ils dépassaient une vingtaine de nouveaux mammouths, surmontés, eux, de tourelles en bois peuplées de sauvageons.

— Non, mais je... » *Que lui dire qu'il puisse croire ?* « Je n'ai pas encore l'âge de me marier.

— Marier ? » Tormund s'esclaffa. « Qui parlait de te marier ? On est obligé, dans le sud, de marier toutes les filles qu'on couche avec ? »

Jon sentit à nouveau le rouge lui monter au front. « Elle a pris ma défense quand Clinquefrac voulait qu'on me tue. J'aurais scrupule à la déshonorer.

— T'es un homme libre, maintenant, et elle est une femme libre. Où y serait, le déshonneur de coucher, vous deux ?

— Je risquerais de l'engrosser.

— Ouais, même que moi je dirais tant mieux. Un bon gros fils ou une fille vive et rieuse aux cheveux de feu, quel mal y aurait ? »

Il mit un moment à trouver les mots pour répondre. « Le garçon... – l'enfant serait un bâtard.

— Les bâtards sont moins vigoureux que les autres gosses ? plus maladifs ? enclins à défaillir ?

— Non, mais...

— T'es né bâtard toi-même. Et si Ygrid veut pas de môme, elle aura qu'une rebouteuse à s'adresser pour avaler sa tisane de lune. La graine une fois semée, c'est plus ton affaire.

— *Jamais* je n'engendrerai de bâtard. »

Tormund secoua son mufle hirsute. « Quels idiots vous faites, vous, agenouillés. Pourquoi t'as enlevé la fille, si t'en veux pas ?

— *Enlevé ?* Je ne l'ai...

— Si fait, coupa Tormund. T'as tué les deux qu'elle était avec avant de l'entraîner de force, ou bien t'appelles ça comment ?

— Je l'ai faite prisonnière.

— Tu l'as obligée à se rendre à toi.

— Oui, mais... Tormund, je vous jure, je ne l'ai jamais touchée.

— T'es *sûr* qu'on te l'a pas coupé, l'engin ? » Il haussa les épaules comme pour signifier qu'il ne comprendrait jamais pareille imbécillité. « Bon, t'es maintenant un homme libre, mais, si tu veux pas t'envoyer la fille, faudra mieux te chercher une ourse. L'engin, si on s'en sert pas, y rapetisse de plus en plus, tant qu'à la fin on veut pisser, et v'là qu'on le trouve même plus. »

Jon en demeura pour le coup sans voix. Rien d'étonnant si les Sept Couronnes considéraient le peuple libre comme à peine humain. *Il n'a pas de lois, pas d'honneur, et pas la plus élémentaire pudeur. Ils n'arrêtent pas de se ravir leurs biens respectifs, se reproduisent comme des bêtes, préfèrent le viol au mariage, et prolifèrent dans l'ignominie.* Or, cela ne l'empêchait pas de s'attacher chaque jour davantage à Tormund Fléau-d'Ogre, si bouffi de mensonges et de vent que fût celui-ci. Ainsi qu'à Echalas Ryk. *Quant à Ygrid... non, je ne veux pas penser à Ygrid.*

De conserve avec les Tormund et les Echalas marchaient toutes sortes de sauvageons, d'ailleurs ; des types comme Clinquefrac et le Chassieux qui t'étriperaient aussi vite fait qu'ils te crachaient dessus. Et puis Harma la Truffe, ce gros tas de femme qui, détestant les chiens, en tuait un tous les quinze jours pour se faire une bannière fraîche de son museau. Et Styr l'essorillé, magnar de Thenn, que ses gens traitaient en dieu plus qu'en seigneur. Ou encore Varamyr Sixpeaux, souriceau d'homme qui pour destrier montait un féroce ours blanc haut de treize pieds quand il se dressait sur ses pattes arrière, et que partout suivaient comme son ombre un lynx et trois loups. Eux, Jon ne les avait croisés qu'une fois, mais cette unique fois lui avait suffi ; la seule vue du maître l'avait hérissé, tout autant que Fantôme celle de l'ours et du long félin noir et blanc.

Du reste, mieux même que Varamyr, il y avait comme épouvantails les êtres issus des parties les plus septentrionales de la forêt hantée, des vallées occultes des Crocgivre, d'endroits encore plus extravagants : les gens de la Grève Glacée, dont des meutes de chiens féroces tiraient les chariots en carcasses de morses ; les effroyables clans des fleuves gelés qui se repaissaient de chair humaine, à ce qu'on disait ; les troglodytes aux faces teintes en vert, en bleu et en violet. Jon avait vu de ses propres yeux les Pieds Cornés trotter nu-pieds dans la colonne, plante aussi coriace que des semelles en cuir bouilli. Et s'il restait à jeun, lui, de tarasques et de snarks, Tormund, à l'entendre, en soupait assez volontiers.

La moitié de l'ost sauvageon n'avait de sa vie, jugeait-il, pas seulement entr'aperçu le Mur, et la plupart ne savaient pas un traître mot de l'idiome des Sept Couronnes. Aucune importance, au demeurant. Mance Rayder parlait la vieille langue et la chantait même, en s'accompagnant de son luth, étourdissant la nuit d'étranges mélopées.

Mance avait mis des années à regrouper l'immense armée qui piétinait là, des années à palabrer avec telle mère de clan, tel magnar, à séduire tel village par son éloquence fleurie, tel autre avec une chanson, le troisième à la pointe de l'épée, des années à rétablir la paix entre Harma la Truffe et le seigneur des Os, les Pieds Cornés et les Court-la-nuit, les Morsois de la Grève Glacée et les cannibales des fleuves gelés, des années à fondre cent poignards disparates en un formidable fer de lance unique destiné à frapper les Sept Couronnes au cœur. Pour ne porter ni sceptre ni couronne ni velours ni soies, comment douter d'une telle évidence ? Mance ne régnait pas de façon purement nominale, Mance *était* roi.

C'était sur l'ordre exprès de Qhorin Mimain, la veille de sa mort : « Marche avec eux, mange avec eux, bats-toi dans leurs rangs, et *regarde* de tous tes yeux », que, malgré lui, Jon avait rallié les sauvageons. Mais regarder de tous ses yeux ne lui avait pas appris grand-chose, jusqu'à présent. Que valait le soupçon de Mimain que les sauvageons n'étaient montés dans le désert lugubre des Crocgivre qu'afin d'y chercher une arme, un pouvoir magique, une formule irrésistible qui leur permît de briser le Mur ? S'ils avaient rien découvert de tel... pas un d'entre eux ne s'en vantait, pas un ne le laissait voir. Et Mance Rayder ne dévoilait pas davantage ses plans ni sa stratégie. À peine si Jon l'avait seulement revu, depuis le premier soir, excepté de loin.

Je le tuerai, si je le dois. L'hypothèse ne l'enchantait pas ; outre qu'un tel meurtre n'aurait rien d'honorifique, il entraînerait sa propre mort, infailliblement. Il n'en était pas moins impossible de laisser les sauvageons ouvrir une brèche dans le Mur, menacer Winterfell et le Nord, les Tertres et les Rus, Blancport et les Roches, voire le Neck. Cela faisait huit mille ans que les hommes de la maison Stark vivaient et mouraient pour protéger leurs gens contre ce genre de pillards et de destructeurs... et, bâtard ou non, leur sang coulait dans ses veines. *En plus, Bran et Rickon se trouvent encore à Winterfell. Mestre Luwin, ser Rodrik, Vieille Nan, Farlen, le maître piqueux, Mikken à sa forge et Gage à ses fourneaux... tous ceux que j'ai jamais connus, tous ceux que j'ai jamais aimés.* S'il lui fallait absolument tuer un homme à l'endroit duquel il n'était pas sans éprouver une espèce d'admiration, presque une espèce de sympathie, s'il le fallait pour les soustraire à la merci de Clinquefrac, d'Harma la Truffe et du magnar essorillé de Thenn, alors, non, il ne manquerait pas de le faire.

Il n'en priait pas moins les dieux paternels de lui épargner cette sale besogne. L'ost n'avançait déjà qu'avec lenteur, encombré qu'il était par tout le bétail des sauvageons, leurs mioches et leurs minables petits trésors, quand les chutes de neige avaient achevé de le ralentir. Désormais sortie du piémont, la plus grande partie de la colonne suintait comme une coulée de miel par un froid matin d'hiver le long de la rive occidentale de la Laiteuse et, suivant le cours de celle-ci, s'enfonçait au plus fort de la forêt hantée.

Au-dessus de laquelle se dressait quelque part, pas bien loin devant, le Poing des Premiers Hommes, occupé à l'insu de tous, sauf de Jon, par trois cents frères noirs de la Garde de Nuit qui, armés, montés, n'attendaient que d'intervenir. À défaut du Mimain, sans doute Jarman Buckwell ou Thoren Petibois devaient-ils avoir regagné la base et appris au Vieil Ours ce que déversaient les montagnes.

Mormont ne se défilera pas, songea Jon. *Il est trop vieux et s'est engagé trop avant. Il frappera, si dérisoire que soit le rapport des forces.* Un de ces jours prochains retentirait à ses oreilles la sonnerie des cors de guerre, et il verrait fondre, acier au poing, manteaux noirs flottants, une nuée de cavaliers sur les sauvageons. Trois cents hommes ne pouvaient évidemment se flatter d'en tuer cent fois plus, mais Mormont n'en demanderait pas tant. *Il n'a que faire d'en tuer mille, un seul lui suffit. Mance est tout ce qui assure leur cohésion.*

Le roi d'au-delà du Mur avait beau faire l'impossible, les sauvageons demeuraient dramatiquement rebelles à toute discipline, et là gisait leur vulnérabilité. Çà et là se trouvaient disséminés le long de l'interminable serpent qui constituait leur ligne de marche des guerriers aussi valeureux qu'aucun membre de la Garde, mais un bon tiers de leurs pairs se trouvaient massés aux deux extrémités de la colonne, dans l'avant-garde d'Harma la Truffe et, des lieues plus loin, dans la terrifiante arrière-garde où figuraient aurochs, géants et lanceurs de feu. Un autre tiers escortait Mance, à peu près au centre, afin de veiller sur les fourgons, charrettes et traîneaux qui transportaient la majeure partie des fournitures et subsistances de la horde, celles-ci réduites aux reliefs des récoltes engrangées lors de l'ultime moisson d'été. Quant au maigre tiers restant, divisé en petites bandes menées par des Chassieux, Clinquefrac, Jarl et autres Tormund Fléau-d'Ogre, ses hommes servaient d'éclaireurs, de fourrageurs ou, galopant sans trêve d'un bout à l'autre, de serre-file, afin de maintenir un semblant d'ordre dans la progression.

Enfin, faiblesse plus grave encore, n'était monté qu'un sauvageon sur cent. *Le Vieil Ours leur passera au travers comme une hache dans du flan.* Ce qui, survenant, contraindrait Mance à dégarnir son centre pour le prendre en chasse et tenter de conjurer la menace. Mais qu'il pérît au cours des combats qui s'ensuivraient fatalement, et le Mur jouirait d'un nouveau siècle de sécurité. *Et s'il en réchappe...*

Il fit jouer les doigts brûlés de sa main d'épée. Accrochée à l'arçon, Grand-Griffe offrait, juste à bonne portée, sous le pommeau de pierre en chef de loup-garou, le cuir moelleux de sa poignée bâtarde.

Il neigeait très fort lorsqu'ils rejoignirent leur bande, bien des heures après. Fantôme s'était en cours de route séparé d'eux pour s'évanouir dans les bois sur la piste de quelque proie. Il reparaîtrait lorsqu'on dresserait le camp pour la nuit ou, au plus tard, à l'aube. Si loin qu'il partît chasser, toujours il revenait ponctuellement... comme Ygrid, tiens.

« Alors, jeta-t-elle en l'apercevant, nous crois, maintenant, Jon Snow ? Les as vus, les géants sur les mammouths ?

— Har ! le devança Tormund. Le corbac s'est amouraché ! Y rêve plus que s' marier !

— 'vec une géante ? s'esbaudit Echalas Ryk.

— Non, 'vec un *mammouth !* beugla Tormund. Har ! »

Ygrid vint au trot se porter à la hauteur de Jon tandis qu'il adoptait le pas. Quitte à revendiquer trois années d'aînesse, elle lui rendait un bon demi-pied ; quel que fût son âge, d'ailleurs, elle était un rude brin de fille. Lors de sa capture, au col Museux, Vipre l'avait qualifiée de « piqueuse ». Quoique le terme ne s'appliquât qu'aux femmes mariées et qu'elle dédaignât la pique en faveur d'un petit arc courbe en corne et bois de barral, « piqueuse » lui allait comme un gant. Il lui trouvait un petit quelque chose de sa sœur Arya, sauf qu'Arya était beaucoup plus jeune et probablement plus fluette. Mais gageure que de supputer dans quelle mesure Ygrid pouvait être maigre ou dodue sous toutes ses peaux et fourrures...

« Tu connais "Le dernier Géant" ? » Sans attendre de réponse, elle reprit : « Il faut une voix plus basse que la mienne pour bien l'exécuter. » Puis elle entonna : « *Ooooooh, je suis le dernier géant, mon peuple a quitté la terre.*" »

À ces mots, Tormund Fléau-d'Ogre se fendit d'un sourire avant de retourner sous la neige, en écho : « *Le dernier, quand, à ma naissance, les géants des montagnes gouvernaient le monde*". »

Echalas Ryk entra dans le jeu, chantant : « *Mes forêts m'ont volé ces pygmées, hélas, et mes rivières et mes collines,*

— *Et bâti un grand mur qui barre mes vallées,* ripostèrent Ygrid et Tormund, timbrant leurs voix en mode gigantesque, *et vidé mes rus de tout leur poisson."* »

À quoi firent chorus les basses profondes des fils de Tormund, Toregg et Dormund, ainsi que Munda, sa fille, et chacun des autres, à moins que de leurs piques ils ne battent rudement les temps sur leurs écus de cuir, jusqu'à ce que la bande entière poursuive sa route en chantant :

> « *De grands feux font dans leurs séjours de pierre,*
> *Et forgent là des piques aiguës,*
> *Pendant que par les montagnes j'erre,*
> *Seul, avec mes seuls pleurs pour seule compagnie.*
> *Ils me traquent avec des chiens, le jour,*
> *Et avec des torches me traquent, la nuit.*
> *Car ils rampent, tout petits, au sol,*
> *Quand toujours les géants marchent dans la*
> *[lumière.*
> *Oooooooh, je suis le DERNIER des géants,*
> *Rappelez-vous bien ma chanson,*
> *Car avec moi elle va s'éteindre,*
> *Et durer long le silence, long.* »

Quand s'acheva le chant, les joues d'Ygrid luisaient de larmes.

« Pourquoi pleurer ? demanda Jon. Ce n'était là qu'une chanson. Et des géants, je viens juste d'en voir des centaines.

— Ah, des centaines ! s'emporta-t-elle. T'y connais rien, Jon Snow, tu... *JON !* »

Un brusque bruit d'ailes le fit se retourner. Des plumes gris-bleu l'aveuglèrent, et des serres acérées lui labourèrent le visage. Une douleur pourpre le lancina soudain de part en part, atroce, tandis que les pennes lui flagellaient la tête. Il eut le temps de distinguer le bec, mais pas celui de lever la main ni d'essayer de saisir une arme. Il se rejeta en arrière, vida un étrier, son bourrin s'emballa, pris de panique, et ce fut la chute. Mais l'aigle ne lâcha pas prise pour autant, lui labourant toujours la face et le fustigeant, l'étourdissant de cris et de coups de bec.

Le monde chavira cul par-dessus tête en un magma de sang, de plumes, de poils de cheval, et, finalement, le sol se rua pour une claque formidable.

Tout ce qu'il sut ensuite, c'est qu'il gisait à plat ventre, la bouche saturée de fange et de sang, qu'Ygrid, agenouillée au-dessus de lui, le protégeait, dague d'os au poing. Le tapage d'ailes persistait, mais l'aigle n'était plus en vue. Le monde était à moitié noir. « Mon œil ! s'affola-t-il en portant une main à son visage.

— C'est que le sang, Jon Snow. Il a raté l'œil, juste écorché ta peau pas mal. »

Ça élançait salement. De l'œil gauche, tandis qu'il torchait le droit, il aperçut Tormund campé là, près d'eux. Il l'entendit gueuler, puis perçut des piaffements, des cris, le cliquetis macabre d'ossements.

« Ballot d'Os ! rugissait Tormund, rappelle ton corbeau d'enfer !

— Le v'là, ton corbeau d'enfer ! » Clinquefrac pointait le doigt vers Jon. « Saignant dans la gadoue comme un chien sans foi ! » À grands battements d'ailes, l'aigle vint se jucher sur le crâne de géant qui lui servait de heaume. « Pour lui que chuis là.

— Viens le prendre, dit Tormund, mais vaudra mieux l'épée au poing, parce que t'auras à faire à la mienne. *Tes* os, s'pourrait, que j'mettrai bouillir, et ton crâne, pour pisser dedans. Har !

— Que j'te pique rien que, outre à air, et tu rétrécis pas plus gros qu' c'te fille. Tire-toi d'là, ou Mance saura quoi. »

Ygrid se dressa. « Tiens, c'est *Mance qui* le veut ?

— J' l'ai pas dit, non ? R'mets-le sur ses pattes noires. »

Tormund loucha vers Jon, les sourcils froncés. « Vaut mieux y aller, si c'est Mance qui t'veut. »

Ygrid l'aida à se relever. « Y saigne comme un sanglier massacré. Vise-moi c'qu' Orell nous l'a amoché. »

Un oiseau serait-il capable de haine ? Il avait eu beau tuer le sauvageon de ce nom, l'aigle conservait quelque chose de celui-ci. Une hostilité froide se lisait dans les prunelles d'or dardées sur lui. « Je vais venir », dit-il. Le sang continuait d'inonder son œil droit, et sa joue n'était que douleur cuisante. Il lui suffit de la tâter pour rougir ses gants noirs. « Le temps d'attraper mon cheval. » C'était moins son cheval que Fantôme qu'il aurait voulu, mais le loup-garou demeurait invisible. *Il risque d'être pour l'heure à des lieues d'ici, les crocs plantés dans la gorge de quelque orignac.* Ce n'était peut-être pas plus mal, au fond.

Probablement effarouché par sa figure en sang, le bourrin broncha lorsqu'il s'approcha, mais quelques mots prononcés tout bas suffirent à l'apaiser, et il se laissa finalement aborder puis prendre par la bride. En sautant en selle, Jon sentit la tête lui tourner. *Il me faudra faire panser ça,* songea-t-il, *mais surtout pas maintenant. Laissons d'abord le roi d'au-delà du Mur admirer l'œuvre de son aigle.* Après avoir ouvert et refermé sa main, il retira Grand-Griffe de l'arçon pour s'en ceindre une épaule puis tourna bride pour rejoindre, au trot, Clinquefrac et sa clique qui l'attendaient.

Ygrid également, qui, sur sa monture, affichait une mine des plus résolues. « Je viens aussi.

— Tire-toi. » Le corselet d'os de Clinquefrac cliqueta. « J'ai ordre de ram'ner l' corbac r'tourné, pas personne d'aut'.

— Une femme libre va où bon lui plaît », riposta-t-elle.

Le vent chassait la neige dans les yeux de Jon qui sentait le sang se geler sur son visage. « On discute, ou on y va ?

— 'n y va. »

Suivit un affreux galop. Après avoir descendu la colonne sur quelque deux milles au milieu de tourbillons de neige, on coupa au travers d'un fouillis de chariots à bagages pour traverser dans des gerbes d'éclaboussures la Laiteuse à l'endroit où elle décrivait une grande boucle vers l'est. Une fine pellicule de glace encroûtait les eaux dormantes de la rivière, et les sabots durent la crever sur une dizaine de pas avant d'atteindre le courant. Sur la rive orientale, la neige semblait tomber encore plus dru, et les congères étaient plus épaisses. *Le vent lui-même est plus glacial.* Sans compter que la nuit tombait aussi.

Cependant, même au travers des bourrasques de neige, il était impossible de se méprendre sur l'énorme silhouette blanche qui se discernait par-dessus les arbres. *Le Poing des Premiers Hommes.* Jon entendit l'aigle glatir quelque part, là-haut. Un corbeau les épiait, juché dans un pin planton, qui fit *croâ* sur son passage. *Le Vieil Ours aurait-il attaqué ?* Au lieu du fracas de l'acier, du bourdonnement des flèches prenant l'air, il n'entendait que le doux crissement de la croûte de givre sous les sabots de son cheval.

En silence, on contourna la colline pour l'aborder par le sud, où la pente était le moins abrupte. Et c'est là, tout en bas, que Jon vit le cadavre du cheval, recroquevillé dans la neige qui l'enfouissait à demi. Les entrailles lui sortaient du ventre, éparpillées comme des serpents gelés, et il lui manquait une jambe. *Loups*, pensa d'abord Jon, mais c'était une erreur. Les loups dévorent ce qu'ils tuent.

D'autres chevaux jonchaient le versant, jambes affectées de contorsions grotesques, regards aveugles et figés par la mort. Les sauvageons pullulaient dessus comme des mouches, les dépouillant de leurs selles, de leurs harnais, de leur charge ou de leur armure, et les débitant avec des haches de pierre.

« En haut, dit Clinquefrac à Jon. Mance est tout en haut. »

Ils démontèrent à l'extérieur de l'enceinte pour ne s'y faufiler que par une brèche sinueuse. La carcasse hirsute d'un bourrin brun était empalée sur les pieux aigus que le Vieil Ours avait fait placer en dedans de chaque accès. *Il essayait de sortir, pas d'entrer.* D'un éventuel cavalier, pas trace.

Bagatelles que tout cela, par rapport à ce que réservait l'intérieur. Jamais Jon n'avait encore vu de neige rose. Les rafales le malmenaient de toutes parts comme pour lui arracher son lourd manteau de peaux de mouton. Des corbeaux voletaient mollement d'un cheval mort à l'autre. *Des corbeaux sauvages, ou les nôtres ?* Il fut incapable d'en décider. Où pouvait bien être le pauvre Sam, à présent ? Et *quoi* ?

Le sang gelé qui encroûtait la neige crissait sous le talon des bottes. Non contents de dépouiller les bêtes mortes de leur moindre pièce de cuir ou d'acier, les sauvageons allaient jusqu'à les déchausser de leurs fers. Quelques-uns faisaient l'inventaire des charges qu'ils avaient découvertes, en quête d'armes ou de nourriture. Jon dépassa l'un des chiens de Chett, ou plutôt ce qu'il en restait, dans une mare bourbeuse de sang à demi gelé.

Quelques tentes se dressaient encore à l'autre bout du camp, et c'est là qu'ils trouvèrent Mance Rayder. Sous son manteau de laine noire estafilé de soie rouge, il portait de la maille noire et des braies de fourrure hirsute ; un grand heaume de bronze et de fer flanqué d'ailes de corbeau le coiffait. Avec lui se trouvaient Jarl et Harma la Truffe, ainsi que Styr et Varamyr Sixpeaux, ses trois loups et son lynx.

Mance accueillit Jon d'un air grave et froid. « Qu'est-il arrivé à ta figure ?

— C'est Orell, dit Ygrid, qu'a essayé d'y arracher l'œil.

— C'est lui que je questionnais. A-t-il perdu sa langue ? Mieux vaudrait, dans un sens, ça nous épargnerait de nouveaux mensonges. »

Styr le Magnar exhiba un long coutelas. « Peut-être il y verrait plus clair, rien qu'avec un œil.

— Te plairait-il de conserver ton œil, Jon ? demanda le roi d'au-delà du Mur. Dans ce cas, dis-moi combien ils étaient. Et tâche de dire la vérité, cette fois, bâtard de Winterfell. »

Jon avait la gorge sèche. « Messire... Que... ?

— Je ne suis pas ton sire, dit Mance. Et le *que* me semble des plus évident. Tes frères sont morts. La question est : combien ? »

Avec ses plaies qui élançaient toujours, la neige qui continuait de tomber, Jon avait le plus grand mal à penser. *Quoi qu'ils exigent, tu ne devras pas barguigner,* Qhorin s'était montré formel. Les mots s'étranglaient dans sa gorge, mais il se contraignit à les proférer : « Il y avait trois cents des nôtres.

— Des *nôtres* ? répéta Mance d'un ton acerbe.

— Des leurs. Trois cents des leurs. » *Quoi qu'ils exi-*

gent, a dit le Mimain. *D'où vient donc que je me sens si lâche ?* « Deux cents de Châteaunoir et une centaine de Tour Ombreuse.

— Hé, mais voilà une chanson plus véridique que celle que tu me chantas sous ma tente. » Mance se tourna vers Harma la Truffe. « On a trouvé combien de chevaux ?

— Plus d'un cent, répondit l'énorme femme, mais pas deux. Y en a plus à l'est, sous la neige, pas facile savoir combien. » Derrière elle se tenait son porte-enseigne en haut de la hampe duquel était fichée une tête de chien, suffisamment fraîche encore pour saignoter.

« Tu n'aurais jamais dû me mentir, Jon Snow, reprit Mance.

— Je... Je le sais. » *Que dire d'autre ?*

Le roi sauvageon le scruta. « Qui commandait ici ? Garde-toi de mentir, surtout. Était-ce Rykker ? Petibois ? Pas Wythers, trop pusillanime. À qui appartenait cette tente ? »

J'en ai trop dit. « Vous n'avez pas trouvé son corps ? »

Les naseaux d'Harma fumèrent de mépris dans l'air gelé. « Quels idiots, ces corbeaux noirs !

— La prochaine fois que tu me réponds par une question, je te livre à mon sire des Os », promit Mance Rayder. Il se rapprocha d'un pas. « Qui commandait ici ? »

Un pas de plus, songea Jon. *Un pied plus avant.* Il déplaça sa main vers la poignée de Grand-Griffe. *Si je tiens ma langue...*

« Essaie seulement de saisir cette épée bâtarde, et elle n'aura pas quitté le fourreau que je te fais sauter ta tête de bâtard, dit Mance. Je suis à deux doigts de perdre patience avec toi, corbeau.

— Parle ! pressa Ygrid. Il est mort, qui que c'était... »

La grimace qu'il fit craquela le sang de sa joue. *C'est trop dur,* songea-t-il avec désespoir. *Comment jouerais-je les tourne-casaque sans en devenir un ?* Qhorin ne l'avait pas prévenu de cela. Mais le second pas est toujours plus facile que le premier. « Le Vieil Ours.

— Ce vieux-là ? » Le ton d'Harma prouvait assez son incrédulité. « Il était venu lui-même ? Alors, qui commande, à Châteaunoir ?

— Bowen Marsh. » La réponse avait fusé d'emblée, cette fois. *Quoi qu'ils exigent, tu ne devras pas barguigner.*

Mance éclata de rire. « Dans ce cas, notre guerre est gagnée. Bowen a toujours infiniment mieux su compter les épées que les utiliser.

— C'est le Vieil Ours qui commandait ici, reprit Jon. Vu sa hauteur, la place est forte, et il l'a encore renforcée. Il a fait creuser des chausse-trapes, planter des pieux, monter des vivres et de l'eau. Il était prêt pour...

— ... me recevoir ? acheva Mance Rayder. Ouais, il l'était. Si j'avais été assez fou pour attaquer cette colline, j'aurais peut-être perdu cinq hommes pour chaque corbeau tué et dû encore me considérer comme un veinard. » Sa bouche se durcit. « Mais lorsque les morts marchent, il n'est épées ni murs ni pieux qui vaillent. On ne peut combattre les morts, Jon Snow. Je le sais deux fois mieux que quiconque au monde. » Il leva les yeux vers le ciel qui s'enténébrait et reprit : « Les corbeaux nous ont peut-être plus aidés qu'ils ne savent. Je me demandais pourquoi nous n'avions pas essuyé d'attaques. Mais nous avons encore cent lieues à faire, et le froid se lève. Envoie-moi tes loups me flairer les spectres, Varamyr, je ne veux pas qu'on se fasse prendre à l'improviste. Sire des Os, double-moi toutes les patrouilles, et assure-toi que chaque homme ait bien torche et briquet. Styr, Jarl, vous marchez dès le point du jour.

— Mance, dit Clinquefrac, j'me veux des os d'corbac. »

Ygrid se plaça devant Jon. « On peut pas tuer un homme qu'a menti que pour protéger ceux qu'étaient ses frères.

— Ils sont toujours ses frères, affirma Styr.

— Y le sont *pas*, protesta-t-elle. Il m'a jamais tuée comme y voulaient, eux. Et il a descendu le Mimain, on l'a vu, tous. »

L'haleine de Jon embrumait l'air. *Si je lui mens, il le saura.* Il fixa Mance droit dans les yeux en ployant et déployant sa main. « Je porte le manteau que vous m'avez donné, Sire.

« — Un manteau de peaux de mouton ! s'exclama Ygrid. Et plein de nuits qu'on danse aussi dessous, nous deux ! »

Jarl se mit à rigoler, et Harma la Truffe elle-même eut un sourire en coin. « C'est bien ce qui se passe, Jon Snow ? demanda Mance Rayder d'un ton plus doux. Elle et toi ? »

Rien de si facile que de perdre tous ses repères, au-delà du Mur. Jon doutait pouvoir plus jamais discerner la frontière entre l'honneur et l'infamie ou le bien et le mal. *Que Père me pardonne.* « Oui », dit-il.

Mance hocha la tête. « Bon. Alors, vous partirez demain avec Jarl et Styr. Tous les deux. Loin de moi l'idée de séparer deux cœurs qui battent comme un seul.

— Pour où ? demanda Jon.

— L'autre côté du Mur. Il n'est que temps de prouver ta loyauté par autre chose que des mots, Jon Snow. »

Cela ne fut pas du goût du magnar. « Qu'ai-je à foutre d'un corbac ?

— Il connaît la Garde, il connaît le Mur, répliqua Mance, et il connaît mieux Châteaunoir qu'aucun assaillant n'a jamais pu le connaître. Si tu n'es pas complètement bouché, tu trouveras à l'employer. »

Styr se renfrogna. « Et si son cœur est toujours noir ?

— Arrache-le-lui, dans ce cas. » Il se tourna vers Clinquefrac. « Toi, sire des Os, maintiens coûte que coûte le rythme de la colonne. Si nous atteignons le Mur avant Mormont, nous aurons gagné.

— Marchera. » Le ton de Clinquefrac trahissait une colère sourde.

Mance hocha la tête et s'éloigna, escorté de Sixpeaux et d'Harma. Le lynx et les loups leur emboîtèrent le pas. Ygrid et Jon se retrouvèrent seuls face à Jarl, Clinquefrac et Styr le Magnar. Les deux plus vieux dévisagèrent Jon avec une rancœur mal déguisée quand Jarl lui lança : « T'as entendu, corbac, on part au point du jour. Prends tous les vivres que tu peux, on aura pas le temps de chasser. Et fais soigner ta grande gueule. Elle est foutrement moche à voir.

— Bien, dit Jon.

— F'rais mieux pas mentir, la fille... », jeta Clinquefrac à Ygrid, l'œil étincelant au fond du crâne de géant.

Jon dégaina Grand-Griffe. « Du large, à moins que tu ne veuilles ce qu'a eu Qhorin.

— T'as pas ton loup, mon gars, pour t'aider, c'coup-ci. » Clinquefrac porta la main à sa propre épée.

« Si sûr que ça, hein ? » Ygrid éclata de rire.

Hérissant sa fourrure blanche, Fantôme se ramassait, perché sur le mur d'enceinte. Il n'émettait pas le moindre son, mais ses prunelles rouge sombre parlaient de sang. Le seigneur des Os éloigna lentement la main de son épée, recula d'un pas puis, sur un juron, s'en fut.

Le loup-garou trottinait aux côtés de leurs chevaux quand Ygrid et Jon descendirent du Poing. Ce n'est qu'au beau milieu de la Laiteuse que Jon se sentit suffisamment en sécurité pour souffler : « Je ne t'ai jamais demandé de mentir en ma faveur.

— J'ai jamais menti, dit-elle. Y a qu'un truc que j'ai écarté, c'est tout.

— Mais tu as dit...

— ... qu'on baise plein de nuits sous ton manteau. Mais j'ai jamais dit quand ç'a commencé. » Presque timide fut le sourire qu'elle lui tendit. « Cette nuit, trouve à Fantôme un autre endroit pour dormir, Jon Snow. C'est comme a dit Mance. C'est plus vrai que les mots, les actes. »

SANSA

« Une robe neuve ? dit-elle, d'un ton aussi réservé qu'étonné.

— Et la plus ravissante que vous aurez jamais portée, madame », assura la vieille. Elle lui mesura les hanches à l'aide d'une cordelière parsemée de nœuds. « Toute en dentelles de Myr et soie, doublures de satin. Vous serez bien belle. C'est la reine en personne qui l'a commandée pour vous.

— Quelle reine ? » Margaery n'était pas encore celle de Joff, mais elle l'avait été de Renly. Ou bien s'agissait-il de la reine des Épines ? Ou...

« La reine régente, naturellement.

— La reine *Cersei* ?

— Nulle autre qu'elle. Voilà bien des années qu'elle m'honore de sa pratique. » Elle étira sa cordelière à l'intérieur des jambes de Sansa. « Sa Grâce m'a précisé qu'étant une femme, à présent, vous deviez cesser de vous habiller comme une fillette. Étendez le bras. »

Sansa l'étendit. Elle avait, c'est vrai, grand besoin d'une robe neuve. Elle avait grandi de trois pouces depuis un an, et la plus grande partie de son ancienne garde-robe avait été détruite par la fumée, le jour où, dans le fol espoir de dissimuler sa première floraison, elle avait tenté de brûler sa literie.

« Votre gorge promet d'être aussi adorable que celle de la reine, poursuivit la vieille en lui enlaçant la poitrine de sa cordelière. Il ne faudrait pas la cacher si fort. »

Le commentaire la fit rougir. Et pourtant, lors de sa dernière sortie à cheval, il lui avait été impossible de lacer jusqu'au col son justaucorps, et le petit palefrenier qui l'aidait à se mettre en selle en était resté bouche bée. Il lui arrivait aussi de surprendre des hommes faits à lorgner son corsage, et certaines de ses tuniques étaient désormais si étroites qu'à peine pouvait-elle respirer dedans.

« De quelle couleur sera-t-elle ? demanda-t-elle à la couturière.

— Reposez-vous sur moi pour les couleurs, madame. Vous en serez charmée, je vous le garantis. Vous aurez également des sous-vêtements, de la bonneterie, des jupes et des mantelets, des manteaux, enfin tout ce qui sied à une... – une exquise jeune dame de haut parage.

— Et ce sera prêt à temps pour le mariage du roi ?

— Oh, plus tôt, bien plus tôt, Sa Grâce y tient absolument. J'ai six ouvrières et douze apprenties, et nous mettrons tout autre ouvrage de côté pour ne nous consacrer qu'à celui-ci. Bien des dames nous en voudront mortellement, mais nous ne faisons qu'obéir à la reine.

— Remerciez vivement Sa Grâce pour ses prévenances, dit poliment Sansa. Elle me marque trop de bonté.

— Sa Grâce est on ne peut plus généreuse », acquiesça la couturière tout en rassemblant ses affaires avant de prendre congé.

Mais dans quel but ? s'interrogea Sansa, une fois seule. Elle en éprouvait un malaise. *Suite à quelque intervention de Margaery ou de sa grand-mère, je parierais...*

La bienveillance de Margaery ne s'était pas démentie, et sa présence changeait tout. Ses dames d'atour réservaient à Sansa un accueil aussi gracieux. Cela faisait si longtemps qu'elle n'en avait joui qu'elle en avait presque oublié quels plaisirs la compagnie d'autres femmes était susceptible de procurer. Lady Leonette lui donnait des leçons de harpe, et lady Janna lui distillait les meilleurs potins. Merry Crane avait toujours une histoire drôle, et la petite lady Bulwer lui rappelait Arya, quoique en moins violente.

Ses plus proches par l'âge étaient les cousines Elinor, Alla et Megga, toutes issues de branches cadettes de la maison Tyrell. « Roses des rameaux bas », badinait Elinor, aussi spirituelle qu'élancée. Si la ronde Megga se montrait l'exubérance même, et timide la jolie Alla, c'était Elinor qui régentait le groupe par droit de féminité ; elle avait déjà fleuri, tandis que les autres demeuraient encore en boutons.

Toutes trois avaient aussi facilement admis Sansa dans leur société que si elles la connaissaient depuis toujours. On passait ensemble de longues après-midi en travaux d'aiguille et à débattre de vin miellé, de gâteaux au citron ; on jouait certains soirs aux cartes, on chantait en chœur au septuaire du Donjon Rouge... et souvent une ou deux se voyaient choisies pour partager le lit de Margaery, où la moitié de la nuit s'écoulait en chuchotements. Dûment cajolée, Alla, qui possédait une voix ravissante, acceptait de jouer de la harpe et de chanter des chansons de chevalerie et d'amours perdues. Si Megga ne savait pas chanter, elle raffolait de se faire embrasser. Elle et Alla, confessait-elle, jouaient à un jeu de baisers, mais ce n'était pas comme embrasser un homme ou, plaisir suprême, un roi. Pour l'avoir éprouvé, Sansa se demandait quel effet feraient à Megga les embrassements du Limier. Il empestait le sang et le vin, cette nuit-là, la nuit de la bataille. *Il m'a embrassée, m'a menacée de me tuer, m'a obligée à lui chanter une chanson.*

« Le roi Joffrey a de si belles lèvres, s'était étourdiment extasiée Megga, oh, pauvre Sansa, quel crève-cœur ç'a dû être que de le perdre ! Oh, comme tu as dû pleurer... ! »

Il m'a fait pleurer bien plus souvent que tu ne te figures, avait-elle failli lâcher mais en se contentant, faute d'avoir Beurbosses sous la main pour couvrir sa voix, de pincer les lèvres pour tenir sa langue.

Elinor, elle, était promise à un jeune écuyer, fils de lord Ambrose, qu'elle épouserait dès qu'il aurait conquis ses éperons. Durant la bataille de la Néra où il arborait sa faveur, Alyn avait abattu un arbalétrier myrote et un homme d'armes Mullendor. « C'est la faveur d'Elinor, avait jasé Megga, qui le rendait intrépide, il a dit. Et c'est son nom qu'il criait comme cri de guerre, il a dit, se peut-il rien de si galant ? Moi, je veux avoir un champion, tantôt, qui tue son cent d'hommes en portant ma faveur. » Elinor avait beau lui faire des chut ! et des chut !..., elle avait l'air bien aise tout de même.

Ce sont des enfants, songea Sansa. *Ce sont des petites bécasses, même Elinor. Elles n'ont jamais vu de bataille, jamais vu d'hommes mourir, elles ne savent rien.* Leurs rêves étaient aussi farcis de contes et de chansons que l'avaient été ses propres rêves avant que Joffrey ne décapite Père. Sansa les plaignait. Sansa les enviait.

Tout autre, en revanche, était Margaery. Sa douceur et sa gentillesse ne l'empêchaient pas d'avoir aussi quelque chose de sa grand-mère. L'avant-veille, elle avait emmené Sansa chasser au faucon. C'était la première fois que Sansa sortait de la ville depuis la bataille. On avait enterré ou brûlé les morts, mais les vantaux lacérés, défoncés de la Gadoue rappelaient avec éloquence les béliers de lord Stannis, et sur les deux rives de la Néra s'enchevêtraient des coques fracassées, tandis que de son lit pointaient, tels des doigts noirs et décharnés, des mâts carbonisés. Et seul là-dedans circulait le bac à fond plat grâce auquel s'effectua la traversée. Et lorsqu'on atteignit le Bois-du-Roi, ce fut pour découvrir un désert de cendres charbonneuses hérissé d'arbres morts. Mais le gibier d'eau foisonnait dans les parages de la baie, et l'émerillon de Sansa descendit trois canards, tandis que le pèlerin de Margaery capturait en plein vol un héron.

« Willos a les meilleurs oiseaux des Sept Couronnes, dit Margaery lors d'un bref tête-à-tête. Il fait parfois voler un aigle. Vous verrez, Sansa. » Elle lui prit la main et la pressa légèrement. « Sœur. »

Sœur. Elle avait autrefois rêvé d'avoir une sœur comme Margaery, belle et noble et dotée de toutes les grâces du monde. En tant que sœur, Arya s'était révélée décevante sur toute la ligne. *Comment puis-je laisser ma sœur épouser Joffrey ?* songea-t-elle, et, subitement, ses yeux s'emplirent de larmes. « Margaery, dit-elle, n'en faites rien, je vous en prie. » Elle devait s'arracher chaque mot. « Il *ne faut pas* vous marier avec lui. Il n'est pas ce qu'il paraît, il ne l'est pas. Il vous fera du mal.

— Je pense que non. » Elle sourit avec assurance. « C'est courageux à vous de me mettre en garde, mais ne craignez rien. Joff est pourri de vanité, et je le crois aussi cruel que vous le dites, mais, avant de lui accorder ma main, Père l'a contraint à prendre Loras dans sa Garde. J'aurai nuit et jour pour me protéger, telle Naerys le prince Aemon, le meilleur chevalier du royaume. Ainsi notre petit lion aura-t-il intérêt à bien se tenir, non ? » Elle se mit à rire et reprit : « Venez, chère sœur, piquons des deux jusqu'à la rivière. Nous allons faire enrager nos gardes. » Et, sans attendre de réponse, elle talonna sa monture et partit au triple galop.

Tant de bravoure..., se dit Sansa tout en s'élançant à ses trousses, mais ses doutes la tenaillaient toujours. Que ser Loras fût la fleur des chevaliers, nul n'en disconvenait. Mais la Garde ne se résumait pas à sa seule personne, et Joffrey disposait en outre des manteaux d'or et des manteaux rouges et, une fois adulte, il commanderait ses propres armées. Aegon l'Indigne n'avait certes jamais levé la main sur la reine Naerys, par peur peut-être de leur frère, le Chevalier-dragon... mais lorsqu'un autre membre de sa Garde s'était épris de l'une de ses maîtresses, les amants l'avaient bel et bien payé de leurs têtes.

Ser Loras est un Tyrell, essaya-t-elle de se raisonner. *Alors que l'autre chevalier n'était qu'un Tignac. Ses frères ne possédaient pas d'armées, pas d'autre moyen de le venger que l'épée.* Mais plus elle y réfléchissait, plus s'aggravait son anxiété. *Il se peut que Joff se refrène quelque temps, mettons même un an, mais, tôt ou tard, il sortira ses griffes, et alors...* En admettant que le royaume se découvrît un second Régicide, c'est *dans les murs* de la ville qu'aurait lieu cette fois la guerre et dans ses caniveaux que rougiraient partisans de la rose et partisans du lion.

Comment Margaery ne le voyait-elle pas aussi ? *Elle est plus âgée que moi, elle doit être plus perspicace. Et son père, lord Tyrell, il sait ce qu'il fait, sûrement. Je ne suis qu'une sotte, voilà.*

En annonçant à ser Dontos qu'elle allait partir pour Hautjardin et y épouser Willos Tyrell, elle s'attendait à le voir soulagé et content pour elle. Or, il lui avait empoigné le bras en s'écriant : « C'est *impossible* ! », d'une voix que l'horreur n'empâtait pas moins que le vin. Puis de reprendre : « Je vous le dis, ces Tyrell ne sont que des Lannister fleuris, je vous en conjure, oubliez cette folie, donnez un baiser à votre Florian et promettez de vous en tenir à nos plans. La nuit des noces de Joffrey, ce n'est plus si loin, portez sur vos cheveux ma résille d'argent, exécutez seulement mes consignes, et nous réussirons à nous évader. » Il essaya de lui planter un bécot sur la joue.

Elle se déroba à son étreinte et s'écarta d'un pas. « Je n'en ferai rien. Je ne puis. Quelque chose irait de travers. Lorsque je *voulais* m'évader, vous avez refusé de m'emmener, et maintenant je n'en ai plus besoin. »

Il la regarda d'un air ahuri. « Mais les dispositions sont prises, ma chérie. Le bateau pour vous ramener chez vous, la barque pour vous conduire à son bord, votre Florian s'est occupé de tout pour sa bien-aimée Jonquil.

— Je suis navrée de vous avoir donné tant de mal, répliqua-t-elle, mais je n'ai plus besoin de bateau ni de barque.

— Mais tout cela ne vise qu'à votre *sécurité*.

— À Hautjardin, je serai en sécurité. Willos veillera sur ma sécurité.

— Mais il ne vous connaît pas, objecta Dontos, et il ne vous aimera pas. Jonquil, Jonquil, ouvrez vos chers yeux, ces Tyrell se moquent éperdument de votre personne. Ce sont vos *droits* qu'ils cherchent à épouser.

— Mes droits ? » Elle ne savait plus où elle en était.

« Ma chérie, dit-il, vous êtes l'héritière de Winterfell. » Il l'empoigna de nouveau, l'implora de nouveau de renoncer à l'impossible, il ne fallait pas ! jusqu'à ce qu'elle se dégage et le plante là, titubant, sous l'arbre-cœur. Elle n'avait pas, depuis, remis les pieds dans le bois sacré.

Mais pas oublié non plus ses paroles. *L'héritière de Winterfell,* se répétait-elle, la nuit, dans son lit. *Ce sont vos droits qu'ils cherchent à épouser.* Ayant eu trois frères pour compagnons d'enfance, jamais l'idée de ses propres droits ne l'avait effleurée, mais la mort de Bran et de Rickon... *Ne change strictement rien. Il reste Robb, il est un homme fait, maintenant, il ne tardera pas à se marier, à avoir un fils. De toute manière, Willos Tyrell aura Hautjardin, en quoi Winterfell le tenterait-il ?*

Parfois, elle chuchotait son nom, « Willos, Willos, Willos », à son oreiller, rien que pour l'entendre sonner. Willos sonnait peut-être aussi bien que Loras, non ? Les deux sonnaient même pareil, un peu. Sa jambe, qu'est-ce que ça faisait, sa jambe ? Willos n'en serait pas moins sire de Hautjardin, et elle serait sa dame.

Elle s'imaginait eux deux assis dans un jardin, des chiots sur les genoux, ou bien descendant mollement la Mander aux accords d'un luth, à bord d'une barge de plaisance. *Si je lui donne des fils, il finira par m'aimer.* Elle les nommerait Eddard, Brandon et Rickon, et elle les élèverait tous pour qu'ils soient des preux comme ser Loras. *Et qu'ils exècrent les Lannister, eux aussi.* Dans ses rêves, ses enfants ressemblaient à s'y méprendre aux frères qu'elle avait perdus. Parfois même y figurait une fille qui n'était pas sans rappeler Arya.

Sa cervelle n'arrivait guère, en revanche, à fixer durablement l'image de Willos ; les représentations qu'elle s'en faisait tendaient toujours à l'assimiler à ser Loras, à lui prêter les grâces, la beauté, la jeunesse de celui-ci. *Ce n'est pas comme ça que tu dois penser à lui,* se disait-elle. *Sinon, il risque de lire le désappointement dans tes yeux, lors de votre rencontre, et comment pourrait-il t'épouser dorénavant, sachant que c'est son frère que tu aimais ?* Willos Tyrell avait le double de son âge, elle tâchait de s'en souvenir constamment, il boitait, en plus, et peut-être même était-il rondouillard et rougeaud comme son père. Mais, avenant ou non, il risquait fort d'être l'unique champion qu'elle aurait jamais.

Elle avait une fois fait le cauchemar que c'était toujours elle et non Margaery qu'épousait Joffrey, quitte, au cours de leur nuit de noces, à devenir Ilyn Payne, le bourreau. Elle s'était réveillée pantelante. Elle avait beau ne vouloir à aucun prix que Margaery souffre ce qu'elle avait elle-même souffert, l'idée que les Tyrell puissent rompre le mariage la terrifiait. *Je l'ai prévenue, ça oui, bien prévenue, je lui ai dit ce qu'il est véritablement.* Peut-être que Margaery ne la croyait pas. Joff affectait toujours avec elle des manières de parfait chevalier – mais il l'en avait aussi régalée, jadis, elle-même. *Elle s'apercevra bien assez tôt de sa vraie nature. Après le mariage, voire avant.* Dès sa prochaine visite au septuaire, décida-t-elle, elle allumerait un cierge devant la Mère d'En-Haut et la supplierait de protéger Margaery contre les cruautés de Joff. Et, pourquoi pas, un second devant le Guerrier. En faveur de Loras.

Elle porterait sa nouvelle robe pour la cérémonie au Grand Septuaire de Baelor, avait-elle conclu, voilà tout, tandis que la couturière achevait de prendre ses mesures. *C'est sans doute dans ce but que Cersei la fait faire à mon intention. Pour que je n'aie pas l'air miteux durant cette solennité.* Il lui en faudrait à vrai dire une autre, après, pour le banquet, mais une de ses anciennes irait, probablement ? Risquer de tacher sa neuve avec de la nourriture ou du vin, non, il n'en était absolument pas question. *Il me faudra la prendre à Hautjardin.* Elle tenait à se faire belle pour Willos Tyrell. *Même si Dontos ne se trompait pas, même si c'est bien Winterfell et non moi qu'il guigne, pourquoi n'en viendrait-il pas néanmoins à m'aimer pour moi-même ?* Elle s'enserra très fort dans ses propres bras, toute à la grande question du temps que prendrait la confection de la robe. Oh, quand, quand donc pourrait-elle enfin la porter ?

ARYA

Il pleuvait, cessait de pleuvoir, mais le ciel était plus volontiers gris que bleu, et tous les cours d'eau roulaient à pleins bords. Dans la matinée du troisième jour, Arya repéra que la mousse poussait sur les arbres du mauvais côté. « Nous n'allons pas dans la bonne direction, dit-elle à Gendry, comme ils dépassaient un orme particulièrement moussu. Nous allons vers le sud. Vois comme la mousse pousse sur le tronc ? »

Il repoussa l'épaisse toison noire qui lui couvrait les yeux et dit : « On suit la route, c'est tout. Et la route va vers le sud, par ici. »

Nous sommes allés sans arrêt vers le sud, aujourd'hui, faillit-elle répliquer. *Et hier aussi, quand nous longions le ruisseau.* Mais son attention n'avait pas été suffisamment soutenue la veille pour qu'elle pût rien affirmer de tel. « Je crois que nous sommes égarés, souffla-t-elle tout bas. Nous n'aurions pas dû quitter la rivière. Il nous suffisait de la suivre.

— La rivière fait que des boucles et des boucles, répondit-il. C'est qu'un raccourci, ça, je parie. Un sentier secret d'hors-la-loi. Ça fait des années que Lim et Tom et eux tous pratiquent le coin. »

C'était incontestable. Arya se mordit la lèvre. « Mais la mousse...

— Vu c' qu'y pleut, va pas tarder qu' ta mousse, y nous en pousse dans les oreilles, gémit-il.

— Rien que dans l'oreille *sud* », riposta-t-elle d'un ton

buté. Peine perdue toujours que d'essayer de convaincre ce taureau-là. Seulement, il était son seul véritable ami, maintenant que Tourte les avait quittés.

« C'est Sherna qu'a besoin que j'y cuise son pain, s'était-il excusé, le jour du départ. De toute façon, la pluie, j'en ai marre, puis le mal de selle, moi, puis d'avoir la trouille tout le temps. Ici, y a de la bière à boire et du lapin à boulotter, et le pain, y sera meilleur quand c'est moi qui le fais. Tu verras, quand tu reviendras. Parce que tu reviendras, hein ? Quand la guerre est finie ? » Puis, se rappelant brusquement qui elle était, « Madame », ajouta-t-il en rougissant.

Arya ne savait pas si la guerre finirait jamais, mais elle avait acquiescé d'un hochement. « Je regrette de t'avoir battu, ce jour-là », reprit-elle. Tout couard et bouché qu'il était, Tourte n'en avait pas moins été son compagnon de route tout du long depuis Port-Réal, et elle s'était habituée à lui. « Je t'ai cassé le nez.

— Et à Lim aussi. » Il eut un large sourire. « Ça, c'était chouette.

— Lim n'a pas trouvé, lui », dit-elle, un peu morose. Et puis l'heure était venue de partir. Quand Tourte demanda s'il lui serait permis de baiser la main de Madame, elle lui bourra l'épaule d'un coup de poing. « Ne m'appelle pas comme ça. Tu es Tourte, et je suis Arry.

— Y a pas de Tourte, ici. Sherna me dit juste "Gars". Comme elle fait pour l'autre gars. Ça va foutre un de ces micmacs... »

Il lui manquait plus qu'elle n'aurait cru, Tourte, mais Harwin compensait un peu. Elle lui avait raconté pour son père, Hullen, et comment elle l'avait trouvé, mourant, près des écuries du Donjon Rouge, le jour où elle s'était enfuie. « Il disait toujours qu'il mourrait dans une écurie, commenta son fils, mais on croyait, nous tous, que ça serait la faute à quelque diable d'étalon, pas à des chiées de lions. » Elle lui parla de Yoren et de leur évasion de Port-Réal aussi, puis pas mal de ce qui s'était passé par la suite, mais en omettant le palefrenier qu'elle avait tué avec Aiguille, tout comme le garde qu'elle avait égorgé pour sortir d'Harrenhal. L'avouer à Harwin lui aurait fait presque le même effet que l'avouer à Père, et il y avait des choses dont elle n'eût pas supporté que Père pût les apprendre.

Elle demeura tout aussi muette sur Jaqen H'ghar et les trois morts qu'il lui avait dues et dûment payées. La pièce de fer qu'elle tenait de lui, elle la conservait soigneusement planquée dans sa ceinture, mais, lorsqu'elle l'en retirait, quelquefois, la nuit, c'est entre ses doigts à lui qu'elle la voyait pendant que son visage se dissolvait et se métamorphosait. « *Valar morghulis*, se chuchotait-elle. Ser Gregor, Dunsen, Polliver, Raff Toutmiel. Titilleur et le Limier. Ser Ilyn, ser Meryn, la reine Cersei, le roi Joffrey. »

Des vingt hommes de Winterfell envoyés par Père avec Béric Dondarrion n'en avaient réchappé que six, maintenant dispersés, lui avait appris Harwin. « C'était un piège, Dame. Lord Tywin avait fait franchir la Ruffurque à son Gregor Clegane pour mettre le pays à feu et à sang dans l'espoir que messire votre père viendrait en personne dans l'ouest lui régler son compte ; alors, ou bien il y périrait, ou bien, fait prisonnier, serait échangé contre le Lutin, que madame votre mère retenait captif à l'époque. Seulement, le Régicide ignorait tout de ces manigances et, en apprenant la capture de son frère, il n'a rien trouvé de mieux que d'agresser lord Eddard à Port-Réal.

— Je me souviens, dit-elle. Et assassiné Jory. » Jory n'était que sourires pour elle, quand il ne disait pas : « Encore sous mes pieds ! »...

« Assassiné, oui, approuva Harwin. Et, en tombant sur lui, son cheval a brisé la jambe de votre père, qui, dans *l'incapacité* de partir pour l'ouest, y a dépêché lord Béric avec vingt de ses gardes personnels et vingt hommes de Winterfell, moi dedans. Sans compter les autres. Thoros et ser Raymun Darry avec leurs gens, ser Gladden Wylde et un seigneur du nom de Lothar Mallery. Seulement, Gregor nous attendait au Gué-Cabot, avec des types planqués sur les deux rives. Et il nous est tombé dessus devant et derrière au moment où on traversait.

« Je l'ai vu de mes propres yeux tuer Raymun Darry d'un seul coup, mais si formidable qu'il lui a tranché le bras à hauteur du coude et abattu aussi son cheval sous lui. Gladden Wylde a également péri là, et lord Mallery qui, jeté à bas de sa monture, s'est noyé. Des lions nous cernaient de toutes parts, et je nous voyais fichus, moi comme les autres, quand les ordres d'Alyn ont permis à ceux qui se trouvaient encore en selle de reformer les rangs et, regroupés autour de Thoros, de rompre l'encerclement. Des six vingtaines qu'on était le matin, il n'en restait plus que deux sur le soir, et lord Béric était grièvement blessé. Thoros lui retira de la poitrine un bon pied de lance, cette nuit-là, avant de verser du vin bouillant dans le trou que ç'avait laissé.

« On était tous tant qu'on était persuadés que Sa Seigneurie serait morte avant le lever du jour. Mais Thoros et lui passèrent la nuit en prières auprès du feu, et, quand survint l'aube, il était toujours en vie et plus robuste que jamais. Il lui fallut une quinzaine avant de pouvoir remonter, mais son courage nous donnait du cœur au ventre. Il nous répétait que notre guerre ne s'était pas achevée au Gué-Cabot, qu'elle venait juste d'y débuter, et que chacun des nôtres tombé là serait vengé dix fois.

« Entre-temps, les combats avaient dépassé notre position. Les sbires de la Montagne étaient seulement l'avantgarde de lord Tywin. Son armée franchit en masse la Ruffurque et se répandit dans tout le Conflans, brûlant tout sur son passage. Nous étions trop peu pour rien faire d'autre que harceler leurs arrières, mais nous convînmes de tous rallier le roi Robert quand il marcherait vers l'ouest pour écraser la rébellion de lord Tywin. Seulement, là-dessus, nous apprîmes que Robert était mort, ainsi que lord Eddard, et que le garnement de Cersei Lannister était montée sur le Trône de Fer.

« Tout ça flanquait le monde cul par-dessus tête. Nous avions été envoyés par la Main du roi mater des horsla-loi, voyez-vous, et c'était *nous*, les hors-la-loi, maintenant, et lord Tywin la Main du roi. Il y en avait qui voulaient se rendre, mais lord Béric refusait d'entendre parler de ça. Nous étions toujours les hommes du roi, disait-il, et c'étaient les sujets du roi que les lions massacraient. S'il nous était impossible de nous battre pour Robert, c'est pour eux que nous nous battrions, jusqu'à ce que nous soyons tous morts. Et c'est ce qu'on a fait, mais il s'est passé quelque chose de bizarre pendant qu'on se battait. Pour chaque homme qu'on perdait s'en présentaient deux pour le remplacer. Quelques chevaliers, quelques écuyers de noble naissance, mais surtout des gens du commun – ouvriers agricoles, aubergistes et violoneux, domestiques et cordonniers, jusqu'à deux septons. Des hommes de tout acabit, et des femmes aussi, des enfants, des chiens...

— Des *chiens* ? s'ébahit Arya.

— Ouais. » Harwin se fendit jusqu'aux oreilles. « Un de nos gars possède les chiens les plus méchants que vous puissiez jamais rêver de voir.

— Que n'ai-je un bon chien méchant..., se désolat-elle. Un chien bien tueur de lions. » Elle avait eu jadis un loup-garou, sa Nyméria, mais elle avait dû la chasser en lui lançant des cailloux, pour que la reine ne la tue pas. *Est-ce qu'un loup-garou serait capable de tuer un lion ?* se demanda-t-elle.

La pluie reprit, cette après-midi-là, et jusque tard dans la soirée. Heureusement, les hors-la-loi avaient partout des amis occultes, de sorte qu'il n'était pas nécessaire de camper à la belle étoile ou de se chercher un abri sous quelque charmille écumoire, comme elle et Tourte et Gendry l'avaient si souvent fait.

Ils se réfugièrent, cette nuit-là, dans les noirs décombres d'un village abandonné. Qui *semblait* abandonné du moins, car Jack-bonne-chance n'eut qu'à sonner sur son cor de chasse deux notes brèves puis deux longues pour que des tas de gens sortent en rampant des ruines ou émergent de caves bien camouflées. Ils avaient de la bière et des pommes sèches et du pain d'orge rassis, tandis que la bande apportait une oie tirée par Anguy durant la chevauchée, de sorte que le souper fut presque un festin.

Arya s'acharnait à dépiauter son os d'aile quand l'un des villageois lança à l'adresse de Lim Limonbure : « Y avait des types qui rôdaient par ici, v'là pas deux jours, à la recherche du Régicide.

— F'raient mieux d'aller voir à Vivesaigues, maugréa Lim. Au fond des oubliettes les plus profondes, là que ça suinte si joliment. » Son pif avait tout d'une pomme écrasée, rouge, à vif et boursouflé, et il était d'une humeur massacrante.

« Non pas, dit un autre villageois. Y s'est évadé. »

Le Régicide. Arya sentit se hérisser les petits cheveux de sa nuque. Elle retint son souffle pour écouter.

« C'est vrai ? demanda Tom des Sept.

— On me fera pas gober ça », dit le borgne à bassinet rouillé que les autres appelaient Jack-bonne-chance. Quelle chance il y avait à perdre un œil, Arya le concevait mal. « J'en ai tâté, de leurs cachots. Comment il aurait pu s'échapper de là ? »

Cela, les villageois ne purent y répondre qu'en haussant les épaules. Barbeverte caressa son fouillis de poils gris et verts avant de lâcher : « Vont se noyer dans le sang, les loups, si le Régicide est de nouveau en liberté. Faut avertir Thoros. Le Maître de la Lumière lui montrera Lannister dans les flammes.

— T'as un beau feu qui flambe, ici », dit Anguy en souriant.

Barbeverte se mit à rire et lui talocha l'oreille. « Me trouves l'air d'un prêtre, Archer ? Quand Pello de Tyrosh s'amuse à scruter le feu, les braises font que lui roussir la barbe. »

Lim fit craquer ses phalanges. « N'empêche qu'attraper Jaime Lannister, lord Béric détesterait pas...

— Il le pendrait, Lim ? demanda une femme. Serait quand même un peu dommage, pendre un homme aussi mignon que ça.

— D'abord, un procès ! s'écria Anguy. Lord Béric leur accorde toujours un procès, vous savez bien. » Il sourit. « *Après*, qu'il les pend. »

Des rires éclatèrent tout autour. Puis Tom laissa courir ses doigts sur sa harpe et entama une douce chanson.

> *Ils étaient, les frères du Bois-du-Roi,*
> *Une bande de hors-la-loi.*
> *La forêt pour château avaient,*

Mais les campagnes écumaient.
N'était à l'abri d'eux nul or,
Ni d'aucune fille la main.
Oh, les frères du Bois-du-Roi,
Quelle bande effroyable de hors-la-loi...

Bien au sec et au chaud dans un coin entre Harwin et Gendry, Arya prêta quelque temps l'oreille à la musique et puis, fermant les yeux, glissa dans le sommeil. Elle rêva de la maison, pas Vivesaigues, Winterfell. Mais ce n'était pas un rêve agréable. Elle se trouvait seule, en dehors de l'enceinte, et jusqu'aux genoux prise dans la boue. Droit devant se distinguait la grisaille des murs, mais, quand elle essayait de gagner les portes, chaque nouveau pas l'éreintait plus que le précédent, tandis que le château s'estompait sous ses yeux jusqu'à paraître plutôt fait de fumée que de pierre. Et, tout autour d'elle, il y avait des loups, faméliques silhouettes grises qui, l'œil luisant, parcouraient les bois en tous sens. Et elle se ressouvenait, pour peu qu'elle les regardât, de la saveur du sang.

On délaissa la route, le matin suivant, pour couper à travers champs. Le vent soufflait par rafales, faisant autour des sabots des chevaux tourbillonner des feuilles mortes, mais du moins pour une fois ne pleuvait-il pas. Lorsque le soleil sortit de derrière un nuage, il avait tant d'éclat qu'Arya dut rabattre son capuchon sur ses yeux pour s'en protéger.

Elle immobilisa brusquement sa monture. « Nous n'allons *pas* dans la bonne direction !

— Qu'est-ce qu'il y a ? gémit Gendry, encore ta mousse ?

— Regarde le *soleil*, dit-elle, nous allons au *sud* ! » Elle farfouilla dans ses fontes pour y pêcher la carte, afin de prouver ses dires. « Nous n'aurions jamais dû lâcher le Trident. Vois. » Elle déroula la carte sur sa cuisse. Tous les yeux étaient fixés sur elle, à présent. « Vois, Vivesaigues est là, entre les rivières.

— Le hasard veut qu'on sait où c'est, Vivesaigues, dit Jack-bonne-chance. Tous et chacun.

« — Pas à Vivesaigues qu'on va », lui assena brutalement Lim.

J'y étais presque, songea-t-elle. *J'aurais dû leur laisser prendre nos chevaux. J'aurais fait à pied le reste de la route, je pouvais.* Le souvenir de son rêve lui revint, et elle se mordit la lèvre.

« Hé, n'aie pas l'air si marrie, petite, dit Tom Sept-cordes. Il ne t'arrivera aucun mal, je t'en donne ma parole.

— La parole d'un *menteur* !

— Personne a menti, repartit Lim. On a fait aucune promesse. C'est pas à nous de dire ce qu'y faut faire de toi. »

Mais ce n'était pas Lim, leur chef, pas plus que Tom ; c'était Barbeverte le Tyroshi. Elle se tourna vers lui. « Emmenez-moi à Vivesaigues, et l'on vous récompensera, dit-elle avec désespoir.

— Bout-de-chou..., répondit-il, un paysan peut se permettre d'écorcher pour son propre pot un écureuil commun, mais s'il déniche dans son arbre un écureuil d'or, il l'apporte à son seigneur, sans quoi il risque de s'en repentir.

— Je ne suis pas un écureuil ! protesta-t-elle.

— Si fait. » Il se mit à rire. « Un petit écureuil d'or en route pour aller voir, qu'il le veuille ou pas, messire la Foudre. Lui saura quoi faire de toi. Je suis prêt à parier qu'il te renverra à dame ta mère, exactement comme tu le souhaites. »

Tom Sept-cordes opina du chef. « Ouais, bien le genre de lord Béric. Il te traitera comme il sied, verras s'il y manque. »

Lord Béric Dondarrion. Arya se rappela tout ce qui courait sur son compte à Harrenhal, tant de la part des Lannister que des Pitres Sanglants. Lord Béric le feu follet des bois. Lord Béric tué par Varshé Hèvre et, avant, par ser Amory Lorch, et à deux reprises par la Montagne-à-cheval. *S'il ne me renvoie pas chez moi, peut-être le tuerai-je aussi.* « Et pourquoi me faudrait-il voir lord Béric ? demanda-t-elle posément.

— On y amène tous nos prisonniers de la haute »,
expliqua Anguy.

Prisonnière. Elle avala un grand bol d'air pour récupérer son sang-froid. *Calme comme l'eau qui dort.* Elle jeta
un coup d'œil aux hors-la-loi sur leurs chevaux tout en
détournant la tête du sien. *Maintenant, preste comme un
serpent,* songea-t-elle, et ses talons défoncèrent les flancs
du coursier. Le temps de fuser juste entre Barbeverte et
Jack-bonne-chance, d'entr'apercevoir la mine ahurie de
Gendry dont la jument s'écartait pour lui livrer passage,
et elle avait le champ libre et galopait, galopait.

Nord ou sud, est ou ouest, cela n'avait plus aucune
importance. Retrouver la route de Vivesaigues, elle s'en
occuperait après, quand elle les aurait semés. Elle s'inclina sur l'encolure du cheval et le lança au triple galop.
Derrière, les bandits juraient et lui hurlaient de revenir.
Elle ferma l'oreille à leurs appels, mais un regard par-
dessus l'épaule lui apprit que quatre d'entre eux s'étaient
jetés à ses trousses, Harwin, Barbeverte et Anguy côte à
côte, Lim beaucoup plus loin derrière, son grand manteau jaune lui flottant au dos. « Vite comme un daim,
souffla-t-elle au cheval, fonce, maintenant, *fonce* ! »

Elle traversa comme une flèche des friches brunes,
des herbages où l'on s'immergeait jusqu'à la taille, des
monceaux de feuilles que sa course faisait s'envoler,
bruissantes, quand elle aperçut des bois sur sa gauche.
Là, je peux les perdre. Un fossé bordait bien le champ,
mais elle le sauta sans réduire un instant l'allure et plongea d'un trait dans le bosquet d'ormes, d'ifs et de bou-
leaux. Un bref coup d'œil en arrière : Harwin et Anguy la
poursuivaient toujours aussi rudement, mais Barbeverte
s'était laissé distancer, et Lim ne se voyait plus du tout.
« Plus vite, dit-elle au cheval, tu peux, tu *peux* ! »

Entre deux ormes elle fila sans marquer la moindre
pause pour examiner de quel côté poussait la mousse,
avala d'un bond un tronc renversé, contourna un monstrueux amas de bois mort échevelé de branches brisées,
grimpa une pente douce et la redévala, ne ralentissant
ici que pour accélérer là de nouveau, quitte à faire feu
des quatre fers sur les silex. Du haut d'une colline, elle

chercha ses poursuivants. Harwin devançait désormais Anguy, mais tous deux venaient néanmoins grand train, tandis que de plus en plus distancé Barbeverte semblait sur le point de flancher.

Un ruisseau lui barrant la route, elle s'y jeta bravement, malgré les feuilles mortes qui l'engorgeaient, se collant aux jambes du cheval quand il gravit la berge opposée. La végétation se faisait plus drue, de ce côté-là, le sol était si encombré de pierres et de racines que force fut de ralentir, mais elle maintint une allure aussi rapide que permis sans témérité. Une autre colline se dressa devant elle, plus escarpée, qu'elle escalada, redescendit. *Jusqu'où se prolongent ces bois ?* se demanda-t-elle. Elle avait la monture la plus rapide, elle le savait, s'étant choisi l'une des meilleures de Roose Bolton dans les écuries d'Harrenhal, mais le terrain en gâchait les ressources. *Il me faut retrouver les champs. Il me faut trouver une route.* Elle ne trouva qu'une sente à gibier, étroite et iné-gale, mais c'était toujours ça. Elle l'embouqua à vive allure, en dépit des branches qui la souffletaient. L'une d'elles lui happa son capuchon et le rabattit si sec qu'une seconde elle se crut rattrapée. Affolée par sa fuite furieuse, une renarde jaillit du taillis comme elle passait. La sente aboutit sur un nouveau ruisseau. Ou était-ce le même ? Avait-elle tourné en rond ? Le temps manquait pour débrouiller la chose, elle entendait les chevaux mener grand fracas, derrière. Des églantiers lui griffaient la figure, à l'instar des chats qu'elle traquait à Port-Réal, jadis. Une volée de moineaux crépita d'un aulne. Mais à présent les arbres s'espaçaient, et, tout à coup, elle retrouva l'air libre. De vastes champs plats s'ouvraient devant elle, envahis de mauvaise herbe et de folle avoine, détrempés, battus, rebattus. Piquant des deux, elle remit son cheval au galop. *Fonce,* songea-t-elle, *fonce à Vive-saigues, fonce à la maison.* Les avait-elle enfin largués ? Un vif coup d'œil, Harwin n'était plus qu'à six pas et gagnait du terrain. *Non,* se dit-elle, *il ne peut pas, pas lui, ce n'est pas de jeu.*

Les deux chevaux étaient en nage et commençaient à faiblir quand il survint à sa hauteur, lança la main, saisit sa bride. Arya se trouvait hors d'haleine aussi. La lutte était terminée, comprit-elle. « Vous montez comme un homme du Nord, Dame, dit Harwin après les avoir immobilisés. Votre tante, c'était pareil. Lady Lyanna. Mais mon père était grand écuyer, rappelez-vous. »

Le regard qu'elle lui décocha était lourd de chagrin. « Je te croyais un homme de mon père.

— Lord Eddard est mort, Dame. Maintenant, j'appartiens à messire la Foudre et à mes frères.

— Quels frères ? » Pour autant qu'elle se souvînt, Vieil Hullen n'avait pas engendré d'autres fils.

« Anguy, Lim, Tom des Sept, Jack et Barbeverte, eux tous. Nous ne voulons pas de mal à votre frère Robb, Dame..., mais ce n'est pas pour lui que nous nous battons. Il a pour lui toute une armée, et maints grands seigneurs qui ploient le genou. Les petites gens n'ont que nous. » Il fixa sur elle un regard pénétrant. « Pouvez-vous comprendre de quoi je parle ?

— Oui. » Qu'il n'était pas l'homme de Robb, elle ne le comprenait que trop. Et qu'elle était sa prisonnière, elle. *J'aurais pu rester avec Tourte. Nous aurions pu prendre le petit bateau et mettre à la voile pour Vivesaigues.* Elle se serait mieux tirée d'affaire en restant Pigeonneau. Nul ne se serait soucié de le capturer, Pigeonneau, non plus que Nan ou Belette ou Arry l'orphelin. *J'étais un loup,* songea-t-elle, *et me revoici rien de plus qu'une stupide damoiselle.*

« Maintenant, rebrousserez-vous chemin sagement, lui demanda Harwin, ou bien me faut-il vous ligoter et vous jeter en travers de votre cheval ?

— Sagement », dit-elle d'un ton morne. *Pour l'instant.*

SAMWELL

Avec un sanglot, Sam fit un pas de plus. *C'est là le dernier, le tout dernier, je ne peux pas continuer, je ne peux pas.* Mais ses pieds bougèrent à nouveau. L'un et puis l'autre. Ils firent un pas et puis un autre, et lui se dit : *Ce ne sont pas mes pieds, ce sont les pieds de quelqu'un d'autre, c'est quelqu'un d'autre qui marche, il est impossible que ce soit moi.*

Il baissa les yeux et les aperçut, butant dans la neige ; des machins informes et patauds. Ses bottes avaient été noires, lui semblait-il se rappeler, mais la neige qui les encroûtait leur donnait à présent l'aspect de blocs blancs difformes. Ça lui faisait des pas traînants, saccadés. Il avait, sous le pesant paquetage qu'il charriait, la dégaine de quelque monstrueux bossu. Et il était mais fatigué, mais si si si si... si fatigué. *Je ne peux pas continuer. La Mère ait pitié de moi, je ne puis.*

Il lui fallait, tous les quatrième ou cinquième pas, tâtonner pour remonter son ceinturon. L'épée, il l'avait perdue sur le Poing, mais le fourreau faisait toujours pocher son ceinturon. Et il trimballait deux couteaux, le poignard de verredragon offert par Jon et celui d'acier qui lui servait à découper sa viande. Tout ça pesait, tirait terriblement, et sa panse était si ronde et volumineuse que, s'il oubliait de le rajuster, le ceinturon, si fort qu'il l'eût serré, lui dégoulinait aux chevilles et l'entravait. Il avait bien essayé, une fois, de se le boucler *par-dessus* la panse, mais alors ça le lui mettait presque aux aisselles. Grenn avait rigolé à se rendre malade, rien que de le voir, et Edd-la-Douleur déclaré : « J'ai connu un type autrefois qui portait son épée en sautoir, comme ça, au bout d'une chaîne. Il a trébuché, un jour, et son pif se l'est farcie jusqu'à la garde. »

Pour trébucher, ça, Sam trébuchait aussi. Il y avait des pierres, sous la neige, en plus des racines d'arbres, et le sol gelé dissimulait parfois de fichues fondrières. Bernarr-le-noir s'était flanqué dans une et cassé la cheville, voilà trois jours, ou peut-être quatre, ou…, franchement, il ne savait pas au juste combien ça faisait. Toujours est-il qu'après ça le Bernarr s'était retrouvé à cheval, sur ordre du lord Commandant.

Avec un sanglot, Sam fit un pas de plus. Cela lui procurait moins l'impression de marcher que de tomber, tomber sans fin mais sans jamais heurter le sol, juste tomber vers l'avant, toujours vers l'avant. *Il faut que je m'arrête, ça fait trop mal. J'ai si froid, je suis si fatigué, j'ai besoin de dormir, de piquer rien qu'un petit somme au coin d'un feu, de manger un morceau, rien qu'un qui ne soit pas gelé.*

Mais s'il s'arrêtait, c'était la mort. Il le savait. Ils le savaient tous, les quelques survivants. Ils avaient été une cinquantaine, voire davantage, à s'échapper du Poing, mais certains s'étaient égarés dans la neige, des blessés vidés de leur sang…, et Sam avait entendu de-ci de-là retentir des cris, dans son dos, qui venaient de l'arrière-garde et, une fois, un *épouvantable* hurlement. Là, pour le coup, il s'était mis à courir, ses pieds à demi gelés martelant la neige, aussi vite que possible, et aussi loin…, bien trente ou quarante pas. Il serait encore en train de courir, s'il n'avait les jambes si faibles. *Ils sont à nos trousses, ils sont toujours à nos trousses, ils nous attrapent un par un.*

Avec un sanglot, Sam fit un pas de plus. Il avait froid depuis si longtemps qu'il finissait par ne plus trop savoir ce qu'était avoir chaud. Il portait trois couches de sous-vêtements, trois hauts-de-chausse superposés, une tunique doublée de laine d'agneau et, par-dessus le tout, une cotte matelassée qui lui amortissait le froid de sa maille d'acier. Par-dessus le haubert, il avait enfilé un surcot flottant, par-dessus *encore* un manteau, triple épaisseur, lui, qu'un bouton d'os lui agrafait étroitement sous les fanons. Son capuchon rabattu jusqu'au bas des sourcils doublait un bonnet fourré qui s'engonçait sur les oreilles. De grosses moufles en fourrure couvraient ses mains gantées de laine et de cuir, et une écharpe lui emmitouflait le bas du visage à la manière d'un bâillon. Le froid n'en était pas moins à demeure dans sa chair vive. Dans ses pieds surtout. Il ne les sentait même plus désormais, alors qu'hier encore ils le martyrisaient si sauvagement qu'à peine pouvait-il supporter la station debout, et la marche à plus forte raison. Chaque pas lui donnait envie de chialer. Mais était-ce hier ? Il ne parvenait pas à se rappeler. Il n'avait pas dormi depuis le Poing, pas une fois depuis qu'avaient retenti les sonneries de cor. À moins qu'il ne l'eût fait tout en marchant. Pouvait-on marcher en dormant ? Il l'ignorait, l'avait oublié, sinon.

Avec un sanglot, il fit un pas de plus. La neige qui tombait l'enveloppait dans ses tourbillons. Elle descendait tantôt d'un ciel blanc, d'un ciel noir tantôt, mais à cela se réduisaient les indices de jour et de nuit. Elle tapissait ses épaules à la façon d'un second manteau, elle s'amoncelait sur le paquetage qu'il charriait, le rendant encore plus lourd et plus dur à porter. Le bas des reins le suppliciait abominablement, comme si quelqu'un y avait planté un couteau et l'y vrillait d'avant en arrière à chaque pas. Ses épaules souffraient mille morts sous le faix de la maille. Il aurait donné n'importe quoi au monde pour s'en délester, mais la trouille le retenait. De toute manière, il aurait été obligé pour ce faire d'ôter son manteau, son surcot, et alors le froid l'aurait eu.

Si seulement j'étais plus costaud... Il ne l'était pas, seulement, et c'était peine perdue que de le désirer. Il était une mauviette, et gras, si gras qu'il pouvait tout juste trimballer sa propre masse, la maille pesait beaucoup trop pour lui. Il avait l'impression qu'elle lui sciait les épaules, les mettait à vif, malgré tous les tissus et capitonnages qui la séparaient de la peau. Il n'était capable que d'une chose, pleurer, mais, quand il pleurait, ses larmes se gelaient instantanément sur ses joues.

Avec un sanglot, il fit un pas de plus. La neige était déjà foulée là où se posaient ses pieds, sans quoi ils se seraient trouvés, pensait-il, dans l'incapacité totale de se mouvoir. Sur la droite comme sur la gauche, à demi visibles à travers le mutisme absolu des bois, les torches ne se signalaient guère, sous la neige incessante, que par un vague halo orange. À condition de tourner la tête, il les discernait, qui, se faufilant en silence dans la futaie, paraissaient puis disparaissaient, allaient et venaient. *Le cercle de feu du Vieil Ours,* se rabâcha-t-il, *et malheur à qui s'en écarterait.* Et il avait beau marcher, marcher, il lui semblait toujours qu'il les faisait fuir devant lui, mais elles avaient des jambes, elles aussi, des jambes tellement plus longues et plus robustes que les siennes qu'il ne pourrait jamais les rattraper.

Hier, il avait demandé la permission d'être l'un des porteurs de torches, bien que cette tâche impliquât de marcher cerné de ténèbres et en dehors de la colonne. Il voulait le feu, il rêvait du feu. *Si j'avais le feu, je n'aurais pas froid.* Mais quelqu'un lui rappela qu'il en avait *eu* une mais l'avait laissée tomber dans la neige et s'y éteindre. Sam ne se souvenait pas d'avoir jamais laissé tomber de torche, mais ce devait être vrai, néanmoins. Il était trop débile pour tenir un bras longuement brandi. Qui lui avait rappelé ça, au fait, Edd ou Grenn ? Pas possible non plus de s'en souvenir. *Mauviette et gras et inutile, même mon esprit qui gèle, maintenant.* Il fit un pas de plus.

C'était bien joli de s'emmitoufler la bouche et le nez, mais, imbibée désormais de neige morveuse, l'écharpe était devenue si rigide que la peur le prit qu'elle ne lui fît comme un bâillon de gel. Il avait de la peine même à respirer, et l'air était si froid que l'avaler vous faisait mal. « Pitié, Mère, bredouilla-t-il tout bas d'une voix rauque sous son masque givré. Pitié, Mère, pitié, Mère, pitié, Mère. » À chaque invocation correspondait un pas de plus, ses pieds se traînaient dans la neige. « Pitié, Mère, pitié, Mère, pitié, Mère. »

Sa mère humaine se trouvait à mille lieues au sud, bien à l'abri, là-bas, dans le manoir de Corcolline, avec ses sœurs et son petit frère Dickon. *Elle ne peut m'entendre ici, pas plus que la Mère d'En-Haut.* La Mère était assurément miséricordieuse, tous les septons en étaient d'accord, mais les Sept n'avaient aucun pouvoir, au-delà du Mur. De ce côté-ci régnaient sans partage les anciens dieux, les dieux sans nom des arbres, des neiges et des loups. « Pitié, se mit-il alors à chuchoter à l'adresse de quoi que ce soit qui pût se trouver à l'écoute, anciens dieux ou nouveaux, voire aussi démons, oh, pitié, pitié de moi, pitié de moi.

« *Pitié !* » *criait Maslyn.* Pourquoi s'être brusquement souvenu de cela ? Quand c'était juste tout ce dont il n'avait aucune envie de se souvenir ? L'homme avait reculé en trébuchant, laissé tomber son épée, supplié, crié qu'il se rendait, même arraché son gros gant noir pour le brandir devant lui comme s'il s'agissait d'un gantelet. Et il réclamait encore quartier d'une voix perçante quand la créature, l'empoignant à la gorge et le soulevant de terre, lui avait quasiment arraché la tête. *La pitié n'a plus cours chez les morts, et les Autres... Non, il ne faut pas que j'y pense, pas penser, pas me souvenir, rien que marcher, rien que marcher, rien que marcher.*

Avec un sanglot, il fit un pas de plus.

Une racine insidieuse sous la croûte de neige lui accrocha l'orteil, et, perdant l'équilibre, Sam s'affala si pesamment sur un genou qu'il se mordit la langue. Le goût du sang lui envahit la bouche, et sa chaleur, une chaleur et une saveur sans exemple depuis le Poing. *C'est la fin,* songea-t-il. Maintenant qu'il était tombé, il lui paraissait impensable de trouver l'énergie nécessaire pour se relever. Il tâtonna vers une branche basse, l'étreignit de son mieux pour se hisser sur pied, mais ses jambes raides ne le portaient pas. La maille était trop pesante, et il était trop gras, en plus, trop débile et trop fatigué.

« Debout, Goret ! » gronda quelqu'un en le dépassant, mais sans qu'il lui prête la moindre attention. *Je vais simplement m'allonger dans la neige et fermer les yeux.* Ce ne serait pas si méchant, mourir là. Il n'était guère possible d'avoir plus froid, et, au bout d'un moment, il ne serait plus en mesure de sentir la douleur de ses reins fourbus ni les affreux élancements qui lui torturaient les épaules, et il cesserait aussi de souffrir des pieds. *Je n'aurai pas été le premier à mourir, ils ne peuvent dire le contraire.* Il en était mort des centaines, là-haut, sur le Poing, il en était mort tout autour de lui, puis il en était mort d'autres encore, après, il les avait vus. Avec un frisson, Sam relâcha la branche et s'étendit à l'aise dans la neige. Elle était froide et humide, il le savait, mais il ne le sentait guère à travers tous ses vêtements. Il leva les yeux vers le ciel blafard d'où les flocons venaient en voltigeant lui tapisser la panse et la poitrine et les paupières. *La neige va me recouvrir d'une épaisse courtepointe blanche. Il fera plus chaud, sous la neige, et, s'ils parlent de moi, force leur sera de reconnaître que je suis mort en homme de la Garde de Nuit. Je l'ai fait. Je l'ai fait. J'ai fait mon devoir. Nul ne pourra me reprocher de m'être manqué à moi-même. Je suis une mauviette et je suis lâche et je suis gras, mais j'ai fait mon devoir.*

Les corbeaux étaient placés sous sa responsabilité. C'était pour s'occuper d'eux que l'expédition l'avait emmené. À son corps défendant, et il l'avait dit, allant jusqu'à ne rien celer de sa couardise incurable. Mais, eu égard à la cécité, au grand âge de mestre Aemon, on s'était quand même obstiné à les lui assigner pour tâche. Et, comme on dressait le camp sur le Poing, le lord Commandant ne lui avait pas mâché ses ordres : « Tu n'es pas un combattant. Nous le savons tous deux, mon garçon. Si d'aventure on nous attaque, n'essaie pas de prouver le contraire, tu ne ferais que nous encombrer. Tu dois en revanche expédier un message. Et n'accours pas me demander quelle en doit être la substance. Écris-le toi-même et envoie deux corbeaux, l'un à Châteaunoir, l'autre à Tour Ombreuse. » Il lui avait là-dessus brandi l'index sous le nez. « Conchie-toi de trouille, je m'en fous, je m'en fous, si mille sauvageons submergent l'enceinte en hurlant leur soif de ton sang, *toi, tu me lâches ces oiseaux,* sinon, je le jure, je te traquerai jusqu'au fin fond des sept enfers, et tu seras foutrement fâché de ne pas l'avoir fait. » À quoi son corbeau avait acquiescé en hochant gravement du chef et croassant : « *Fâché, fâché, fâché !* »

Fâché, Sam l'*était*. Fâché de n'avoir pas été plus brave, plus vigoureux, moins nul à l'épée, fâché de n'avoir pas été meilleur fils pour son père et meilleur frère pour Dickon et les filles. Fâché de mourir, aussi, mais il était mort sur le Poing des hommes mieux trempés que lui, des hommes valeureux, loyaux, pas de la bleusaille obèse et couineuse. En revanche, il n'aurait pas le Vieil Ours à ses trousses en enfer, du moins. *J'ai lâché les oiseaux. Toujours ça que j'aurai bien fait.* Tout en espérant qu'il n'aurait jamais à les expédier, il avait rédigé les messages à l'avance, des messages simples et brefs mentionnant une attaque contre le Poing des Premiers Hommes, puis les avait soigneusement mis de côté dans sa giberne à parchemins.

L'appel de cor l'avait tiré d'un si profond sommeil qu'il s'était d'abord figuré le rêver, mais, quand il eut ouvert les yeux, la neige tombait sur le camp, les frères noirs saisissaient arcs et piques et se ruaient en masse vers l'enceinte. Seul se trouvait dans son coin Chett, le vieil adjoint de mestre Aemon, avec sa face pustuleuse et son énorme loupe au cou. Jamais Sam n'avait vu la physionomie de quiconque exprimer terreur comparable à la sienne lorsque leur était parvenue, tel un gémissement lugubre au travers des bois, la troisième sonnerie. « Aidez-moi à lâcher les oiseaux », pria-t-il, mais l'autre avait déjà tourné les talons pour se précipiter, dague au poing. *Il lui faut s'occuper des chiens,* se rappela-t-il. *Mormont a dû lui donner des ordres, comme à moi.*

Tout gourds qu'étaient ses doigts, et gauches, à cause des gants, et tremblants de trouille, il avait néanmoins fini par dénicher sa giberne aux parchemins, par en extirper les messages tout prêts. Les corbeaux poussaient des clameurs furieuses, et l'un d'eux lui vola carrément au visage lorsqu'il ouvrit la cage de Châteaunoir. Deux autres encore s'échappèrent avant qu'il ne réussisse à en saisir un, non sans écoper de coups de bec qui lui mirent la main en sang au travers du gant. Malgré quoi il se débrouilla tout de même pour le tenir assez longuement pour le lester du petit rouleau. Entre-temps, le cor s'était tu, mais tout le Poing beuglait des ordres parmi le fracas de l'acier. « *Vole !* » commanda Sam en lançant le corbeau en l'air.

Dans la cage de Tour Ombreuse, les oiseaux menaient un tel sabbat d'ailes et de cris qu'ouvrir la porte l'effarait, mais il s'y contraignit pourtant. Attrapa le premier, cette fois, qui voulait s'évader. Un moment encore, et la nouvelle de l'attaque fusait sous la neige qui tombait, tombait dans la nuit.

Son devoir accompli, il acheva de s'habiller avec une gaucherie que décuplait la trouille, enfila bonnet, surcot, pèlerine, boucla son ceinturon, le boucla bien bien serré pour qu'il ne risque pas de dévaler. Puis il chercha son paquetage et y fourra tous ses effets, chaussettes sèches et sous-vêtements de rechange, les pointes de flèches et le fer de lance en verredragon que Jon lui avait offerts, et cette antiquité de cor aussi, plus ses parchemins, ses encres et ses plumes, les cartes qu'il avait entrepris de dresser, sans compter un saucisson à l'ail, dur comme un caillou, qu'il tenait en réserve depuis le Mur. Il ficela le tout et, d'un coup d'épaule, se le hissa sur le dos. *Le lord Commandant m'a formellement défendu de courir au rempart,* se remémora-t-il, *mais il m'a non moins formellement défendu d'aller me jeter dans ses jambes.* Il prit une profonde inspiration et se rendit brusquement compte qu'il ne savait que faire dorénavant.

Il se revoyait tournant en rond, perdu, la peur lui grouillant au ventre et s'aggravant comme toujours. Il percevait bien des aboiements de chiens, des claironnements de chevaux, mais la neige étouffait les sons comme s'ils venaient de très loin. Il n'y voyait pas à plus de trois pas, ne discernait même pas les torches qui brûlaient tout le long du muret de pierre qui couronnait le faîte du piton. *Se pourrait-il qu'elles se soient éteintes ?* C'était trop épouvantable à imaginer. *Le cor a sonné trois fois, trois longues sonneries signifiant « les Autres ».* Les marcheurs blancs des bois, les ombres glaciales, les monstres des contes qui le faisaient couiner, le mettaient en transe, enfant, les monstres chevauchant, altérés de sang, leurs gigantesques araignées des glaces...

D'un geste balourd, il tira l'épée puis, la tenant vaille que vaille, se mit à arpenter pesamment la neige. Après avoir croisé un chien aux abois, il distingua des hommes de Tour Ombreuse, de grands barbus munis de cognées à long manche et de piques hautes de huit pieds. Vaguement rassuré par leur présence, il les suivit en direction du mur. À la vue des torches qui brûlaient toujours sur le parapet de pierre, un frisson de soulagement le parcourut de pied en cap.

Les frères noirs se tenaient là, piques et lames au poing, scrutant la neige qui tombait, attendant. Ser Mallador Locke passa par là sur son cheval, coiffé d'un heaume moucheté de neige. Demeuré fort en arrière de tout le monde, Sam chercha des yeux Grenn ou Edd-la-Douleur. *S'il te faut mourir, meurs aux côtés de tes amis,* se souvenait-il d'avoir alors pensé. Mais il n'avait autour de lui que des étrangers, des types de Tour Ombreuse commandés par un patrouilleur du nom de Blane.

« Les voilà, entendit-il dire l'un d'eux.

— Encochez, ordonna Blane, et vingt flèches noires sortirent d'autant de carquois pour venir se placer sur autant de cordes.

— Bonté divine, y en a des centaines, souffla une voix.

— Bandez », dit Blane, puis : « Tenez. » Sam ne voyait rien, ne voulait rien voir. Les hommes de la Garde de Nuit se dressaient derrière leurs torches, attendant, flèches dardées à hauteur d'oreille, quand *quelque chose* émergea de la pente glissante et noire à travers la neige. « Tenez, répéta Blane, tenez, tenez. » Et puis : « Tirez. »

Les flèches chuchotèrent en prenant leur vol.

Des acclamations clairsemées s'élevèrent le long du mur, mais elles s'éteignirent vite. « Ça les arrête pas, m'sire », dit un homme à Blane, et un second gueula : « *D'autres !* Regardez, là-bas, sortant des bois... », repris en sourdine par un troisième : « Miséricorde ! Y grouillent, y sont presque là, *sont sur nous* ! » Entre-temps, Sam s'était encore reculé, tremblant comme la dernière feuille de l'arbre que secoue la bise, et autant de froid que de peur. Il avait fait un froid terrible, cette nuit-là. *Encore plus froid qu'à présent. C'est presque chaud, la neige. Je me sens mieux, maintenant. Il ne me fallait qu'un peu de repos. Peut-être que dans un moment je serai suffisamment fort pour marcher de nouveau. Dans un petit moment.*

Un cheval lui frôla la tête, un bourrin gris tout hirsute avec de la neige plein la crinière et les sabots encroûtés de glace. Sam le regarda passer et le regarda s'éloigner. Un second surgit du rideau de neige, mené par un homme en noir. En l'apercevant vautré sur son passage, l'homme l'injuria puis le fit contourner au cheval. *Si seulement j'avais un cheval,* songea-t-il. *Si j'avais un cheval, il me serait possible de continuer. Je pourrais me caler en selle, et même dormir un brin.* Seulement, ils avaient perdu la plupart de leurs montures, au Poing, et les rescapées transportaient leurs vivres, leurs torches et leurs blessés. Lui n'était pas blessé. *Rien que mauviette et gras, et le plus prodigieux lâche des Sept Couronnes.*

Être lâche *à ce point...* Lord Randyll, son père, s'en était toujours offusqué, et à juste titre. Aussi l'avait-il finalement expédié au Mur, peu tenté d'avoir pareille crevure pour héritier. À son fils cadet, Dickon, reviendraient bien plus dignement les titre, terres et château Tarly, ainsi que la grande épée Corvenin que les sires de Corcolline portaient depuis des siècles d'un air si altier. Sam se demanda si Dickon verserait une larme en apprenant qu'il avait péri dans la neige, quelque part au-delà de l'orée du monde. *Pourquoi le ferait-il ? Un lâche ne mérite pas d'être pleuré.* Père l'avait bien dit et redit cent fois devant lui à Mère. Le Vieil Ours lui-même était au courant.

« Enflammez vos flèches ! avait rugi sur le Poing, cette nuit-là, Mormont, surgissant à cheval tout à coup de la nuit. Dans les torches, vite ! » Puis, repérant le trembleur en retrait : « *Tarly !* Du vent ! Ta place est avec les corbeaux.

— Je... je... j'ai déjà expédié les messages.

— Bon. » Sur son épaule, son corbeau fit écho, « *Bon,*

bon ». Avec ses fourrures et sa maille, le lord Commandant avait l'air d'un colosse. Ses yeux avaient un éclat féroce, derrière la visière de fer noir. « Tu encombres, ici. Retourne à tes cages. S'il me faut envoyer un second message, je ne veux pas avoir à te chercher d'abord. Que les oiseaux soient prêts. » Sans attendre de réponse, il fit volter son cheval et parcourut l'enceinte au trot, beuglant : « Du feu ! Filez-leur du feu ! »

Sans se le faire dire à deux fois, Sam revint aussi précipitamment auprès de ses oiseaux que le lui permettait l'œdème de ses jambes. *Je ferais mieux de rédiger d'avance mes billets,* songea-t-il, *que les oiseaux n'aient plus qu'à partir, si besoin.* Allumer son petit feu pour dégeler l'encre lui prit plus de temps que nécessaire, mais il finit par y arriver et, s'asseyant sur une pierre juste à côté, laissa courir sa plume sur le parchemin.

« *Assaillis dans la neige et le froid, sommes néanmoins parvenus à les repousser avec des flèches enflammées* », écrivit-il, tandis que lui parvenaient les ordres sonores : « Encochez, bandez..., tirez », de Thoren Petibois. Le vol des flèches faisait un murmure aussi doux que des oraisons maternelles. « Brûlez, salopards de morts, brûlez ! » glapissait Dywen d'un ton ricaneur. Les frères éructaient des ovations, sacraient avec fureur. « *Tous sains et saufs,* écrivit-il. *Restons sur le Poing des Premiers Hommes.* » En espérant que les archers fussent plus adroits que lui...

Il mit ce texte de côté, prit un feuillet vierge. « *Combat se poursuit sur le Poing, parmi fortes chutes de neige* », écrivait-il, quand quelqu'un cria : « Continuent de venir ! » « *Issue douteuse.* » « Piques ! » dit quelqu'un. Peut-être ser Mallador, mais il n'en eût pas juré. « *Créatures ont attaqué le Poing, neigeait,* écrivit-il, *mais les avons repoussées avec du feu.* » Il tourna la tête. Les tourbillons de neige ne lui permirent de distinguer que l'énorme brasier dressé en plein milieu du camp et autour duquel tournoyaient sans relâche des silhouettes de cavaliers. La réserve, il le savait, prête à charger si s'ouvrait dans l'enceinte une quelconque brèche. Elle s'était armée de torches en guise d'épées et les embrasait dans les flammes.

« *Totalement cernés de créatures,* écrivit-il, en entendant gueuler sur la face nord. *Viennent simultanément du nord et du sud. Épées et piques incapables de les arrêter. Uniquement le feu.* » « Tirez ! tirez ! tirez ! » glapit une voix, du fond de la nuit, et une autre s'exclama : « Putain, la masse ! », et une troisième : « Un géant ! », tandis qu'une quatrième répétait : « Un ours, un *ours* ! » Un cheval poussa un hennissement strident, et les chiens se mirent à hurler à la mort, et les clameurs se firent si copieuses et confuses qu'il devint impossible d'y rien discerner. Sam griffonna de plus en plus vite, note après note. « *Sauvageons morts, et un géant, peut-être un ours, sur nous, tout autour.* » Le fracas de l'acier sur le bois qu'il perçut alors ne pouvait signifier qu'une seule chose. « *Créatures franchi l'enceinte. Combats à l'intérieur du camp.* » Une douzaine de frères à cheval passèrent en trombe sous son nez vers la face est, une torche dans chaque main, flammèches dans leur sillage. « *Messire Mormont les affronte avec du feu. Avons gagné. En train de gagner. Tenons bon. Nous dégageons pour battre en retraite vers le Mur. Piégés sur le Poing, pressés rudement.* »

Un de Tour Ombreuse émergea titubant des ténèbres et vint s'effondrer aux pieds de Sam. Il se mit à ramper vers le feu et n'en était plus qu'à quelques pouces quand la mort le prit. « *Perdu,* écrivit-il, *perdu la bataille. Tous perdus.* »

Pourquoi fallait-il qu'il se souvienne des combats du Poing ? Il n'avait aucune envie de se souvenir. *En tout cas de ça.* Il tâcha de se contraindre à se souvenir plutôt de sa mère, ou bien de sa petite sœur, Talla, ou encore de cette fille, Vère, chez Craster. On le secouait par l'épaule. « Lève-toi, disait une voix. Sam, tu peux pas dormir là, Sam. Lève-toi et continue de marcher. »

Je ne dormais pas, je me ressouvenais. « Va-t'en, dit-il, et chaque syllabe se gelait au contact de l'air. Je suis bien. Je veux me reposer.

— Lève-toi. » La voix de Grenn, âpre et rauque. De Grenn qui se dressait au-dessus de lui, ses noirs tout croûteux de neige. « Pas de repos, a dit le Vieil Ours. Tu vas crever.

— Grenn. » Il sourit. « Non, vraiment, j'ai mes aises, ici. Tu n'as qu'à continuer, toi. Je te rattraperai quand je me serai un peu reposé.

— T'en feras rien. » Sa grosse barbe brune était toute givrée, autour de la bouche. Ça lui donnait l'air d'un petit vieux. « Tu vas crever gelé, si les Autres t'ont pas d'abord. Sam, *debout* ! »

Le dernier soir avant le départ du Mur, se souvint Sam, Pyp avait comme à l'ordinaire taquiné Grenn, le sourire aux lèvres, en lui disant qu'il était une recrue d'élite pour l'expédition, tant sa stupidité le mettait à l'abri de la peur. Ce qu'avait violemment nié Grenn, avant de s'apercevoir de ce qu'il disait. Râblé, robuste et la nuque épaisse – aussi ser Alliser l'avait-il surnommé « Aurochs », tout en l'affublant lui-même du gracieux « ser Goret », et Jon du délicat « lord Snow »... –, Grenn s'était toujours, Sam en convenait, montré plutôt bienveillant. *Mais uniquement pour complaire à Jon. N'eût été Jon, ni lui ni les autres n'auraient éprouvé de sympathie pour moi.* Et voilà que Jon était parti se perdre au col Museux avec Qhorin Mimain, voilà qu'il était très probablement mort. Sam l'aurait volontiers pleuré, mais ces larmes-là ne feraient que se geler comme les précédentes, et, de toute manière, à peine arrivait-il encore à garder les yeux ouverts.

Un grand diable de frère équipé d'une torche s'arrêta près d'eux et, durant un moment merveilleux, Sam eut chaud au visage. « Laisse, dit l'homme à Grenn. Y sont foutus, dès qu'y sont plus capables de marcher. Garde tes forces pour toi, mon gars.

— Va se lever, répliqua Grenn. Que besoin d'une main qui l'aide. »

L'autre poursuivit sa route, emportant la chaleur bénie. Grenn tenta de tirer Sam sur pied. « Ça fait mal, Grenn, gémit-il. Arrête. Me fais mal au bras. Arrête.

— Foutrement trop lourd que t'es. » Il lui passa les mains sous les aisselles et, ahanant, le hissa debout. Mais, dès l'instant où il le relâcha, l'obèse retomba le cul dans la neige. Grenn lui flanqua un coup de pied, et si violent que la gangue de neige où sa botte était prise vola en pièces et s'éparpilla tout autour. « De-*bout* ! » Nouveau coup de pied. « Debout, et marche. Faut que tu marches. »

Sam s'affala sur le flanc et se mit tant bien que mal en boule pour se protéger des coups. Il ne les sentait guère, à travers tous ses rembourrages de laine, de cuir et d'acier, mais ça faisait mal tout de même. *Je le prenais pour un copain. Vos copains, vous ne les frappez pas. Pourquoi ne me fiche-t-on pas la paix ? Je n'ai besoin que de me reposer, rien de plus, me reposer et dormir un peu, et peut-être mourir un peu.*

« Si tu prends la torche, l'gros tas, j'm'en charge, moi. »

Une brusque saccade, et il se retrouva propulsé dans l'air froid, loin de sa chère et douce neige ; il flottait. Il y avait un bras sous ses genoux, et un autre plaqué dans son dos. Il leva la tête en papillotant. Une face le surplombait, toute proche, une large face bestiale au nez épaté, aux yeux minuscules et noirs, dans un buisson rêche de poil brun. Il avait déjà vu cette face-là, mais il lui fallut un moment pour se rappeler. *Paul. P'tit Paul.* La chaleur de la torche lui faisait couler de la glace fondue dans les yeux. « Tu peux le porter ? entendit-il Grenn demander.

— Des fois qu' j'ai porté un veau qu'était plus lourd qu' ça. À sa mère qu' j'l'am'nais, des fois qu'y s'aye sa pint' de lait. »

La tête de Sam encensait à chacun des pas que faisait P'tit Paul. « Arrête ça, marmonna-t-il, pose-moi par terre, je ne suis pas un marmot. Je suis un homme de la Garde de Nuit. » Un sanglot lui échappa. « Tu n'as qu'à me laisser crever.

— La ferme, Sam, dit Grenn. Économise tes forces. Pense à tes sœurs, ton frère. À mestre Aemon. À tes plats préférés. Chante une chanson, si tu veux.

— Tout haut ?

— Dans ta tête. »

Des chansons, Sam en connaissait cent et plus, mais il eut beau tâcher d'en retrouver une, ce fut en vain. Les paroles s'étaient toutes enfuies de sa cervelle. Il finit par hoqueter sur un nouveau sanglot : « Je ne connais pas de chansons, Grenn. J'en savais, mais je ne les sais plus.

— Mais si, tu les sais, répliqua Grenn. Essaie L'Ours et la Belle", tiens, tout le monde la sait, celle-là. *Un ours y avait, un ours, un ours ! Tout noir et brun, tout couvert de poils...*

— Non ! pas celle-là... », geignit Sam d'un ton suppliant. L'ours qui avait escaladé le Poing n'avait plus de poils sur sa chair putréfiée. Les ours, il n'avait aucune envie d'y penser. « Non, pas de chansons. S'il te plaît, Grenn...

— Alors, pense à tes corbeaux.

— Ils n'ont jamais été à moi. » *C'étaient les corbeaux du lord Commandant, les corbeaux de la Garde de Nuit.* « Ils appartenaient à Châteaunoir et à Tour Ombreuse. »

P'tit Paul fronça les sourcils. « Chett a dit que j'pourrais m'avoir çui au Vieil Ours, çui qui cause. J'y ai mis de côté de la nourriture et tout. » Il secoua la tête. « Ai oublié, quoique. Laissé là où j'avais planqué. » Tout en continuant d'avancer pesamment, la bouche environnée de vapeurs blanchâtres à chaque foulée, il lâcha soudain : « J'pourrais pas m'avoir un d'tes corbeaux à toi ? Rien qu'un. Jamais j'laiss'rais Fauvette l'manger...

— Ils sont partis, dit Sam. J'en suis fâché. » *Tellement fâché.* « Ils sont en train de regagner le Mur. » Il les avait libérés en entendant les cors de guerre sonner une fois de plus, mais cette fois le boute-selle. *Deux appels brefs, un long, l'ordre à la Garde de monter.* Or, elle n'avait aucune raison de le faire, si ce n'est pour abandonner le Poing, la bataille étant donc perdue. Une telle trouille alors le tenailla qu'il ne trouva rien de mieux à faire que d'ouvrir les cages. Et c'est seulement en voyant s'enfuir à tire-d'aile dans la tempête de neige le dernier corbeau qu'il se rendit compte de son oubli : aucun de ses messages n'avait pris l'air.

Et « Non... », de couiner là-dessus, « oh non, non, non ! ». La neige tombait, les cors sonnaient. *Ahooo ahooo ahoooooooooooooooooooo,* s'époumonaient-ils, *à cheval, à cheval, à cheval.* Il aperçut deux corbeaux perchés sur un rocher, leur courut sus, mais ils s'envolèrent mollement parmi les tourbillons de neige dans des directions opposées. Il en poursuivit un, les narines embuées de gros nuages blancs, manqua de culbuter, se retrouva à quatre pas de l'enceinte.

Quant à la suite... Les morts, il les revoyait franchir la muraille, la gorge et le visage transpercés de flèches. Certains étaient entièrement revêtus de maille, certains presque nus... des sauvageons pour la plupart, mais quelques-uns portaient des noirs délavés. Il revoyait la pique d'un type de Tour Ombreuse s'enfoncer comme dans du beurre dans le ventre blafard d'une créature et lui ressortir dans le dos, celle-ci vaciller de toute sa stature sous le choc et, brandissant ses noires mains, vriller la tête de son adversaire jusqu'à ce que le sang lui gicle des lèvres. C'est à ce spectacle, il en était à peu près sûr, que sa vessie l'avait lâché pour la première fois.

S'était-il mis à courir ? Il n'en gardait aucun souvenir, mais il avait bien dû le faire, parce que en reprenant conscience il se trouvait tout au centre du camp, près du feu, avec le vieux ser Ottyn Wythers et une poignée d'archers. À deux genoux dans la neige, ser Ottyn regardait fixement le chaos environnant quand un cheval sans cavalier lui décocha au passage une ruade en pleine figure. Les archers ne le remarquèrent même pas. Ils dardaient des flèches enflammées sur les ténèbres grouillantes d'ombres. Sam vit atteindre une créature, il la vit s'embraser, mais une douzaine d'autres la talonnaient, ainsi qu'une énorme silhouette pâle qui devait être l'ours, et les archers ne tardèrent guère à manquer de flèches.

Et puis Sam se surprit sur le dos d'un cheval. Qui n'était pas son cheval à lui, et qu'il ne se rappelait pas avoir jamais enfourché non plus. Peut-être celui qui avait défoncé la figure de ser Ottyn. Les cors sonnaient toujours, de sorte qu'il piqua des deux en dirigeant sa bête de leur côté.

Au sein du chaos, du carnage et des rafales de neige, il dénicha Edd-la-Douleur qui, monté sur son propre bourrin, brandissait au bout d'une pique une bannière noire unie. « Sam, dit-il en l'apercevant, aurais-tu la bonté de me réveiller, je te prie ? Je suis en train de faire un effroyable cauchemar. »

Un peu partout, des hommes sautaient en selle. Les cors n'arrêtaient pas de les en sommer. *Ahooo ahooo ahooooooooooooooooooooo.* « Le mur ouest est submergé, messire ! cria au Vieil Ours Thoren Petibois, tout en se démenant pour réprimer l'affolement de son cheval. Je vais faire donner la réserve...

— *NON !* » Mormont devait gueuler à pleins poumons pour surmonter le tapage des cors. « Tu la rappelles, il faut qu'on force la sortie. » Dressé sur ses étriers, son manteau noir claquant au vent, son armure reflétant les flammes, « *En fer de lance !* rugit-il. Formez-vous en coin, et on fonce ! Par la face sud, puis à l'est !

— Mais ça grouille, sur la face sud, messire !

— Les autres sont trop abruptes, dit Mormont. Nous devons... »

Son cheval hennit, se cabra, faillit le désarçonner, l'ours émergeait de la neige en se dandinant. Sam s'en compissa de nouveau. *J'aurais juré que j'étais vide.* L'ours était mort, écorché, livide, en putréfaction, sans peau ni fourrure, la moitié du bras droit calcinée jusqu'à l'os, mais il avançait tout de même. Seuls vivaient ses yeux. *Bleu vif, exactement comme disait Jon.* Ils étincelaient comme des étoiles gelées. Thoren Petibois chargea, sa longue épée flamboyant de tous les oranges et les rouges du feu. Le coup qu'il porta sectionna quasiment la tête de l'ours. Et puis l'ours s'empara de la sienne.

« *FONCEZ !* » hurla le lord Commandant tout en faisant pivoter son cheval.

Ils étaient au galop lorsqu'ils atteignirent l'enceinte. Sam avait toujours eu trop peur pour jamais faire du saut d'obstacle mais là, quand le mur se dressa juste devant lui, l'évidence fut qu'il n'avait pas le choix. Tout en piquant des deux sans trêve, il ferma ses yeux pleurnicheurs, et sa monture l'enleva par-dessus, va savoir comment, *va savoir comment,* sa monture, oui, l'enleva par-dessus. Le cavalier qu'il avait sur sa droite s'y écrabouilla, lui, cuir, acier, cris de bête mourante inextricablement mêlés, tandis qu'un essaim de créatures se ruait sur lui, puis que le coin se resserrait. Le versant de la colline, on le dévala au pas de course, en dépit des mains noires qui cherchaient de toutes parts à vous agripper, des nuées incandescentes de prunelles bleues, des tourbillons de neige. Des chevaux trébuchaient, roulaient, des hommes étaient arrachés de selle, des torches s'envolaient en tournoyant, haches, épées taillaient dans la chair morte, et Samwell Tarly, secoué de sanglots, s'accrochait désespérément à son cheval avec une force qu'il ne s'était jusqu'alors jamais soupçonnée.

Il se trouvait au cœur même du fer de lance en vol, avec des frères qui le flanquaient des deux côtés, d'autres devant, d'autres derrière. Un chien les accompagna quelque temps, bondissant tantôt le long de la pente enneigée, ne se fourrant tantôt parmi les chevaux que pour s'en évader, mais il ne put soutenir le train. Faute de céder le moindre pouce de terrain, les créatures étaient culbutées, piétinées par les sabots, mais leur chute ne les empêchait pas plus de se cramponner aux épées et aux étriers qu'aux jambes des montures qui les foulaient. Sam en vit une éventrer un cheval avec ses griffes droites et planter dans sa selle ses griffes gauches.

Subitement, les arbres les environnèrent, et des gerbes d'éclaboussures avertirent Sam qu'il traversait un ruisseau gelé, cependant qu'à l'arrière s'atténuait le boucan du massacre. Il se retournait, le souffle coupé de soulagement..., quand, bondissant des taillis, un homme en noir l'arracha de selle. Qui il était, Sam n'en sut rien, car une seconde lui avait suffi pour enfourcher la bête, et il galopait déjà vers le peloton de tête. Sam tenta bien de lui courir après, mais il s'empêtra dans une racine et s'aplatit rudement, tête la première. Et il vagissait comme un nouveau-né, quand Edd-la-Douleur le découvrit là, étalé de tout son long.

Tel était son dernier souvenir cohérent du Poing des Premiers Hommes. Après, des heures après, il se tenait, grelottant, parmi les autres rescapés, montés pour moitié, pour moitié à pied. Des milles alors les séparaient du Poing, sans qu'il comprît par quel miracle. Dywen s'était débrouillé pour emmener, lourdement chargés de vivres, d'huile et de torches, cinq chevaux de bât dont trois étaient parvenus intacts jusque-là. Le Vieil Ours fit subdiviser leur chargement, de manière que la perte éventuelle d'un cheval et de ce qu'il portait ne fût pas trop catastrophique. Il retira leurs montures aux valides pour les donner aux blessés, établit un ordre de marche et confia la surveillance des arrières et des flancs à des porteurs de torches. *Marcher, voilà tout ce que j'ai à faire,* s'était dit Sam en faisant le premier pas qui le ramenait chez lui. Mais une heure ne s'était pas écoulée qu'il peinait déjà, lambinait...

Les autres aussi lambinaient désormais, s'aperçut-il. Il se rappelait avoir entendu Pyp dire un jour qu'il n'y avait, dans la Garde, personne d'aussi balèze que P'tit Paul. *Faut-il qu'il le soit, pour me charrier.* Il n'en était pas moins vrai que la neige se faisait plus profonde, le sol plus traître, et que les enjambées de P'tit Paul se raccourcissaient depuis un moment. De plus en plus de cavaliers les doublaient, des blessés qui posaient sur Sam un regard morne, indifférent. Des porteurs de torches aussi les dépassaient.

« Vous êtes à la traîne », dit l'un. Le suivant abonda :

« Personne va t'attendre, Paul. Abandonne ce porc aux bons soins des morts.

— 'l a promis qu'y m'donn'ra un oiseau », répondit P'tit Paul, bien que Sam n'eût rien promis de tel, non, vraiment. *Comment le ferais-je ? Ils ne sont pas à moi.* « J' veux m'avoir un oiseau qui cause et qui m' mange du grain dans ma main.

— Bougre d'andouille ! » jeta l'autre. Il avait déjà disparu.

C'est peu après que Grenn s'arrêta brusquement. « On est seuls, dit-il d'une voix enrouée. Je vois plus de torches. C'était celle de l'arrière-garde, l'autre ? »

P'tit Paul ne répondit pas. Avec un grognement, il s'affaissa sur les genoux. Ses bras tremblaient quand il déposa Sam, doucement, dans la neige. « J'peux pus t'porter. J'voudrais ben, j'peux pus. » Il grelottait de tous ses membres.

Le vent qui soupirait parmi la futaie leur saupoudrait le visage de neige. Il faisait un froid si mordant que Sam avait l'impression d'être à poil. Il chercha des yeux d'autres torches, mais elles s'étaient esbignées, toutes. Ne restait que celle que portait Grenn, avec ses flammes qui flottaient comme des soieries orangées. Il pouvait voir au travers les noirceurs ambiantes. *Cette torche s'éteindra sous peu,* songea-t-il, *et nous sommes tout seuls, sans nourriture ni feu ni amis.*

Mais il se trompait. Seuls, ils ne l'étaient nullement.

Les branches basses du grand vigier vert se soulagèrent de leur faix de neige avec un *plof* humide et cotonneux. Grenn pivota, torche à bout de bras. « Qui va là ? » Des naseaux de cheval surgirent des ténèbres. Sam en éprouva une seconde de soulagement, puis la bête apparut. Tapissée de givre comme d'une pellicule d'écume gelée, son ventre béant déroulant tout un écheveau de viscères rigides et noirs. La chevauchait un cavalier d'une pâleur de glace. Un vague gémissement s'exhala du fin fond du gosier de Sam. Dans sa terreur, il se serait à nouveau trempé les chausses, mais le froid tenaillait sa chair, un froid si formidable qu'il se sentait la vessie comme un bloc gelé. L'Autre se laissa gracieusement glisser de selle pour se camper dans la neige. Svelte comme une lame, il était, et d'une blancheur laiteuse. Son armure avait beau jouer, se mouvoir au gré de ses moindres gestes, ses pieds n'entamaient pas la couche de neige poudreuse.

P'tit Paul saisit la hache à long manche qu'il portait en bandoulière dans le dos. « Pourquoi t'as fait du mal à ce ch'val ? C'était l' ch'val à Maunois. »

À tâtons, Sam chercha la poignée de son épée, mais sa main ne rencontra que le fourreau vacant. Il l'avait perdue sur le Poing, se souvint-il trop tard.

« Décampe ! » Grenn avança d'un pas, sa torche brandie devant lui. « *Décampe,* ou tu brûles. » Il darda les flammes vers l'immonde chose.

L'épée de l'Autre émettait une lueur bleuâtre. Elle se déplaça vers Grenn, taillant avec la promptitude de la foudre. Quand son bleu de glace effleura les flammes, une stridence aussi suraiguë qu'une aiguille perça les tympans de Sam. Le brandon de la torche vola de côté, disparut sous une avalanche de neige qui le moucha instantanément. Grenn ne tenait plus qu'un dérisoire bout de bois. Il le balança sur l'Autre avec un juron, tandis que P'tit Paul chargeait, hache au poing.

La trouille qui pour lors posséda Sam était pire qu'aucune des trouilles qu'il eût jamais éprouvées, bien que la trouille, Samwell Tarly la connût sous toutes ses formes. « Pitié, Mère ! pleurnicha-t-il, trop terrifié pour se souvenir d'invoquer les dieux anciens. Protège-moi, Père, oh, oh... » Ses doigts tombèrent sur sa dague et se refermèrent violemment dessus.

Si les créatures s'étaient jusque-là montrées lentes et gauches, l'Autre, en revanche, était aussi léger que neige sous le vent. Il se faufila de biais sous la hache, armure plissée de risées, et son épée de cristal moulina pour se glisser en vrille entre les anneaux de fer du haubert de Paul, ravageant et cuir et laine et chair et os, ressortit dans le dos avec un *siiiiiiiiifflement,* Sam entendit Paul exhaler un « Ho ! » tout en lâchant sa hache. Tout empalé qu'il était, son sang fumant tout autour de la lame, le colosse essaya d'empoigner son tueur à deux mains, et il était sur le point d'y parvenir lorsqu'il s'effondra. Son poids arracha l'étrange épée pâle des mains de l'Autre.

À *toi, maintenant. Cesse de chialer, espèce de mioche, et bats-toi. Bats-toi, lâche.* C'était Père qu'il entendait là, c'était Alliser Thorne, c'était Dickon, son frère, et ce petit salaud de Rast. *Lâche, lâche, lâche.* À imaginer, tout à coup, sa propre métamorphose en créature, un rire hystérique le secoua. Oh, la blanche créature qu'il ferait, obèse dans son lard, à s'empêtrer toujours dans ses pieds de mort... ! *À toi, Sam, fais-le.* Était-ce Jon, maintenant ? Jon était mort. *Tu peux le faire, tu peux, fais-le seulement.* Et il se retrouva trébuchant de l'avant, moins courant que tombant, en fait, les yeux clos, poussant aveuglément sa dague à deux mains. Il perçut un *crrrac* tout à fait semblable à celui que fait la glace en se brisant sous vos pieds, et puis un cri tellement pointu, tellement strident qu'il en tituba à reculons, paumes plaquées sur ses oreilles emmitouflées, et s'affala violemment sur le cul.

Lorsqu'il rouvrit les yeux, l'armure de l'Autre lui dégoulinait le long des jambes en ruisselets, tandis qu'un sang bleuâtre sifflait en s'évaporant tout autour du poignard de verredragon planté dans sa gorge. Deux squelettes de mains livides s'y portèrent pour l'en extirper, mais, sitôt qu'ils frôlèrent l'obsidienne, ils se mirent à *fumer*.

Sam se laissa rouler sur le flanc, les yeux écarquillés, quand l'Autre parut se flétrir et, telle une flaque, se résorber. Le temps de vingt chamades, il n'avait déjà plus de chair, elle s'était évanouie en magnifiques volutes de brume blanche. Aussi translucides là-dessous que de l'opaline, les os pâles et luisants fondaient à leur tour. Et, finalement, seul subsista, gainé de vapeurs comme s'il vivait, transpirait, le poignard de verredragon. Grenn se pencha pour le ramasser, le rejeta sur-le-champ. « D'un *froid*, Mère !

— Obsidienne. » Sam se ramassa sur ses genoux. « Verredragon, l'appellation commune. Verredragon. Verre *dragon*. » Il riait, tout en pleurs, mettait les bouchées doubles pour s'encourager à se détacher de la neige.

Grenn, lui tendit la main pour le tirer sur pied, contrôla le pouls de P'tit Paul avant de lui fermer les yeux, puis rafla de nouveau le poignard. Il pouvait le tenir, à présent.

« Garde-le, dit Sam. Tu n'es pas un pleutre de mon espèce.

— Tellement pleutre t'es qu' t'as tué un Autre. » Il pointa la lame dans le noir. « Regarde, là, sous les arbres. Une lueur rose. L'aube, Sam. L'aube. Doit être l'est, par là. Si on se dirige de ce côté, on devrait rattraper Mormont.

— Si tu le dis... » Il balança son pied gauche contre un tronc pour le débarrasser de sa gangue de neige. Puis le droit. « Je vais tâcher. » Avec une grimace, il fit un pas. « Je vais tâcher dur. » Et il en fit un autre.

TYRION

L'or de la chaîne aux mains rutilait sur le velours de la tunique lie-de-vin. Les lords Tyrell, Redwyne et Rowan entourèrent lord Tywin dès qu'il fit son entrée. Il les salua chacun à son tour, souffla un mot à Varys, baisa l'anneau du Grand Septon puis la joue de Cersei, serra la main du Grand Mestre Pycelle, s'assit enfin à la place du roi, au haut bout de la longue table, entre sa fille et son frère.

Tyrion s'était fait de vive force adjuger l'ancienne place de Pycelle, au bas bout, de manière à s'offrir, surélevé par des coussins, une vue plongeante sur l'ensemble de la tablée. Du coup, le Grand Mestre était monté flanquer Cersei, aussi loin qu'il le pouvait du nain sans s'arroger le siège royal. Réduit à un squelette poussif, il s'appuyait pesamment sur une canne torse et tremblait en marchant ; trois picots blancs barbelaient son long cou de poulet qu'auparavant parait un fleuve de poils neigeux. Devant pareille déchéance, Tyrion n'éprouvait pas l'ombre d'un remords.

Le choix précipité des sièges restants divisa fatalement quelque peu les autres : lord Mace Tyrell, robuste et lourd, boucles châtaines et barbe en pointe pas mal piquetée de sel ; Paxter Redwyne, de La Treille, maigre et voûté, crâne chauve frangé de touffes orange ; Mathis Rowan, sire de Bocajor, rasé de frais, l'embonpoint suant ; le Grand Septon, fluet, menton frisotté de coton. *Trop de figures inconnues,* songea Tyrion, *trop de joueurs nouveaux. La partie s'est modifiée pendant que je crou-pissais au pieu, et nul ne m'en révélera les règles.*

Oh, ces sieurs l'avaient traité de manière plutôt cour-toise, en dépit de la gêne évidente que leur inspirait sa vue. « Astucieux, votre idée de chaîne », avait lancé Mace Tyrell d'un ton jovial, aussitôt approuvé par lord Redwyne qui, branlant du chef, s'extasia, tout aussi flatteur : « Tout à fait, tout à fait, messire de Hautjardin vient d'exprimer là notre pensée à tous. »

Dites-le donc au bon peuple de cette ville, songea-t-il avec amertume, *dites-le donc à ces putains de chanteurs qui nous tympanisent avec le spectre de Renly.*

L'oncle Kevan s'était montré le plus chaleureux, jus-qu'à daigner l'embrasser sur la joue, non sans ajouter : « Lancel n'arrête pas de me vanter ta bravoure, Tyrion. Il ne parle de toi qu'avec le plus profond respect. »

Il a tout intérêt, sans quoi j'aurais deux ou trois choses à dire le concernant. Il se contraignit à sourire avant de répliquer : « C'est trop d'indulgence à mon bon cousin. Il se remet de sa blessure, j'espère ? »

Ser Kevan se rembrunit. « Un jour, il semble en meil-leure forme, et le lendemain... C'est préoccupant. Ta sœur se rend souvent à son chevet lui remonter le moral et prier pour lui. »

Mais que demande-t-elle dans ses prières, qu'il vive ou qu'il meure ? Cersei s'était servie de lui sans vergogne, au lit comme ailleurs ; petit secret qu'elle espérait sans doute le voir emporter dans la tombe, à présent qu'il avait cessé de lui être utile et que Père était là. *Mais irait-elle jusqu'à l'assassiner ?* À la voir, là, aujourd'hui, jamais vous ne l'auriez suspectée de pouvoir se conduire avec cette invraisemblable dureté. Elle était le charme incarné pour fleureter avec lord Tyrell tout en lui parlant des fes-tivités nuptiales de Joffrey, pour complimenter lord Red-wyne sur la vaillance de ses jumeaux, pour amadouer le bourru lord Rowan à force de sourires et de propos plai-sants, pour entortiller de jacasseries pieuses le Grand Septon. « Commencerons-nous par les préparatifs du mariage ? demanda-t-elle quand lord Tywin se fut ins-tallé.

— Non, dit-il. Par la guerre. Varys. »

L'eunuque se fendit d'un sourire soyeux. « J'ai de si *délicieuses* nouvelles pour vous tous, messires. Hier, à l'aube, notre brave lord Randyll a surpris Robett Glover aux environs de Sombreval et l'a acculé à la mer. En dépit de lourdes pertes des deux côtés, nos loyales troupes ont fini par l'emporter. On signale la mort de ser Helman Tallhart et d'un millier d'autres. Comme Robett Glover se replie dans le plus saignant désordre sur Harrenhal avec les survivants, tout nous autorise le modeste rêve qu'il croisera sur son passage le valeureux ser Gregor et ses fidèles.

— Loués soient les dieux ! s'écria Paxter Redwyne. Une grande victoire pour le roi Joffrey ! »

Que vient foutre là-dedans Joffrey ? s'étonna Tyrion.

« Et une terrible défaite pour le Nord, à coup sûr, intervint Littlefinger, encore que Robb Stark n'y soit toujours pour rien. Le Jeune Loup demeure invaincu sur le champ de bataille.

— Que sait-on de ses plans et de ses mouvements ? s'enquit Mathis Rowan, toujours abrupt et droit à l'essentiel.

— Il a couru se retrancher à Vivesaigues avec son butin, abandonnant les châteaux dont il s'était emparé dans l'ouest, annonça lord Tywin. Notre cousin ser Daven est en train de regrouper à Port-Lannis les vestiges de l'armée de feu son père. Sitôt prêt, il rejoindra ser Forley Prestre à la Dent d'Or. Dès que le petit Stark partira pour le nord, ils opéreront conjointement une descente sur Vivesaigues.

— Êtes-vous certain que lord Stark compte gagner le nord ? demanda lord Rowan. Envers et contre les Fer-nés qui occupent Moat Cailin ? »

Mace Tyrell prit la parole. « Est-il rien de si absurde qu'un roi sans royaume ? Non, non, cela va de soi, le gamin doit abandonner le Conflans, combiner une fois de plus ses forces et celles de Roose Bolton, et jeter l'ensemble de ses troupes à l'assaut de Moat Cailin. C'est en tout cas ce que *je* ferais. »

La remarque contraignit Tyrion à se mordre la langue. Robb Stark avait gagné plus de batailles en un an que le sire de Hautjardin en vingt. La réputation de Tyrell ne reposait que sur la victoire peu concluante de Cendregué contre Robert Baratheon, victoire largement imputable, au surplus, à l'avant-garde de lord Tarly, dès avant que ne fût arrivé sur les lieux le gros de l'armée. Quant au siège d'Accalmie, qu'il commandait cette fois en personne, il s'y était vainement échiné une année durant pour n'abaisser que plus docilement ses bannières devant Eddard Stark dès le lendemain du Trident.

« J'aurais dû écrire à Robb Stark une lettre sévère, disait cependant Littlefinger. Il m'est revenu que son Bolton fait stabuler des chèvres dans *ma* grand-salle, ce qui est proprement scandaleux. »

Ser Kevan Lannister s'éclaircit la gorge. « Pour ce qui est des Stark..., Balon Greyjoy, qui s'intitule désormais roi des Îles et du Nord, nous a écrit pour nous soumettre des conditions d'alliance.

— Il ne nous devait que sa soumission de loyal sujet ! jappa Cersei. De quel droit s'arroge-t-il cette royauté ?

— Par droit de conquête, dit lord Tywin. Les mains du roi Balon étranglent le Neck. Les héritiers putatifs de Robb Stark sont morts, Winterfell est tombé, et les Fernés tiennent Moat Cailin, Motte-la-Forêt, la plus grande partie des Roches. Les boutres du roi Balon font la loi sur la mer du Crépuscule, et ils sont admirablement placés pour menacer Port-Lannis, Belle Île, voire Hautjardin, si nous nous perdions en provocations.

— Et si nous acceptions cette offre d'alliance ? demanda lord Mathis Rowan. Quels en sont les termes ?

— Que nous reconnaissions sa royauté et lui garantissions la possession de toutes les terres sises au nord du Neck. »

Lord Redwyne s'esclaffa. « Et qu'y a-t-il au nord du Neck de si tentant pour un esprit sain ? Si Greyjoy est prêt à troquer des épées et des voiles contre de la neige et de la caillasse, je dis : topons là, l'aubaine est inespérée.

— C'est le mot, acquiesça Mace Tyrell. C'est en tout

cas ce que je ferais. Laissons le roi Balon liquider ceux du Nord pendant que nous liquidons Stannis. »

La physionomie de lord Tywin demeura imperturbablement muette sur ses sentiments. « Il nous faut également régler son compte à Lysa Arryn. Veuve de Jon Arryn, fille d'Hoster Tully, sœur de Catelyn Stark... dont le mari complotait, la veille encore de sa mort, avec Stannis Baratheon.

— Oh, dit allégrement Mace Tyrell, les femmes manquent d'estomac pour se battre ! Fichons-lui la paix, je dis, ce n'est pas elle qui risque de nous ennuyer.

— J'en suis bien d'accord, opina Redwyne. La lady Lysa n'a pris nulle part à la lutte ni commis non plus ouvertement le moindre agissement félon. »

Tyrion s'agita. « Elle m'a jeté dans une cellule et m'a intenté un procès à mort, précisa-t-il avec pas mal de rancœur. Elle n'est pas non plus venue à Port-Réal jurer fidélité à Joff, malgré l'ordre qui lui en était signifié. Accordez-moi seulement les hommes, messires, et je me chargerai de Lysa Arryn. » Il ne voyait rien qui pût lui procurer de plaisir plus vif, hormis peut-être étrangler Cersei. Il lui arrivait encore de rêver aux cachots célestes des Eyrié et de se réveiller trempé de sueurs froides.

Tout jovial qu'était le sourire de Mace Tyrell, Tyrion ne fut pas sans y percevoir un mépris latent. « Peut-être feriez-vous mieux de laisser la guerre aux guerriers, lui suggéra le sire de Hautjardin. De plus compétents que vous ont perdu des armées puissantes dans les montagnes de la Lune ou sont venus les fracasser contre la Porte Sanglante. Nous avons beau connaître votre mérite, messire, il ne sert à rien de tenter le sort. »

Tyrion repoussa ses coussins, le poil à l'envers, mais son père reprit la parole avant qu'il ne pût répliquer de façon cinglante. « Je médite de confier d'autres tâches à Tyrion. J'imagine que lord Petyr pourrait bien détenir la clé des Eyrié.

— Oh oui, dit Littlefinger, je l'ai ici, entre les jambes. » Il y avait une malice dans ses yeux gris-vert. « Avec votre permission, messires, je m'offre à gagner le Val pour y courtiser et conquérir la lady Lysa. Une fois son époux, je vous remettrai le Val d'Arryn sans qu'il en coûte une goutte de sang. »

Lord Rowan parut sceptique. « Lady Lysa consentira-t-elle à vous prendre ?

— Elle m'a déjà pris, quelquefois..., lord Mathis, sans élever de réclamations.

— Coucher, lança Cersei, n'est pas épouser. Même une vache comme Lysa Arryn risque de saisir la nuance.

— Assurément. Il n'eût pas été convenable pour une damoiselle de Vivesaigues d'épouser si fort en dessous de sa condition. » Littlefinger étendit les mains. « À présent, toutefois..., une union entre la dame des Eyrié et le sire d'Harrenhal n'est plus si inconcevable, si ? »

Tyrion surprit au vol le coup d'œil qu'échangeaient Paxter Redwyne et Mace Tyrell. « Cela pourrait faire l'affaire, dit lord Rowan, mais à condition que vous soyez certain de pouvoir maintenir la femme dans des voies loyales à l'endroit de Sa Majesté.

— Messires..., intervint le Grand Septon, l'automne est sur nous, et il n'est homme de bonne volonté qui ne soit las de la guerre. Si lord Baelish parvient à ramener le Val dans la paix du roi sans effusion de sang, les dieux ne manqueront pas de l'en bénir.

— Mais cela lui est-il possible ? demanda lord Redwyne. Le fils de Jon Arryn est sire des Eyrié, maintenant. Lord Robert.

— Il n'est qu'un marmot, dit Littlefinger. Je veillerai à ce qu'il grandisse dans des sentiments de loyauté indéfectible à l'égard de Joffrey et d'amitié solide envers chacun de nous. »

Tyrion l'examinait, gracile avec son petit bouc et l'impertinence de ses yeux gris-vert. *Un titre honorifique creux, Père, « sire d'Harrenhal » ? Va te faire foutre. Dût-il ne mettre jamais les pieds dans son château, ce hochet-là rend un tel mariage possible, et il le sait depuis toujours.*

« Nous ne manquons pas d'adversaires, dit ser Kevan Lannister. S'il est possible de confirmer Les Eyrié dans leur neutralité, tant mieux. Je serais d'avis de laisser lord Petyr nous montrer de quoi il est capable. »

Il n'était au Conseil que l'avant-garde de son frère, Tyrion le savait de longue date, et n'avait d'idée qui n'eût d'abord germé dans la cervelle de lord Tywin. *Tout ça n'est qu'un montage de coulisses,* conclut-il, *et ces débats n'ont d'autre but que d'amuser la galerie.*

Comme chaque mouton bêlait son agrément, sans se douter une seconde qu'on venait de le tondre à ras, le rôle d'objecteur échut à Tyrion. « Comment la Couronne paiera-t-elle ses dettes sans lord Petyr ? Il est notre magicien des finances, et nous n'avons personne pour le remplacer. »

Littlefinger sourit. « C'est trop aimable à mon petit ami. Je ne fais rien d'autre que compter les liards, ainsi que se plaisait à dire le roi Robert. N'importe quel artisan dégourdi s'en débrouillerait aussi bien…, et un Lannister, avec tous les dons que confère à Castral Roc le contact de l'or, n'aurait aucune peine à me surpasser, tant s'en faut.

— Un Lannister ? » Tyrion discernait du fâcheux là-dessous.

Lord Tywin planta ses yeux pailletés d'or dans les yeux vairons de son fils. « La tâche te convient admirablement, je crois.

— Évident ! s'enthousiasma ser Kevan. Tu nous feras un grand argentier splendide, Tyrion, j'en suis intimement persuadé. »

Lord Tywin revint à Littlefinger. « Si Lysa Arryn vous prend pour époux et réintègre la paix du roi, nous restituerons à lord Robert son titre de gouverneur de l'Est. Vous comptez nous quitter bientôt ?

— Dès demain, si les vents le permettent. Une galère de Braavos, mouillée juste après la chaîne, est en train de charger par transbordement. *Le Roi Triton.* Je vais aller voir son capitaine pour une couchette.

— Vous raterez les noces de Sa Majesté », dit Mace Tyrell.

Petyr Baelish haussa les épaules. « Marées ni mariées n'attendent, messire. Sitôt qu'auront débuté les tempêtes d'automne, le voyage sera bien plus hasardeux. Me noyer gâcherait sans retour mes charmes de fiancé. »

Lord Tyrell se mit à glousser. « Exact. Mieux vaut ne pas vous attarder.

— Puissent les dieux seconder vos voiles, dit le Grand Septon. Tout Port-Réal priera pour votre succès. »

Lord Redwyne se pinça le nez. « Si nous reprenions le chapitre Greyjoy ? À mon point de vue, cette alliance présente bien des avantages. Les boutres fer-nés grossiraient ma propre flotte et nous assureraient une puissance navale suffisante pour enlever Peyredragon et mettre un point final aux prétentions de Stannis Baratheon.

— Les boutres du roi Balon sont occupés pour l'heure, lui opposa poliment lord Tywin, et nous de même. Pour prix de cette alliance, Greyjoy exige la moitié du royaume, mais que fera-t-il pour la gagner ? Combattre les Stark ? Il le fait déjà. Pourquoi paierions-nous ce qu'il nous a donné gratis ? La meilleure conduite à suivre envers notre sire de Pyk est de ne rien faire, à mon point de vue. Quelque temps encore, et rien n'exclut que se présente une solution plus satisfaisante. Une qui ne force pas le roi à se priver de la moitié de son royaume. »

Tyrion ne le lâchait pas des yeux. *Il y a quelque chose qu'il ne dit pas.* Le souvenir lui revint des lettres importantes qu'était en train d'écrire lord Tywin, la nuit où lui-même avait osé réclamer Castral Roc. *Qu'a-t-il dit au juste ? « Il est des batailles qu'on gagne à la pointe des piques et des épées, d'autres à la pointe de la plume et avec des corbeaux »*... Il se demanda *qui* pouvait bien être cette « solution plus satisfaisante », et quel genre de prix il en réclamait.

« Peut-être devrions-nous parler à présent de ce mariage », suggéra ser Kevan.

Le Grand Septon les entretint des apprêts qui se faisaient au grand septuaire de Baelor. Cersei détailla le résultat de ses cogitations concernant le banquet. On régalerait un millier d'invités dans la Salle du Trône, mais les cours en accueilleraient un bien plus grand nombre. À l'intention de ces derniers, les postes extérieur et médian seraient tendus de soie et abriteraient barriques de bière et buffets.

« Votre Grâce, intervint le Grand Mestre Pycelle, à propos du nombre d'hôtes…, un corbeau nous est arrivé de Lancehélion. En ce moment même, trois cents Dorniens chevauchent vers Port-Réal, et ils espèrent y être avant le mariage.

— Comment s'y prennent-ils ? lança Mace Tyrell d'un ton bourru. Ils ne m'ont pas demandé l'autorisation de traverser *mes* terres. » Sa nuque épaisse avait viré au rouge sombre, nota Tyrion. Jamais les gens de Dorne et ceux de Hautjardin ne s'étaient adorés ; au cours des siècles, ils s'étaient livré d'innombrables guerres de frontière et n'avaient guère rechigné, même en temps de paix, à se razzier les uns les autres dans les montagnes et les Marches. Pour s'être un peu atténuée lorsque Dorne s'était vu rattacher aux Sept Couronnes, l'inimitié… n'avait flambé que de plus belle quand un prince dornien surnommé la Vipère Rouge avait estropié en tournoi le jeune héritier de Hautjardin. *Voici qui pourrait devenir épineux*, songea le nain, fort curieux de voir comment son père allait manier les choses.

« Le prince Doran vient sur invitation de mon fils, répondit calmement lord Tywin, et afin non seulement de prendre part à la cérémonie mais de venir occuper son siège au Conseil, ainsi que de faire appel contre le déni de Robert en réclamant justice pour le meurtre de sa sœur Elia et des enfants de celle-ci. »

Tyrion scruta la physionomie des lords Tyrell, Redwyne et Rowan. Ne s'en trouverait-il pas un d'assez hardi pour objecter : « Mais enfin, lord Tywin, n'est-ce pas *vous* qui présentâtes, et drapés dans des manteaux Lannister, les cadavres à Robert ? »… Hé bien, non, aucun, mais cela tout de même se lisait sur leurs traits à tous. *Redwyne s'en fiche comme d'une guigne, mais Rowan m'a tout l'air du genre à s'en étrangler.*

« Quand le roi aura épousé votre Margaery et Myrcella le prince Trystan, nous ne formerons tous plus qu'une seule grande maison, rappela ser Kevan à Tyrell. Les antipathies du passé devraient en rester là, n'est-ce pas votre avis, messire ?

— Il s'agit ici du mariage de *ma fille*, et…

« — ... et de mon petit-fils, coupa lord Tywin d'un ton ferme. Les vieux différends y seraient déplacés, non ?

— Aucun différend ne m'oppose à *Doran* Martell, spécifia Tyrell, mais son ton était plus qu'un brin rétif. S'il souhaite traverser paisiblement le Bief, il lui suffit de m'en demander l'autorisation. »

De maigres chances qu'il le fasse, songea Tyrion. *Il grimpera par les Osseux, tournera vers l'est près de Lestival et remontera la route Royale.*

« Ce ne sont pas trois cents Dorniens qui vont en tout cas bouleverser nos plans, dit Cersei. Il nous est possible de nourrir les hommes d'armes dans la cour, d'écraser quelques bancs de plus dans la Salle du Trône pour les petits lords et chevaliers bien nés, puis de dénicher pour le prince Doran une place d'honneur sur l'estrade. »

Pas à mes côtés, fut le message que déchiffra Tyrion dans les yeux du sire de Hautjardin qui, pour toute réponse, se contenta d'un hochement sec.

« Si nous passions à des besognes plus plaisantes ? proposa lord Tywin. Les fruits de la victoire attendent répartition.

— Se pourrait-il rien de plus doux ? » jeta Littlefinger, fort d'avoir déjà dégluti son propre fruit, Harrenhal.

Chacun des sieurs avait des vœux à formuler : ce château-ci et ce village-là, des bouts de terre, une modeste rivière, une forêt, la tutelle de tel et tel mineurs que la guerre avait privés de leur papa. Par bonheur, il y avait suffisante foison de fruits pour satisfaire tous les amateurs de tourelles et d'orphelins. Varys produisit le décompte. Quarante-sept sires du second rayon, six cent dix-neuf chevaliers avaient perdu la vie sous le cœur ardent de Stannis et de son Maître de la Lumière, abstraction faite de plusieurs milliers d'hommes d'armes du vulgaire. Tous coupables de félonie, leurs héritiers se voyaient déshériter, leurs domaines et demeures échéant à qui s'était révélé d'une féauté moins discutable.

Hautjardin rafla la plus riche cueillette. Tyrion s'écarquillait sur la large panse de Mace Tyrell. *Il a un prodigieux appétit, celui-là.* Tyrell réclama les terres et châteaux de lord Alester Florent, son propre banneret, pour avoir singulièrement manqué de jugeote en se ralliant d'abord à Renly puis à Stannis. Trop charmé de l'obliger, lord Tywin attribua Rubriant, ses terres et revenus, au cadet Tyrell, ser Garlan, faisant de lui en un clin d'œil un puissant seigneur. L'aîné demeurant, comme il se doit, l'héritier de Hautjardin lui-même.

Des lots moins gras récompensèrent lord Rowan et furent réservés à lord Tarly, lady du Rouvre, lord Hightower et autres sommités absentes des débats. Lord Redwyne se contenta de demander trente années d'exonération des taxes dont Littlefinger et ses courtiers en vins avaient frappé certains des meilleurs crus de La Treille. La chose accordée, il se déclara pleinement satisfait et suggéra que l'on envoie chercher un fût de La Treille pour porter des toasts au bon roi Joffrey et à sa bienveillante et sage Main. Ce qu'entendant, Cersei perdit patience. « C'est d'épées, pas de toasts, que Joff a besoin ! mordit-elle. Son royaume est encore empesté d'usurpateurs potentiels et de soi-disant rois.

— Mais plus pour longtemps, je pense, susurra Varys avec onctuosité.

— Il nous reste quelques sujets à traiter, messires. » Ser Kevan consulta ses dossiers. « Ser Addam a retrouvé certains des cristaux de la tiare du Grand Septon. Il semble désormais acquis que les voleurs en ont dispersé les pierres et fondu l'or.

— Notre Père d'En-Haut connaît leur crime et les jugera tous du haut de son trône, édicta pieusement le Grand Septon.

— Certes, admit lord Tywin. Il n'empêche que vous devez être tiaré pour célébrer le mariage du roi. Convoque tes orfèvres, Cersei, il nous faut aviser au remplacement. » Sans lui laisser le loisir de répondre, il interpella tout de go Varys. « Des rapports ? »

L'eunuque extirpa de sa manche un document. « On a aperçu une seiche au large des Doigts. » Il pouffa. « Pas une *Greyjoy,* je vous prie, une vraie. Elle s'est attaquée à un baleinier d'Ibben et l'a entraîné par le fond. On se bat aux Degrés de Pierre, et une nouvelle guerre paraît probable entre Lys et Tyrosh. Tous deux espèrent en l'alliance de Myr. À en croire des marins de retour de la mer de Jade, un dragon tricéphale est éclos à Qarth, et il émerveille la ville...

— Seiches et dragons ne m'intéressent pas, quel que soit leur nombre de têtes, coupa lord Tywin. Vos chuchoteurs auraient-ils d'aventure retrouvé trace du fils de mon frère ?

— Hélas, notre bien-aimé Tyrek s'est bel et bien évaporé, pauvre brave garçon. » Un peu plus, et il chialait.

« Tywin, intervint ser Kevan avant que son frère ne pût exhaler son mécontentement flagrant, certains des manteaux d'or qui avaient déserté durant la bataille ont regagné leurs baraquements, dans l'idée de reprendre du service. Ser Addam aimerait savoir ce qu'il doit en faire.

— Joff risquait de se retrouver en danger, par la faute de leur pleutrerie, s'empressa de commenter Cersei. J'exige leur mise à mort. »

Varys soupira. « Ils ont à coup sûr mérité la mort, Votre Grâce, nul n'en disconviendra. Et cependant, peut-être serait-il plus avisé de les expédier à la Garde de Nuit. Nous avons récemment reçu du Mur des messages alarmants. Des mouvements de sauvageons...

— Dragons, seiches et sauvageons. » Mace Tyrell s'esbaudit. « Hé quoi, n'est-il donc personne qui *ne* s'agite ? »

Lord Tywin ignora cette réflexion. « Le meilleur service que puissent nous rendre les déserteurs est de servir de leçon. Brisez-leur les genoux à coups de marteau. Ils ne prendront plus la fuite. Ni aucun de ceux qui les verront mendier dans les rues. » Il parcourut la tablée du regard en quête d'un quelconque dissentiment parmi les nobles conseillers.

Tyrion revécut sa visite au Mur ; il se revit dégustant des crabes en compagnie du vieux lord Mormont et de ses officiers. Les craintes exprimées par le Vieil Ours lui revinrent en mémoire aussi. « Nous pourrions, le cas échéant, nous contenter de marquer le coup sur un petit nombre de genoux. Ceux des assassins de ser Jacelyn, tiens. Et dépêcher les autres à Marsh. Les effectifs de la Garde sont dramatiquement insuffisants. Si le Mur venait à céder...

— ... les sauvageons submergeraient le Nord, acheva son père, et les Stark et Greyjoy auraient un ennemi supplémentaire à affronter. Puisqu'ils ne désirent plus relever du Trône de Fer, à ce qu'il paraîtrait, de quel droit réclameraient-ils des secours au Trône de Fer ? Le roi Robb et le roi Balon revendiquent tous deux la couronne du Nord. Laissons-*les* le défendre, s'ils peuvent. Et s'ils ne le peuvent, ce Mance Rayder pourrait en définitive se révéler un précieux allié. » Lord Tywin se tourna vers son frère. « Autre chose ? »

Ser Kevan secoua la tête. « Nous en avons terminé. Messires, Sa Majesté le roi Joffrey souhaiterait sans nul doute vous rendre grâces à tous pour votre sagesse et vos judicieux avis.

— J'aimerais m'entretenir en privé avec mes enfants, reprit lord Tywin tandis que les assistants se levaient pour prendre congé. Reste aussi, Kevan. »

Sans regimber, les autres conseillers se répandirent en courbettes. Varys s'esquiva le premier, Tyrell et Redwyne les derniers. Quand la pièce ne contint plus que les quatre Lannister, ser Kevan en ferma la porte.

« *Grand argentier ?* dit Tyrion d'un filet de voix tendu. Qui a eu cette idée, je vous prie ?

— Lord Petyr, répondit son père, mais ce nous est extrêmement utile que le Trésor se trouve aux mains d'un Lannister. Tu réclamais un poste d'importance. Crains-tu de n'être pas à la hauteur ?

— Non, dit Tyrion, je crains un piège. Littlefinger est aussi retors qu'ambitieux. Je n'ai aucune confiance en lui. Vous n'en devriez pas avoir davantage.

— Il a rangé Hautjardin de notre côté..., commença Cersei.

— ... et t'a vendu Ned Stark, je sais. Il nous vendra tout aussi vite. Entre des doigts perfides, une pièce vaut une épée. »

L'oncle Kevan lui décocha un regard bizarre. « Pas notre cas, toujours. L'or de Castral Roc...

— ... est extrait du sol. L'or de Littlefinger est fait d'air impalpable, il l'obtient d'un claquement de doigts.

— Un talent plus utile qu'aucun des tiens, cher frère, ronronna Cersei d'une voix sucrée d'espièglerie.

— Littlefinger est un menteur...

— ... et noir, en plus, dit la corneille du corbeau. »

Lord Tywin abattit son poing sur la table. « *Assez !* Je ne tolérerai plus de ces malséantes chamailleries. Vous êtes des Lannister tous deux, veuillez vous comporter comme tels. »

Ser Kevan se racla la gorge. « J'aimerais mieux voir Petyr Baelish gouverner Les Eyrié qu'aucun des autres prétendants de la lady Lysa. Yohn Royce, Lyn Corbray, Horton Redfort..., voilà des hommes dangereux, chacun dans son genre. Et fiers. Tout malin qu'il est, Littlefinger ne possède ni le prestige d'une grande naissance ni la moindre compétence en matière d'armes. Les seigneurs du Val n'accepteront jamais pour suzerain un si piètre sire. » Il consulta son frère du regard et, sur un signe approbatif de celui-ci, reprit : « Et lord Petyr a ceci pour lui qu'il persiste à nous prouver sa loyauté. Il nous a, pas plus tard qu'hier, informés d'un complot Tyrell pour nous subtiliser Sansa Stark sous couleur d'une "visite" à Haut-jardin et l'y marier au fils aîné de lord Mace, Willos.

— Et c'est *Littlefinger* qui vous a informés ? » Tyrion se pencha par-dessus la table. « Pas notre chuchoteur en chef ? Palpitant. »

Cersei regarda leur oncle d'un air incrédule. « Sansa est mon otage. Elle ne va *nulle part* sans ma permission.

— Hormis que tu serais bel et bien forcée de l'accorder, si lord Tyrell te la demandait, lui assena leur père. Le rebuter équivaudrait à lui déclarer carrément que nous nous défions de lui. Ce qu'il prendrait comme un affront.

— Libre à lui. Que nous chaut ? »

Bougre d'idiote, songea Tyrion. « Il nous chaut, chère sœur, expliqua-t-il patiemment. Offense Tyrell, et c'est Redwyne que tu offenses, ainsi que Tarly, Rowan, High-tower, voire que tu amènes à se demander si Robb Stark ne se montrerait pas plus accommodant quant à leurs désirs.

— Je ne permettrai pas à la rose et au loup-garou de coucher dans le même lit, décréta lord Tywin. Il faut lui couper l'herbe sous le pied.

— Le moyen ? demanda Cersei.

— Par un mariage. À commencer par le tien. »

C'était venu si soudainement que Cersei en demeura d'abord interdite. Puis ses joues s'empourprèrent comme si on l'avait giflée. « Non. Plus de ça. Je refuse.

— Votre Grâce..., plaida ser Kevan avec une exquise courtoisie, vous êtes toujours jeune, belle et féconde. Vous ne comptez sûrement pas consumer le reste de vos jours dans la solitude ? Et un remariage ferait enfin taire pour de bon ces rumeurs d'inceste et tout et tout.

— Aussi longtemps que tu demeures sans époux, tu donnes beau jeu à Stannis pour répandre ces ignobles calomnies, poursuivit lord Tywin. Il est absolument indispensable qu'un nouvel homme entre dans ta couche et t'engendre de nouveaux enfants.

— Trois me suffisent amplement. Je suis reine des Sept Couronnes, pas une jument de reproduction ! La reine *Régente* !

— Tu es ma fille, et tu m'obéiras. »

Elle se leva. « Je ne vais pas rester assise à écouter ces...

— Tu le feras, si tu souhaites avoir voix au chapitre pour le choix de ton prochain mari », répliqua calmement lord Tywin.

À la voir hésiter, finir par se rasseoir, Tyrion comprit l'ampleur de son désarroi, si violemment qu'elle protestât : « Je ne me remarierai *pas* !

— Tu te remarieras et tu reproduiras. Chaque enfant que tu mettras au monde cinglera Stannis d'un nouveau démenti public. » Le regard de leur père semblait la clouer à son siège. « Mace Tyrell, Paxter Redwyne et Doran Martell sont mariés à des femmes plus jeunes qui, selon toute apparence, leur survivront. L'épouse de Balon Greyjoy est âgée, valétudinaire, mais cette union-là nous engagerait à une alliance avec les îles de Fer, et je doute encore que cela soit le recours le plus pertinent.

« — Non, laissèrent filtrer les lèvres blanchies de Cersei. Non, non, non. »

Tyrion fut incapable de réprimer totalement le sourire qui monta aux siennes en s'imaginant qu'il emballait sa sœur à destination de Pyk. *Juste à l'heure où j'allais renoncer à prier, voici qu'un dieu compatissant m'offre ces délices.*

Lord Tywin poursuivit : « Oberyn Martell ferait un bon parti, mais les Tyrell prendraient ça très mal. Aussi nous faut-il nous tourner du côté des fils. Je présume que tu ne vois pas d'objection à épouser plus jeune que toi ?

— J'en vois à épouser *quiconque*...

— J'ai soupesé les jumeaux Redwyne, Theon Greyjoy, Quentyn Martell et pas mal d'autres. Mais l'épée qui a brisé Stannis, c'est notre alliance avec Hautjardin. Il conviendrait de la tremper pour la renforcer. Ser Loras a pris le blanc, ser Garlan est en possession d'une Fosso-voie, mais l'aîné demeure, celui-là même à qui ils mijotent d'unir Sansa Stark. »

Willos Tyrell. Tyrion puisait une jouissance démonia-que dans la fureur impuissante de Cersei. « Ça serait le stropiat... ? » souffla-t-il.

Leur père le pétrifia d'un coup d'œil. « Willos est l'héritier de Hautjardin, et, ce n'est qu'un cri, un galant homme, affable, épris de lecture et d'astrologie. Il a éga-lement la passion de l'élevage et possède les plus beaux limiers, faucons et chevaux des Sept Couronnes. »

Un parti rêvé, se commenta Tyrion. *Cersei aussi a la passion de l'élevage.* Tout en plaignant le malheureux Willos Tyrell, il ne savait s'il avait envie de moquer sa sœur ou de déplorer son sort.

« J'opterais quant à moi pour l'héritier Tyrell, conclut lord Tywin, mais s'il t'en agrée davantage un autre, tu peux toujours m'exposer tes motifs.

— C'est vraiment trop aimable à vous, Père, répondit-elle avec une politesse glacée. Vous m'offrez un tel embarras du choix. Qui mettrais-je plus volontiers dans mon lit, le vieux calmar ou le chiot bancroche ? Il va me falloir quatre ou cinq jours de réflexion. Me permettez-vous de me retirer ? »

Tu es la reine, faillit lui rappeler Tyrion. *C'est lui qui devrait te demander congé.*

« Va, dit leur père. Nous reprendrons cet entretien quand tu te seras ressaisie. N'oublie pas ton devoir. »

Cersei sortit avec raideur, dans un état de rage non dissimulé. *Elle n'en fera pas moins, à la fin, ce qu'il lui ordonne.* Elle s'était déjà inclinée, pour Robert. *Encore qu'il ne faille pas, dans tout ça, sous-estimer Jaime.* Leur frère était beaucoup plus jeune, lors du premier mariage de Cersei ; il pourrait bien ne pas consentir au deuxième avec autant de facilité. Le pauvre Willos Tyrell risquait fort dès lors de succomber à un brusque accès d'épée-dans-les-tripes, ce qui refroidirait passablement la pompeuse alliance de Castral Roc et de Hautjardin. *Je devrais dire quelque chose, mais quoi ?* « *Veuillez m'excuser, Père, mais c'est notre frère qu'elle brûle d'épouser* » ?

« Tyrion. »

Il eut un sourire de résignation. « Est-ce le héraut que j'entends me convoquer en lice ?

— Ton goût des putains est une faiblesse intrinsèque, lui assena lord Tywin tout à trac, mais peut-être y ai-je ma part de reproche. À te voir pas plus haut qu'un gosse, j'ai eu un peu trop tendance à omettre que tu es un homme fait, soit sujet aux besoins les plus bas d'un homme. Il est plus que temps de te marier. »

Je le fus, l'auriez-vous oublié ? Sa bouche se tordit, et il en sortit un bruit qui tenait à la fois du rire et du grondement.

« Est-ce la perspective du mariage qui te divertit ?

— Seulement l'idée du trois fois foutre rien de beau futur que je ferais. » Une épouse pouvait être exactement ce dont il avait besoin. Si elle lui apportait domaines et manoir, il y gagnerait une place en ce monde, à l'écart de la cour de Joff... au diable de Cersei et de son paternel.

Mais, d'un autre côté, il y avait Shae. *Elle n'appréciera pas cela, malgré tous ses serments qu'être ma putain suffit à sa félicité.*

Cet argument-là n'étant cependant pas précisément de nature à ébranler son père, Tyrion se tortilla sur ses coussins pour reprendre un rien de hauteur et dit : « Vous entendez me faire épouser Sansa Stark. Mais les Tyrell ne prendront-ils pas cette union pour un camouflet, s'ils ont vraiment des vues sur la petite ?

— Lord Tyrell n'abordera ce chapitre-là qu'après les noces de Joffrey. Si Sansa s'est mariée avant, de quoi s'offenserait-il, puisqu'il ne s'est pas seulement ouvert à nous de ses intentions ?

— Rien de plus juste, approuva ser Kevan, et ses ressentiments éventuels ne manqueraient pas d'être apaisés par l'offre de Cersei pour son Willos. »

Tyrion frotta son moignon de nez. La cicatrisation de la plaie lui donnait par moments d'abominables démangeaisons. « Sa royale pustule de Majesté s'est complue à faire de l'existence de Sansa, depuis le jour de la mort de son père, un tissu de misères, et maintenant qu'enfin la voici débarrassée de Joffrey vous vous proposez de me la donner pour femme. Cela semble d'une singulière cruauté. Même de votre part, Père.

— Tu comptes donc la maltraiter ? » Le ton marquait plus de curiosité que d'inquiétude. « Son bonheur n'est pas mon propos, pas plus qu'il ne devrait être le tien. Nos alliances du Sud ont beau être aussi solides que Castral Roc, il ne nous en reste pas moins à gagner le Nord, et la clé du Nord s'appelle Sansa Stark.

— Ce n'est qu'une enfant.

— Ta sœur nous jure qu'elle a fleuri. Dans ce cas, c'est une femme, et par là nubile. L'unique besogne indispensable qui t'incombe est de lui prendre sa virginité pour empêcher quiconque de prétendre que le mariage n'a pas été consommé. Après cela, si tu préférais attendre un an ou deux avant de recoucher avec elle, tu ne ferais là qu'exercer tes droits de mari. »

En fait de femme, c'est exclusivement de Shae que j'ai besoin pour l'heure, songea Tyrion, *et, vous avez beau dire, Sansa n'est qu'une fillette.* « Si votre propos est en l'occurrence de la soustraire aux Tyrell, pourquoi ne pas la renvoyer à sa mère ? Peut-être ce geste persuaderait-il Robb Stark de ployer le genou. »

Le regard de lord Tywin se fit souverainement méprisant. « Expédie-la à Vivesaigues, et la mère l'accouple à un Nerbosc ou un Mallister pour étayer les alliances du fils le long du Trident. Expédie-la au nord, et la lune n'aura pas changé qu'elle épouse un Omble ou un Manderly. Mais elle n'est pas moins dangereuse ici même, à la cour, comme au besoin le démontrerait ce micmac avec les Tyrell. Il faut qu'elle épouse un Lannister, et au plus tôt.

— Qui épouse Sansa Stark se retrouve à même de revendiquer Winterfell en son nom, signala l'oncle Kevan. Cette idée ne t'a pas traversé l'esprit ?

— Si tu ne veux pas de la fille, nous la donnerons à l'un de tes cousins, ajouta son père. Kevan, est-ce que Lancel est en état de l'épouser, d'après toi ? »

Ser Kevan hésita. « Si on amène la petite à son chevet, il devrait être capable de prononcer les engagements..., mais de consommer, non. Je suggérerais bien l'un des jumeaux, mais les Stark les détiennent tous deux à Vivesaigues. Et ils ont aussi le gamin de Genna, Tion, sans quoi il faisait à peu près l'affaire. »

Tyrion les laissa se livrer à ces amusettes ; il n'était pas dupe, elles ne visaient qu'à l'embobiner. *Sansa Stark*, rêvassa-t-il. Sansa et son doux parler, son léger parfum, Sansa folle de soieries, de chansons, de chevalerie, de preux chevaliers bien découplés à belles gueules. Il avait l'impression de se retrouver sur le pont de bateaux dont le plancher roulait sous lui.

« Tu m'as demandé de récompenser tes efforts durant la bataille, lui carillonna lord Tywin. Tu as là une chance, Tyrion, la meilleure qui puisse jamais t'advenir. » Ses doigts tambourinèrent impatiemment sur la table. « J'avais espéré jadis marier ton frère à Lysa Tully, mais Aerys le nomma de sa Garde avant que n'eussent abouti mes négociations. Mais, lorsque je suggérai à lord Hoster que tu supplées Jaime auprès de sa fille, il me répliqua qu'il voulait pour elle un homme entier. »

Aussi la maria-t-il à Jon Arryn, qui était assez vieux pour être son grand-père. Tyrion inclinait à en éprouver plus de gratitude que de colère, vu ce qu'était devenue la lady Lysa.

« Lorsque je t'offris à Dorne, on ne m'envoya pas dire que l'on considérait comme une injure la proposition, continua lord Tywin. Par la suite, je m'attirai des réponses analogues de Yohn Royce et Leyton Hightower. Je finis par m'abaisser jusqu'à marchander en ta faveur la fille Florent déflorée par Robert dans la couche nuptiale de son propre frère, mais son père préféra la donner à l'un des chevaliers de sa maisonnée personnelle.

« Si tu ne veux pas de la petite Stark, je te dénicherai un autre parti. Il doit bien y avoir quelque part dans le royaume quelque infime hobereau qui se séparerait volontiers d'une fille pour s'assurer l'amitié de Castral Roc. Lady Tanda offre sa Lollys... »

Tyrion haussa les épaules d'un air accablé. « J'aimerais mieux me la couper pour nourrir les chèvres.

— Alors, ouvre les yeux. La petite Stark est jeune, nubile, docile, du plus haut parage, et encore intacte. Elle n'a rien de repoussant. Pourquoi balancer ? »

Pourquoi, en effet ? « Une lubie de ma façon. Chose étrange à dire, je préférerais une femme qui ait envie de moi dans son lit.

— Si tu te figures que tes putains aient envie de toi dans leur lit, tu es encore plus toqué que je ne soupçonnais, dit lord Tywin. Tu me déçois, Tyrion. J'avais espéré que ce mariage te ferait plaisir.

— Oui, nous savons tous à quel point vous importe mon plaisir, Père. Mais il y a plus. La clé du Nord, dites-vous ? Les Greyjoy tiennent à présent le Nord, et le roi Balon a une fille. Pourquoi Sansa Stark et pas elle ? » Il sonda fixement le vert froid des prunelles où luisaient des paillettes d'or.

Lord Tywin mit ses mains en pointe sous son menton. « Balon Greyjoy raisonne en termes de pillage et non de gouvernement. Laisse-le jouir d'une couronne d'automne et pâtir d'un hiver du nord. Il n'abreuvera pas ses sujets de motifs d'amour. Le printemps venu, les gens du Nord en auront jusque-là des seiches. Quand tu amèneras chez lui le petit-fils d'Eddard Stark pour faire valoir ses droits de naissance, seigneurs et petites gens se dresseront comme un seul homme pour le jucher sur le haut siège de ses ancêtres. Tu *es* capable de procréer, j'espère ?

— J'en ai l'impression, dit-il, hérissé. Je ne saurais le prouver, j'avoue. Mais nul ne peut dire que c'est faute d'avoir essayé. Enfin, je sème mes petites graines aussi souvent qu'il m'est possible...

— Dans les cloaques et les caniveaux, termina lord Tywin, et en terre commune où ne germe que du bâtard. Il n'est que temps de cultiver ton propre jardin. » Il se mit sur pied. « Jamais tu n'auras Castral Roc, je m'en porte garant. Mais prends Sansa Stark, et il n'est pas impossible que tu décroches Winterfell. »

Tyrion Lannister, sire et protecteur de Winterfell. Une étrange sueur froide lui parcourut l'échine. « Fort bien, Père, dit-il lentement, mais votre jonchée dissimule un vilain écueil de taille. Robb Stark est aussi *capable* que moi, tout présume, et promis à l'une de ces prolifiques de Frey. Dès la première portée du Jeune Loup qu'elle mettra bas, tous les chiots que pondrait Sansa ne seraient plus héritiers de rien. »

Lord Tywin demeura de marbre. « Robb Stark laissera stérile sa prolifique de Frey, je t'en donne ma parole. Il est une petite nouvelle que je n'ai pas encore jugé utile de divulguer au Conseil, dût-elle ne tarder guère à parvenir aux oreilles de nos doux seigneurs. Le Jeune Loup a pris pour femme la fille aînée de Gawen Ouestrelin. »

Durant un instant, Tyrion douta avoir bien entendu. « Il aurait renié la foi jurée ? bafouilla-t-il, incrédule. Il aurait rejeté les Frey pour... » Les mots lui manquèrent.

« Une pucelle de seize ans, nommée Jeyne, précisa ser Kevan. Lord Gawen me l'avait proposée pour Willem ou Martyn, mais je n'ai pu que refuser. Tout bien né qu'il est, il a pour femme une Sibylle Lépicier. Il n'aurait jamais dû l'épouser. Les Ouestrelin ont toujours eu plus d'honneur que de jugeote. De presque aussi basse extrace que ce contrebandier dont s'est affublé Stannis, le grand-père de lady Sibylle vendait du poivre et du safran. Et la grand-mère était une espèce de créature qu'il avait rapportée de l'Est. Une effroyable vieille mégère – une prêtresse, censément. *Maegi,* qu'on l'appelait. Nul ne pouvait prononcer son véritable nom. La moitié de Port-Lannis allait chercher chez elle des mixtures, des potions d'amour et autre perlimpinpin. » Il haussa les épaules. « Elle est sans doute morte depuis longtemps. Quant à Jeyne, je ne l'ai vue qu'une seule fois, mais elle avait l'air, j'en conviens, d'une enfant délicieuse. Sauf qu'avec un sang si douteux... »

Pour avoir jadis épousé une pute, Tyrion ne pouvait être tout à fait aussi révulsé que son oncle par l'idée d'épouser l'arrière-petite-fille d'un marchand de girofle. Néanmoins... *Une enfant délicieuse,* avait dit ser Kevan, mais, délicieux, bien des poisons l'étaient aussi. De souche si ancienne qu'ils fussent, les Ouestrelin avaient plus d'orgueil que de moyens. Tyrion n'aurait pas été suffoqué d'apprendre que lady Sibylle avait mieux garni la corbeille du ménage que son grand seigneur d'époux. Les mines Ouestrelin étaient épuisées depuis des années, leurs meilleures terres liquidées ou perdues, leur Falaise plus une ruine qu'une forteresse. *Une ruine romantique, au demeurant, tant de bravoure à surplomber la mer...* « Je n'en reviens pas, dut-il avouer. Je prêtais à Robb Stark davantage de discernement.

— Il n'a que seize ans, dit lord Tywin. À cet âge, le discernement pèse peu de chose face au désir, à l'amour et au point d'honneur.

— Il s'est déjugé, il a humilié un allié, bafoué un engagement solennel. Où voyez-vous de l'honneur, là-dedans ? »

C'est ser Kevan qui répondit. « Il a préféré l'honneur de la fille au sien propre. Après l'avoir déflorée, c'était l'unique solution.

— Il aurait été plus généreux de l'abandonner grosse d'un bâtard », riposta vertement Tyrion. Les Ouestrelin allaient tout perdre dans cette aventure : château, terres, et jusqu'à la vie. *Un Lannister paie toujours ses dettes.*

« Jeyne Ouestrelin est la fille de sa mère, dit lord Tywin, et Robb Stark le fils de son père. »

Cette forfaiture Ouestrelin l'affectait apparemment beaucoup moins que ne s'y fût attendu Tyrion. Il n'était pourtant pas du genre à souffrir la moindre incartade de ses vassaux. Il avait, à peine adolescent, carrément exterminé les altiers Reyne de Castamere et les antiques Tarbeck de Château Tarbeck. Les rhapsodes en avaient même tiré une chanson plutôt macabre. Il avait, quelques années plus tard, répondu à l'agressivité croissante de lord Farman par l'envoi non d'une sommation mais d'un luthiste. Et il avait suffi au rebelle d'entendre sa grand-salle répercuter les accords des « Pluies de Castamere » pour filer doux. Au cas, du reste, où la chanson n'eût pas suffi, les décombres muets des demeures Reyne et Tarbeck attestaient toujours éloquemment du sort promis à quiconque s'aviserait de mésestimer la puissance de Castral Roc. « Falaise n'est pas si loin de Castamere et Château Tarbeck, signala Tyrion. Comment imaginer que les Ouestrelin n'auraient pas, en passant par là, retenu la leçon ?

— Peut-être bien que si, dit lord Tywin. Ils ont parfaitement conscience de Castamere, je te l'affirme.

— Les Ouestrelin et Lépicier seraient-ils imbéciles au point de se figurer que le loup puisse défaire le lion ? »

Durant un très long moment, lord Tywin Lannister menaça constamment de sourire ; il n'en fit rien, mais cette perspective avait à elle seule de quoi vous épouvanter. « Les derniers des imbéciles sont souvent plus intelligents que ceux qui se rient d'eux », dit-il, avant d'ajouter : « Tu vas épouser Sansa Stark, Tyrion. Et incessamment. »

CATELYN

Portant les cadavres sur leurs épaules, ils vinrent les déposer au bas de l'estrade. Une stupeur envahit la salle éclairée de torches, et, à la faveur du silence, Catelyn entendit retentir, du fin fond du château, les hurlements de Vent Gris. *Il perçoit l'odeur du sang,* songea-t-elle, *au travers des murailles de pierre et des portes de bois, au travers de la nuit, de la pluie, son flair reconnaît infailliblement les relents de ruine et de mort.*

Debout près du haut siège, à la gauche de Robb, elle eut un instant l'impression que c'étaient ses propres morts, Bran et Rickon, qu'elle contemplait de là-haut. Ils étaient plus âgés, ceux-ci, mais la mort les avait recroquevillés. Nus et mouillés, ils avaient l'air de si peu de chose et une telle inertie qu'on avait du mal à se les rappeler vivants.

Le blondin avait eu la velléité de se laisser pousser la barbe. Un duvet de pêche vaguement jaune émaillait ses joues et son menton sous lesquels s'ouvraient les ravages rouges du coutelas. Encore trempés, ses longs cheveux dorés évoquaient la sortie du bain. Son expression faisait penser qu'il était mort paisiblement, peut-être durant son sommeil, mais son cousin à cheveux bruns s'était battu pour sauver sa vie. Ses bras tailladés avaient manifestement tenté de parer les coups, et, quoique la pluie l'eût à peu près débarbouillé, du rouge suintait encore lentement des plaies qui criblaient son torse, son ventre et son dos comme autant de bouches sans langue.

Robb avait coiffé sa couronne avant de pénétrer dans la salle, et la lueur des torches en faisait sombrement miroiter le bronze. Fixés sur les morts, ses yeux étaient noyés dans l'ombre. *Est-ce Bran et Rickon qu'il voit, lui aussi ?* Elle aurait volontiers pleuré, mais elle n'avait plus de larmes. Les gamins morts devaient leur teint blême à leur long emprisonnement, mais tous deux avaient été beaux ; sur la blancheur soyeuse de leur peau, le sang était d'un rouge scandaleux, d'un rouge intolérable à voir. *Déposeront-ils Sansa nue au pied du trône de fer après l'avoir tuée ? Aura-t-elle la peau aussi blanche, le sang aussi rouge ?* De l'extérieur lui parvenaient la rumeur têtue de la pluie et les hurlements continus du loup.

Edmure se tenait à la droite de Robb, une main posée sur le dossier du siège de son père, la figure encore bouffie de sommeil. Comme elle, on l'avait réveillé en cognant sur sa porte au plus noir de la nuit, brutalement arraché à ses rêves. *Étaient-ce de beaux rêves, frère ? Est-ce de soleil et de rires et de baisers de fille que tu rêves ? Je le souhaite.* Ses rêves à elle étaient sombres et enjolivés de terreurs.

Les capitaines et les bannerets de Robb restaient pétrifiés dans la salle, certains revêtus de maille et armés, d'autres plus ou moins habillés, débraillés. Ser Raynald et son oncle, ser Rolph, se trouvaient du nombre, mais Robb avait jugé séant d'épargner à sa reine ce spectacle hideux. *Entre Falaise et Castral Roc, la distance est mince,* se rappela Catelyn. *Il est fort possible que Jeyne ait joué avec ces garçons, quand ils étaient tous des bambins.*

En attendant que son fils prît la parole, elle reporta son regard sur les cadavres des écuyers Willem Lannister et Tion Frey.

Une éternité parut s'écouler avant que Robb ne détache ses yeux des morts ensanglantés. « P'tit-Jon, dit-il, allez mander à votre père de les introduire. » Sans un mot, P'tit-Jon Omble fit demi-tour pour s'exécuter, les parois de pierre de la vaste salle répercutant l'écho de chacun de ses pas.

Quand le Lard-Jon fit franchir les portes à ses prisonniers, Catelyn fut frappée de voir avec quelle vivacité certains des assistants s'écartaient pour leur livrer passage, comme si la contagion de trahir pouvait dépendre d'un simple contact, d'un regard, d'une quinte de toux. Captureurs et captifs se ressemblaient étonnamment : de grands diables, tous, à grosse barbe et cheveux longs. Deux des hommes du Lard-Jon étaient blessés, ainsi que trois de ses prisonniers. Seul le fait que certains portaient des piques et les autres des fourreaux vides permettait de les différencier. Tous étaient vêtus de hauberts de mailles ou de chemises tapissées d'anneaux, tous avaient de lourdes bottes et d'épais manteaux, qui de laine et qui de fourrure. *Le Nord est dur et froid, il ignore la miséricorde,* avait dit Ned en lui présentant Winterfell, il y avait de cela mille ans.

« Cinq, dit Robb lorsque les captifs furent devant lui, trempés et muets. Est-ce là tout ?

— Ils étaient huit, grommela le Lard-Jon. Nous en avons tué deux lors de leur capture, et un troisième est mort depuis. »

Robb scruta leurs visages. « Il vous fallait être huit pour tuer deux écuyers désarmés. »

Edmure Tully éleva la voix : « Ils ont également assassiné deux de mes hommes pour s'introduire dans la tour. Delp et Elbois.

— Il ne s'agissait pas d'un assassinat, ser, dit lord Rickard Karstark, aussi peu démonté par ses poings ligotés que par le sang qui lui dégoulinait le long de la figure. Quiconque s'interpose entre un père et sa vengeance s'expose à mourir. »

Ses propos retentirent aux oreilles de Catelyn avec l'inflexible âpreté d'un tambour de guerre. Elle avait la gorge aussi sèche qu'un os. *C'est ma faute. Ces deux garçons sont morts pour que mes filles vivent.*

« Vos fils sont morts sous mes yeux, la nuit du Bois-aux-Murmures, dit Robb. Ce n'est pas Tion Frey qui a tué Torrhen. Ce n'est pas Willem Lannister qui a tué Eddard. Comment pouvez-vous dès lors parler de vengeance ? C'est de folie qu'il s'agit, de folie sanglante et d'assassinat. Vos fils sont morts sur le champ d'honneur, l'épée au poing.

— Ils sont *morts*, riposta Karstark sans céder un pouce de terrain. Abattus par le Régicide. Ces deux-là étaient de son engeance. Le sang seul peut payer le sang.

— Le sang d'enfants ? » Robb désigna les cadavres. « Quel âge avaient-ils ? Douze, treize ans ? Des *écuyers*.

— Il meurt des écuyers dans chaque bataille.

— En combattant, oui. Tion Frey et Willem Lannister avaient rendu leur épée, au Bois-aux-Murmures. Ils étaient prisonniers, bouclés dans une cellule, endormis, désarmés..., des gosses. *Regardez-les !* »

Lord Karstark préféra regarder Catelyn. « Dites donc à votre mère de les regarder, lança-t-il. C'est là son œuvre autant que la mienne. »

Elle posa une main sur le dossier de Robb. Autour d'elle, la salle se mit à tourner. Elle se sentit comme près de vomir.

« Ma mère n'a strictement rien à faire là-dedans, répliqua Robb d'un ton colère. C'est vous qui avez perpétré cela. C'est vous, ce meurtre. Vous, cette *trahison*.

— Comment tuer des Lannister peut-il être une trahison, quand ce n'est pas trahison que de les délivrer ? s'insurgea violemment Karstark. Votre Majesté a-t-Elle oublié que nous sommes en guerre avec Castral Roc ? En guerre, on tue ses ennemis. Votre père ne vous a pas appris ça, p'tit gars ?

— *P'tit gars ?* » Le poing ganté de maille du Lard-Jon expédia Karstark baller à deux genoux.

« Laissez-le ! » Le ton impérieux de Robb fit aussitôt reculer Omble.

Lord Karstark cracha une dent brisée. « Oui, lord Omble, laissez-moi au roi. Il entend me savonner la tête avant de me pardonner. C'est ainsi qu'il en use avec la trahison, notre roi du Nord. » Il eut un sourire empoissé de rouge. « Ou bien me faudrait-il vous appeler, Sire, le roi qui perdit le Nord ? »

Le Lard-Jon rafla la pique d'un des hommes qui le flanquaient et, d'une saccade, la pointa à hauteur d'épaule. « Permettez-moi de lui cracher dessus, Sire. Permettez-moi de lui crever le ventre, qu'on voie la couleur de ses tripes.

Les portes s'ouvrirent avec fracas, et le Silure entra dans la salle, heaume et manteau pissant à verse. Des hommes d'armes Tully pénétrèrent à sa suite, tandis que dans la cour se déchaînaient éclairs et tonnerre, et qu'une dure pluie noire martelait en rebondissant les pavés. Ser Brynden retira son heaume et tomba sur un genou. « Sire », articula-t-il seulement, mais son ton lugubre valait cent discours.

« J'entendrai ser Brynden dans la chambre des audiences privées. » Robb se leva. « Lard-Jon, gardez lord Karstark ici jusqu'à mon retour et pendez les sept autres. »

Le Lard-Jon abaissa sa pique. « Même les morts ?

— Oui. Je ne tolérerai pas qu'ils infectent les rivières de messire mon oncle. Qu'ils servent de pâture aux corbeaux. »

L'un des prisonniers s'affaissa sur les genoux. « Merci, Sire. J'ai tué personne, je montais juste la garde à la porte pour veiller s'y venait quelqu'un. »

Robb rumina la chose un instant. « Connaissais-tu les desseins de lord Rickard ? As-tu vu les couteaux tirés ? As-tu entendu appeler au secours, crier, demander grâce ?

— Ouais, tout ça, mais j'ai pas pris part. J'étais que le guetteur, je jure...

— Lord Omble, dit Robb, celui-ci n'était que le guetteur. Pendez-le en dernier, qu'il guette la mort des autres. Mère, Oncle, avec moi, je vous prie. » Il tourna les talons, tandis que les hommes du Lard-Jon se reployaient sur les prisonniers et, piques en avant, les poussaient vers la sortie. Au-dehors, le tonnerre grondait et explosait si fort que tout le château semblait vous crouler sur la tête. *Est-ce le vacarme d'un royaume en train de s'effondrer ?* s'interrogea Catelyn.

Il faisait noir dans la chambre des audiences privées, mais du moins le tapage de la tempête y était-il feutré par une nouvelle épaisseur de murs. Un serviteur survint, muni d'une lampe à huile, afin d'allumer le feu, mais Robb lui prit sa lampe et le congédia. Il y avait là des tables et des sièges, mais Edmure fut le seul à s'asseoir, et il se releva vivement quand il s'aperçut que les autres étaient restés debout. Robb retira sa couronne et la déposa sur la première table à sa portée.

Le Silure ferma la porte. « Les Karstark sont partis.

— Tous ? » Était-ce l'angoisse ou le désespoir qui enrouait à ce point la voix de Robb ? Catelyn elle-même n'aurait su le dire.

« Tous les combattants valides, répondit ser Brynden. Ils n'ont laissé qu'une poignée de serviteurs et de suit-la-troupe pour s'occuper de leurs invalides. Nous en avons questionné autant que de besoin pour vérifier leurs dires. Les départs ont débuté à la tombée du jour, furtivement, un par un d'abord ou deux par deux, puis par groupes plus conséquents. Domestiques et blessés avaient reçu l'ordre d'entretenir les feux de camp pour que nul ne s'avise de rien, mais, quand ce déluge a débuté, la précaution devenait vaine.

— Ils comptent reformer leurs rangs, une fois loin de Vivesaigues ? demanda Robb.

— Non. Ils se sont dispersés pour se mettre en chasse. Lord Karstark a juré d'accorder la main de son tendron de fille à quiconque, noble ou roturier, lui rapportera la tête du Régicide. »

Les dieux nous préservent ! Elle se sentit à nouveau défaillir.

« Près de trois cents cavaliers et deux fois autant de montures qui se sont fondus dans la nuit. » Robb se frotta les tempes au point sensible où se voyait marquée l'empreinte de la couronne, au-dessus des oreilles. « Toute la cavalerie de Karhold, perdue. »

Perdue par ma faute. Par ma faute, puissent les dieux me pardonner. Elle n'avait que faire d'être un soldat pour comprendre dans quelle impasse se retrouvait Robb. Pour l'heure, il tenait le Conflans, mais son royaume était entièrement cerné d'ennemis, sauf à l'est, cet est où Lysa se cantonnait sur son piton rocheux. Le Trident lui-même offrait une sécurité des plus médiocres tant que le sire du Pont se refusait à l'allégeance. *Et, maintenant, perdre les Karstark aussi...*

« Pas un mot de ce qui s'est passé ne doit sortir de Vivesaigues, dit son frère. Lord Tywin s'en... Les Lannister paient toujours leurs dettes, ils ne cessent de le répéter. La Mère ait pitié, s'il l'apprend. »

Sansa. Elle serra si fort les poings que ses ongles s'enfoncèrent dans la chair des paumes.

Robb darda sur Edmure un regard glacial. « Voudriez-vous me faire passer pour un menteur doublé d'un assassin, Oncle ?

— Point besoin n'est de mentir. Il suffit de nous taire. Enterrons les gosses et tenons nos langues jusqu'à ce que la guerre soit terminée. Willem était le fils de ser Kevan et le neveu de lord Tywin. Tion était le fils de lady Genna – *et* un Frey. Il ne faut pas non plus que les jumeaux l'apprennent avant...

— Avant que nous soyons à même de rendre la vie aux victimes ? le rabroua sèchement Brynden. La vérité s'est échappée avec les Karstark, Edmure. Il est trop tard pour nous amuser à de pareilles turlupinades.

— Je dois à leurs pères la vérité, dit Robb. Et justice. Cela aussi, je le leur dois. » Il contempla sa couronne, la lueur sombre du bronze sous le cercle d'épées de fer. « Lord Rickard m'a défié. Trahi. Je suis obligé de le condamner. Les dieux savent de quelle manière réagira l'infanterie Karstark qui se trouve avec Roose Bolton quand elle apprendra que j'ai exécuté son seigneur et maître pour forfaiture. Il faut avertir Bolton.

— L'héritier de lord Karstark se trouvait à Harrenhal, lui aussi, rappela Brynden. L'aîné, celui que les Lannister avaient fait prisonnier sur la Verfurque.

— Harrion. Il s'appelle Harrion. » Robb eut un rire amer. « Mieux vaut pour un roi connaître le nom de ses ennemis, vous ne croyez pas ? »

Le Silure le gratifia d'un regard pénétrant. « Vous êtes absolument convaincu de cela ? Que vous allez fatalement vous attirer l'hostilité du jeune Karstark ?

— Comment en serait-il autrement ? Je m'apprête à tuer son père, il ne va pas m'en remercier.

— Voire. Il est des fils qui haïssent leur père, et, d'un seul coup, vous allez faire celui-ci sire de Karhold. »

Robb secoua la tête. « Fût-il de cette espèce-là, Harrion ne pourrait jamais ouvertement me pardonner la mort de son père. Il s'aliénerait ses propres hommes. Ce sont des *hommes du Nord,* Oncle. Le Nord a la mémoire dure.

— Alors, pardonnez », le pressa Edmure.

Robb le fixa sans rien celer de son incrédulité.

Sous ce regard, Edmure devint cramoisi. « Épargnez ses jours, je veux dire, la solution. Je la trouve aussi saumâtre que vous. Il a aussi tué des hommes à moi. Pauvre Delp, qui venait tout juste de se remettre de la blessure que lui avait infligée ser Jaime. Karstark mérite à coup sûr un châtiment. Mettez-le aux fers, je dis.

— Otage ? » dit Catelyn. *Ce serait le mieux...*

« Otage, oui ! » Edmure sauta sur l'idée qu'elle avait émise comme s'il s'était agi d'une approbation de la sienne. « Avisez le fils que de sa seule loyauté dépendra le sort de son père. Par ailleurs..., nous n'avons plus rien à espérer des Frey, dussé-je m'offrir à épouser *toutes* les filles de lord Walder et à trimballer sa litière, en plus. Si nous perdions aussi les Karstark, quel espoir nous resterat-il ?

— Quel espoir... » Robb exhala un profond soupir, repoussa les cheveux qui lui ombrageaient les yeux et dit : « Nous n'avons pas la moindre nouvelle de ser Rodrik, aucune réponse de Walder Frey à notre nouvelle offre, et, du côté des Eyrié, silence total. » Il se tourna vers sa mère. « Votre sœur ne nous répondra-t-elle jamais ? Combien de fois encore dois-je lui écrire ? Je ne saurais croire qu'*aucun* de nos oiseaux ne lui soit parvenu. »

Son fils avait besoin qu'on le réconforte, comprit-elle, il avait besoin de s'entendre dire que tout irait bien. Mais c'était la vérité qu'il fallait à son roi. « Les oiseaux lui sont parvenus. Dût-elle prétendre que non, le cas échéant. N'escompte aucun secours de ce côté-là, Robb.

« Lysa n'a jamais été courageuse. Du temps où nous étions enfants, toutes deux, elle ne savait que filer se cacher dès qu'elle avait commis une sottise. Peut-être se figurait-elle que messire notre père oublierait de se fâcher s'il ne la trouvait tout de suite. Elle continue de faire pareil. La peur l'a fait s'enfuir de Port-Réal pour le refuge le plus sûr qu'elle connaisse, sa montagne, et elle s'y tapit dans l'espoir que tout le monde va l'oublier.

— Les chevaliers du Val seraient susceptibles de faire pencher la balance en notre faveur, dit Robb, mais si Lysa refuse de se battre, soit. Je ne l'ai priée que de nous ouvrir la Porte Sanglante et de nous fournir des bateaux qui nous transportent de Goëville au nord. Je ne m'abuse pas sur les difficultés que nous rencontrerions le long de la grand-route, mais forcer le passage du Neck serait infiniment plus dur. Si je pouvais débarquer à Blancport, il me serait possible de prendre Moat Cailin de flanc et de chasser les Fer-nés du Nord en six mois.

— Renoncez-y, Sire, dit le Silure. Cat a raison. Lady Lysa est trop froussarde pour admettre une armée dans le Val. *N'importe quelle armée*. La Porte Sanglante restera fermée.

— Que les Autres l'emportent, alors ! jura Robb avec la rage du désespoir. Et qu'ils emportent ce bougre de Rickard Karstark aussi. Et Theon Greyjoy, Walder Frey, Tywin Lannister et consorts, tous tant qu'ils sont. Mais, bonté divine, comment peut-on jamais vouloir être roi ? Quand ils gueulaient tous "*Roi du Nord ! Roi du Nord !*", je me disais, moi..., je me suis *juré*... d'être un bon roi, aussi probe que Père, énergique, juste, loyal envers mes amis et brave pour affronter mes ennemis..., et voici que je ne parviens même pas à distinguer les uns des autres. Comment en sommes-nous arrivés à un tel point de *confusion ?* Lord Rickard a livré à mes côtés une demi-douzaine de batailles. Ses fils sont morts pour moi au Bois-aux-Murmures. Tion Frey et Willem Lannister étaient mes *ennemis.* Et c'est néanmoins par égard pour eux que je dois maintenant tuer le père de mes amis morts. » Son regard les prit à témoin tour à tour tous trois. « Les Lannister me sauront-ils gré de la mort de lord Rickard ? Les Frey m'en sauront-ils gré ?

— Non, dit Brynden, plus abrupt que jamais.

— Raison de plus pour l'épargner et pour le garder comme otage », s'empressa d'insister Edmure.

Robb tendit les deux mains vers la lourde couronne de bronze et de fer, la souleva, se la reposa sur la tête et, soudain, fut roi de nouveau. « La mort pour lord Rickard.

— Mais *pourquoi*? demanda Edmure. Vous disiez vous-même...

— Je sais ce que j'ai dit, Oncle. Cela ne change rien à ce que je dois. » Les épées de la couronne tranchaient, noires et austères, sur son front. « J'aurais aussi bien pu tuer moi-même Willem et Tion sur le champ de bataille, mais il n'y a pas eu de bataille, en l'espèce. Ils dormaient dans leur lit, nus et désarmés, dans une cellule où je les avais confinés. Rickard Karstark a assassiné plus qu'un Lannister et un Frey. *Il a assassiné mon honneur.* Je lui réglerai son compte à l'aube. »

Quand, gris et froid, se leva le jour, la tempête s'était réduite à une pluie tenace qui détrempait toutes choses, mais le bois sacré n'en était pas moins bondé. Gens du Nord et seigneurs riverains, vilains et grands, chevaliers, reîtres et garçons d'écurie se pressaient au milieu des arbres pour assister au dernier acte du sombre ballet de la nuit. Sur l'ordre d'Edmure, on avait dressé un billot de bourreau devant l'arbre-cœur. Feuilles et pluie tombaient à flots sur l'assistance quand les hommes du Lard-Jon firent fendre la presse à lord Rickard Karstark, mains toujours liées. En bout de corde au créneau des hautes murailles de Vivesaigues ballaient déjà ses propres hommes, faces noircissantes et battues d'averse.

Long-Lou se tenait auprès du billot, mais Robb lui retira la hache des mains et lui commanda de s'écarter. « C'est mon affaire, dit-il. Il meurt sur mon ordre. Il doit mourir de ma main. »

Lord Karstark inclina la tête avec roideur. « De cela je vous remercie. Mais de rien d'autre. » Il avait revêtu pour mourir un long surcot de laine noire frappé à l'échappée blanche de sa maison. « Le sang des Premiers Hommes coule autant dans mes veines que dans les tiennes, p'tit gars. Tu ferais bien de t'en souvenir. C'est en l'honneur de ton grand-père qu'on m'a nommé Rickard. J'ai brandi mes bannières contre le roi Aerys en faveur de ton père et pour toi contre le roi Joffrey. À Croixbœuf comme au Bois-aux-Murmures et lors de la bataille des Camps, je chevauchais à tes côtés, et le Trident m'a vu près de lord Eddard. Nous sommes parents, Stark et Karstark.

— Cette parenté ne vous a pas empêché de me trahir, dit Robb. Et ce n'est pas elle qui va vous sauver. À genoux, messire. »

Lord Rickard n'avait exprimé là que la stricte vérité, Catelyn le savait. La lignée des Karstark remontait à Karlon Stark, cadet de Winterfell qui, pour avoir écrasé la rébellion d'un vassal, un millier d'années plus tôt, s'était vu doter de fiefs en récompense de sa vaillance. D'abord nommé Karl's Hold, *Fort-Karl,* le château qu'il s'était bâti n'avait pas tardé à s'appeler Karhold et, au cours des siècles, les Stark de Karhold avaient fini par devenir Karstark.

« Qu'ils soient anciens, qu'ils soient nouveaux, n'importe aux dieux, reprit Karstark, est entre tous maudit qui tue sa parenté.

— À genoux, traître, répéta Robb. Ou faut-il que je vous fasse plaquer la tête de vive force sur le billot ? »

Lord Karstark s'agenouilla. « Les dieux te jugeront comme tu m'as jugé. » Il posa sa tête sur le billot.

« Rickard Karstark, sire de Karhold. » À deux mains, Robb souleva la lourde hache. « En ce lieu, sous le regard des dieux et celui des hommes, je vous déclare coupable de meurtre et de haute trahison. En mon nom propre, je vous condamne. De ma propre main, je prends votre vie. Avez-vous un dernier mot à dire ?

— Tue-moi, et sois maudit. Tu n'es pas mon roi. »

La hache s'abattit à grand fracas. Pesante et bien affûtée, il lui suffit d'un coup pour donner la mort, mais il lui en fallut trois pour séparer la tête du tronc, et, la chose faite, vif et mort étaient tous deux couverts de sang. Rejetant la hache avec dégoût, Robb, sans un mot, se tourna vers l'arbre-cœur et se tint là, debout, tremblant, les mains à demi crispées, les joues inondées de pluie. *Les dieux lui pardonnent,* pria Catelyn en silence. *Il n'est qu'un gamin, et il n'avait pas le choix.*

Elle ne le revit pas de la journée. La pluie persista toute la matinée, cinglant les rivières et noyant de mares et de boue les pelouses du bois sacré. Le Silure assembla une centaine d'hommes et s'élança aux trousses des Karstark, mais nul ne comptait qu'il en ramène un bien grand nombre. « Je prie seulement de n'avoir pas à les pendre », dit-il au moment de partir. Quand il l'eut laissée, Catelyn se replia dans la loggia de lord Hoster, afin de s'installer une fois de plus à son chevet.

« Le terme approche, la prévint mestre Vyman, cet après-midi-là. Ses ultimes forces l'abandonnent, bien qu'il tente encore de lutter.

— Il a toujours été un lutteur, dit-elle. Un doux opiniâtre.

— Oui, acquiesça le mestre, mais il ne saurait remporter cette bataille-ci. Le temps est venu pour lui de déposer épée et bouclier. Le temps de se rendre. »

Se rendre, songea-t-elle, *faire la paix.* Était-ce de Père que parlait le mestre, ou de Robb ?

Sur le crépuscule, la jeune reine vint lui faire une visite. Elle entra timidement. « Lady Catelyn, je serais confuse de vous déranger...

— Vous êtes la très bienvenue, Votre Grâce. » Elle s'était mise à coudre, reposa l'aiguille.

« S'il vous plaît, appelez-moi Jeyne. Je ne me trouve rien d'une Grâce.

— Vous en êtes une, néanmoins. Je vous en prie, venez vous asseoir, Votre Grâce.

— Jeyne. » Elle prit place au coin du feu et lissa ses jupes d'un air anxieux.

« Comme il vous plaira. En quoi puis-je vous servir, Jeyne ?

— C'est Robb, dit la petite. Il est si malheureux, si... si colère et inconsolable. Je ne sais que faire.

— C'est une dure épreuve que de prendre la vie d'un homme.

— Je sais. Je lui ai dit, il devrait se servir d'un bourreau. Quand lord Tywin envoie un homme à la mort, il ne fait que donner l'ordre. C'est plus facile de cette façon, vous ne trouvez pas ?

— Si, dit Catelyn, seulement, messire mon époux a enseigné à ses fils que tuer ne devrait jamais être facile.

— Ah. » Jeyne s'humecta les lèvres. « Robb n'a rien

pris de tout le jour. Je lui avais fait servir par Rollam un bon repas, des côtes de sanglier, un ragoût d'oignons, de la bière, et il n'y a même pas touché. Il a passé toute sa matinée à écrire une lettre et m'a priée de ne pas le déranger, et puis, sa lettre terminée, il l'a brûlée. Maintenant, il est plongé dans des cartes. Je lui ai demandé ce qu'il y cherchait, mais il ne m'a pas répondu. Je crois qu'il ne m'a seulement pas entendue. Il n'a même pas voulu se changer. Il a porté des habits trempés tout le jour, et pleins de sang. Je veux être une bonne épouse pour lui, je le veux vraiment, mais je ne sais comment l'aider. Le remonter, le réconforter. Je ne sais pas ce qu'il lui *faut*. S'il vous plaît, madame, vous êtes sa mère, dites-moi ce que je devrais faire. »

Dites-moi ce que je devrais faire. Catelyn aurait volontiers posé la même question, si son Père s'était trouvé en état d'écouter des questions. Mais lord Hoster l'avait déjà quittée, ou peu s'en fallait. Et Ned, son Ned à elle. *Bran et Rickon aussi, et Mère, et Brandon, voilà si longtemps.* Seul lui restait Robb, Robb et l'espoir de plus en plus ténu de retrouver ses filles.

« Parfois, dit-elle lentement, la meilleure des choses à faire est de ne rien faire. Dans les tout premiers temps de mon séjour à Winterfell, j'étais blessée, chaque fois que Ned partait dans le bois sacré s'installer sous son arbre-cœur. Une part de son âme se trouvait dans cet arbre, je le savais, une part que je ne partagerais jamais. Mais, sans cette part, eus-je bientôt compris, Ned n'eût pas été Ned. Jeyne, ma petite Jeyne, vous avez épousé le Nord, comme moi..., et, dans le Nord, les hivers finissent toujours par venir. » Elle s'efforça de sourire. « Soyez patiente. Soyez compréhensive. Il vous aime, il a besoin de vous, et il ne tardera guère à vous revenir. Cette nuit même, peut-être. Soyez là quand il le fera. Voilà tout ce que je puis vous dire. »

La jeune reine avait passionnément écouté. « Oui, dit-elle après que Catelyn se fut tue. J'y serai. » Elle se leva vivement. « Il faudrait que j'y aille. Je lui ai peut-être manqué. Je vais voir. Mais s'il est encore à étudier ses cartes, je me montrerai patiente.

— Faites », dit Catelyn, mais la jeune fille atteignait la porte quand une autre idée lui traversa l'esprit. « Jeyne, appela-t-elle, il est encore une chose que Robb attend de vous, même s'il n'en est pas encore conscient. Un roi doit avoir un héritier. »

La réflexion fit sourire la jeune fille. « Ma mère le dit aussi. Elle me concocte un bouillon de lait, d'herbes et de bière pour favoriser ma fécondité. J'en bois tous les matins. Comme je l'ai dit à Robb, je suis sûre de lui donner des jumeaux. Un Eddard et un Brandon. Ça lui a fait plaisir, je crois. Nous... nous essayons presque chaque jour, madame. Certains, deux fois ou plus. » Elle rougit très joliment. « Je serai bientôt grosse, je vous le promets. J'en prie la Mère d'En-Haut, tous les soirs.

— Très bien. Je vais joindre mes prières aux vôtres. En les adressant aux nouveaux *et* aux anciens dieux. »

Une fois seule, Catelyn retourna auprès de son père et lissa les fins cheveux blancs qui lui barraient le front. « Un Eddard et un Brandon, soupira-t-elle tout bas. Et un Hoster, peut-être, par la suite. Cela vous plairait-il ? » Il ne répondit pas, mais elle n'y avait nullement compté. Tandis que le clapotis de la pluie sur la terrasse se mêlait à l'haleine de son père, elle se prit à songer à Jeyne. La petite semblait avoir aussi bon cœur que l'avait prétendu Robb. *Et de bonnes hanches, ce qui risque fort d'être plus important.*

À paraître prochainement, chez le même éditeur, la suite de Intrigues à Port-Réal.

REMERCIEMENTS

Si les briques ne sont pas bien faites, le mur s'effondre. Les dimensions du mur que je suis en train d'édifier sont si formidables qu'elles réclament quantité de briques. La chance veut que je connaisse quantité de briquetiers, sans compter toutes sortes d'autres experts précieux.

Qu'il me soit une fois de plus permis d'exprimer mes remerciements et ma gratitude à ces bons amis qui me prêtent avec tant de générosité leur compétence (voire, parfois, leurs propres *livres*) pour que mes briques soient aussi plaisantes que solides – à mon archimestre Sage Walker, à mon surintendant Carl Keim, à Melinda Snodgrass, mon grand écuyer.

Et, comme toujours, à Parris.

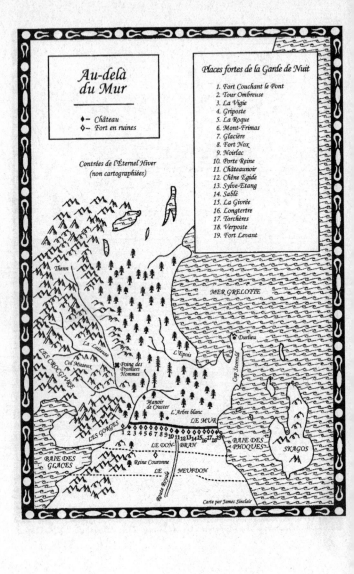

6513

Composition PCA - 44400 Rezé
Achevé d'imprimer en France (La Flèche)
par Brodard et Taupin le 20 juillet 2006. 36799
Dépôt légal juillet 2006. ISBN 2-290-32570-8
1ᵉʳ dépôt légal dans la collection : février 2003

Éditions J'ai lu
84, rue de Grenelle, 75007 Paris
Diffusion France et étranger : Flammarion